ALTITUDE

EMA DINKEL

ALTITUDE

ito

À tous ceux qui ont laissé le temps passer,
en pensant qu'il allait tout réparer.

« Les histoires d'amour seront toujours les mêmes, quelles que soient les époques et les *altitudes*. Elles commencent bien et finissent mal, ou… l'inverse, bien sûr. »

Playlist

Meet You in Hell – Jade LeMac
Dangerous Woman – Ariana Grande
Dark Times – The Weeknd, Ed Sheeran
Altitude – Montell Fish
War Of Hearts – Ruelle
Overcome – Skott
Open Up – Gallant
Daddy Issues – The Neighbourhood
If You Called Me Today, I Would Come Back Tomorrow – Aine Deane
Je te laisserai des mots – Patrick Watson
Can't Pretend – Tom Odell
Alejandro – Lady Gaga
All for Us – Labrinth, Zendaya
Thunderstruck – AC/DC
Buttons – The Pussycat Dolls
Daylight – David Kushner
WHERE ARE THEY NOW??? – Emily Jeffri
Don't Blame Me – Taylor Swift
Same Old Love – Selena Gomez
Fetish – Selena Gomez, Gucci Mane
Only – RY X
It'll Be Okay – Shawn Mendes
Danse – Doxx
Goudron – Changerz

Las Vegas – Jok'Air
Tainted Love – Soft Cell
Karma – Taylor Swift
Elle pleut – Nekfeu, Nemir
Friends – Chase Atlantic
Ta reine – Angèle
Labyrinth – Taylor Swift
I Feel Like I'm Drowning – Two Feet
Mount Everest – Labrinth
Apocalypse – Cigarettes After Sex
#thatPOWER – will.i.am, Justin Bieber
Perfectly Wrong – Shawn Mendes
Strange – Celeste
Vigilante Shit – Taylor Swift
My Love Mine All Mine – Mitski
Sax – Fleur East
Possibility – Lykke Li
Meet You at the Graveyard – Cleffy
TV – Billie Eilish
Haunted – Beyoncé
Fade into You – Mazzy Star
You're Losing Me – Taylor Swift
Remember You Omnichord – Trillian
Everything Works Out in the End – Kodaline
Sad Girl – Lana Del Rey
Why I Love You – Jay-Z, Kanye West, Mr Hudson
Good Looking – Suki Waterhouse
Iris – The Goo Goo Dolls

Avertissement

Altitude est une romance psychologique qui regroupe des sujets assez lourds tels que le deuil, l'alcoolisme, l'automutilation, le suicide, la violence morale, pouvant heurter la sensibilité de certains. Vous allez suivre des personnages qui ont vécu des épisodes traumatisants dans leur vie.

N'oubliez pas que ce sont de jeunes adultes brisés, ils n'ont pas toutes les méthodes pour se protéger, ils commettent parfois des erreurs et ne savent pas forcément comment réagir face à certaines situations.

J'espère que leur histoire pourra vous aider et n'oubliez pas : vous n'êtes jamais seuls.

Bonne lecture,
Ema

Prologue

Ange

Nous ne parlons pas assez des conséquences psychologiques d'une figure paternelle absente chez un enfant, peu importent son âge, la cause ou encore la durée de cette absence.

Ne pas pouvoir connaître son père, s'y référer ou lui montrer ce que l'on devient est une réelle souffrance qui dure tout au long de la vie.

Au-delà de la tristesse, de la mélancolie, cet enfant ressent de l'incompréhension.

Compliqué d'expliquer à un petit que ce matin, papa ne l'emmènera pas à l'école.

Après avoir passé la plupart de son temps dans le déni de cette disparition, la personne vit définitivement dans l'ombre du souvenir de son père. Elle se réfère à des récits, des paroles et des photos donnés par le reste de sa famille.

Mais personne ne parle du deuil familial non plus. Quand un des piliers du foyer n'est plus là, certains secrets transgénérationnels se créent. À vrai dire, je n'ai jamais vraiment compris pourquoi.

À quoi bon cacher ou réinventer la fin d'une histoire déjà écrite ?

De plus, ces secrets sont comme des fantômes dans la chambre des enfants – *vous savez, ceux qui se cachent sous notre lit* –, des visiteurs qui surgissent et ressassent le passé, qui s'installent et poussent à la répétition de la tragédie familiale.

Par moments, ces enfants, ces adultes se sentiront coupables et n'arriveront pas à aller de l'avant, ou, au contraire, ils seront émotionnellement détachés de tout.

Ne les jugez pas : ils ont déjà un vide colossal à combler.

Pour ma part, j'ai eu la chance que mon père m'emmène à l'école ; en revanche, j'ai eu la malchance de le perdre et que ce vide devienne bien réel.

Iris

On m'a fréquemment reproché d'avoir une sensibilité débordante, de prendre *tout* trop à cœur. Mais aussi d'être immature émotionnellement parlant, d'être trop repliée sur moi-même, de ne pas m'intégrer ou d'avoir une peur constante de l'abandon. Un excès de « trop » et une surabondance de termes complexes pour une petite fille.

On m'a finalement diagnostiquée « hypersensible ». Je ne sais pas ce que cela m'apporte dans la vie de tous les jours, à part ma tendance à vivre dans le passé et une certaine difficulté à me projeter dans le futur.

Papa et maman m'ont toujours dit que ce trait de caractère, qui est considéré comme une faiblesse par les autres, est un don. J'ai le *pouvoir* de ressentir les émotions des gens autour de moi. *Classe, dit comme ça, mais anxiogène au quotidien.*

Papa a alors trouvé un moyen pour pallier ce problème : il m'a inscrite dans une école de danse. « Retranscris toutes ces émotions dans tes mouvements. »

Au départ, je n'aimais pas forcément la danse. *Introvertie, bonjour !* Mais, peu à peu, j'ai compris. J'ai compris que la danse allait être mon remède et la solution à mes maux. Je rejette toute pression émotionnelle dans les chorégraphies.

Merci papa.

Oh, et j'allais oublier… Je fais comme s'il était toujours là, avec moi, à regarder les étoiles mais, dorénavant, *c'est lui, l'étoile que je regarde.*

Première partie

Meet You in Hell

Chapitre 1

Iris

Je sors de la voiture ; la pluie s'est un peu calmée et de fines gouttes tombent doucement sur le toit de la maison. Maman m'emboîte le pas et se précipite pour insérer la clé dans la serrure. La chaleur nous accueille, mais une fragrance aussi familière qu'indésirable flotte dans l'air. Elle s'accroche comme une vieille habitude que j'aimerais faire partir, mais sans succès : elle reste indifférente à mes désirs.

D'un ton détaché, je demande :

— Il est là ?

— Oui, ton frère l'a invité à passer le week-end. Tu peux inviter Ava si tu veux, ma chérie.

Elle semble distraite, et ne prête pas forcément attention à mes propos. Elle enlève son manteau et se dirige vers notre cuisine pour, sans doute, voir où en est la cuisson du plat.

— Non, profitons d'être toutes les deux pour regarder la fin de notre série.

Elle sourit.

— Tu as raison.

Alors que je m'active pour dresser la table, des pas résonnent dans l'escalier. La main de mon frère vient ébouriffer mes cheveux avant de subtiliser les assiettes que je tiens.

— Alors comme ça, on va devenir danseurs ! me lance-t-il.

Malheureusement oui, à ce qu'on m'a dit.

Je hausse inconsciemment un sourcil et force un sourire en guise de réponse.

Ange apparaît enfin et s'approche de ma mère pour prendre les couverts.

Comme le dit si bien Cyrielle, il semble qu'il ait élu domicile chez nous. Depuis quelques années maintenant, ses visites se multiplient et sont devenues pratiquement quotidiennes. Il se confond avec notre routine, passant ses week-ends enfermé dans la chambre de mon frère à jouer à la console, ou chez Noah.

À ce stade, Adam et Ange devraient envisager une colocation.

Il m'adresse un sourire poli. Je m'installe à table, l'esprit ailleurs, laissant les discussions se poursuivre sans y prendre pleinement part. Silencieuse, j'observe Ange. Il se chamaille avec Adam, parle de sa journée de cours à ma mère, détaille la prochaine tactique qu'il a prévue avec les Eagles…

Maman l'écoute, le questionne à son tour, le ressert sans même lui demander s'il a encore faim.

— J'ai hâte de voir mes trois chouchous réunis, s'exclame-t-elle dans un éclat de rire. Ça va être splendide ! C'est demain la première répétition ?

Quand je dis qu'il fait désormais partie de la famille…

— Oui, c'est demain matin, finis-je par répondre d'un ton calme tout en triturant distraitement les morceaux de pommes de terre dans mon assiette.

— Vous savez déjà avec qui vous allez danser ?

— Non. Hannah et Seb vont en discuter demain, reprend Adam.

Leur présence active dans le projet me surprend agréablement. Je ne m'attendais pas à ce niveau d'implication de leur part. J'ai appris par une camarade de danse que, contrairement à la nôtre, l'année de terminale des Eagles s'annonce plutôt routinière et banale. En dehors des matchs et des tournois à chaque saison, la plupart des joueurs ont déjà tracé leur chemin universitaire. Adam et Ange savent depuis l'an dernier qu'ils sont en bonne voie d'être acceptés à l'université de Louisiane à Lafayette.

— D'ailleurs, mam's, Seb nous a assuré que participer au concours avec les filles nous ferait gagner au moins un point de moyenne générale, et que notre implication serait prise en compte dans notre dossier, dit mon frère entre deux bouchées de salade verte.

Cette récompense me paraît légitime et justifiée. Ils sont vraiment sympas d'avoir accepté.

— De quoi assurer votre place à l'université, sourit maman.

Pendant le reste du repas, les spéculations fusent sur les possibles partenaires de danse d'Adam et d'Ange. Ils paraissent confiants. De mon côté, je reste évasive. Plus jeunes, Ava et moi dansions ensemble, pour rire. Nos mères assistaient à nos petites représentations bien qu'elles fussent très longues et loin d'être parfaites. Mais jamais je n'ai dû danser pour un concours ou même un simple spectacle de fin d'année avec un danseur. *Bon, au moins nos partenaires ne sont pas de vrais professionnels, cela suffira à me déstresser.*

Après avoir débarrassé la table, les garçons nous disent bonsoir et montent à l'étage. J'en profite pour aller prendre enfin une douche bien chaude et redescendre, comme promis, pour regarder *Gossip Girl* avec maman. Celle-ci est farfouille dans ses tiroirs tout en grommelant des mots incompréhensibles.

— Chérie, tu pourrais monter demander à ton frère mon chargeur de téléphone s'il te plaît ? Il ne le remet jamais à sa place, ça commence à me taper sur le système.

Je n'attends pas qu'elle finisse sa phrase : habituée à ces petites missions, je suis déjà devant la porte d'Adam. Il perd tout le temps ses affaires, c'est catastrophique. Avant, il m'empruntait les miennes, mais il en a probablement eu assez de mes interruptions incessantes pendant ses parties de console. Il s'est donc rabattu sur maman. *La pauvre.*

— Adam ? dis-je en toquant quatre petits coups sur sa porte.

La porte s'ouvre presque instantanément sur Ange.

— Hmm, il est dans sa salle de bains, tu voulais quelque chose ? demande-t-il en passant distraitement une main dans ses cheveux encore humides.

Mon regard divague dans la pièce derrière lui. J'essaie d'entrevoir où ce fichu chargeur pourrait être.

— Oui, je cherche le chargeur de ma mère.

Il me fait signe d'entrer. Il y a tellement d'habits par terre, d'affaires de sport ou encore de feuilles volantes que je ne sais même pas où le matelas d'Ange peut reposer. Ce dernier, étonnamment, a décidé de m'aider et s'est mis à genoux pour regarder sous le lit.

— C'est celui-là ? finit-il par dire en me tendant l'objet.

— Oui, merci.

Je sais qu'il cherche mon regard, mais je ne lui ferai pas ce plaisir. Je prends le chargeur et me dirige vers la porte, prête à quitter la pièce.

— Iris, attends.

Sa voix rauque et hésitante me retient. Je me fige, surprise par cette tentative d'interaction, et me retourne vers lui.

— Tu es heureuse ?

Pourquoi il me demande ça tout à coup ? Qu'est-ce qu'il lui prend ? Et qu'est-ce que ça peut lui faire, surtout ?

Je fronce légèrement les sourcils et penche la tête en signe d'incompréhension.

— Je veux dire, je sais que ce concours est ton but depuis toujours, alors je me demandais si cela ne t'embêtait pas trop que ce soit nous, les Eagles, vos partenaires.

Étrange. Ce n'est pas dans ses habitudes, ce genre de question. Il ne m'adresse jamais la parole – même pas un regard – et ne discute qu'avec ma mère ou Adam. Bien que nous ayons le même âge, il se fait souvent un plaisir de souligner mon manque de maturité.

— On n'a pas le choix. Le thème de cette année nous impose des partenaires.

Il s'humecte les lèvres, puis reprend :

— Hannah a fouillé les moindres recoins de Covington avant de nous le proposer. Nous étions vraiment ses derniers espoirs, me confie-t-il, légèrement gêné.

Hannah a donc parlé aux Eagles. C'est bizarre. On dirait qu'ils en savent plus que nous.

— J'espère que vous prendrez cette responsabilité au sérieux, alors. Ce sont nos études qui sont en jeu, pas les vôtres.

Je profite de ma dernière réplique pour mettre un terme à cette conversation et sortir de la chambre.

— Compte sur moi, dit-il dans mon dos.

Cette discussion inhabituelle entre nous me dépasse. Je continue ma route vers les escaliers. Une gêne flotte dans l'air. J'ai du mal à saisir ses intentions. D'autant plus que c'est la spécialité d'Ange : revenir pour mieux repartir.

Chapitre 3

Iris

— Ta tête annonce une bonne journée, c'est ça qui est cool.

Comment dire gentiment à Adam de se la fermer à 8 heures du matin ?

— Adam, aujourd'hui, même Google Maps aurait du mal à naviguer dans mon crâne. Alors s'il te plaît, épargne-moi tes prédictions météorologiques faciales.

Il lève ses mains en signe de reddition et affiche un large sourire.

— Message reçu. Silence radio sur l'analyse faciale. Bonne plongée dans ta symphonie intérieure.

Théâtral, il se lève de son tabouret près de l'îlot central de la cuisine, fait volte-face et recule vers la baie vitrée donnant sur la terrasse, où Ange fume sa cigarette. Son sourire joueur persiste tandis qu'il mime une fermeture éclair sur sa bouche avec ses doigts. Il rejoint son meilleur ami et lui prend une cigarette.

Je me demande comment ils peuvent tuer leurs poumons de si bon matin. Ça me dégoûte, personnellement. En plus, ils sont sortis sans veste, juste en t-shirt. À voir leurs mains rougies et la fumée épaisse qui s'échappe de leurs bouches, ils doivent cailler sérieusement.

— Iris, ce soir je rentre tard. Je m'occupe de quelques patients supplémentaires et de la paperasse qui s'est accumulée sur mon bureau, alors ne m'attendez pas pour dîner.

Depuis que nous avons déménagé dans un quartier plus au nord de Covington, maman est à fond dans le boulot et enchaîne les heures supplémentaires. Elle ne s'arrête plus. Elle prétend être passionnée, mais j'ai l'impression qu'elle ne veut juste pas admettre que depuis que papa n'est plus là pour compléter son salaire, les fins de mois sont difficiles.

Elle est perfectionniste et a toujours voulu nous préserver de tout. On lui a déjà dit, avec Adam, de lâcher prise. À dix-neuf et dix-huit ans, je pense que l'éducation qu'elle nous a donnée avec papa est assez ancrée. La période de l'égocentrisme est – normalement – dépassée.

— J'ai laissé dans le tiroir du bas du réfrigérateur tout ce qu'il faut pour préparer des lasagnes, continue-t-elle.

Je hoche simplement la tête tout en remplissant mon bol de céréales. Aujourd'hui va être une longue journée. Je ne sais pas ce que Hannah nous a préparé comme emploi du temps, mais vu l'heure à laquelle elle nous fait lever un samedi matin, ça doit être chargé. Je suppose qu'elle veut prendre le temps nécessaire pour nous faire part des consignes à suivre pour le concours.

— Ange ? crie ma mère en toquant à la fenêtre. Tu restes ce soir ?

Non, maman, non. Tu n'es pas là ce soir, je ne veux pas me retrouver face à eux deux à table, sans ne serait-ce qu'une minuscule présence féminine.

— Non, merci, Hélène, c'est gentil, mais je vais retourner chez maman.

Bonne réponse.

— Elle travaille ce soir ? demande Adam.

— Je ne sais pas, j'ai oublié de lui demander son planning cette semaine.

Ange, nonchalamment adossé contre le mur extérieur, tient sa cigarette entre deux doigts et souffle de temps à autre des volutes de fumée. Je ne sais pas quand il a commencé à fumer. La première fois, j'ai d'ailleurs été assez surprise. Il est censé être un sportif de haut niveau, non ? En plus de ça, mon frère l'a suivi, tel un mouton. Maintenant, ils s'intoxiquent plusieurs fois par jour.

Adam donne un léger coup d'épaule à son meilleur ami.

— Allez, reste ce soir…

J'hallucine, ou il le fait exprès ?

— Iris est d'accord ?

J'en avale presque de travers mon dernier pétale au chocolat. C'est la voix d'Ange qui vient de retentir et il demande ma validation ! Serait-ce l'effet positif de la danse sur ses ardeurs ? *Rapide, tout de même.*

Le regard insistant de ma mère me fait clairement comprendre que j'ai tout intérêt à accepter.

Je pousse un soupir silencieux, toujours dos à eux, et lève le pouce de ma main gauche en signe d'approbation.

Iris

Vingt minutes plus tard

Une brume légère enrobe l'horizon. Malgré ce qu'avait annoncé la météo, il fait beau. Le ciel est teinté de nuances pastel et le soleil naissant fait briller les gouttelettes suspendues sur les feuilles rougeâtres. L'air, frais et vivifiant, porte avec lui l'odeur fleurie de la pluie torrentielle d'hier soir.

Maman a insisté pour que je lui raconte tout dans les moindres détails, demain à la première heure. Elle est encore plus impatiente que nous tous. J'imagine bien que cela doit lui faire très plaisir qu'Adam et moi partagions une activité, mais de là à s'investir autant… Toute la famille est déjà prévenue. Mes grands-parents et ma tante ont déjà réservé leurs billets d'avion pour août prochain. Je leur ai pourtant expliqué qu'il ne leur servirait à rien de venir jusqu'en Louisiane depuis la France puisque le concours sera retransmis sur une chaîne française. Mais apparemment, le prix des billets ne représente rien à côté de la perspective d'assister à ce spectacle. Les Rossi sont connus pour hyperboliser les choses, voire les rendre presque épiques. Et j'avoue que c'est agréable d'être soutenus par nos proches. Je pense que ça nous pousse à les rendre encore plus fiers.

Adam me fait signe de les rejoindre dans la voiture d'Ange. Mon frère a raté le permis deux fois cette année. Maman ne compte plus les cours supplémentaires qu'il dû prendre. Son problème ? Il regarde droit devant lui et c'est tout. Les angles morts n'existent pas. Donc son meilleur pote fait office de taxi quasiment tous les jours. Pour ma part, je l'ai obtenu il y a tout juste deux semaines et je ne peux m'empêcher de ressentir un sentiment de liberté chaque fois que je tourne la clé de contact. C'est une petite victoire personnelle, bien que je sois encore loin d'avoir ma propre voiture. Celle de maman suffit amplement, petite, maniable, facile à garer.

Nous avons à peu près quinze minutes de route. Inutile de préciser que celles-ci servent de débriefing sur leur premier match de la saison, qui s'est déroulé il y a deux jours. Ils ont gagné, mais apparemment ils ne sont pas satisfaits des stratégies qu'ils ont utilisées. Ange reproche à mon frère de ne pas assez regarder autour de lui. *Tiens ? Comme c'est bizarre…* Adam, lui, trouve que son meilleur ami manque de communication. *Un vrai couple.* Les trajets en voiture avec ces deux-là sont toujours un test d'endurance pour ma patience. Le son régulier du moteur se mêle aux échanges quelque peu tendus entre eux. Mais j'ai, moi, ma stratégie de survie : me plonger dans un monde où les regards suffisent à exprimer ce que les mots ne parviennent pas à dire. En d'autres termes, les dévisager et souffler de temps à autre.

— Dis Iris, tu viendras au prochain match ? interroge mon frère d'un ton niais.

— Tu ne m'as jamais demandé d'y assister avant, m'étonné-je.

Son regard vient fixer le mien dans le rétroviseur extérieur droit.

— On danse avec vous… Vous pouvez nous rendre la pareille en assistant à nos matchs, non ?

— À deux doigts d'être nos cheerleaders pour l'année, lance Ange, les yeux rivés sur la route.

— Non, répliqué-je d'un ton sec.

— C'est vrai, on est la seule équipe de la région à ne pas avoir de cheerleaders !

— Désolée pour vous.

— Du coup, le public est beaucoup moins dynamique de notre côté. Les cheerleaders encouragent les joueurs : elles les introduisent et les complètent, d'une certaine manière.

— J'en toucherai quelques mots à Hannah, déclare Ange en me souriant dans le rétroviseur central.

Depuis que les Eagles sont nos partenaires dans cette aventure, Ange évoque Hannah comme s'il la connaissait depuis toujours. En une semaine, je suis certaine qu'il a eu plus de conversations avec elle qu'avec son coach.

— Je me chargerai de lui expliquer que c'est une idée à deux balles.

Mon ton est tout sauf cordial. Si je le pouvais, je lui aurais collé son volant dans la bouche. Ses airs supérieurs, ses regards de défi m'insupportent et me fatiguent. Adam et maman diront que j'exagère, comme d'habitude, mais ils ne comprennent pas le sentiment de dégoût qu'il m'inspire depuis l'accident. Pour moi, c'est à ce moment-là qu'il a définitivement perdu toute valeur à mes yeux.

C'est triste à dire, mais il s'enfonce tout seul dans sa connerie. Il se rend détestable dans sa manière d'agir, de parler, depuis maintenant un peu moins de trois ans. Quand nous étions plus jeunes, j'ai essayé de le comprendre, d'avoir des discussions avec lui, mais il avait déjà atteint l'âge bête et ça ne s'est jamais arrêté. Il faut croire que ça s'éternise ; en tous cas, j'éprouve de moins en moins de patience et d'empathie envers lui.

Alors j'ai juste appris à l'ignorer, à l'éloigner autant que possible de ma vie, même si ce n'est pas évident – vu qu'il occupe plus fréquemment mon champ de vision que ma propre mère. Mais il s'est vite accoutumé à cette distance et il a commencé à faire de même de son côté. *Réaction d'adolescents immatures pour certains, une nécessité pour lui et pour moi.*

Devant notre lycée, j'aperçois Noah qui attend patiemment, adossé au capot de sa voiture. Il est rejoint par d'autres membres de l'équipe.

— On vous retrouve dans une trentaine de minutes. Seb veut nous parler avant au stade, annonce Adam en sortant de la voiture.

Je hoche la tête machinalement et lance un sourire à Noah en guise de bonjour. En pénétrant dans le hall, je retrouve Ava devant le distributeur. Elle achète une barre énergisante.

— Ton partenaire t'attend sagement dehors, lui glissé-je au creux de l'oreille en l'enlaçant brièvement.

Les commissures de ses lèvres s'étirent pour former un joli sourire.

— Je suis stressée ! s'exclame-t-elle.

— Ne le sois pas, voyons… la rassuré-je en lui prenant les épaules pour l'entraîner jusqu'aux vestiaires. Tu peux toujours demander à Hannah de forcer le destin !

Elle s'arrête et me fixe, un sourcil arqué.

— Jamais je ne ferais ça.

— Très bien, alors je m'en charge !

Je m'échappe en courant vers la petite pièce.

— Iris je t'interdis de faire ça ! crie-t-elle en me poursuivant.

Je l'entends glousser derrière moi. Veut-elle vraiment me dissuader ?

Ma course prend fin lorsque je regagne mon casier pour déposer mes affaires et revêtir ma tenue de danse. Je retire mon pull et m'installe en tailleur pour écouter ses lamentations.

— Je vous imagine bien en duo principal, tous les deux.

Elle roule des yeux.

— Le duo principal dépend du mec. C'est évident. Hannah choisira celui qui s'en sort le mieux. Et je doute que ce soit Noah…

Elle n'a pas tort. Noah est une personne pleine de qualités, mais sa performance au dernier bal de fin d'année laissait à désirer. Je ne pense pas que notre professeure prendrait ce risque.

— Tu lui apprendras… chuchoté-je.

Les danseuses entrent les unes après les autres dans le vestiaire, et notre conversation s'interrompt. La pièce s'emplit peu à peu du murmure des filles qui ajustent leurs tenues devant les grands miroirs, peaufinent leurs coiffures et échangent leurs dernières astuces pour une mise en scène parfaite. L'ambiance est spéciale aujourd'hui. Une atmosphère de renouveau mêlé à de l'excitation – due à l'inconnu, je suppose. Je prends le bras d'Ava, salue quelques filles, et nous entrons dans la salle de spectacle.

D'habitude, celle-ci est sombre et vide. Aujourd'hui, elle est baignée par les lumières jaunes et blanches diffusées par les projecteurs sur toute la surface de la scène. Les gradins et les chaises ont été disposés de manière à combler le fond de la vaste pièce, prêts à accueillir un public.

Nous n'occupons cette scène que pour les représentations, les galas ou les évaluations au cours de notre cursus. En temps normal, nos séances se déroulent dans la salle de danse située en face. La Hannah's Dance Academy est un grand complexe. Il regroupe plusieurs espaces dédiés à diverses disciplines artistiques, allant du théâtre à la musique. Hannah en est la fondatrice, mais se concentre principalement sur les groupes de danse.

Nous retrouvons cette dernière assise sur le devant de l'estrade, les pieds ballants dans le vide. Elle tient une pochette et une liste qu'elle griffonne en nous attendant.

Le reste de notre petit groupe nous rejoint devant la jolie rousse et attend ses consignes.

— Bonjour mes louloutes ! finit-elle par dire en sautant au sol. En cette belle matinée, nous allons commencer par répéter la dernière chorégraphie que nous avons étudiée juste avant le break d'été. Les Eagles ne devraient pas tarder à arriver pour enchaîner sur la suite de notre programme.

Nous approuvons toutes, attentives à ses instructions et prenant position sur la scène selon ses indications. Cyrielle se place à ma gauche. Sa longue chevelure noire est rassemblée en une tresse basse. Son haut violacé est parfaitement assorti à son short de sport et à son gilet à capuche. Elle n'a pas émis de commentaire depuis le début du cours, elle est très calme et demeure étrangement silencieuse. Elle a l'air ailleurs.

— OK ! Pour information, je tiens à ce que, sur les sept chorégraphies imposées, vous en dansiez une sans la participation des garçons. Juste vous onze.

Hannah se dirige vers la chaîne hi-fi pour démarrer la musique, puis revient se placer devant nous.

— La musique sera donc *Dangerous Woman* d'Ariana Grande. Elle s'intègre parfaitement au thème. Je pense que nous la placerons en première position dans le programme du concours. Voyons ce que cela donne !

J'ai hâte de voir la liste complète des musiques que Hannah a choisies pour le concours. En fait, je suis curieuse de savoir quelles ambiances sonores accompagneront nos mouvements ou encore comment ma professeure compte mettre en espace le thème imposé.

Les premières notes de *Dangerous Woman* s'élèvent. Pour cette chorégraphie, nous sommes placées en quinconce sur trois lignes et nous avons des chaises comme accessoires. Au début, nous sommes toutes assises et croisons les jambes du même côté.

Cyrielle semble concentrée sur la mélodie. Ses mouvements anticipent déjà la danse à venir, son regard est braqué devant elle. Hannah observe chacune d'entre nous avec un mélange de fierté et d'impatience. Sa voix résonne, assurée, dominant la musique. Elle nous guide en nous indiquant les temps à respecter.

— Laissez-vous porter par la musique, mesdemoiselles. Cette chorégraphie doit exprimer la fusion de la force et de la féminité. Trouvez l'équilibre dans chaque mouvement.

Étonnamment, nos gestes sont plutôt fluides. Il faut croire que Hannah nous a tellement bassinées avec nos placements que, même après deux mois, nous arrivons à recréer la chorégraphie.

— Iris, Spencer, vous avez manqué un pas.

Enfin… presque.

Au fil de la danse, les chaises deviennent nos partenaires. Nous jouons avec elles, poses suggestives ici, regards mystérieux là. Nous les déplaçons, les tournons comme si elles étaient une extension naturelle de nos membres.

La seconde partie consiste à intensifier nos déplacements en occupant l'espace avec des passages au sol. Les changements de rythme sont assez fréquents : puissance, délicatesse et sensualité alternent.

Un bruit sourd retentit, la porte principale de la salle s'ouvre tandis que le solo de guitare vibre, nous indiquant qu'il ne reste qu'une petite minute avant la fin de la danse. Sebastien, précédé des onze joueurs des Eagles, entre et se place sur les gradins juste devant la scène. Les Eagles y posent leurs affaires.

Hannah nous demande de rester concentrées pour le dernier refrain. Des regards complices entre danseuses jaillissent. La dernière note résonne et nous concluons la performance avec une synchronisation parfaite pour finir sur notre pose de fin.

Satisfaite, Hannah nous offre un sourire avant de nous encourager à saluer le petit public qui vient d'apparaître. Je repère mon frère qui m'observe avec attention. On dirait qu'ils a scruté chaque détail de ma prestation. Son visage se décompose comme s'il venait d'être confronté à quelque chose d'inattendu. Curieuse, je lève un sourcil dans sa direction. Il s'en rend compte et lève son pouce vers moi avec un sourire hypocrite, juste avant de chuchoter quelque chose à l'oreille d'Ange qui semble se désintéresser de la situation.

Chapitre 4

Ange

— Je passerais un meilleur moment si ma sœur ne faisait pas partie des danseuses.

Depuis que nous sommes entrés dans la salle, Adam n'a pas arrêté de souffler et de détourner le regard.

Il exagère.

Oui, sa sœur est présente, oui la chorégraphie est plutôt sensuelle, mais elle n'est pas non plus en train de nous faire un strip-tease. Elle est juste dans son rôle. Noah, qui jusqu'ici était sur son téléphone, relève les yeux vers le blond et lui lance un rire discret.

— Et puis regardez ces gros chiens, siffle Adam en désignant d'un signe de tête le reste des garçons de l'équipe.

Je lui adresse un regard complice en secouant la tête. Adam, dans son éternel rôle de frère protecteur, tend parfois à en faire trop. Néanmoins, il n'a pas tort : ils sont tous agglutinés, à chuchoter et à sourire.

— On peut choisir sa partenaire ? demande Marius d'un air qui se voudrait détaché, mais trahi par son assurance teintée d'arrière-pensées.

Le groupe rit, tout en scrutant les danseuses qui viennent de finir leur prestation.

— Je ne savais pas que ta sœur faisait partie des danseuses, continue mielleusement Marius, s'adressant à Adam.

Mon meilleur ami se retourne vers lui. Il pose doucement ses avant-bras sur le dossier de la chaise et le regarde d'un air condescendant.

— Bien sûr que tu le sais, Marius, autant que moi je le sais pour Cyrielle.

Le ton d'Adam est calme, mais sarcastique. Ses yeux expriment un mélange de méfiance et de défi.

Cyrielle est la sœur jumelle de Marius. Eagles ou Hannah's Dance Academy, nous faisons partie de la catégorie sport-étude : l'intervention de Marius est donc tout sauf utile. Il connaît toutes les danseuses comme elles nous connaissent tous.

Un silence pesant s'installe, mais le sourire moqueur de Marius ne s'efface pas.

— Est-ce que ça te dérangerait si je me retrouvais avec elle ? poursuit-il, l'air de réfléchir à la prochaine connerie qu'il pourrait sortir. Tu te rends compte, un an à être son partenaire, il pourrait s'en passer des choses. Elle semble avoir une belle maîtrise de son corps, non ?

Quel connard !

Notre coach remarque l'agitation qui se crée de notre côté et nous demande de nous taire quelques minutes, le temps que Hannah termine de débriefer avec ses danseuses. Adam n'est cependant pas du même avis et se lève, très énervé. Avant qu'il ne décide de faire quoi que ce soit de stupide, je le rattrape et l'oblige à s'asseoir. Puis je me campe devant Marius et me penche vers lui, tout près de son visage.

— Écoute-moi bien. Comporte-toi encore une fois comme ça, amuse-toi à tenir des propos aussi dégradants sur une danseuse et tu te prends un rapport d'exclusion. Fais-moi confiance, ça va aller très vite et tu pourras dire au revoir à Yale.

Mes autres coéquipiers observent la scène sans bouger, les bras croisés.

— C'est valable pour lui, mais pour vous tous aussi. Une seule remarque et vous ne revenez pas le lendemain. C'est clair ?

Des acquiescements hésitants confirment leur compréhension et le calme revient progressivement.

La professeure de danse se tourne enfin vers nous avec un large sourire, les bras ouverts.

— Bienvenue à vous tous ! déclare-t-elle.

Je sens le pied d'Adam tapoter le sol avec nervosité ; il fulmine toujours, mais me remercie de mon intervention. Marius, quant à lui, feint le dédain. Il réajuste son t-shirt d'un air décontracté et fait un signe de main à sa sœur sur scène.

Les joueurs associés à chaque danseuse vont devoir être à la hauteur. Ce ne sera pas facile, c'est certain. On va en entendre parler pendant un bon bout de temps.

Hannah nous demande de rejoindre sa petite troupe sur scène et salue Sebastien par la même occasion. D'instinct, les filles se placent sur la gauche du plateau ; on nous demande de nous rassembler sur la droite. Nos coachs, entre nous, consultent leurs fiches.

Plus tôt dans la semaine, Hannah nous a convoqués pour de courts entretiens : elle nous a posé une série de questions pour mieux nous cerner. Elle nous a également montré le programme d'un cours de danse-type auquel nous aurons la possiblité d'assister.

— Je voulais d'abord vous remercier, vous les garçons, ainsi que Sebastien, pour avoir accepté ma demande de dernière minute. Si nous pouvons participer à ce concours, c'est bien grâce à vous. Vous un réel tremplin pour l'avenir des filles.

Celles-ci, derrière leur professeure, approuvent poliment en souriant avec une certaine timidité.

— Comme vous l'a expliqué votre coach, vous serez récompensés par des points en plus dans vos moyennes semestrielles et par une appréciation valorisante qui pourra constituer un avantage pour votre inscription à l'université.

— Bien sûr, reprend Sebastien, mais pour cela, il faut que vous soyez impliqués à cent pour cent.

L'équipe des Eagles est habituellement composée d'une vingtaine de joueurs, or Hannah avait besoin de onze participants. Ceux qui sont présents aujourd'hui sont des volontaires. Au départ, aucun n'était partant, *ce qui se comprend, car la danse n'est vraiment pas notre domaine de prédilection*, mais à l'annonce que notre participation aurait des répercussions positives sur notre dossier académique, beaucoup ont changé d'avis. J'avoue avoir forcé Noah – il en a besoin, ses notes étaient catastrophiques l'année dernière. Adam a suivi le mouvement, disant s'être pris d'un soudain intérêt pour la danse.

— De plus, si nous remportons le concours, les 250 000 $ bénéficieront à tous. La moitié ira à nos associations respectives et l'autre sera consacrée à la rénovation du complexe sportif ainsi qu'à l'amélioration des équipements. De quoi assurer également une mention dans vos engagements citoyens. C'est valable aussi pour vous, mesdemoiselles, précise Hannah en souriant.

Nos deux entraîneurs insistent sur l'importance de la cohésion et du respect entre les équipes. *Il est évident que ces paroles ne résonnent pas de la même façon pour chacun.* Nous allons devoir passer la plupart de notre année dans une étroite proximité : la bonne entente semble indispensable… Quatre heures d'entraînement par semaine, plus une heure le samedi de temps en temps.

— Ce sera une année chargée en sport pour vous, les garçons, déclare Seb. Les quatre heures de danse s'ajouteront aux quatre heures de football. J'ai consulté le principal pour que votre emploi du temps soit aménagé au mieux. Les entraînements de foot ont principalement lieu le matin tandis que les cours de danse seront donnés en fin de journée. Le samedi sera consacré aux matchs, comme les années précédentes.

Nos coachs nous scrutent attentivement pour s'assurer que nous avons bien assimilé les implications et les enjeux. Les garçons échangent des regards perplexes, mais je sens que, malgré les réticences initiales, certains commencent à envisager cette aventure d'un œil plus ouvert. Leur expression oscille entre résignation, curiosité et même une pointe d'engouement.

Hannah se montre enthousiaste à l'idée de la collaboration entre nos deux mondes. Pour achever de nous convaincre, elle énumère les bénéfices de la danse pour la coordination, la souplesse et la force physique – de véritables atouts pour les joueurs de football que nous sommes.

— Vous verrez, les chorégraphies que je vais vous proposer demanderont des compétences, mais s'adapteront parfaitement à votre niveau. Les danseuses seront vos guides : tout se passera très bien.

Les danseuses semblent elles aussi hésiter à se réjouir de notre collaboration : il faut dire qu'elles ont été prises de court…

— Enfin, nous verrons tout cela lors de la prochaine séance. L'objectif de la réunion d'aujourd'hui est de composer vos duos, dit Seb.

— Nous avons déjà préparé une liste avec nos choix, mais nous aimerions tout de même les vérifier avec vous. Nous vous rappelons que le thème est « l'éclosion, de l'étincelle à la romance ». Un duo principal incarnera nos deux protagonistes. Inutile de vous préciser que ce duo devra faire preuve d'imagination et de talent pour convaincre les spectateurs qu'une romance naît entre eux tout le long de la prestation.

Un sourire se dessine sur mes lèvres en voyant la nervosité d'Adam redoubler à ces derniers mots. Pourtant, Seb nous l'avait bien précisé dès le départ.

La professeure, suivie par notre coach, se dirige vers la chaîne hi-fi. Ils se placent tous les deux sur le côté de la scène et nous demandent de faire de même, laissant un grand espace au centre. Une musique résonne pour nous plonger dans l'ambiance.

— C'est simple. Nous allons vous appeler deux par deux et nous allons vous demander de vous regarder droit dans les yeux pendant quelques secondes. Ensuite, nous allons vous imposer, au hasard, quelques émotions à retranscrire à deux.

Les joueurs et les danseuses chuchotent en attendant leur appel. Je remarque déjà que de potentiels duos se forment naturellement, par des échanges de regards et de sourires complices.

— Ava et Noah.

Mes yeux se posent sur Ava. Elle paraît surprise. Iris retient un sourire et baisse la tête. Iris et Ava sont un peu comme Adam et moi, toujours fourrées chez l'une ou chez l'autre. Je la croise souvent quand je suis chez les Rossi. Je lui ai peu parlé ; elle a l'air très timide, mais sympathique. Elle s'avance vers le centre de la scène en resserrant son chignon brun. Noah fait de même et se place en face d'elle en la saluant.

— Regards complices contradictoires, déclare Hannah. Jouez sans aucune parole, juste avec vos corps, un moment agréable tout en exprimant votre réticence à vous apprécier.

Hannah ne plaisante pas sur les exercices. C'est tout de même complexe, surtout pour deux personnes qui ne se côtoient presque jamais.

Un silence s'installe. Ava à l'air plus à l'aise que mon ami. Elle entre tout de suite dans son rôle en plongeant son regard dans celui de Noah et esquisse un très léger sourire. Elle lui tend une main qu'il prend volontiers – ne sachant pas quoi faire d'autre, je suppose. Il la porte à ses lèvres pour y déposer un baiser tout en continuant de la regarder. Au moment où ses lèvres entre en contact avec le dos de sa main, Ava détourne le regard et affiche un air détaché, presque indifférent.

— Parfait, Ava, tu as compris, l'encourage Hannah. Noah, essaie de renouer le contact visuel avec elle.

Il acquiesce et frôle de sa main gauche la joue d'Ava pour attirer son attention, mais celle-ci persiste à ne pas le regarder, jusqu'à ce que la commissure de ses lèvres s'élève légèrement dans une esquisse de sourire.

Voilà, quand il veut. J'entends Adam ricaner derrière moi. Je pense qu'il est aussi perturbé que moi face à l'aisance de Noah.

Ava retire sa main et se replace en face de lui, affichant toujours le même petit rictus.

— Merci, nous gardons votre duo, lance Sebastien.

Bon, l'avantage est que l'exercice ne dure qu'une minute. Ils testent notre capacité à nous adapter très vite à l'autre.

— Cyrielle et Isaac.

Nous nous tournons vers le grand brun qui affiche un sourire radieux. Ce mec, c'est Marius en trois fois pire. Au-delà de son niveau limité en tant que *kicker*, c'est un vrai fardeau au quotidien. Il est arrivé l'année dernière à Covington en se faisant passer pour la nouvelle figure du football américain de Louisiane. Son attitude condescendante et ses frasques trop fréquentes exaspèrent tout le monde. Fils à papa, enfant unique, gosse de riches : une mauvaise combinaison qui le qualifie parfaitement. Je ne comprends toujours pas pourquoi Seb le laisse dans l'équipe alors qu'il nous apporte plus de problèmes que d'avantages.

J'ai de la peine pour elle. Isaac n'est pas un bon partenaire. Il a mauvais fond. Je ne sais même pas pourquoi il est ici. La danse a l'air d'être le cadet de ses soucis. En revanche, sa partenaire, elle, semble retenir toute son attention… Je suis sortie quelques semaines avec lui – *si on peut appeler ça sortir* – l'année dernière. J'ai vite arrêté quand j'ai compris que ses intentions étaient loin d'être sincères et quand je me suis retrouvée à devoir aller le chercher, bourré, un jeudi soir, alors que cela ne faisait que trois jours que nous flirtions. *Ce mec, c'est un* red flag *ambulant.*

Cyrielle affiche une mine très déçue, mais garde son professionnalisme et s'avance vers lui. Elle lui souffle à l'oreille quelques mots inaudibles : le sourire suggestif d'Isaac disparaît instantanément. *Deux* red flags *ensemble, ça peut peut-être marcher ?* Ils exécutent les demandes de Hannah et sont retenus pour danser ensemble.

J'adresse à Cyrielle un petit sourire compatissant quand elle retourne à sa place. En guise de réponse, elle me toise du regard. *Aucune justification ?*

— Iris et Ange, c'est à vous.

Justification.

Impossible. C'est impossible. C'est tout sauf possible. Elle se trompe. C'est une plaisanterie. Ou alors c'est Ava qui a voulu me faire une blague ? Non, c'est impossible.

Mon regard croise celui de ma meilleure amie. Sa bouche est entrouverte, elle semble tout aussi médusée que moi. Je cherche en elle le peu de soutien qu'elle pourrait me donner, mais, malheureusement, aucune parole ne lui échappe. Mon ventre se serre, une vague de stress me submerge et mes mains se mettent à trembler.

Tout, sauf ça.

Ava le remarque : ses bras se posent sur mes épaules.

— Ça va le faire Iris, ça va le faire. Tu iras voir Hannah à la fin de l'heure si c'est vraiment impossible. Pense à ton avenir, pense à la NOCCA.

J'acquiesce sans vraiment l'écouter. Hannah me rappelle une seconde fois alors qu'Ange est déjà au milieu de la scène. J'inspire profondément et me place à quelques mètres devant lui, sans le regarder. Ma bouche est sèche et ma respiration irrégulière.

— Évolution des sentiments.

La voix de ma coach résonne, Adam, un sourire aux lèvres, semble imperturbable face à la situation. Il lève délibérément son pouce. *L'enfoiré.* Il sait très bien que je ne peux pas blairer son meilleur ami.

— Je veux que vous mettiez en scène une situation où vous allez passer d'une émotion négative à une compréhension plus profonde ou une émotion positive. Soyez progressifs.

Soyez progressifs. Dit de cette façon, c'est presque ironique.

J'entends Ange se racler légèrement la gorge pour attirer mon attention. Les paroles d'Ava me reviennent : *pense à la NOCCA, pense à la NOCCA, pense à la New Orleans Center for Creative Arts.*

J'expire bruyamment puis finis par le regarder dans les yeux. Lui m'examine déjà. Son visage est neutre, je ne peux y déceler aucune émotion et, à l'inverse de moi, sa respiration est régulière.

— Je veux le ressentir simplement dans votre regard.

Hannah s'approche de nous pour analyser notre prestation.

En fait, cet exercice peut être intéressant.

On dit toujours que les yeux sont le reflet de l'âme : j'espère qu'il va s'y noyer et voir à quel point sa personne est étrangère à la mienne. Mes sourcils se froncent. Il est toujours impassible. J'essaie de déchiffrer ses intentions, mais ses iris bruns me l'interdisent. Tant pis – c'est vrai que la communication n'a jamais été son fort. Je vais m'en charger seule.

Mon regard s'assombrit de plus en plus tandis que ses pupilles se dilatent. Je sens ma lèvre supérieure trembloter. Les secondes s'étirant, une tension s'infiltre dans mes épaules. Je lutte pour maintenir ma façade.

— C'est très bien, Iris. Ange, réponds-lui.

Ses prunelles sombres, d'ordinaire si agaçantes, laissent tout à coup entrevoir une nuance de vulnérabilité. Il alterne entre mon œil droit et mon œil gauche. Ses lèvres s'entrouvrent subtilement. La pression persiste tout comme mon expression qui reste de glace, même si l'incertitude me gagne.

— Oui Ange, le relâchement de sourcils témoigne bien de la séparation entre les deux émotions. C'était parfait. Votre duo est retenu.

La réalité froide et implacable de notre relation refait surface et me frappe de plein fouet. Je dévie mon regard pour éviter de croiser à nouveau le sien tandis qu'il retourne lui aussi à sa place.

— Iris, c'était… incroyable ! dit Ava, impressionnée, en m'accueillant dans ses bras. Je te promets que je ne te dis pas ça pour rien. Il faut que tu restes en duo avec lui. Hannah va vous choisir comme rôles principaux, je te l'assure.

— Pourquoi tu dis ça ?

— Parce que vous nous avez transmis de réelles émotions. L'évolution des sentiments n'était pas jouée, et c'est ça que Hannah recherche.

— Mais, Ava…

— Je sais, me coupe-t-elle. Mais le thème du concours se moule parfaitement sur votre relation. Peut-être que ce sera l'occasion de renouer un lien ?

— Je n'en ai pas envie, je n'en ai plus envie, en fait. Notre vie ne s'est jamais mieux portée que depuis qu'on ne s'adresse plus la parole.

— Alors, si tu ne fais pas ça pour toi, fais ça pour nous, pour Hannah. Vous êtes le duo qu'elle recherche, ça s'est ressenti dans son regard à elle aussi. Elle mérite que vous donniez tout. On doit mettre toutes les chances de notre côté.

Je sais que les motivations de ma meilleure amie sont bienveillantes, mais…

Je reste silencieuse un moment. *Le bonheur de Hannah…* Elle a grandement contribué au mien quand j'en avais besoin. Depuis notre entrée à l'académie, elle nous prépare à ce concours : c'est son rêve. Elle n'avait pas prévu que le thème de cette année comporterait la mention « partenaire », pourtant elle a mis du cœur à l'ouvrage pour nous en trouver. Je me retrouve à peser le pour et le contre entre mes réticences envers Ange et la perspective d'offrir un succès mémorable à notre professeure. Même si mon corps me pousse à renoncer… je choisis Hannah, c'est une évidence.

Ava, quant à elle, continue de me regarder avec espoir.

— Si elle nous choisit comme rôles principaux, je dirai oui.

Ava sautille avec entrain et tape furtivement dans ses mains. J'essaie encore de me convaincre que nous ne serons pas le choix de Hannah. Elle ne nous a jamais vus ensemble avant aujourd'hui, elle ne sait pas que le passé d'Ange est tragiquement lié au mien. Et puis, dans le pire des cas, elle se rendra compte par elle-même, après quelques répétitions, que notre duo est faussé. Impossible.

— Autrement, je demanderai à changer de partenaire.

Ma meilleure amie me serre une nouvelle fois dans ses bras en me remerciant. Elle ne fait pas partie de la famille Rossi, pourtant elle hyperbolise tout comme ma mère, toujours positive dans chaque situation.

Vingt minutes plus tard

— Bien, mes chères danseuses et danseurs, le cours est terminé. Je vois que Sebastien et moi ne nous sommes pas trompés. Nous avons vu juste pour vos partenaires. C'est super ! Nous nous revoyons lundi, je vous annoncerai alors qui est le duo principal.

Le moment que je redoutais le plus est pour l'instant terminé. Les garçons ont étrangement bien joué le jeu. Les danseuses ont toutes l'air satisfaites de leur partenaire – *sauf Cyrielle et moi. Malgré la position médiocre qu'occupe Ange dans mon estime, je ne l'échangerais pour rien au monde contre Isaac.*

Ava me prend par la main et m'entraîne joyeusement vers les vestiaires. Son duo avec Noah ne promet que du bon. Je suis certaine qu'il va se passer quelque chose entre ces deux-là. *J'ai bien fait de soumettre cette proposition à notre professeure…*

— Iris ? Peux-tu rester un instant, s'il te plaît ?

La douce voix de Hannah, qui m'appelle, coupe Ava dans son élan. Elle me lance un clin d'œil avant de sortir de la salle. En me retournant, j'aperçois Ange et Sebastien à côté de Hannah.

Merde, bordel de merde.

Il faut croire qu'Ava Domson a l'œil… Je la hais intérieurement, mais je lui ai promis que je dirais oui. Je m'avance silencieusement. Ange, toujours aussi imperturbable, attend que la jolie rousse nous explique ce qu'elle a en tête.

— J'avoue avoir été tout de suite conquise par votre binôme.

C'est bien la seule à l'être.

— Iris, tu es une de mes danseuses les plus talentueuses, je pense que tu mérites d'être mise en avant par un premier rôle.

Fébrile, anxieuse, je scrute tout ce qui m'entoure, sauf les trois personnes qui se dressent devant moi. Tenter de dissimuler mon absence d'enthousiasme et mon impatience se révèle épineux. Je n'arrive même pas à esquisser un sourire pour la remercier de son compliment.

« Le bonheur de Hannah. »

Je finis quand même par chuchoter un « merci » inaudible.

— Comme je l'ai dit tout à l'heure, j'ai déjà évalué le niveau des garçons ; Ange saura amplement relever le défi.

Mon regard se pose brièvement sur Ange. Il ne dit rien et ça m'énerve. Il ne réagit pas. Il est juste passif et stoïque. Il n'a pas contredit une fois Hannah, il acquiesce même !

— Donc est-ce que vous seriez partants, tous les deux, pour être mes premiers rôles ?

La voix de ma coach résonne presque comme l'innocente demande d'un enfant en quête d'un « oui ». Ses yeux pétillent et ses mains sont jointes comme pour nous supplier. Je sens mon cœur tambouriner dans ma poitrine. Je me sens mal, j'ai chaud et j'ai l'impression d'être coincée dans une impasse. J'aimerais qu'Ange réponde à ma place, qu'il décline, qu'il exige une autre partenaire ou qu'il insinue que nous serons loin d'être à la hauteur.

— Je suis partant.

— Quoi… ?

L'exclamation m'a échappé. Il est déroutant, incompréhensible, pathétique. Il n'a pas le droit d'être partant. Il ne l'a jamais été et il ne le sera jamais.

Ça va être un désastre.

Je déglutis difficilement. Le sourire angélique de Hannah, d'ordinaire réconfortant, me paraît aujourd'hui un piège dans lequel je m'apprête à tomber malgré moi.

Trois paires d'yeux sont braquées sur moi : ils n'attendent plus que ma réponse.

— Je… enfin… On peut essayer. Oui.

Le visage de mon enseignante s'illumine. Ses mains se séparent et elle esquisse une petite danse de la joie. Ava avait raison, elle a l'air si heureuse !

Elle me prend dans ses bras en riant doucement. Ses jolies prunelles bleues viennent se loger dans les miennes.

— Merci, ma petite étoile. Tu seras parfaite. Vous serez parfaits.

Sebastien tape sur l'épaule de son joueur qui sourit furtivement.

— On essaiera, souffle le grand garçon aux cheveux noir de jais.

Chapitre 5

Iris

« On essaiera ». Mais quel culot !

Après qu'Hannah nous a souhaité un bon week-end, je suis retournée aux vestiaires. Il était déjà désert. Ava m'a envoyé un message : elle avait dû partir pour rejoindre un repas de famille.

De : **Ava <3**
À : **moi**
Et j'espère que tu as accepté ;)

De : **moi**
À : **Ava <3**
Oui. Hannah était contente.

De : **Ava <3**
À : **moi**
Youpiiiii ! Je te l'avais dit ! Repose ton cerveau jusqu'à lundi, l'engrenage est enclenché…

Je like son message et éteins mon téléphone pour finir de me changer. Il est presque 14 heures, la matinée a traîné en longueur. Entre les explications sans fin de nos entraîneurs, les tests et enfin la distribution de papiers à lire et signer, mon samedi est déjà bien avancé.

En sortant de l'académie, je vois la voiture d'Ange toujours stationnée au même endroit. Appuyé contre la carrosserie, il fume une cigarette tout en pianotant sur son téléphone. Mon frère n'est pas avec lui, alors que nous devions rentrer tous les trois ensemble à la maison.

— Où est Adam ?

Son regard reste rivé sur son *smartphone* tandis qu'il écrase son mégot pour le jeter dans le cendrier, près du hall d'entrée.

— Il est reparti avec Noah. Ils nous attendent déjà chez toi.

Mon frère aura une mort affreusement lente et douloureuse.

S'il croit qu'on ne va pas discuter de ce qu'il vient de se passer, il rêve.

— Je peux savoir pourquoi tu as accepté ?

L'odeur de la cigarette mélangée à l'odeur du cuir emplit l'intérieur de l'habitacle. En mettant le contact, il incline la tête dans ma direction. Dans ses yeux noisette, une lueur de satisfaction se mêle à une pointe d'amusement.

— Pour que tu aies le premier rôle.

J'hallucine. Un rire forcé sort de ma gorge.

— Je rentre en bus.

Je sors de la voiture en attrapant mes affaires et claque la portière. Je l'entends m'appeler à travers la vitre en riant.

En plus, il rigole ?

L'arrêt de bus est à quelques pas seulement. Mon application indique qu'une navette arrivera dans cinq minutes, c'est parfait.

C'est plus fort que moi. Dès qu'il ouvre sa bouche, il m'exaspère. Je n'essaie même plus de répliquer à ses remarques, je fuis. Il a trop joué avant de ma capacité d'empathie pour que je revienne vers lui comme une idiote.

Une brise légère soulève quelques mèches de mes cheveux alors que je m'éloigne de l'Audi. Les nuages s'étirent et s'épaississent. Des gouttes commencent à tomber sur l'abribus. Une berline noire – que je ne connais que trop bien – vient se garer contre le trottoir.

— Monte, Iris.

Le *s'il te plaît* est en option, apparemment.

La voix d'Ange est tranquille, mais l'autorité transparaît clairement. – Va te faire foutre, je prends le bus.

Un sourire léger flotte sur son visage.

— Ton frère m'a ordonné de te ramener, il savait que tu allais avoir cette réaction. Donc, monte.

Le bus ne va pas tarder à arriver, Ange le remarque et insiste d'autant plus.

— Quand tu arrêteras de te comporter comme un gamin et d'agir en minable pathétique, peut-être que j'essaierai de t'écouter. En attendant, je n'ai pas besoin de toi.

La pluie s'intensifie alors que je monte dans le bus. La route sera plus longue, mais tant pis. Mes pensées s'emmêlent : j'essaie de comprendre comment j'ai pu accepter cette situation absurde. Je me sens mal, je me sens vraiment mal. C'était une évidence… On ne peut pas imposer à deux êtres qui ont notre passif une proximité imposée sans que cela soit néfaste ou toxique.

Le trajet jusqu'à la maison est monotone. Les autres passagers semblent indifférents et perdus dans leurs réflexions : ils observent passivement les gouttes qui glissent sur les vitres. Les rues assombries des quartiers défilent ; une vingtaine de minutes plus tard, j'arrive à la maison.

Quand je franchis la porte d'entrée, j'entends les garçons crier en jouant à leur console, probablement à cause d'un membre de l'équipe adverse qui a dû éliminer l'un d'entre eux. Leurs baskets sont éparpillées partout sur le tapis et leurs vestes, encore trempées, s'égouttent sur le sol.

Comme prévu, maman n'est pas là. Pourtant, j'aurais eu besoin d'elle, tout de suite. Le débriefing de demain promet…

Mon frère sort de sa chambre et descend les escaliers, le regard fixé sur moi.

— Pourquoi tu n'es pas rentrée avec Ange ?

Je sens dans son ton de l'agacement. Il s'adosse contre l'îlot central de la cuisine.

— Adam, je…

Ma voix se brise.

Son regard s'adoucit : il pousse un long soupir en me tendant ses bras. Sa main droite caresse l'arrière de ma tête pour m'inciter à la poser contre son torse. Il pose ses lèvres sur le haut de mes cheveux tout en me tapotant le dos.

— Iris, Iris, Iris…

Sa tonalité est lente, douce et rassurante. À chaque sanglot, il resserre son étreinte.

Dans ces moments-là, quand je ferme les yeux, il réussit presque à me persuader qu'il est papa. Il porte son parfum et ses boucles blondes ressemblent à celles de notre père autrefois.

— Je peux être honnête ?

Le visage contre son épaule, je me contente de hocher la tête en signe d'approbation. Mes larmes continuent de couler.

— Je ne pense pas que cette association entre toi et Ange soit une mauvaise idée.

Pendant un instant, j'ai cru qu'il allait me comprendre. Juste pour une fois, qu'il soit de mon côté et ne me fasse pas passer pour la fille capricieuse.

— Vous allez être obligés de communiquer, de vous aider, de vous écouter. C'est tout ce qui vous manque depuis… depuis l'accident.

Depuis trois ans…

Il m'oblige à le regarder en pressant ses deux pouces contre mes joues brûlantes.

— Je suis conscient que ça va te demander du temps, de l'énergie. Mais, d'un côté, je t'avoue que j'en ai un peu marre de voir ma petite sœur et mon meilleur ami se faire la guerre. Vous êtes les deux personnes les plus importantes de ma vie.

Son regard se déloge de mes prunelles pour se diriger vers le plafond.

— Nous étions tellement proches tous les trois… continue-t-il.

Voilà qu'après avoir accepté ce duo pour Hannah, je dois maintenant me réconcilier avec Ange pour rendre mon frère heureux. C'est un cercle sans fin…

— Nous sommes les seuls à pouvoir nous comprendre, après les décès de nos pères, Iris.

Il utilise les mots qui font mal. Les mots que je ne suis pas encore prête à entendre.

— On a vécu la même chose, tous les trois. Dans notre malheur, on peut s'estimer heureux d'être là les uns pour les autres.

Mes yeux se referment, laissant échapper deux grosses larmes qui viennent s'écraser sur ses mains.

Je dois fuir cette discussion.

— Papa et Antoine auraient voulu que ça se passe ainsi.

Je me dégage sans brutalité et me dirige vers les escaliers. Mais ma voix est agressive quand je lance :

— Papa et Antoine n'ont rien voulu du tout

Quelques heures plus tard

La porte de ma chambre s'ouvre doucement et révèle la silhouette d'Adam. Il porte un plateau-repas tandis qu'un sourire timide éclaire son visage. Après avoir pris une douche brûlante pour tenter de m'apaiser, je me suis endormie sans m'en rendre compte et me suis réveillée avec un bon mal de tête.

Mon frère dépose délicatement une assiette sur ma table de nuit et s'assoit sur le bord de mon lit.

— Merci, Adam. Il ne fallait pas.

Son sourire s'élargit un peu plus.

— On a tenté de faire des lasagnes, mais… je pense que les tiennes auraient été meilleures.

Un petit rire s'échappe de ma gorge. C'est vrai que je les prépare habituellement avec maman.

— J'apprécie tout de même le geste !

Un silence s'installe alors que je contemple le plat qui, avouons-le, semble un tantinet sec. *Elles manquent sûrement de béchamel.* Je n'ai pas été compréhensive avec mon frère tout à l'heure, alors que je me doute que cette situation doit lui peser. Mais je suis tellement négative envers Ange. On m'a toujours conseillé de m'éloigner des personnes qui ne contribuent pas à mon élévation ou à mon bonheur. Ange ne m'aide en rien, au contraire. Il ravive juste des souvenirs douloureux et me les expose chaque jour.

Adam m'observe en se grattant la nuque. Je sais qu'il est venu pour me parler, peut-être même pour me persuader. Au moins, il aura eu le mérite d'essayer. J'ai une fâcheuse tendance à ignorer les conseils qui semblent être des reproches à première vue alors qu'ils sont simplement bienveillants.

Je prends une bouchée de pâtes tout en réfléchissant à la manière de lui présenter mes excuses. Noah a dû partir pendant que je dormais, car la maison quotidiennement animée par le cliquetis de manettes et leurs cris incessants est plongée dans un calme troublant.

— Je suis désolée, soufflé-je simplement.

Il pose un doigt sur mon nez.

— C'est beaucoup de changement pour toi en peu de temps, non ? me demande-t-il en prenant un coussin sur ses genoux.

Oui. Oui et oui. Je déteste le changement. Je préfère le confort de ma routine, qui m'apporte le contrôle et la stabilité dont je manque. À quoi bon tester l'inconnu quand celui-ci ne m'a apporté que des regrets ? Je m'efforce déjà de trouver un équilibre entre le passé et le présent, de rester stable, sans être submergée par mes émotions. La peur de l'échec me hante, et chaque nouveau changement est comme une pièce de domino qui menace de détruire l'équilibre précaire que j'ai réussi à bâtir.

Je me retrouve confrontée à la résistance au risque et à l'attachement émotionnel.

Le changement exige des efforts supplémentaires, un ajustement constant. Alors je préfère m'accrocher aux vieilles habitudes, même si elles ne me servent plus. Je préfère laisser passer le temps, pour qu'il répare tout de lui-même. Peut-être que cette aversion m'a enfermée dans un cercle vicieux, mais, d'une certaine manière, le passé m'a montré que chaque bouleversement nous donne une leçon, même si elle est douloureuse.

— Le changement, surtout chez toi, fait renaître des blessures que tu pensais guéries, et il faut du temps pour cela, continue-t-il, choisissant méticuleusement chacun de ses mots. Alors vas-y à ton rythme, rien ne presse.

Plus facile à dire qu'à faire quand tu as sept danses à préparer avec un élément perturbateur qui t'a été imposé ! La danse a toujours été pour moi une échappatoire. C'est mon refuge, mon petit jardin secret où personne n'a le droit de s'immiscer. C'est seulement là que je relâche la pression, que je ne réfléchis à rien d'autre qu'à mes pas. J'ai l'impression d'être un peu plus proche de papa. Mais cette année, on m'oblige à y renoncer.

Je suis contente qu'Adam finisse par comprendre. C'est… apaisant.

— Hmm… juste… fais au moins semblant… ajoute timidement mon frère.

Peut-être ai-je parlé trop vite ?

— De ?

— De bien vouloir le côtoyer. Au moins pour un an… sinon ça va être long pour tout le monde.

Je lève les yeux en prenant une nouvelle bouchée. Cela dit, dans un sens, il n'a pas tort. Ça risque d'être infernal et très fatigant si je dois passer mes nerfs sur Ange à chaque cours.

— J'ai entendu dire tout à l'heure qu'une de tes copines préparait une soirée lundi ? demande-t-il pour passer à autre chose.

— Oui, Victoria. Elle a invité pratiquement toute notre promo, donc vous y êtes conviés aussi.

— Nickel pour bien commencer l'année.

Ce qui est cool avec Victoria, c'est qu'elle trouve toutes sortes de raisons, même les plus banales, pour organiser une soirée. L'année dernière, c'était la fin du semestre et avant ça, le début du semestre. Elle a un talent indéniable pour transformer n'importe quelle occasion en une opportunité de faire la fête. Je crois que ses parents, très pris par leur travail, ne sont pas souvent là. Sa maison est un vrai moulin, elle est toujours bondée à n'importe quelle heure.

Après une trentaine de minutes à discuter, Adam a fini par sortir de ma chambre en me souhaitant une bonne nuit. Bien sûr, vu ma sieste monstrueuse, il est pratiquement une heure du matin et je n'arrive pas à me rendormir. J'entends la porte d'entrée claquer : maman doit être de retour. Je me faufile dans le couloir avec la lampe de mon téléphone et pars à sa rencontre. Je regarde par la fenêtre qui donne sur notre garage, mais aucune voiture n'y est garée, à part celle d'Ange.

Tiens ?

La poignée de la porte d'entrée se baisse et Ange entre.

— Que fais-tu debout à cette heure-ci ?

— Je suis chez moi, que je sache ! Je n'ai pas de comptes à te rendre. Mais toi ? Qu'est-ce que tu fais dehors à cette heure-ci ?

— J'avais oublié mon chargeur dans ma voiture, me répond-il en passant devant moi.

Qu'est-ce qu'il me raconte encore ?

J'arque un sourcil et le dévisage alors qu'il se dirige vers la cuisine.

— Tu attacheras tes beaux cheveux la prochaine fois.

Je m'arrête net.

— Je te demande pardon ?

— Pour danser, précise-t-il en se servant un verre d'eau.

Il plonge ses yeux dans les miens.

— Tes cheveux sont grave longs, c'est chiant.

Je fais demi-tour pour me placer en face de lui : seul l'îlot central nous sépare. Mes mains sont posées sur la table.

Quel culot, ce mec ! Il a toujours quelque chose à redire.

Il veut jouer à celui qui revient comme une fleur après trois ans, après avoir fait comme si je n'existais pas, comme si je n'existais plus. Il soutient toujours mon regard. Malgré la pénombre, je peux distinguer les petites taches de rousseur qui parsèment ses pommettes.

— Non. Mes habitudes ne changeront pas pour toi. Tu ne t'es pas opposé à être mon partenaire alors que tu le pouvais. Donc j'estime que rien ne te dérangera à partir de maintenant.

Il rit jaune, mais reprend très vite son sérieux.

— Toi non plus tu n'as pas refusé, à ce que je sache.

Je manque de m'étouffer. Il est vraiment en train de retourner la situation ?

— Ne joue pas à ça avec moi. J'aurais choisi tout le monde, sauf toi.

— Même Isaac ?

Un frisson d'exaspération me parcourt. Sa nonchalance me crispe, il sait exactement ce qu'il fait.

— Tu vois, ça ne sert strictement à rien de parler avec toi, tu n'es qu'un gamin !

— J'arrêterai de me comporter en gamin si tu t'attaches les cheveux quand on danse.

Ma bouche reste ouverte. Cette discussion n'a aucun sens, mais je ne le laisserai certainement pas s'en tirer aussi facilement.

— Ne t'avance pas sur des promesses que tu ne tiendras pas, Ange. Tu ne les tiens jamais, dois-je te le rappeler ?

Sa mâchoire se contracte. Il ouvre la bouche pour me contredire, mais je le devance en lui tournant le dos pour remonter dans ma chambre, en lui lançant une dernière flèche :

— Ça fait bien longtemps que j'ai arrêté de te croire.

Chapitre 6

Iris

— On a parlé tout le samedi soir ! Il a posé énormément de questions pour apprendre à me connaître… C'était si fluide, Iris ! Je n'en reviens pas.

Au lieu de me plonger dans les secrets des mathématiques avec mon professeur monotone, je me laisse happer par les histoires captivantes de ma meilleure amie. De quoi bien commencer un lundi matin.

— On parle bien de Noah Carpenter ? plaisanté-je.

— Mais oui ! Je ne le pensais pas aussi ouvert d'esprit !

La belle brune a les yeux pleins d'étoiles. Ses cahiers et son manuel sont encore fermés, négligemment posés sur le coin de sa table. Elle n'a toujours pas défait sa veste alors que le cours a commencé il y a déjà vingt minutes. Je ne l'interromps pas : elle débite, le sourire aux lèvres.

— Moi non plus, lui confié-je. Il n'est pas très bavard quand il vient à la maison.

À l'instant où je termine ma phrase, son téléphone se met à vibrer. Le pseudo *noah_crpt* apparaît sur son écran. Son visage s'illumine : elle s'empresse de saisir l'objet pour prendre connaissance du message. Noah semble enfin réaliser qu'Ava est une déesse.

Elle me parle de lui depuis trois ans ! Ils avaient déjà flirté ensemble lors d'un voyage scolaire, en seconde, mais ça n'avait rien donné – puisque Ava a préféré tomber dans les bras d'un autre garçon, un minable, soit dit en passant.

— Alors ? m'impatienté-je.

— Il me demande si je serai ce soir chez Vic ! Je réponds quoi ?

Je claque ma langue contre mon palais et m'exclame un peu trop fort :

— Que bien entendu tu y seras !

M. Brown nous lance un regard noir en signe d'avertissement. Je lui offre un sourire timide pour lui promettre que je vais me replonger sagement dans le monde des mathématiques.

— Tu viens te préparer chez moi ce soir ? chuchoté-je derrière mon livre d'exercices.

— Évidemment ! Je serai beaucoup trop stressée pour me maquiller seule.

Je scrute Ava d'un air complice. Elle a toujours eu ce tempérament anxieux. Je pense que c'est encore l'une des raisons à ajouter à la liste de « pourquoi Ava Domson est ma meilleure amie ». Nous sommes toutes les deux assez timides et parfois je remercie mon frère de nous ouvrir au monde en nous présentant à ses propres amis…

Hannah's Dance Academy, fin de journée

Comme je l'avais prédit, maman et moi avons eu une longue discussion sur mon duo avec Ange.

Ses propos étaient exactement les mêmes que ceux d'Adam ; « ce n'est pas plus mal, vous arrêterez de vous faire la guerre » ou encore « c'est super ça ! mes deux loulous partenaires ! » Elle a déjà annoncé la nouvelle à toute notre famille en France et selon elle, ils sont « hyper impatients ». J'ai bien l'impression qu'Albarez en joue depuis samedi soir. Il n'est même pas rentré voir sa mère ce week-end ! Adam et lui sont allés faire des courses pour la semaine, ce qui signifie que le retour d'*Ange le SDF* est officiel.

Après notre discussion nocturne, Ange et moi ne nous sommes plus adressé la parole. Mais je crains que nous n'y soyons à nouveau contraints aujourd'hui. C'est notre premier cours de danse avec les Eagles et Hannah compte révéler qui sera le couple principal.

Cyrielle va me passer sur le corps.

En parlant d'elle, je la vois s'échauffer en face de moi aux côtés de Clara et de Spencer.

Adam a d'ailleurs été jumelé avec Clara. C'est la meilleure amie de Cyrielle et je m'attendais à ce qu'elle proteste, mais, au contraire, ils ont l'air de bien s'entendre. Mon frère a même déclaré qu'il était content de danser avec elle. Tout comme Ava et Noah, ils ont très vite échangé leurs numéros.

— Iris ? m'interpelle Cyrielle en se dirigeant vers moi.

Le moment est venu. En soi, je n'ai rien à me reprocher. Je suis de son avis : elle aurait formé un très bon duo avec Ange. Je ne veux juste pas qu'elle soit sur mon dos toute l'année à cause d'une décision qui n'est pas la mienne.

Il manquerait plus que ça, à vrai dire…

Ange est mon poison, il me complique la vie, alors qu'elle n'est déjà pas si facile. Il ajoute des problèmes là où il ne devrait pas y en avoir. Et il n'en subit jamais les conséquences. Il les crée, et moi, je les encaisse.

— Je sais que toi et Albarez allez être choisis pour le duo principal.

Elle s'arrête et passe dangereusement sa main près de mon visage pour enrouler une de mes mèches de cheveux entre ses doigts.

— Et je tenais à te féliciter, trésor.

Elle a cette fâcheuse habitude d'appeler « trésor » toutes les personnes qu'elle croise. Et ce surnom est loin d'être affectueux. Elle le prononce d'un ton très lent et hautain. Généralement, quand elle l'emploie, tu sais déjà que, par la suite, elle va te faire un reproche ou bien une remarque qui aura pour but de te blesser.

— C'est le choix de Hannah.

Son regard divague entre mes yeux et mes cheveux détachés.

— Sans doute pas le meilleur qu'elle ait fait, puisque j'ai entendu dire qu'Ange et toi ne pouviez pas vous supporter, continue-t-elle.

Je recule d'un pas. Spencer et Clara sont désormais derrière elle. Elles ne disent rien. Elles n'ont pas l'air d'être au courant de ce qui se passe, car leurs sourcils se froncent légèrement.

— Il ne faudrait pas que votre alliance ravive des souvenirs de toi et lui, quand vous étiez enfants. Tu ne crois pas ?

Je ne comprends pas où elle veut en venir. Je n'ai jamais parlé de rien avec elle. Ange non plus, à ce que je sais. À mon tour, je secoue doucement la tête pour l'encourager à terminer sa phrase.

— Parce que, la dernière fois que vous vous êtes bien entendus, c'était quand vos deux pères étaient encore là. On voit le résultat maintenant.

Ma bouche s'entrouvre, mais aucun mot n'en sort.

— Ce n'est pas pour t'offenser, Iris. Juste pour te rappeler que tes querelles avec ton cher ami ne doivent en rien mettre en danger votre prestation. Jouer le parfait couple de danseurs alors que dans la vraie vie vous ne pouvez pas vous côtoyer, je trouve ça très risqué et égoïste de ta part. Si nous perdons, ce sera sûrement ta faute et je ne sais pas si tu as les épaules pour supporter une autre défaite. Une… perte.

Ses mots sont un couteau qui vient creuser des cicatrices invisibles. Elles réapparaissent douloureusement chaque fois qu'on évoque mon passé. Un silence pesant s'installe. Les iris bleus de Cyrielle semblent vouloir pénétrer au plus profond de mon esprit, y cherchant une réaction. Je me mords l'intérieur de la joue afin de ravaler mes larmes. Je sens sur moi les regards curieux des autres danseuses.

Alors que j'aimerais répliquer, une main vient se poser sur mon cou. Adam s'est faufilé derrière moi, suivi de Noah et d'Ava. La jolie brune me sourit avant de rejoindre Victoria. J'aurais aimé qu'elle me prenne par la main pour me donner la force de répliquer à cette garce. Malheureusement, je reste silencieuse face à ses attaques, et Cyrielle prend ça comme une première victoire. Elle s'apprête à continuer son monologue, mais se tait à l'approche d'Ange.

— Monsieur Albarez, ça fait bien longtemps que je ne t'ai pas vu ! De nouveaux tatouages ont eu le temps de se dessiner à ce que je vois, déclare-t-elle d'un ton assuré en montrant son bras.

Ange détache ses yeux de l'écran de son téléphone. Il a l'air surpris, car il me lance un regard interrogateur.

— On se connaît ? demande-t-il.

Je me retiens d'exploser de rire.

Il le fait exprès ? C'est impossible, bien sûr qu'il la connaît. Elle nous en a parlé vendredi dernier.

Cyrielle ne se laisse pas impressionner et se rapproche dangereusement de lui.

— Bien sûr ! Tu m'avais expliqué la signification de tes tatouages l'année dernière, en cours de physique.

Il fait un pas de côté – vers moi. Elle conserve son air narquois, fière de perturber la quiétude apparente d'Ange, et prend plaisir à jouer de cette situation.

— Ah, je me souviens. Cecile, c'est ça ?

Quelle enflure !

Même si j'avoue que je suis plutôt contente qu'il lui rende la monnaie de sa pièce. Au moins, je ne suis pas la seule à qui il réserve ses coups bas.

J'en connais une qui se couchera sûrement moins sereine. Cyrielle, malgré son assurance habituelle, semble stupéfaite. Son sourire vacille un court instant pendant que Spencer et Clara l'analysent de haut en bas.

— Cyrielle, précise-t-elle fermement.

Ange esquisse une mine faussement gênée avant de rejoindre Adam à l'autre bout de la scène.

— Merde, désolé ! Ma langue a fourché, Cyrielle.

Je connais ce ton, détaché, pas une once de sentiment. Il se fout littéralement d'elle. J'aurais pensé qu'il l'appréciait, mais il faut croire que je me suis trompée. *Tant mieux*.

Hannah nous demande de nous rassembler au centre du plateau. Comme prévu, elle annonce qu'Ange et moi assurerons les rôles principaux et que nous serons contraints d'apprendre trois chorégraphies de plus que les autres. Elle nous détaille également l'organisation des prochains cours. Les trente premières minutes nous serviront d'échauffement et l'heure et demie restante sera consacrée à l'apprentissage des chorégraphies.

Ange et moi avons une heure en plus les mercredis et jeudis pour notre duo. Ça ne me réjouit pas, mais la liste des personnes à convaincre sur ma capacité à m'adapter commence à être longue. *On peut y ajouter Cyrielle.*

— La tracklist du gala est complète ! se réjouit Hannah en nous distribuant des feuilles où figure le programme musical.

Tracklist
Hannah's Dance Academy

1. *Dangerous Woman*
– Ariana Grande
2. *Meet You in Hell*
– Jade LeMac
3. *Dark Times*
– The Weeknd, Ed Sheeran
4. *Altitude*
– Montell Fish
5. *War Of Hearts*
– Ruelle
6. *Overcome*
– Skott
7. *Open Up*
– Gallant

— *Meet You in Hell*, *Altitude* et *Open Up* ne seront que pour vous, Iris et Ange, continue la jolie rousse. Les quatre autres seront les chorégraphies de groupe.

Ava consulte la liste avec satisfaction. C'est vrai que notre professeure a mis la barre très haut. Le choix des chansons n'était pas imposé, mais devait correspondre au thème. Vu les titres de chacune, je ne me fais pas de souci…

— Le jury nous laisse interpréter librement le thème. C'est pourquoi j'ai décidé d'amener l'histoire de manière chronologique. Les deux protagonistes sont à l'origine rivaux, mais utilisent la séduction pour faire sombrer l'autre.

Je peux toujours refuser, non ? Il n'y a pas de clause à signer ou de délai à respecter ?

Hannah continue ses explications en nous précisant les sentiments et les éléments que doit apporter chacune des chorégraphies.

— *Dangerous Woman* expose la tension, la puissance et la séduction. *Meet You in Hell* annonce le duo et montre le début de la rivalité. *Dark Times* exprime le désespoir, les moments difficiles de la relation. *Altitude* est LE tournant du gala : ce morceau annonce une ascension vers une dynamique plus positive. *War Of Hearts* vient contraster avec le début du spectacle en révélant la lutte intérieure des personnages. *Overcome* est la résilience, la victoire sur les obstacles. Et *Open Up* conclut le show en illustrant la naissance de la romance. Je vous avais dit que *Dangerous Woman* serait une chorégraphie 100 % féminine, mais en y réfléchissant, je veux profiter de la seconde partie pour y intégrer vos partenaires.

Les Eagles montrent une concentration qui surpasse même celle des danseuses elles-mêmes. Adam se tient près de Clara, Noah n'est pas loin d'Ava. Les binômes prennent forme naturellement. Nous avons le privilège d'appartenir à une promotion où règne une bonne entente forgée au fil des années – *excepté quelques personnes.*

Malgré le nombre de niveaux qu'accueille St. Paul School, notre établissement n'est pas très grand, et les visages des uns et des autres deviennent rapidement familiers, tout comme les rumeurs et les histoires qui circulent de temps à autre.

Isaac ne m'a pas encore adressé la parole depuis le début de l'année. C'est étrange. Il a l'habitude de revenir à la charge chaque mois – disons au moins une fois toutes les trois semaines. Il n'est pas du genre à s'avouer vaincu, non. Il opte pour des approches plus subtiles, comme liker mes anciennes photos Instagram ou annuler l'envoi d'un message pour susciter une notification. Apparemment, sa nouvelle partenaire lui convient. Il la dévore des yeux et lui lance des sourires charmeurs dès que l'occasion se présente. Ce n'est pas plus mal : il a le mérite d'occuper Cyrielle, qui, contrairement à lui, en a déjà assez.

— Donc, pour cette première séance, comme les filles ont travaillé la première partie de la chorégraphie, nous allons directement passer aux placements à une minute de la fin.

Nous nous affairons à disposer les chaises sur la scène. Notre coach donne des indications de pas aux Eagles afin de leur montrer comment rejoindre leurs partenaires respectives. Après une quinzaine de minutes de répétition, ils comprennent ce que Hannah attend d'eux et surtout commencent à suivre le rythme de la musique. Pour l'instant, ce n'est pas compliqué ; ils marchent derrière nous et finissent par attraper notre taille pour nous prévenir de leur présence.

Mon regard n'a pas encore eu l'occasion de croiser celui d'Ange. Je sens ses mains sur moi. Son toucher est froid et fébrile. Il est moins à l'aise qu'à la maison.

Hannah s'approche de notre duo pour guider mes bras autour du cou d'Ange d'une manière qui corresponde à l'intensité de la musique. Ses instructions sont claires :

— Les filles, vous devez vous retourner brusquement, sans douceur. Vos gestes doivent être calculés et puissants.

La main de Hannah emprisonner la mienne sur la nuque de mon partenaire. J'en profite pour croiser son regard – histoire de lui prouver que je suis confiante – *alors que ce n'est absolument pas le cas*. Moi aussi, je suis mal à l'aise. Ma dignité en prend un coup. J'ai l'impression que tous les efforts que j'ai fournis pour faire disparaître Ange de ma vie n'ont servi à rien. Je ressens sa proximité comme une intrusion dans ma bulle personnelle, et mon acceptation comme un pas hors de ma zone de confort. Les airs supérieurs que j'ai cultivés pour l'éviter au cours de ces trois dernières années s'évaporent bien trop vite. Je me déteste d'être aussi apeurée en sa présence. Mais c'est plus fort que moi, je sens mon rythme cardiaque s'accélérer et ma bouche commence à s'assécher. J'ai l'impression de sauter d'un cinquième étage tant les muscles de mon ventre se contractent.

— Ça va ? finit-il par me souffler.

Plutôt du dixième étage.

Il n'a toujours pas compris que c'était la question à ne pas poser. J'évite le sujet :

— Tu sens la cigarette.

Il passe furtivement sa langue entre ses lèvres et ses sourcils se détendent.

— Normal, j'ai fumé juste avant le cours.

Ce qui est fou avec lui, c'est qu'en une seule phrase il peut aussi bien me faire pleurer que me mettre hors de moi. En l'occurrence, je suis contente qu'il reprenne son attitude détachée. Cela me donne une occasion de le blâmer et me remet les idées en place alors que j'étais en train de m'égarer.

— Il va falloir que ça change.

Mon ton est sec, autoritaire.

— Pardon ?

— Je déteste cette odeur, ça me déconcentre tellement tu empestes.

Son sourire provocateur est de retour.

— 5, 6, 7, 8. Gardez le rythme ! exige Hannah derrière nous.

— Tu ne t'es toujours pas attaché les cheveux, ça aussi ça me gêne.

Je lui lance un regard noir tout en m'efforçant de suivre les directives de notre professeure. Je vois où il veut en venir et ça m'énerve, car je sais qu'il a raison. Je ne peux pas exiger quelque chose de lui sans faire une concession de mon côté.

— Attache tes cheveux et je ne fumerai plus avant les entraînements, déclare-t-il en me faisant tourner sur moi-même.

C'est tellement dérisoire. Notre communication avec Ange est restée figée à l'époque de nos quatorze ans. Nous ressemblons à deux adolescents prépubères qui n'interagissent que par pur intérêt. L'année à venir risque d'être excessivement longue si nous ne parvenons pas à trouver d'autres sujets de conversation…

Désespérée, j'affirme :

— C'est ridicule.

— Totalement.

À la seconde où les dernières notes de *Dangerous Woman* retentissent, Ange m'écrase le pied sans faire exprès. La douleur me fait sursauter et rompt momentanément la tension qui règne entre nous. Irritée, je prends une longue inspiration en fermant les yeux.

— Tu vois, ça ne serait pas arrivé si tes cheveux avaient été noués. J'aurais vu tes pieds.

Chez les Rossi

— Insupportable, il est insupportable !

Je regarde mon reflet dans le miroir pour fixer mes boucles d'oreille avec minutie et ajuster ma coiffure.

— En fait, dans l'histoire, c'est toi que je déteste, Ava.

Ma meilleure amie se retourne, ahurie par ma déclaration. Elle en fait même déborder son rouge à lèvres.

— Oui, je te déteste de m'avoir mise dans cette impasse.

Elle lève ses yeux au ciel en vaporisant du parfum sur son décolleté.

— Ça ne durera que le temps que tu t'adaptes, j'espère, raille-t-elle. J'avoue que je vais commencer à me détester moi-même si je t'entends toute l'année te plaindre sur ton duo…

C'est à mon tour de m'offusquer. J'arque mon sourcil gauche et la regarde de haut. Ma main vient se poser d'une manière théâtrale sur mon cœur pour lui montrer qu'elle me blesse profondément. J'essaie de dissimuler mon sourire.

Il est 22 heures, nous allons partir dans une dizaine de minutes pour rejoindre la maison de Victoria. J'ai opté pour un pantalon noir de tailleur et un dos-nu argenté. Vic n'a pas précisé s'il y avait un *dress code* à respecter, mais je sais qu'elle aime que ses invités soient apprêtés. Ava, elle, porte une jupe droite en jean et un t-shirt court bordeaux. Elle essaie tant bien que mal d'enfiler ses talons, mais finit par abandonner et les remplacer pat ses Converse.

— De toute manière, je vais danser.

J'acquiesce en riant doucement et nous descendons dans le hall pour attendre Ange et mon frère.

— Le seul jour où je viens, Noah n'est pas là, alors qu'il est toujours fourré avec les deux autres… se plaint Ava.

— Ce n'est pas grave, il aura la surprise de te voir arriver, telle une diva !

Je lance la chanson *Baby One More Time* de Britney Spears sur mon téléphone et finis de dévaler les marches en mimant la démarche d'un mannequin en train de défiler.

— *My loneliness is killing me and I… I must confess I still believe…*

J'attrape les lunettes de soleil de ma mère posées sur la commode et les place sur mon nez. J'exécute la chorégraphie du clip tout le long de mon couloir, en exagérant mes mouvements pour amuser Ava.

— *When I'm not with you I lose my mind… Give me a siiiiiign…*

Un bruit sourd attire mon attention vers la cuisine. Adam et Ange me dévisagent en terminant leurs verres d'eau.

— *Hit me, baby, one more time…* chantonne Ava.

Je me fige aussitôt et retire les lunettes qui me servaient d'accessoire. Ma meilleure amie éclate de rire en saluant les deux garçons.

Je les mets dans l'ambiance, au moins…

Adam prend un air faussement ennuyé et secoue la tête, le sourire aux lèvres, tandis qu'Ange reste silencieux. Une lueur amusée danse dans ses yeux. Sans le moindre commentaire, ils passent devant nous pour enfiler leurs manteaux et ouvrir la porte.

C'est encore plus humiliant, ça…

— Maman, on y va, crié-je afin qu'elle m'entende depuis la salle de bains.

Une vague réponse m'indique qu'elle m'a comprise. Je referme à clé derrière moi. Les phares de la voiture brillent au loin, près du portail. La température est fraîche, ce qui m'incite à croiser les pans de ma veste légère. Une douce brise nocturne caresse nos visages.

Nous montons dans l'habitacle et nous nous dirigeons vers le quartier sud de Covington.

Chapitre 7

Iris

L'immense maison de Victoria se dresse devant nous. C'est une imposante résidence qui semble incarner l'élégance et le charme louisianais. Des colonnes blanches, classiques et imposantes, e architecturaux raffinés qui dévoilent la richesse historique du bâtiment et le souci du détail de son architecte. Son atmosphère est digne des demeures du vieux sud américain. On se croirait dans le film *The Great Gatsby* !

J'exagère peut-être un petit peu.

— Presque tout le monde est là, commente Adam.

Effectivement, le jardin qui entoure la villa est déjà bondé. Les parterres de fleurs colorées, soigneusement entretenus, sont déjà souillés de gobelets ou de mégots de cigarettes. Les jeunes forment de petits groupes animés. Je ne connais pas tous les visages. Victoria a dû inviter des élèves d'autres lycées. La lumière habituellement chaleureuse des lanternes extérieures a été remplacée par des projecteurs rouges et jaunes qui créent une ambiance électrique.

Nous avançons à travers les différentes bandes pour rejoindre l'intérieur. La musique est tellement forte que j'en ressens les vibrations avant même d'entrer. Victoria passe devant nous, un boa rose autour du cou. Elle tient maladroitement son verre de sa main droite et bouscule presque Ange en nous accueillant.

— Oh, les amis, vous êtes venus ! Il est déjà tard !

Elle empeste l'alcool et la cigarette. Ses pupilles sont légèrement dilatées. Ses longs cheveux sont tressés et quelques mèches luttent pour s'en échapper. Victoria est du genre fêtarde, elle ne tient pas en place et je pense qu'elle ressent la solitude assez vite. Elle a constamment besoin d'être entourée.

— Il est à peine 23 heures, Vic.

— Justement Ava, il est tard : bientôt au dodo, et…

Elle n'a pas le temps de finir sa phrase, car une de ses amies lui prend la main pour l'embarquer sur la piste de danse. Nous la regardons se perdre dans la foule animée. Les rires, les éclats de voix et le rythme vibrant de la musique se mêlent dans une symphonie chaotique. Adam et Ange se lancent un regard complice et décident de se diriger vers le buffet pour se procurer quelques rafraîchissements. Nous les suivons, sachant pertinemment qu'Ava va me servir un mojito fraise, comme à chaque début de soirée.

Le goût sucré du cocktail effleure mes papilles. Une explosion de saveurs danse sur ma langue. Les notes fraîches de la menthe combinées à la douceur acidulée des fraises forment un mélange enivrant. En quelques minutes, je descends tout le liquide glacé, qui m'apporte un frisson agréable et une immédiate sensation de bien-être. Chaque gorgée semble atténuer la tension dans l'air et m'offre un instant de répit.

Les tables regorgent de mets délicieux, mais mon regard est attiré par la piste de danse. Les couples se forment et se défont au coin de chaque mur, des filles se déhanchent entre amies tandis que des garçons jouent au *beer pong*.

— On devrait peut-être s'y mettre, suggère Ava en me tendant une autre coupe de cocktail fruité, que j'accepte volontiers.

— Pourquoi pas ?

D'un geste des mains, mon frère me fait signe de ralentir sur la boisson, ce à quoi je réplique positivement en hochant la tête.

Adam m'a toujours accompagnée aux soirées ; notre cercle d'amis est en grande partie commun, ce qui a ses avantages. Après le décès de papa, la première année de lycée d'Adam a été un échec total. Il a redoublé et est donc au même niveau scolaire qu'Ange et moi. Je pense que cela a été bénéfique pour lui. Ça lui a permis d'avoir sa sœur et son meilleur ami à ses côtés.

Ava et moi nous dirigeons vers la piste, esquissons quelques pas de danse, mais un bras vient rapidement encercler la taille de mon amie. Noah nous salue toutes les deux sans pour autant lâcher des yeux la belle brune. Il est vêtu d'une chemise blanche qui contraste à merveille avec ses cheveux châtains. Ange vient lui frapper gentiment l'épaule, suivi de mon frère qui l'invite à les rejoindre pour fumer dehors.

— Pas maintenant, les gars.

Il propose à Ava d'aller danser plus loin, rien que tous les deux. Cette dernière me lance un regard discret. Je m'approche de son oreille pour lui souhaiter une bonne soirée en embrassant sa joue.

— Mais tu vas rester avec qui, toi ? s'inquiète-t-elle.

— Je vais rejoindre Victoria pour voir comment elle va, ne t'en fais pas. Et sinon, je serai avec Adam !

Elle acquiesce avec un sourire un peu gêné, puis se laisse entraîner par Noah. Je pense que, cette fois, elle va accepter les avances de Carpenter. Ils ont gagné en maturité. Ils sont un peu comme des âmes sœurs perdues. Ils se tournent autour sans cesse, sans rien attendre et sans aucun résultat, mais finissent toujours par se croiser… jusqu'à ce que le destin décide de les réunir *ENFIN* !

Je pars à la recherche de ma très chère Vic en me faufilant entre les invités beaucoup trop nombreux. Les projecteurs continuent de diffuser une lumière chaude et tamisée se mélangeant à la fumée artificielle. Une vague de chaleur m'enveloppe : la température, déjà douce, devient presque étouffante au milieu de la foule. Des odeurs mélangées d'alcool, de transpiration, de parfums sucrés et de cigarette emplissent l'air.

Je finis par repérer celle que je cherche, complètement saoule, assise devant une petite table. Six autres personnes sont présentes. Leurs visages ne me sont pas familiers, à part celui d'Isaac. Son teint de porcelaine, ses cheveux blonds rasés, ses yeux verts et sa chaîne argentée autour du cou. Isaac.

Il est le premier à me remarquer : son visage s'illumine tandis qu'il se lève pour me prendre dans ses bras.

— Iris ! dit-il avec enthousiasme. Ça faisait longtemps !

— On s'est vus aujourd'hui au cours de danse, Isaac.

Il ne me répond pas, mais m'invite à m'asseoir à côté de lui. Victoria pose son regard sur moi et arbore un large sourire. Son boa gît à terre et son rouge à lèvres a déteint sur le coin de sa bouche.

J'en connais une qui ne va pas se lever demain pour aller en cours.

— Ma belle, ma belle, ma belle, tu tombes à pic, il nous manque une joueuse.

Je tente de déchiffrer les mots que Victoria essaie maladroitement de rassembler, puis je me laisse convaincre. Devant nous, une palette de *shooter* colorés est soigneusement alignée. Isaac prend le temps de m'expliquer les règles, assez simples : en compétition avec un autre joueur, boire six *shooter* chacun le plus rapidement possible. Le genre de jeu qui vous met vite dans le même état que Vic. D'habitude je ne suis pas fan, mais ce soir, pourquoi pas ? Après tout, c'est la première soirée de notre dernière année au lycée.

Victoria se propose de commencer, mais je la dissuade et lui conseille, comme Adam l'a fait plus tôt pour moi, de ralentir sur la boisson. Elle retire l'élastique autour de son poignet pour attacher ses longs cheveux bouclés. *Bien sûr, elle ne m'écoute pas*... D'une traite, elle avale le liquide et enchaîne avec quatre autres verres.

Elle claque brutalement le sixième sur la planche en bois massif d'un air triomphant, face à son amie qui n'a toujours pas terminé. Son ongle verni vient racler une goutte solitaire sur son menton.

Sacrée descente…

— À toi, Iris ! crie-t-elle en plaçant la planche devant moi.

— Et c'est moi que tu devras défier.

Le regard machiavélique d'Isaac me transperce. On dirait un enchanteur tout droit sorti des enfers. *Quel connard, ou lâche, ou les deux* ! Me défier ? Il sait très bien qu'il va gagner. En plus, ma tête commence déjà à tourner à cause des trois mojitos qu'Ava m'a servis à la suite.

La fille à côté de moi nous encourage en claquant ses mains. Je ne la connais pas, mais elle a l'air tout sauf clair. Elle empeste la vodka à plein nez. Les autres ne prêtent pas vraiment attention au jeu.

Je toise Isaac et me prépare finalement à boire les *shooter*. Il fait de même, un sourire plaqué aux lèvres.

— GO ! s'exclame joyeusement Victoria.

La liqueur laisse une traînée de feu dans ma gorge. Une grimace involontaire déforme mon visage tandis que mes lèvres se tordent pour tenter de masquer l'amertume et la sensation de brûlure. Isaac, de son côté, avale la boisson avec une aisance déconcertante. Il ne s'arrête pas. Après quatre petits verres, je sens mes joues s'empourprer à chaque gorgée. Les visages autour de moi deviennent flous, les bruits lointains. Ma respiration se bloque, ce qui me force à faire une pause.

J'ai définitivement une tolérance très basse.

Isaac ralentit la cadence : il amène près de ses lèvres le dernier petit verre, mais attend que j'ingurgite mon sixième shot.

— Fini, dis-je, essoufflée.

Je ne sais même pas qui a gagné et je m'en contrefiche. Je ressens immédiatement l'effet de l'alcool, une brusque chaleur se répand dans mon corps. *Je dois vomir.* Mon estomac doit être en sang à l'heure qu'il est. Les deux derniers *shooter* étaient de la vodka pure, *ignoble*.

— Tes... tes... toilettes ?

Victoria reste silencieuse, trop absorbée par une séance photo avec l'une de ses amies. Je me lève avec peine et m'agrippe à tout ce qui me semble stable. Isaac intervient en me prenant par les épaules et me guide vers l'endroit que je cherche.

Il est trop proche de moi. Sa carrure imposante est collée contre mon dos et un de ses bras passe sous de mes seins pour me soutenir. Nous montons à l'étage, puis traversons un couloir. La température en haut est encore plus étouffante qu'au rez-de-chaussée. Ma vue se brouille, ma tête part en arrière.

Je n'ai jamais eu confiance en Isaac. Pendant la brève période où nous sommes sortis ensemble, nous nous voyions toujours entourés de gens, dans des lieux publics ou au lycée. Ses manies et ses tournures de phrases étranges semaient constamment le doute en moi. Chacun de ses baisers était dépourvu de douceur, teinté d'une agressivité qui me mettait mal à l'aise. Ses gestes, comme glisser sa main dans la poche arrière de mon jean, manquaient de tendresse comme de sensualité. Il n'y avait rien de doux chez lui, rien de rassurant.

Il ouvre la porte de la salle de bains et m'amène jusqu'aux toilettes où je me précipite pour vomir une première fois. Mon corps me fait clairement comprendre que je n'aurais pas dû boire autant en si peu de temps.

Ma nausée s'accentue tandis qu'il agrippe mes cheveux pour éviter qu'ils trempent dans la cuvette.

— Tu es une petite joueuse, Iris.

— Si c'est pour me dire ça, tu peux repartir.

J'entends vaguement son rire. Il se met à caresser ma hanche : ce n'est pas le comportement de quelqu'un qui veut simplement se montrer serviable. Ses paroles éveillent un écho déplaisant dans mon esprit, mais je suis trop occupée à lutter contre mes vagues de nausée pour y prêter vraiment attention.

Après avoir vidé une seconde fois mon estomac dans la cuvette, je masse mes tempes du bout des doigts. J'essaie de percevoir le son de la fête lointaine. Isaac m'aide à me relever ; mes mains s'accrochent au lavabo. Je les lave et me rince la bouche. La fraîcheur de l'eau sur ma peau brûlante m'offre un léger réconfort.

Dans le miroir, je croise le regard d'Isaac, qui a toujours une main sur mon dos. Son bassin est pratiquement collé au mien.

Il est trop proche de moi.

Je souffle :

— Tu peux y aller, merci.

— Non, on pourrait en profiter pour discuter, répond-il en m'obligeant à me retourner vers lui.

— Tu crois sincèrement que j'ai envie d'avoir une conversation profonde avec toi là, maintenant ?

Sa main recouvre ma joue. Il reste silencieux, notant avec une satisfaction mal dissimulée mon état d'ébriété qui me rend plus vulnérable.

La pièce continue de tourner autour de moi, mes sens sont engourdis et sa présence oppressante n'arrange rien.

— Si ce n'est pas toi qui pars, ce sera moi.

Je le bouscule maladroitement pour échapper à son emprise, mais sa main se resserre sur ma taille.

Ange

— Vous savez où est Iris ?

Ava et Noah nous ont rejoints dehors après trente minutes à rire et à danser. Il tient sa danseuse par les épaules. *Mignon.*

Noah nous a souvent fait part de son attirance envers elle. Malgré quelques impasses, tout a l'air simple et naturel entre eux. Il suffit d'une soirée pour que leurs liens se renouent. Espérons que la brunette ne change pas d'avis cette fois… On ne le dirait pas comme ça, mais Noah est un vrai sentimental qui ne cesse de se répéter comme un disque rayé. Le genre de mec à être un vrai canard avec sa nana.

— Elle est avec Victoria, au salon, déclare Adam en soufflant la fumée de sa cigarette.

— Non, justement je suis allée voir et elle n'y est pas. Vic n'a pas su me dire où elle est passée.

Mon meilleur ami sort son téléphone de sa poche et compose le numéro de sa sœur – qui ne décroche pas.

Mes sourcils se froncent tandis que je balaie le jardin du regard. Habituellement, Iris reste toujours près de nous en soirée. Sous ses airs de « je-m'en-foutiste », elle est tout de même assez peureuse et déteste se retrouver seule. Je pense même que le mot « solitude » pourrait lui déclencher une crise d'angoisse.

— Putain… où est-ce qu'elle est encore passée ? jure Adam dans sa barbe.

Adam me parle souvent de ses crises. Elles sont très fréquentes, surtout le soir. Il me dit que sa sœur demande énormément d'attention, qu'elle est très négative et qu'elle pleure souvent. Mais je lui réponds toujours la même chose ; Iris reste la plus fragile de nous trois, la plus sensible. Moi aussi, elle m'agace parfois à ressasser le passé sans cesse, comme une gamine, mais je suis arrivé à la conclusion qu'il vaut mieux la soutenir. L'affrontement avec Iris ne marche pas, et ça, je l'ai compris un peu trop tard. Peut-être que j'aurais dû intervenir plus tôt, tenter de mieux comprendre ses tourments. Mais, dans notre trio, chacun porte son propre fardeau et le mien se mêle souvent à la délicate toile tissée par Iris.

Ce qui paraît évident pour les autres ne l'est pas forcément pour nous deux. Mais malheureusement, j'ai adopté le comportement de ces « autres » envers elle malgré ma parfaite compréhension de ce qu'elle ressent. Je l'avoue, j'ai été lâche, mais j'ai choisi cette échappatoire, car on dit souvent qu'on ne peut pas soigner quelqu'un si on ne l'a pas été soi-même. Je ne le suis toujours pas, je ne le serai sans doute jamais et c'est cela qui me préoccupe. Je suis en train de plonger la tête la première dans une situation que je vais devoir gérer pendant un an alors que j'en suis tout bonnement incapable.

— Je vais voir au rez-de-chaussée, tu peux aller vérifier en haut ?

J'accepte la demande d'Adam et j'écrase mon mégot dans le cendrier. Ava et Noah restent dans le jardin.

Victoria a mis le paquet pour cette soirée, peut-être un peu trop… Plusieurs vases sont cassés, quelques rideaux déjà imbibés d'alcool – et ne parlons pas du sort qu'ont subi les tapis. Parfois, j'en viens même à me demander si ses parents ne devraient pas penser à recruter des vigiles afin d'interdire à leur fille d'organiser des fêtes en leur absence.

Arrivé à la première marche des escaliers, je croise Marius qui redescend. Il a l'air énervé. Je n'ai pas croisé sa sœur d'ailleurs : étrange.

— Tu n'aurais pas vu Isaac par hasard ? m'interroge-t-il. Ça va faire vingt minutes que je le cherche.

Vingt minutes ?

Un mauvais pressentiment me traverse l'esprit. Non, Isaac est un connard fini, mais pas immoral à ce point. Je sais qu'Iris et lui ont eu une courte relation. Elle n'en parlait jamais, mais ne le portait pas dans son cœur. Adam a littéralement perdu son sang-froid quand il a appris qu'ils étaient ensemble. Je le comprends – *vu le spécimen qu'il est* – mais sa sœur avait aussi besoin de faire ses propres expériences à ce moment-là, de se changer les idées. *Je ne dis pas que la méthode était la meilleure, en revanche…*

— Non. Tu l'as cherché dans quelles pièces en haut ?

Il réfléchit une bonne dizaine de secondes en plissant des yeux, puis se gratte le menton. Ce mec m'exaspère, tout comme sa sœur. Ce sont des clones.

— Toutes les chambres ainsi que les deux bureaux.

— La salle de bains, peut-être ? dis-je, exaspéré et fatigué de son inefficacité.

Sa bouche s'entrouvre et il soupire une seconde fois.

— La salle de bains, les toilettes ! répété-je en le poussant de mon chemin.

Je monte les escaliers quatre à quatre : mon pressentiment ne fait que grandir à chaque marche. Je déteste les grandes maisons. Le peu d'alcool que j'avais ingéré s'est très vite évaporé.

Elle provoquera ma perte, c'est une évidence.

Je vérifie tout de même les autres pièces, mais malheureusement, ma théorie était la bonne. Il y a de la lumière sous la porte de la salle d'eau. J'abaisse la poignée de la porte, qui ne s'ouvre pas.

— C'est occupé ! clame une voix que je ne veux pas entendre.

— Lâche-moi maintenant et ouvre cette putain de porte !

Iris. Mon cœur rate un battement. Sa voix se brise. Isaac, lui, ricane.

— Tu te rappelles ce que j'ai dit vendredi dernier, Isaac ? dis-je calmement, une main collée au battant qui nous sépare. Tu seras le premier à y goûter, quelle chance. Donc maintenant tu écoutes ce qu'Iris te dit et tu ouvres.

Après un court silence, j'entends le déclic du verrou. Isaac s'encadre dans la porte, un sourire railleur aux lèvres. Derrière lui, j'aperçois Iris, recroquevillée contre le mur.

— Je l'aidais à vomir, elle se sentait mal, c'est tout.

Il croise les bras, l'air assuré. Je pointe Iris du doigt.

— Tu expliques comment son état, alors ?

— Elle est complètement bourrée, elle ne sait pas ce qu'elle dit, ni ce qu'elle fait.

Mon point rencontre son nez à la vitesse de la lumière. Sans résister, il s'effondre contre la paroi de la douche. J'en profite pour le prendre par le col et le remettre sur ses jambes.

Adam aurait voulu que je fasse ça... Il voulait le faire lui-même depuis bien longtemps.

— Tant mieux, nous sommes deux alors. Je suis complètement bourré, donc je ne sais pas ce que je dis, ni ce que je fais... Tu me pardonnes ?

À cet instant, deux garçons de notre lycée font irruption, ce qui ne laisse pas à Isaac le temps de répliquer. Ils nous séparent et l'entraînent.

Je me dirige vers Iris et m'accroupis à son côté. Elle est toujours repliée sur elle-même, sa tête posée sur ses genoux.

— Iris ?

Elle relève doucement son menton, puis renifle en silence.

Elle pleure, merde.

— Merci, Ange, c'est gentil de ta part d'être intervenu. Où est Adam ?

Pour une fois, son ton ne cherche pas la confrontation, il est calme, posé et hésitant.

— Il te cherche en bas.

Elle acquiesce et se remet debout avec difficulté. Sa tête doit tourner, car elle chancelle.

— Laisse-moi t'aider, lui proposé-je en lui tendant une main.

Elle n'hésite pas longtemps, agrippe mes doigts et les tient fermement. Ses pas sont hésitants, ses yeux se ferment de temps à autre. Je ne sais pas où est parti Isaac, je me chargerai de son cas demain. Il ne sera pas exclu du lycée, ce n'est pas un motif valable pour l'être, surtout que je pense être arrivé avant qu'il ne tente quoi que ce soit. Je pourrai toujours demander à Iris de témoigner, mais cela ne s'est pas passé en cours de danse ni dans l'enceinte du lycée. Je veillerai au moins à ce qu'il ne joue pas le prochain match. Je sais que des recruteurs seront présents, ça le pénalisera.

— Continuez à vous amuser, je vais attendre dans la voiture, chuchote-t-elle.

— Mais non, je vais prévenir ton frère et on part.

— T'étais où, putain ?

Je fais signe à Adam de se calmer. S'il continue de l'agiter comme ça, elle va vomir, mais cette fois, sur lui.

— J'étais en haut, dans la salle de bains. Je vomissais, c'est tout.

Elle me lance un regard furtif, chargé de sens. Elle n'évoque absolument pas Isaac et elle n'a pas l'air de vouloir en parler. *Soit*.

— Je vais vous attendre dans la voiture d'Ange, vous pouvez rester.

Ses mots s'alignent difficilement, Adam me jette un coup d'œil, il ne comprend pas bien la situation, mais finit par hausser les épaules.

— Je vais la ramener. Reste, tu rentreras avec Noah et Ava.

La musique est forte, l'atmosphère irrespirable et Iris nous le fait remarquer en se faufilant à travers la foule.

— Elle ne va pas vouloir que tu la ramènes seule… Je viens : je n'ai pas envie qu'elle refasse une crise.

Noah réapparaît devant nous.

— Ava a retrouvé Iris, c'est bon, les mecs ! clame-t-il en trébuchant.

Complètement à côté de la plaque…

Quand je dis que c'est un disque rayé !

— Non, je gère. Reste, tu ramèneras Noah et Ava.

Noah était censé ne pas boire, ou du moins, pas au point d'être saoul.

Adam ne cherche pas à me contredire ; il me demande juste de le prévenir quand nous serons arrivés.

Je sors de la maison pour rejoindre la petite blonde qui est assise sur le perron avec sa meilleure amie. Elle est à moitié endormie sur son épaule. Ava me sourit timidement.

— Tu veux que je vienne avec vous ?

Je plaisante :

— Va plutôt t'occuper de ton copain… Il commence à dérailler.

Elle lève ses yeux au ciel puis fait signe à Iris de se mettre debout.

— Ce n'est pas mon copain ! Tu m'envoies un message quand vous êtes arrivés. Soyez prudents.

— Je vais créer un groupe WhatsApp intitulé « bien rentrés » pour que vous puissiez être tous au courant… Et juste, assure-toi qu'Adam ne boive pas plus. C'est lui qui vous ramène.

Le visage de la brunette se décompose.

— Mais ? Il n'a pas le permis !

C'est vrai… Ava ne l'a pas non plus.

— Oh, il a tellement d'heures de conduite au compteur qu'il est capable de rouler dix minutes… C'est juste l'examen qui le stresse, sinon, il est bon, ne t'en fais pas !

Je m'éloigne d'elle, la laissant dubitative. Je tiens Iris par le bras : elle s'abandonne complètement, sans protester. Je l'installe sur le siège passager en prenant soin de mettre un sachet plastique sur ses genoux.

Hors de question que ma caisse soit touchée, n'exagérons pas non plus.

Le trajet se déroule dans le calme. Iris pose la tête contre la fenêtre et s'endort. Je me gare et lui donne de petites tapes sur l'épaule.

— On est arrivés.

Je l'aide à monter jusqu'à sa salle de bains et l'assois sur le petit tapis molletonné. Sa tête tient à peine, elle la cale contre l'étagère derrière elle, les yeux fermés.

Bon, je ne peux pas la laisser comme ça.

— Il… il est où ton démaquillant ?

Aucune réponse ne sort de sa bouche, je regarde autour de moi jusqu'à aviser la petite bouteille transparente. Je prends un carré de coton et m'agenouille devant elle. Son visage endormi grimace au contact froid du produit. Ses traits sont fins et délicats. J'avais presque oublié à quel point elle est… pure.

— Je… je peux le faire, c'est bon. Merci.

Une lueur de détresse s'échappe de ses yeux. Elle se dirige rapidement vers la cuvette des toilettes pour vomir une énième fois. Je déteste quand elle boit, je ne veux plus qu'elle boive. Elle se rend malade, se perd elle-même jusqu'à être dépossédée de son propre corps.

Putain d'alcool.

Je lui tiens les cheveux le temps qu'elle finisse.

— Ne parle pas de ce qui s'est passé avec Isaac à Adam, s'il te plaît, dit-elle.

— Pourquoi ?

— Parce que tu lui as déjà réglé son compte : ça ne sert à rien qu'Adam en rajoute.

Il le mériterait…

— D'accord, mais je vais tout de même en toucher un mot à Seb. Il ne jouera pas le prochain match.

Elle acquiesce puis me demande de sortir de la pièce, mais me rappelle avant que la porte soit fermée.

— C'est gentil ce que tu as fait ce soir, je t'en suis vraiment reconnaissante. Mais ne le prends pas pour un pardon ou un acquis. Je te dis ça car, au contraire de toi, je ne te donnerai jamais de faux espoirs.

Ses mots sont extrêmement blessants. Mais je comprends, je les accepte, je les encaisse. Elle me reparle, c'est déjà ça de pris. Alors je la laisserai me dire tout ce qu'elle a sur le cœur. Un jour viendra où je lui ferai part de mes maux. Peut-être qu'elle me détestera encore plus, ou qu'elle me détestera un peu moins. Mais je ne veux plus la décevoir. Je veux qu'elle me fasse confiance, qu'elle me sourie comme elle le faisait si bien auparavant.

Et je prendrai soin d'elle en l'absence d'Adam, comme je l'ai promis à son père.

Chapitre 8

Iris

Victoria m'a appelée le lendemain de sa fameuse soirée. Comme je l'avais prédit, elle n'est pas allée en cours… J'ai dû lui apporter trois Tylenol et une tisane « nuit calme ». Elle gisait sur son canapé, habillée de son pyjama Stitch, son mascara avait coulé et ses cheveux, habituellement soyeux, étaient emmêlés. Sa maison était une vraie porcherie… Ava et d'autres amis de Vic nous ont aidés à ranger et à faire le ménage. Tout est presque redevenu normal, à l'exception de quelques bibelots cassés et des rideaux tachés. D'après ce qu'elle m'a dit, ses parents n'ont rien remarqué, comme toujours. Malgré cela, elle a déjà prévu une seconde soirée dans les semaines à venir, une fête à thème…

C'est un cas désespéré, à ce stade.

Ava et Adam ont dormi chez Noah, sans que rien ne se passe entre Ava et Noah. Mon frère les a ramenés sains et saufs. Je n'ai pas parlé de ce qui s'est passé avec Isaac à ma meilleure amie. Personne ne le sait, à part Ange. Et c'est mieux ainsi : je veux que cela reste entre nous, que nous oubliions totalement cet épisode, que nous fassions comme si rien ne s'était jamais passé. Je veux pouvoir oublier le contact de ses mains, même si je ne pourrai jamais l'effacer complètement. Je me suis sentie salie, j'étais fatiguée et déboussolée. La peur me paralysait, je ne gérais plus rien ; ni mes gestes, ni mes paroles. Je me suis sentie impuissante, comme si le simple fait de protester ou de résister aurait pu aggraver la situation. Isaac a essayé de m'embrasser dans le cou en me coinçant contre le lavabo, mais Ange est arrivé à ce moment. D'ailleurs, je le remercie de son silence et de ne pas me poser de questions : il sait que le sujet est clos. À la seconde où je l'ai entendu entrer, j'ai su qu'Isaac se prendrait un coup malgré le calme d'Albarez. Comme Adam, il s'est toujours montré assez protecteur envers moi. Mais c'est vrai que cela faisait longtemps que je n'avais pas vu cette facette de sa personnalité. Les détails précis de ce qui s'est passé lorsque je suis rentrée à la maison avec lui se sont estompés, mais je me suis réveillée le lendemain avec du Tylenol sur ma table de nuit et un verre d'eau à portée de main.

J'ai envie de dire que tout est rentré dans l'ordre ; Isaac ne m'a pas adressé la parole depuis l'incident. J'ai compris qu'Ange essayait de me demander subtilement de mes nouvelles, en vain car je ne lui ai pas répondu, feignant de ne pas comprendre ses allusions.

J'ai repris ma routine habituelle. En ce moment, je ne peux pas compter sur la compagnie réconfortante de maman. Ses horaires de garde s'accumulent, car l'hôpital fait face à une montée de cas de grippe, la contraignant à travailler plus longtemps. Son absence me laisse assez souvent seule, *et je déteste être seule*. D'autant qu'Adam passe la plupart de ses soirées avec les Eagles et qu'Ava enchaîne les rendez-vous avec Noah. Heureusement, tout se déroule pour le mieux entre eux, bien que leur rapprochement ait été assez soudain. Il est évident que leur connexion va bien au-delà du temps qui passe. Peu importe que ce soit aujourd'hui ou dans une décennie, ils sont destinés à être ensemble.

Je passe donc la plupart de mes journées à la Hannah's Dance Academy et j'essaie d'y rester le plus tard possible après les cours. Nous avons déjà bien avancé sur la première chorégraphie du programme avec le groupe. Notre professeure a dit qu'elle commencerait à nous apprendre *Dark Times* le mois prochain.

Aujourd'hui nous sommes jeudi, et qui dit jeudi dit entraînement avec Ange. C'était notre cinquième cours en binôme. Nous sommes moins rapides qu'avec le reste du groupe. Hannah s'efforce de nous expliquer les placements et rabâche que la communication est la clé. Mais nous ne nous adressons pas la parole, même pas pour nous critiquer ni pour nous lancer des piques. Contrairement à mes appréhensions, notre duo n'a pas pris la forme de l'abomination que j'avais imaginée. Il s'est mué en un désastre silencieux ; une sorte de timidité étrange s'est infiltrée entre lui et moi, qui remplace l'aisance avec laquelle nous avions l'habitude de nous détester mutuellement.

Peut-être que c'est grâce ou à cause de la présence de Hannah ? Car, quand nous retournons à la maison, nous nous ignorons, comme avant.

La première chorégraphie en duo est *Meet You in Hell*. Ce sera sûrement la plus facile à réaliser puisqu'elle met en scène la relation tumultueuse des deux protagonistes. Nous n'avons donc pas réellement besoin de jouer la comédie. À part quelques portés et quelques mains liées, il n'y a rien de très fusionnel. Pour la suite, il va falloir que nous nous fassions violence : ce n'est pas comme ça que nous allons remporter le concours.

Ange

Ce matin, Sebastien nous a enfin annoncé la date du premier match de la saison. Il n'y en aura pas beaucoup cette année : à la moindre occasion, il nous faudra montrer nos capacités aux recruteurs présents. Celui-ci se déroulera dans deux semaines, de quoi nous préparer et étudier les tactiques de nos adversaires.

Isaac sera remplaçant. Il a pris un avertissement. *C'est déjà ça.* Adam s'est posé plusieurs questions à la suite de cette décision, mais je ne lui ai rien raconté, comme Iris le souhaitait. Je n'ai d'ailleurs pas parlé de cette soirée avec elle. En fait, nous ne nous sommes pas adressé la parole. Elle reste très distante, mais je vois qu'elle fait des efforts en cours de danse. Elle appelle ça le professionnalisme, moi le dévoilement progressif d'une facette d'elle plus authentique – son masque se fissure dans l'ombre des mouvements chorégraphiés.

C'est étrange, mais Iris ne sait pas haïr les gens. Elle est trop sensible et vulnérable pour ce monde. Parfois, je me dis que j'aimerais la soulager de toutes les souffrances qu'elle a pu endurer, mais j'oublie qu'elle et moi avons les mêmes. Et c'est ça qui rend la tâche difficile.

Malgré sa volonté de me détester, je sais qu'elle finira par me céder.

Car à chaque fois, elle court, elle court, mais je finis toujours par la rattraper.

Cela peut paraître toxique, mais je sais qu'elle succombera à sa propre bienveillance, qu'elle m'a toujours offerte. Et j'en suis triste pour elle. Je me déteste moi-même pour ma lâcheté. Pourtant, je veux qu'elle me repousse, qu'elle me résiste le plus possible, qu'elle me montre à quel point ça lui a fait mal. Je veux que ce soit à mon tour d'être à ses pieds. Je la laisserai me piétiner et broyer mon cœur, si c'est ce qu'elle souhaite.

Pourvu qu'elle me pardonne.

Elle m'a toujours tendu les bras, elle m'a toujours proposé son épaule. Elle a essayé de me comprendre avant de se comprendre elle-même. Elle était l'une des seules à se soucier de moi après la mort de nos pères. Elle voulait me guérir avant même de panser ses propres plaies. Et j'ai puisé dans ses ressources sans jamais lui laisser la possibilité de se régénérer. J'ai pris sans rendre, emprunté sans restituer, comme un usurpateur égoïste.

J'espère sincèrement qu'elle trouvera la force de me laisser une dernière chance, même si je sais que je ne la mérite pas. Iris est loin d'avoir fait son deuil. J'ai l'impression qu'à chaque jour qui passe, elle peut s'écrouler. Je veux pouvoir l'aider. Durant ces trois dernières années, j'ai compris pas mal de choses et j'aimerais lui en faire part. Dans un sens, je suis parti pour mieux revenir. Je lui aurais fait encore plus de mal en la gardant près de moi. Je veux lui être utile comme nous l'étions les uns pour les autres, tous les trois, avec Adam. *Comme avant.*

Elle était ma meilleure amie. Ma source de réconfort. Maintenant, c'est moi qui veux être la sienne.

C'est étrange comme l'éloignement peut révéler l'importance d'une personne dans notre vie. En fait, je ne pensais pas avoir autant besoin d'elle. Et la mort de papa n'a fait qu'accentuer ce sentiment.

Iris cherchait le réconfort là où moi je cherchais l'éloignement. Nos deuils sont si différents… Elle ressent le besoin constant d'être entourée, occupée, pour éviter d'affronter sa solitude et trouver un apaisement temporaire. C'est ainsi qu'elle fuit la douleur ; moi, je cherche à l'éviter en me retirant le plus possible du monde et des interactions sociales. En un sens, j'ai peur de souffrir de nouveau d'une perte que je ne pourrais pas supporter. Alors j'abuse de la solitude tandis qu'elle s'étourdit dans le brouhaha des autres.

J'ai compris tout ça un peu tard, c'est vrai. Je n'ai pas eu le déclic tout de suite. Il a fallu une succession d'événements pour que je comprenne que j'ai été un vrai connard, non seulement avec elle, mais aussi avec son frère et *ma mère*.

— Swiff, Swiffer ?

Je referme la porte d'entrée derrière moi. Aucun bruit ne se fait entendre. D'habitude, mon chien accourt se blottir entre mes jambes, me fait la fête, d'autant plus que je ne suis pas souvent à la maison en ce moment. Mais là, rien. Je regarde autour de moi, le salon est rangé, la poussière a été faite, le linge est repassé et plié soigneusement sur la table.

Je suppose que notre femme de ménage vient de finir son service. L'air est respirable, les rideaux sont grands ouverts et aucun cadavre de bouteille, aucun mégot de cigarette ne traîne.

Je pose ma valise dans le couloir et me dirige vers la cuisine. Les cours du soir avec Iris se finissent assez tard, c'est le seul bémol. Celui d'aujourd'hui n'était d'ailleurs pas très concluant. Nous avons appris la première partie de la chorégraphie sans nous jeter ne serait-ce qu'un regard. *Hannah va me passer sur le corps, c'est une évidence.*

Quelqu'un a fait les courses. Il y a des œufs frais sur le plan de travail, des poivrons et des champignons dans le frigidaire. *Ça devrait faire l'affaire.*

J'entends des pas lourds descendre l'escalier. Mon regard croise celui de ma mère, cerné, fatigué et terne. Elle est emmitouflée dans sa robe de chambre, une tasse de thé à la main.

— Ah, tu es rentré.

Sa phrase sonne comme une question à laquelle ma présence n'apporte pas de réponse.

— Oui, Adam sort ce soir avec une fille et Hélène est de garde.

Elle acquiesce et va s'allonger sur le canapé.

— Tu as fait quoi aujourd'hui ? tenté-je.

— La supérette a fermé plus tôt, donc je suis sortie promener le chien.

Ce n'est pas dans ses habitudes de sortir. Généralement, elle se contente d'aller travailler et de revenir le plus vite possible à la maison.

Swiffer fait enfin son entrée et se met à tourner autour de moi. Il remue la queue et me lèche les mains. Ça ne doit pas être facile pour lui non plus de rester enfermé ici toute la journée. Ses longs poils blancs balaient mon jogging noir. Il est vieux, très vieux. On pense qu'il est aveugle et sûrement un peu sourd. Mais il est tellement affectueux. Ce gros patapouf ne ferait pas de mal à une mouche.

Il préfère se lover dans un coin douillet plutôt que de s'aventurer à l'extérieur. C'était le chien de papa. Lui aussi a dû ressentir un vide énorme.

— Je reste à la maison jusqu'à la fin de la semaine. Ça te va ?

— Oui, mais il faudra aller refaire des courses, alors.

— J'irai.

De toute manière, l'équipe médicale lui a interdit d'aller faire nos provisions elle-même. Ce qui est assez bête puisqu'elle travaille dans une supérette. Mais elle marche à l'achat compulsif, et pas n'importe lequel ; l'alcool principalement, les paquets de cigarettes et des plats déjà préparés à des prix exorbitants – et surtout bourrés de sucre.

Ma mère a été diagnostiquée dépressive et alcoolique il y a maintenant deux ans. Elle est invivable au quotidien ; pourtant, je ne peux pas vivre sans elle. Elle est tout ce qu'il me reste. Je n'ai jamais vraiment connu mes grands-parents. Ils sont décédés assez jeunes et je ne les voyais presque jamais puisqu'ils résidaient en France. Ma mère et mon père n'ont ni frère ni sœur, je n'ai donc aucun cousin.

Je ne m'en plains pas : la famille Rossi me convient parfaitement. Je suis toujours invité à leurs repas de famille et leurs grands-parents m'appellent de temps à autre pour prendre de mes nouvelles. Iris, Adam et moi avons eu la même éducation. Nous passions tout notre temps ensemble puisque nos parents étaient toujours fourrés les uns chez les autres. Les fêtes comme nos anniversaires, Thanksgiving ou encore Noël étaient des moments privilégiés où nos deux familles fusionnaient dans une atmosphère chaleureuse et pleine de rires.

— Tu achèteras des bières, il n'y en a plus.

— Non, maman. Ta psychiatre a été catégorique là-dessus.

Elle me lance un regard noir.

— Tu as intérêt à en prendre, Ange, car je te rappelle…

Elle s'interrompt subitement et baisse le ton.

— … je te rappelle qui si je suis dans cet état, c'est ta faute. L'alcool me permet de supporter ta présence qui me rappelle la perte de ton père.

Je pensais qu'elle s'était résignée, qu'elle avait enfin compris que je n'étais en rien la cause de sa pathologie, mais je me suis trompé, comme sur la plupart des sujets qui la concernent. Elle gâche le travail de plusieurs psychologues en une phrase, elle me fait retomber dans des travers dans lesquels je ne veux plus sombrer.

Je sens mes mains se mettre à trembler et mon ventre se tordre. Un silence pesant s'installe, brisé seulement par le léger tintement de sa cuillère contre sa tasse.

Je détourne le regard. Je suis incapable de supporter le poids de ses accusations.

— Tu n'es même pas capable d'assumer les conséquences de tes actes. Tu bousilles chaque personne de ton entourage. Tu es le poison, Ange, la cause.

Elle me fait sombrer avec elle, elle m'entraîne dans sa chute. Elle m'empêche de me reconstruire et c'est une des raisons qui m'ont poussé à m'isoler. Adam a les épaules pour me garder en surface, mais Iris plongerait avec moi.

Chapitre 9

Iris

Hannah nous a annoncé que les filles et moi allions être les *cheerleaders* des Eagles cette année. Ça devait arriver, je présume. Même si je ne suis pas forcément pour l'idée, je pense que c'est une bonne manière d'être quitte avec eux. Ils nous aident, et nous leur rendons la pareille en les encourageant.

Et puis comme nous l'a spécifié Hannah, cela pourra être un bon coup de communication pour le concours. On verra ce que leur prochain match nous réserve…

— Oh, chérie ! Tu es rentrée, s'étonne ma mère en me voyant entrer.

— Oui, c'est la maman d'Ava qui m'a ramenée.

Elle se dirige vers la cuisine, un panier de linge à la main.

— Il fait un temps horrible ! Ferme vite la porte, sinon la pluie va s'engouffrer dans la maison. Ton frère n'est pas là ce soir, donc on peut se faire un plateau-repas devant la télévision si tu veux ?

J'opine du chef à ses propos, puis lui propose mon aide pour le panier à linge qu'elle a du mal à porter d'une seule main.

— Merci, ma chérie, tu peux le monter dans la chambre de ton frère, c'est à lui.

Ni une ni deux, je gravis les marches et pénètre dans la pièce sombre. Les rideaux bleus sont à moitié tirés, laissant passer la faible lueur des réverbères situés à l'extérieur. Comme d'habitude, la chambre d'Adam n'est pas rangée, son lit est défait et il y a même des affaires de sport d'Ange qui traînent. Mon frère est peut-être propre sur lui, mais qu'est-ce que son espace de vie peut être sale !

Je pose le panier sur sa commode ; à cet instant, un objet tombe de l'étagère à mes pieds.

Je jure en me baissant :

— Aïe, putain !

Mais je m'arrête net en voyant de quel objet il s'agit. Un petit avion, une maquette… *Cet avion.*

Flash-back, quatre ans en arrière

— Iris, ma puce, tu pourrais me passer les fraises, s'il te plaît ? demande Sophie, la mère d'Ange.

Je pense que la tarte aux fraises est la deuxième chose au monde que je préfère, la première étant cette maison de vacances que nous partageons avec la famille Albarez. Nous y passons tous nos étés, voire tous nos jours fériés ensemble, entre plats conviviaux, films sur le projecteur et jeux de société.

— Oui ! Tout de suite !

J'ai à peine le temps de me diriger vers le réfrigérateur qu'un bras me tend la petite barquette de fruits.

Ange.

Je le remercie en souriant ; il me répond en me poussant gentiment vers sa mère devant l'îlot central de la cuisine.

— Vous avez prévu quoi en cette jolie après-midi pluvieuse ? interroge celle-ci.

— Je ne sais pas, peut-être un film ?

— *La Princesse et la Grenouille ?* propose Ange.

Je sens mes lèvres dessiner un sourire, mon visage s'illumine ; j'acquiesce avec enthousiasme. Il sait que c'est un de mes films préférés. Et puis c'est un peu une tradition ici. On le regarde au moins une fois durant notre séjour.

Sophie rit légèrement tout en coupant les fraises pour les disposer sur la pâte.

— Vous n'avez pas un exposé à terminer pour la semaine prochaine, vous deux ? nous demande Antoine qui vient d'entrer dans la pièce.

Il s'approche de sa femme et l'entoure de ses bras. Ses lèvres se scellent aux siennes une fraction de seconde, puis il la lâche pour l'aider à couper les petits fruits rouges.

— Comme tu l'as si bien dit, c'est pour la semaine prochaine, il nous reste encore un week-end pour le faire ! se justifie Ange. Et puis on sait très bien comment ça va finir… Iris va m'aider, et je vais obtenir un A.

Je lui lance un regard noir et lui lance le rouleau d'essuie-tout à la figure, en riant.

— Mais va te faire voir !

Il me souffle un baiser ironique, les doigts joints.

— On ne change pas une équipe qui gagne… ricane Sophie. Allez vous installer, je vous apporte de quoi grignoter.

Nous nous exécutons. J'évite quelques-unes des balayettes qu'Ange essaie de m'infliger sur le chemin du salon, puis m'installe sur le canapé en toile où Adam et papa sont déjà assis.

— Qu'est-ce que vous faites ?

— Papa m'aide à finir la maquette de l'avion.

Ange s'approche de la petite table.

— C'est dingue ! C'est vraiment comme ça que j'imagine l'avion avec lequel on jouait pour de faux quand on était plus petits.

— C'est le but, dit Adam en tapant légèrement sur l'épaule de son meilleur ami. Iris, quand la maquette sera terminée, c'est toi qui marqueras le nom de l'avion sur la petite planche en bois. Comme ça, la boucle sera bouclée.

Ange et Adam adoraient jouer aux aviateurs explorateurs quand ils étaient plus petits. Mais ils n'y jouaient que dans cette maison. Pour imaginer leurs histoires, ils se posaient toujours sur le rocher du jardin. Il a la particularité d'être vraiment gros et sa forme ressemble à celle d'un avion. Mais je pense qu'ils l'ont choisi car, à son sommet, on voit parfaitement l'horizon et les nuages. On a l'impression d'être en altitude, de voler.

C'est moi qui ai trouvé comment leur pseudo-engin devait s'appeler : *Atria*, le nom d'une constellation à trois étoiles.

— Avec plaisir.

Maman entre à son tour dans la pièce, l'appareil photo de mon père à la main. Nous la regardons en souriant et prenons la pose.

— Oh non ! Ne me regardez pas, faites comme si je n'étais pas là et continuez ce que vous êtes en train de faire.

Papa et Adam collent les derniers petits éléments tandis que je m'enfonce plus profondément dans les coussins du canapé. Ange me rejoint et pose sa tête sur mes genoux en faisant comme s'il s'était endormi pour la photo. Je place mes mains derrière ma nuque en fermant les yeux.

Un rire étouffé s'échappe de nos deux bouches.

— Parfait ! la photo est parfaite ! déclare ma mère toute réjouie.

Une fois le bricolage des garçons terminé, Ange propose que tout le monde regarde le film avec nous. Sophie et Antoine acquiescent ; ils nous apportent des bonbons et du popcorn, puis prennent place tous deux dans un fauteuil. Maman est sur le deuxième canapé avec papa, entre ses jambes, face à l'écran. Adam, Ange et moi avons donc le canapé principal pour nous trois et, tout naturellement, ils me laissent aller entre eux. Ma place préférée, entre mes deux humains préférés. Ange nous apporte un plaid qu'il repose sur nous et je pose ma tête sur l'épaule de mon frère qui lance le film.

Une journée pluvieuse parfaite…

Retour au présent

Iris

Une soirée pluvieuse déprimante…

Je repose le petit avion sur l'étagère ; une larme solitaire s'échappe du coin de mon œil. Un voile de tristesse enveloppe mes pensées. Je refais face à la perte, à la cruelle réalité de l'absence. C'était mieux avant. Encore une fois, je préfère le passé au présent. Il est plus confortable, car je sais exactement comment les événements se déroulent à ce moment-là. J'ai le contrôle sur tout. Et puis papa et Antoine étaient encore là, maman et Sophie étaient encore les meilleures amies du monde… et Ange, Adam et moi étions encore comme une fratrie.

Mais parfois, les souvenirs heureux du passé se transforment en nostalgie. Les rires se transforment en soupirs, les sourires en larmes. Nos deux familles sont brisées, déchirées par la tragédie et incapables de s'aider mutuellement. Même si, au plus profond de moi, j'espère que nous retrouverons tous cette complicité, je sais que…

… c'est impossible, Iris, impossible.

Chapitre 10

Iris

— Iris ? me retient Hannah. On peut se parler quelques minutes, s'il te plaît ?

Je pense avoir merdé à l'entraînement. Je n'y ai pas assez mis du mien et Ange non plus. Notre coach doit se mordre les doigts en constatant notre peu d'alchimie. *Et pourtant, je jure que j'essaie, mais ses mains sur mon corps, son regard dans le mien… ne font que me rappeler tristesse et mauvais jours.* Les exercices de connexion définis par Hannah ne marchent pas alors que nous avons pratiquement terminé d'apprendre *Meet You in Hell.* Le concours est dans dix mois ; j'ai l'impression que ça n'en finira jamais. Les jours passent si lentement, les semaines sont tellement longues ! Pourtant, on nous a toujours dit que la dernière année du lycée était celle qui passait le plus vite, celle qu'on avait le moins envie de voir se terminer.

Je n'ai qu'une hâte, c'est d'être à l'an prochain *– si possible au New Orleans Center for Creative Arts.* Mais pour ça, il faut déjà que notre école gagne, que notre duo remporte ce concours. Les autres danseuses et danseurs se débrouillent bien. Les garçons ont progressé et sont même heureux de partager cette activité avec nous. Les entraînements se passent dans la bonne humeur : Noah, mon frère et même Marius sont souriants et écoutent les indications de Hannah. Ange, lui, n'a pas la même attitude avec sa partenaire.

— Oui… ?

Elle s'approche de moi et me fait signe de m'asseoir à côté d'elle au bord de la scène, les pieds dans le vide. Ses traits doux ne trahissent aucun signe de colère ou de jugement. Elle me sourit et pose sa main sur le dos de la mienne.

— Comment se passent les entraînements et les chorégraphies avec Ange ?

Mes sourcils se froncent légèrement et j'avale ma salive. Nous y sommes.

Je mens :

— Hmm… On apprend à se connaître.

Elle incline sa tête sur le côté.

— Iris, tu peux être sincère avec moi, dit-elle doucement. Je sais qu'Ange et toi, vous vous connaissez. Sebastien m'en a fait part durant les petites auditions que j'ai fait passer aux garçons. Il est le meilleur ami de ton frère et la rumeur dit qu'il est toujours fourré chez vous. Je me trompe ? demande-t-elle en riant pour détendre l'ambiance.

Je lui souris.

— Tu as raison. On se connaît depuis le berceau, à vrai dire.

— Alors pourquoi j'ai l'impression que vous êtes deux étrangers ?

Deux étrangers réunis par les mêmes souvenirs.

— En fait, nous ne sommes pas vraiment sur la même longueur d'onde, lui et moi.

Je détache mes yeux des siens pour regarder le vide devant moi.

— Nous étions très proches il y a quelques années, mais depuis quelque temps, nous nous adressons rarement la parole. Le lycée nous a éloignés, nos mères ne se voient plus, et cætera.

Hannah sait pour le décès de mon père, mais je ne pense pas qu'elle soit au courant pour celui d'Ange. Et je ne suis pas chez ma psychologue, je ne suis pas non plus là pour exposer la vie de mon coéquipier. Lui comme moi détestons la pitié des gens.

— Vos mères étaient proches ?

— Oui, elles étaient toujours ensemble. Elles aussi, le temps les a séparées.

J'essaie de dissimuler ma nervosité derrière un sourire pas très sincère, mais Hannah n'insiste pas.

— Je vois. Je me suis peut-être trompée sur vous deux. Mais crois-moi, Iris, votre alchimie lors des essais était forte. Je ne veux pas remplacer votre duo, mais si tu me le demandes, si c'est trop compliqué pour toi, alors je le ferai.

Son air est plus sérieux. Elle pense réellement ce qu'elle dit. Mon côté enfantin et capricieux voudrait renoncer à cette alliance, mais je décevrais tellement de monde ! Hannah, maman, Ava, mon frère et sûrement papa aussi. Il aurait voulu qu'Ange et moi gardions de bons rapports.

— Non, c'est gentil, Hannah, mais je compte bien finir cette année… et essayer de gagner le concours.

— Et les pas de danse dans la première chorégraphie ? Ils te conviennent ?

Les pas que Hannah nous suggère, que ce soit en groupe ou à deux, sont assez expressifs, sensuels et suggestifs. J'avais l'habitude de ce genre de pas, car notre coach nous enseigne le Heels, mais jamais à deux. Et comme cette première chorégraphie est censée représenter deux personnages qui ne s'apprécient pas tellement… j'appréhende les danses où nos personnages tomberont amoureux !

— Oui ! C'est juste perturbant, car on doit jouer deux rôles à l'opposé de ce que nous sommes, mais c'est pour la bonne cause.

Elle acquiesce tout en regardant ses feuilles couvertes de notes.

— Comme tu le sens : j'essaie de suivre au maximum le thème du gala, mais si des pas ne te conviennent pas, n'hésite pas à m'en faire part. Et il faut que tu me donnes ta réponse définitive assez vite, car si je dois changer de danseurs principaux, ils devront vite apprendre la première chorégraphie.

— C'est ma réponse définitive… mais peut-être que ce n'est pas celle d'Ange ? Peut-être que tu devrais aussi avoir cette discussion avec lui ?

Elle replie ses jambes pour se mettre en tailleur et attache ses longs cheveux roux avec sa pince.

— J'ai déjà eu cette discussion avec lui, Iris. Il m'a dit la même chose que toi et j'ai l'impression qu'il a envie d'arranger les choses entre vous.

Cela me surprend qu'Ange se confie à Hannah… La curiosité m'envahit. Je crève d'envie de savoir ce qu'ils se sont dit. *Quel beau parleur !*

— Comment ça ? Il t'a dit quoi ?

— Tu devrais le lui demander toi-même, mais je sens qu'il veut se racheter de quelque chose. Quoi ? Je ne sais pas, mais vous devriez vous détendre et peut-être vous poser pour discuter de ce que vous êtes en train de vivre et faire en ce moment. La communication règle beaucoup de choses, tu sais.

Ses doigts viennent frôler le bout de mon nez, comme pour me taquiner. Je sais qu'elle a raison, mais elle ne sait pas tout… et le « compliqué » se trouve justement dans ce « tout ».

— Oui, c'est sûr.

— Bon, je te laisse filer, il est tard. Repose-toi bien, ma louloute, et pense à ce que je t'ai dit : chaque épreuve est une danse. Parfois, tu dois improviser, mais tant que tu restes fidèle à toi-même, tu finiras par trouver le rythme.

Elle conclut sa phrase d'un clin d'œil puis se lève et part en direction de son bureau.

Les conversations avec Hannah peuvent parfois être perturbantes. Nous avons souvent discuté toutes les deux après les cours. J'aime partager ça avec elle, mais parfois elle arrive à me mettre le doute sur des avis que je pensais pourtant bien forgés en moi, et c'est le cas ce soir. Elle me perturbe autant qu'elle m'aide, c'est terrible. Je compte en savoir plus sur ces « choses » qu'Ange a envie d'arranger entre nous, mais pas trop non plus. Qu'il se débrouille seul. S'il a été capable d'en parler avec notre professeure, alors il viendra vers moi un jour ou l'autre.

Je me dirige vers les vestiaires pour me changer : maman doit déjà m'attendre dehors.

Chapitre 11

Iris

Aujourd'hui, c'est jour de match, et pas n'importe lequel. C'est le premier de la saison, un mois après la rentrée. Hannah nous a donné rendez-vous deux heures avant l'entrée des Eagles sur le terrain. Elle voulait nous montrer les placements et l'espace que nous devons occuper. C'est une première, car le décor ne ressemble aucunement au parquet de notre salle de danse…

Le ciel s'étend comme une vaste toile d'azur sans nuage. Les gradins du petit stade se remplissent peu à peu, les familles et les supporters des joueurs prennent place avec leurs tambours et leurs pancartes.

J'ai toujours envié mon frère pour ça. Les sports collectifs sont plus familiaux et joyeux : ils créent une bonne ambiance. Vous avez réellement des gens derrière vous qui suivent vos performances de près et vous encouragent. La danse, c'est différent. Les gens viennent avant tout pour se distraire et admirer le spectacle. Vous devenez les acteurs de leur monde imaginaire durant quelques heures, mais reprenez le statut d'inconnus à la seconde où ils repassent la porte. Ils ne retiennent pas votre nom. Il n'y a pas un réel suivi comme dans le football américain, par exemple. Mais il y a des bons et des mauvais côtés dans tout sport.

Depuis le début de la semaine, Adam m'a répété plusieurs fois qu'il était heureux que les filles et moi ayons accepté d'être leurs cheerleaders. Il y a quelques semaines, j'aurais trouvé l'idée stupide, mais en voyant les efforts que les Eagles font pour nous, je pense que leur rendre la pareille est justifié. Et puis, cela nous entraîne pour le concours, mine de rien. Nous avons un public et un *timing* à respecter, *parfait* !

— Bien, les louloutes, annonce Hannah, je vous laisse vous changer. J'ai mis à votre disposition sur les bancs de votre vestiaire vos tenues ainsi que des bouteilles d'eau. Dans moins de vingt minutes, vous devez être prêtes.

Ava me prend par le bras. Elle dégage une énergie folle depuis tout à l'heure. Ses yeux pétillent et son visage irradie d'une détermination contagieuse.

En arrivant à proximité de notre vestiaire, nous saluons les Eagles qui s'équipent et partent vers le terrain pour s'échauffer. Je distingue la silhouette familière de mon frère qui finit par m'interpeller en m'expliquant que maman veut me voir juste avant la représentation.

— Elle a fait des cookies et elle veut t'en donner un sachet pour Hannah.

— Elle ne peut pas attendre la fin ? Je dois encore m'habiller.

Adam hausse les épaules et part rejoindre ses coéquipiers. Je souffle bruyamment et demande à Ava de préparer mes affaires pour perdre le moins de temps possible quand je reviendrai.

Ma mère est assise sur les gradins, les cheveux au vent et son sac à main sur ses genoux. Elle m'accueille avec un grand sourire.

— Tiens, tu donneras ça à Hannah, ma puce.

Elle est toute contente. Les petits gâteaux, dans une jolie boîte cartonnée, sont encore chauds.

Maman et ma professeure de danse ne se sont jamais côtoyées plus que ça. Elles se connaissent par le biais de mes cours mais, dès que l'occasion se présente, elles en profitent pour prendre chacune des nouvelles de l'autre. Je sais que ma mère affectionne particulièrement Hannah, car cette dernière a joué un grand rôle dans ma vie après le décès de papa. Elle a été très attentive et rassurante, me demandant souvent comment je me sentais et si j'avais envie d'en parler.

— Bonne chance, me souffle-t-elle en m'embrassant sur la joue.

Je la remercie d'un sourire, puis repars en direction du complexe. Ava me dit de rejoindre les danseuses dans les tribunes quand je serai prête : elles sont en train de s'échauffer à côté des joueurs qui écoutent attentivement les ultimes conseils de Sebastien sur les tactiques à utiliser.

Le bruit des conversations et la musique de fond emplissent l'air. Je ne pensais pas que les Eagles attiraient autant de public. Il n'y a pratiquement plus aucune place de libre ; petits et grands chantent pour décourager l'équipe adverse. Aujourd'hui, ils jouent contre l'équipe d'un lycée voisin, les Knights. J'ai entendu Ange et mon frère en parler il n'y a pas longtemps. Ils avaient l'air assez confiants et affirmaient que ce n'étaient pas des adversaires très redoutables.

Au moins, ça me fera une raison de le leur rappeler à la maison s'ils perdent…

Je referme la porte de notre vestiaire attitré et enfile la jupe-short blanche qu'Hannah nous a donnée. Le tissu plissé est assez fin. Je retire mon vieux pull gris. Malgré le bel après-midi qui s'offre à nous, je pense que le haut bleu pailleté à grandes manches ne va pas suffire pour me réchauffer. D'ailleurs, en parlant de ce haut, j'ai beau retourner toute la pièce, regarder sous les bancs et fouiller dans le carton, je ne le trouve pas.

« Les filles, votre prestation commence dans moins de cinq minutes, mettez-vous en place. »

J'entends le présentateur crier dans son mégaphone alors que je sors précipitamment afin de trouver Hannah. Malheureusement, celle-ci n'est plus dans mon champ de vision et les danseuses sont déjà sur le terrain.

Merde.

— Iris ?

En me retournant, je me retrouve face à Ange, son casque bleu et jaune à la main. Il est assorti à ses épaulettes rembourrées qui accentuent sa carrure athlétique. Son pantalon blanc moule parfaitement ses quadriceps. Je croise instinctivement les bras sur ma poitrine couverte seulement d'une brassière de sport.

Je ne l'avais jamais vu d'aussi près en tenue de match. Il est plus… imposant, et bien qu'il ait déjà une prestance naturelle, les traits d'encre noire dessinés sur ses joues accentuent le magnétisme de son regard ténébreux.

Cela fait une semaine qu'il n'est pas venu à la maison : il a l'air fatigué. C'est étrange, car, comme par hasard, c'est juste quand je recommence à avoir espoir en lui qu'il se tient à l'écart. Je suis persuadée que les gens peuvent changer, mais Ange est sûrement l'exception à la règle… *à ma règle*. Il a annulé sa présence au dernier moment à deux de nos cours de danse, dont un qui concernait notre duo. Il est en train de partir sur une mauvaise lancée.

— Tu n'es pas encore habillée ?

Je n'ai pas tellement envie de lui parler, en fait il est vraiment la dernière personne que j'ai envie de voir là, maintenant, tout de suite. Je suis déjà assez stressée : il ne manquait plus que lui !

J'espère repérer Hannah, mais elle n'est nulle part en vue. Le stress de ne pas être prête à temps se fait ressentir dans mon ventre qui se tord. J'entends le public s'agiter, signe qu'ils veulent que le match commence. En guise de réponse, je lance à Ange un regard de détresse.

— Je… mon haut… Je ne le trouve pas. Je l'ai cherché partout.

Il pince sa lèvre supérieure comme s'il réfléchissait.

— Et voici les danseuses seniors de la Hannah's Dance Academy ! Elles vont vous interpréter une de leurs chorégraphies, spécialement revue pour représenter nos très chers joueurs. Veuillez les accueillir bien chaleureusement !

Je sais que les premières notes de *Thunderstruck* ne vont pas tarder à retentir. Je n'ai plus le temps : tant pis, cette prestation se fera sans moi. Je me dirige vers notre vestiaire, mais la main du grand garçon aux cheveux de jais me retient par l'épaule.

— Viens avec moi.

Il ne me laisse pas le temps de répliquer et m'entraîne vers son casier.

— Hors de question que tu n'y participes pas, dit-il en cherchant quelque chose dans ses affaires de sport.

Il finit par me tendre un carré de tissu que je déplie sans réelle conviction. *Qu'est-il en train de se passer ?* Mes yeux s'écarquillent quand je comprends ce que c'est. Un maillot. Le même que celui qu'il porte. Ses bandes bleues et jaunes s'harmonisent parfaitement avec les couleurs de l'équipe. Je regarde Ange, surprise par ce geste inattendu.

Lui a l'air très sérieux. Il me fait un geste pour m'encourager à me dépêcher.

— Enfile ça, tu n'as plus de temps à perdre, continue-t-il en inspectant le haut. Il va être un peu grand, mais tu peux faire un nœud pour qu'il retombe sur ton nombril.

Je ne peux m'empêcher de le dévisager, cherchant le piège dans sa proposition. Mais sans plus attendre, je me hâte d'enfiler le maillot. Il m'arrive aux fesses, recouvrant ma jupe. Je fais un nœud à la base pour ajuster la longueur, comme l'a suggéré Ange.

Son air sérieux se transforme en un sourire d'approbation.

— C'est parfait, dit-il d'un ton rassurant. Il te va bien.

Je plonge mes yeux dans les siens et lui souffle un « merci ». Mes lèvres peinent à se rejoindre pour feindre un petit sourire gêné. Je me retourne pour inspecter le dos du t-shirt dans le miroir.

Albarez.

C'est donc le sien. Pas un maillot de rechange de l'équipe. Je ne sais pas si c'est une bonne idée, mais là, tout de suite, je ne peux m'empêcher de l'approuver.

— Donc… Tu n'as pas le droit à l'erreur, tu portes mon nom, susurre-t-il d'un air malicieux. Au moins, le public n'aura d'yeux que pour toi, tu seras la seule à porter réellement nos couleurs.

Le cœur battant, je prends pleinement conscience de la situation et mon sourire s'élargit, comme celui de la gamine que j'étais il y a neuf ans. *Il me rendra chèvre…* Durant un instant suspendu, nos regards se croisent. Celui d'Ange brille de malice. C'est comme si, l'espace d'un instant, nos deux mondes se superposaient. Mais ma rêverie est vite rattrapée par le grondement du public qui encourage mes coéquipières ; elles viennent de s'élancer dans la danse.

Je me tourne vers le couloir menant jusqu'à l'entrée du terrain : Ange me prend aux épaules pour m'encourager.

— Brille pour moi, je veux être associé à la meilleure, me dit-il avant de rejoindre ses joueurs.

Je respire profondément, la musique vient de commencer. J'attends une nouvelle séquence de rythme pour les rejoindre.

5, 6, 7 et 8…

Ava me remarque malgré sa concentration, et je vois qu'elle ne peut s'empêcher de tiquer en me voyant arriver. Elle arbore une mine soulagée, mais perplexe.

Je sens la tiédeur des rayons du soleil. Mon cœur rate un battement quand les supporters se lèvent en acclamant le nom inscrit sur mon maillot.

Albarez, *le nom du capitaine.*

Je suis tout à coup plus timide et moins à l'aise que durant représentations habituelles. J'ai l'impression de ne pas être à ma place et de me lancer dans quelque chose qui vient contrer mes sentiments.

Je rejoins enfin mon petit groupe et exécute les pas.

Cyrielle a pris ma place et ne s'est pas décalée quand elle a vu que j'arrivais, elle m'ignore obstinément, ce qui me pousse à me rapprocher d'elle pour ne pas gêner les autres danseuses. Je ne sais pas à quoi elle joue, mais elle n'a jamais réagi de la sorte.

Pendant la chorégraphie, mes yeux se posent sur les tribunes où les Eagles sont prêts à nous rejoindre. Noah, souriant, donne des coups d'épaule à Ange. Mon frère reste de marbre, son casque à la main. Quant au capitaine, il scrute les environs et lance des regards noirs à ses adversaires. Hannah se tient à côté de Sebastien : elle attend que je regarde dans sa direction pour me saluer et m'encourager d'un sourire sincère. *Elle n'est pas énervée ou déçue, c'est déjà ça.* Elle me redonne confiance pour enchaîner la suite. La musique s'amplifie. Je m'efforce de suivre chaque séquence, les passages au sol de cette danse sont récurrents, l'herbe fraîchement coupée laisse quelques traces vertes sur nos genoux rougis par le froid.

Après notre pose de fin, nous laissons la place aux Eagles qui arrivent en courant sur le terrain. Ange est le dernier à apparaître : il en profite pour me tapoter doucement le bras.

— Ton entrée était réussie, *trésor*, affirme-t-il en insistant sur la fin de sa phrase. Je te l'avais dit.

Cyrielle, qui l'a parfaitement entendu, me donne un coup d'épaule quand elle passe devant moi. Je pense qu'elle ne m'appellera plus jamais ainsi : une ère se termine.

— Tais-toi… raillé-je, encore essoufflée. À toi de briller maintenant ! Hors de question de porter le nom d'un perdant.

Il rit.

— Je ne te ferai pas supporter cette honte.

— Et ne crois pas que nous n'aurons pas une discussion sur tes absences injustifiées aux derniers cours, tu n'es excusé en rien !

Il lève le pouce de sa main droite sans me regarder tandis que je continue mon chemin vers les vestiaires.

— Je vous félicite, mes filles, dit Hannah. Vous avez été radieuses.

Elle marque une légère pause et s'approche de moi.

— Iris, l'idée de porter le nom de ton binôme de danse, c'est du génie !

Je ne m'attendais pas à ce compliment.

— Ça a créé une connexion vraiment intéressante avec le public ! Cette tactique, même si je doute qu'elle soit intentionnelle, est totalement validée. Nous allons l'utiliser au prochain match des Eagles pour promouvoir vos binômes du concours et informer les gens de notre participation !

Effectivement, c'était tout sauf intentionnel et je n'ai toujours pas retrouvé ce maudit haut. Pourtant, les autres danseuses émettent des murmures d'approbation. Souriantes, elles acceptent toutes l'idée et paraissent même impatientes. Cyrielle semble déconcertée. Elle ne dit rien, mais sa présence détachée du groupe montre qu'elle ne partage pas l'avis général.

Après ce court moment d'euphorie, Hannah repart dans les tribunes en nous demandant de la rejoindre une fois changées. J'enfile mon jean à pattes d'éléphant et mon pull, puis plie le maillot de foot dans mon sac de sport. *Je lui rendrai une fois lavé.* Ava range ses affaires. Je devine qu'elle n'attend qu'une chose : que nous soyons enfin seules toutes les deux pour qu'elle puisse me bombarder de questions. Ses épaules viennent bousculer les miennes ; elle me sourit de toutes ses dents, l'air malicieux. Je ne sais pas quel scénario elle est en train de s'imaginer, mais je sens que je vais briser le peu d'espoir qu'elle vient de se construire.

Le vestiaire se vide peu à peu. Nous suivons le mouvement en emportant nos gourdes d'eau et nous nous appuyons contre une des barrières du stade, au bord du terrain. Les Eagles ne jouent que depuis une dizaine de minutes, mais ils mènent déjà largement.

— Porter le nom du capitaine… Je me demande comment tu as eu ce maillot, soupire Ava, insidieuse.

Je commence à lui expliquer la raison pour laquelle Ange m'a proposé son t-shirt, mais elle m'arrête en se tournant vers Cyrielle.

— Je ne voudrais pas l'accuser à tort, mais elle a été une des dernières à sortir du vestiaire et, quand elle est venue se placer sur le terrain devant moi, elle m'a demandé plusieurs fois où tu étais et quand tu allais revenir.

Je suis partagée entre la surprise et la perplexité. Cela m'étonne d'elle. Normalement, elle est plus vicieuse et plus intelligente. Elle ne s'abaisse pas à des gamineries de ce genre. Ce ne serait pas le premier coup qu'elle tente pour me désavantager ; elle ne m'aime pas, c'est évident. Mais de là à cacher un simple haut…

— Pas grave. Je ne vais pas perdre mon temps à savoir qui est fautif et, finalement, c'est un mal pour un bien, car ça a donné une bonne idée à Hannah ! dis-je joyeusement.

— Mmh, d'accord. Et donc, entre toi et Albarez, ça a l'air d'aller mieux ?

Mes yeux trouvent le joueur sur le terrain.

— Je ne sais pas… C'est Ange, et je préfère ne pas me réjouir trop vite. Parfois, il revient vers moi, puis il repart du jour au lendemain quand il va mieux.

— Ce n'est arrivé qu'une fois, Iris, et il n'est pas vraiment revenu. Là, il est en train de le faire. Il a peut-être trouvé la stabilité dont il avait besoin.

Je secoue la tête. Ange est tout sauf stable : c'est un électron libre prêt à exploser à chaque instant. Ce n'est pas bon pour moi de rester avec ce genre de personne… et pourtant, ce sont celles qui m'attirent le plus.

La dernière fois qu'il m'a accordé de l'attention, c'était un an après le décès de nos pères, pendant les vacances d'été. Nous avons passé trois mois dans notre maison de vacances : Adam, maman, lui et moi. C'était une période de guérison et de souvenirs partagés. On discutait tous les trois jusqu'à pas d'heure le soir, on jouait et on cuisinait avec maman. Tout allait mieux. Puis, à la rentrée, il est redevenu froid et encore plus distant qu'il ne l'avait été jusque-là. J'ai tenté de nombreuses approches qui m'ont toutes valu des déceptions. Et maintenant, ça fait deux mois qu'il est là, à se préoccuper de moi et de mes choix, à redevenir celui qu'il était avant. Nous avons grandi ensemble, nous avons été éduqués ensemble, mais le drame qui nous a séparés a tout effacé. C'est un inconnu, pourtant si familier.

— On verra comment ça évolue, mais je n'espère rien de lui.

Chapitre 12

Iris

Cela fait une semaine que les Eagles ont remporté leur premier match contre les Knights. Ils ont fêté ça dans une auberge le soir même et ont proposé à toutes les danseuses de venir. Quelques-unes ont accepté, d'autres ont décliné. Ava y est allée : elle a tenté en vain de me convaincre de l'accompagner, mais j'ai refusé. Elle est donc restée avec Victoria et quelques autres. Je crois que Cyrielle y était.

De mon côté, j'ai préféré rester avec maman. C'était un des seuls soirs où elle était à la maison et puis je sentais que je commençais à tomber malade à cause du froid qui s'installe. Adam est rentré le dimanche dans l'après-midi avec une tête de déterré et un mal de crâne qui l'a cloué au lit tout le reste de la journée.

— Ange n'y était pas, au fait.

La voix mélodieuse de ma meilleure amie me tire de mes pensées. Victoria, assise à côté de nous à la bibliothèque, approuve ce que dit la jolie brune.

— Oui, les autres mecs ont trouvé ça étrange d'ailleurs, vu que c'est leur capitaine et qu'ils ont gagné en partie grâce à lui, renchérit-elle.

Je n'ai pas eu de nouvelles d'Ange depuis le dernier cours de danse. Nous avons pratiquement terminé *Meet You in Hell*, et Hannah veut absolument que nous testions notre prestation devant le reste du groupe en fin de semaine. Il ne me facilite pas la tâche : en ce moment, il est dans ses pensées et oublie la plupart de ses pas. Nous ne nous adressons pas la parole et il ne vient plus chez nous. J'ai demandé à Adam s'ils s'étaient disputés – *ce qui arrive assez souvent*. Il m'a juste répondu qu'il était très fatigué en ce moment, car il enchaîne beaucoup de choses – *ce qui est vrai*.

— Noah m'a affirmé qu'il n'est pas venu en cours depuis deux jours.

Sa dernière phrase me fait tiquer.

— Noah sait ce qu'il a ?

— Il est malade, à ce qu'il paraît.

Étrange. Ses deux meilleurs amis n'ont pas plus de nouvelles que moi… Ça m'étonne franchement.

— Tu devrais aller le voir.

Je referme brusquement mon livre de cours. Certains lecteurs se retournent vers nous et nous lancent des regards noirs.

Indignée, je chuchote :

— Pourquoi je ferais ça ?

Victoria et Ava se regardent, puis lèvent un sourcil dans ma direction.

— Parce que c'est ton partenaire de danse et qu'aucun de ses potes n'est capable de lui demander ce qu'il se passe. Si ça se trouve, il a besoin de parler à quelqu'un d'extérieur et de plus… féminin ?

Je recule ma chaise et croise les bras sur ma poitrine. *C'est hors de question*, je ne sais plus faire ça avec lui.

— Non, il a sa mère. Elle le connaît mieux que moi, c'est évident.

Ava prend une gorgée d'eau dans sa bouteille tandis que Victoria nous salue avant de rejoindre une autre de ses amies.

Je suis plus à l'aise pour parler d'Ange seule avec Ava. Victoria ne sait rien de moi ni de nos parents. Elle pense juste que je n'apprécie pas Ange à cause de son arrogance.

— Tu as revu sa mère depuis l'accident ? me demande innocemment mon amie.

— Non, enfin juste à l'enterrement, mais c'est tout. Sophie et ma mère ne s'entendent plus.

Comme Adam, Ange et moi, nos mères étaient de vraies inséparables. Elles ont passé leur diplôme d'infirmière la même année et ont rencontré nos pères en boîte de nuit le même soir. *Deux meilleures amies qui aiment deux meilleurs amis.* Le combo parfait. Le quatuor ne s'est plus lâché : ils ont même fait une colocation à quatre avant d'acheter deux maisons dans le même quartier. Quand Adam est né, le premier de la petite tribu, ils avaient comme ambition de quitter la France pour les États-Unis. Antoine et mon père étaient passionnés de musique et voulaient se spécialiser dans les événements musicaux, et ils partageaient depuis toujours le rêve américain. C'est donc tout naturellement qu'ils se sont tournés vers la Louisiane, état connu pour être le berceau de styles musicaux comme le jazz, le blues ou la musique cajun, mais surtout aussi à cause des festivals. En France, ils étaient renommés comme photographes spécialisés dans ce genre d'événements. Mon père a même pris de très beaux clichés de Gregory Porter : c'est à ce moment que sa passion s'est révélée. Il a entraîné Antoine, le père d'Ange, avec lui.

Ange et moi sommes nés l'année d'après. Ils ont attendu nos trois ans pour partir à Covington afin qu'on commence notre scolarité là-bas. Tout allait bien dans le meilleur des mondes. Nos deux pères avaient ouvert leur studio, qui existe encore aujourd'hui, et nos mères travaillaient dans le même service à l'hôpital. Jusqu'au 25 avril 2020.

Après cette date, au lieu de se soutenir mutuellement, elles se sont éloignées et leur amitié s'est effilochée. Ce n'était pas un choix de ma mère. C'est Sophie qui a préféré prendre de la distance, car « ça lui rappelait trop de souvenirs ». Ma mère s'est battue pour elle, sans succès. Je pense que la façon dont Sophie nous a tourné le dos a favorisé l'écart qui s'est creusé entre Ange et moi. C'était un effet boule de neige, *un effet papillon.*

— Et ça ne t'est jamais venu à l'esprit de reprendre contact avec sa mère ? Tu as quand même passé une grande partie de ton enfance avec elle…

— Si, mais maman me l'a interdit. Elle ne m'a pas donné de raison particulière, à part que Sophie ne voulait plus entendre parler de nous, de nous *tous*.

Elle a fait le vide. Parfois je me demande si elle n'est pas la cause de nos différends avec Ange : elle agissait comme si elle voulait lui interdire de vivre après la mort d'Antoine. Mais c'est stupide… Sophie était une des personnes les plus adorables que je connaisse.

— Bon… d'accord, mais ça ne change rien au fait qu'Ange n'est pas là en ce moment et que c'est étrange. Pourquoi ne pas passer chez lui ? Sa mère est infirmière comme la tienne, non ? Elle ne sera pas chez elle, elle doit travailler.

— Mais pourquoi, Ava ? Je n'ai aucune raison de le faire et je n'en ai pas la moindre envie, d'ailleurs.

Ma meilleure amie me prend les mains.

— Si, car toi, tu es comme ça. Tu fais passer les autres avant toi et tu veux toujours qu'ils aillent bien… même tes pires ennemis. Tu es la plus gentille – trop gentille, parfois. Mais dans ce cas, ce n'est pas un défaut, car Ange n'est pas un inconnu. Loin de là.

Ava est une sorcière. Je commençais seulement à me forger une carapace sur la question « Ange »… Il ne faut pas que je m'occupe trop de lui, c'est mauvais pour mon corps et pour mon âme. Mais… elle a raison. Je sais qu'il n'est pas dans son assiette et je ne peux m'empêcher d'y penser : c'est plus fort que moi. Il a vécu le même traumatisme que moi. J'ai l'impression que je dois toujours lui prêter une oreille attentive, que je lui suis redevable. Est-ce que j'aurais un syndrome du sauveur ? Malgré moi, malgré nous, nous sommes liés par une tragédie que nous ne savons toujours pas gérer.

Je capitule.

— Je passerai chez lui à la fin des cours. Je lui rapporterai son maillot en même temps.

Ça me fera une excuse…

Ava m'a demandé de l'appeler après ma visite chez les Albarez. Je suis certaine que c'est juste pour s'assurer que je ne me suis pas dégonflée. Elle m'a travaillée au corps toute la journée : j'avais l'impression de répéter une pièce de théâtre.

Et maintenant, me voilà sur le point d'entrer en scène. Je suis plantée devant la boîte aux lettres qui porte le nom d'Ange, triturant les petites peaux mortes de mes doigts gelés. Je pourrais tout simplement déposer le maillot dans cette boîte… Mais la petite voix diabolique d'Ava ne veut pas me quitter.

Dans mes souvenirs, la façade de leur maison était plus blanche et mieux entretenue. Là, des palettes et des cartons vides s'entassent contre le mur du garage. Des branches de lierres entourent les tuyaux, l'herbe n'est pas tondue. Les volets sont fermés et il y a une vieille balle en mousse au milieu du chemin en terre. *J'ai le droit d'avoir peur ?* Je vérifie même plusieurs fois si je suis bien à la bonne adresse.

Tant pis, fichue pour fichue, je sonne. Des aboiements retentissent.

Swiffer ?

Ce gros chien est toujours en vie ? Je passais la plupart de mon temps à le promener, avant, j'adorais m'occuper de lui. J'entends les pattes de l'animal gratter sur la porte, puis une voix rauque lui demande de se reculer. La poignée se tourne et des cheveux noirs apparaissent dans l'entrebâillement. Les yeux d'Ange deviennent ronds comme des soucoupes : il m'analyse plusieurs secondes avant de se décider à parler.

— Iris ? Qu'est-ce que tu fais là ? demande-t-il, ahuri.

Même moi, je ne le sais pas.

La tête poilue du chien passe entre ses jambes. C'est bien Swiffer. Il court vers moi.

— Il… il est toujours là ?

Je doute que Swiff me reconnaisse, mais je suis heureuse de le retrouver.

— Oui, aveugle, sourd et lent, mais toujours là.

Un genou à terre, je le caresse en passant mes mains sous sa tête.

— Ça ne me dit pas ce qui t'amène ici. C'est… étrange de te voir là.

Je me relève. Ange parle lentement, sa voix est atone, ses yeux sont creusés par la fatigue et ses cheveux, habituellement coiffés, sont en désordre.

— Tu es malade ?

Je n'ai aucun tact. Je ne sais pas lui parler, je ne sais pas comment aborder le moindre sujet. C'est horrible, on dirait une gamine. Ange a l'air surpris par ma question. Il demande à son chien de rentrer et referme la porte derrière lui en faisant un pas sur le perron.

— Oui, dit-il, hésitant. Et fatigué.

— Ah, mince. J'espère que ça va aller mieux alors.

Ses yeux se plissent.

— Hmm, merci. Tu voulais quelque chose ?

— Non, non, juste m'assurer que tu serais apte à montrer la chorégraphie au reste du groupe vendredi.

— Oui, je le serai, ne t'en fais pas : demain ça ira mieux, je pense.

— D'accord, tant mieux. Envoie un message à Adam pour le rassurer, alors.

Je tourne les talons et lui fais un signe de main. L'air perplexe, il me suit du regard, mais finit par me saluer en retour et rentre chez lui.

C'est un échec total ! À la base, c'est moi qui craignais d'aller chez lui, mais finalement, je lui fais peut-être peur. Au bout de cinq minutes de marche, je me rends compte que j'ai oublié la raison principale de ma venue… son *putain* de t-shirt. *Quelle conne, quelle conne, quelle conne* ! Je rebrousse chemin. La porte n'est pas fermée. Je la pousse doucement et j'appelle Ange, un pied à l'intérieur de sa maison.

Swiffer revient m'accueillir en remuant la queue, mais aucune réponse ne me parvient. J'entre – je ne sais pas pourquoi, mais je suis attirée par cette maison comme par un aimant.

En cherchant mon partenaire, je suis le couloir qui mène à la cuisine. Je me rappelle chacune des pièces. Mon regard s'arrête sur la table : quelques canettes de bière vides sont entassés dans une cagette, la vaisselle s'empile dans l'évier. Je n'y prête pas vraiment attention et m'attarde sur le buffet. Des photos de nos pères y figurent, dans leurs dernières expéditions. Sur une autre, Adam, Ange et moi sommes en train de jouer dans notre maison de vacances : nous ne devions pas avoir plus de six ans. Elles n'ont pas bougé depuis trois ans. Je le sais, car j'avais l'habitude de les regarder pendant des heures. Une autre photo attire mon attention. Je reconnais Sophie, la mère d'Ange, telle que je l'ai connue. D'autres femmes l'entourent. Souriantes, elles se tiennent par les épaules. Deux d'entre elles sont coupées par le cadre qui ne laisse entrevoir que leurs bustes.

Je n'ai pas le temps de m'attarder sur d'autres clichés, car un bras entoure ma taille. Une main me bâillonne. Je reconnais les phalanges tatouées d'Albarez, qui m'entraîne dans sa chambre. Il referme la porte derrière nous et me lâche.

— Mais putain, Iris qu'est-ce que tu fous ? Depuis quand tu rentres chez les gens comme ça sans prévenir ? Sans sonner ? Et puis qu'est-ce que tu fais encore là ? chuchote-t-il.

— Mais putain, Ange ! J'ai failli faire une attaque ! Tu n'as pas surprendre les gens comme ça !

— Mais tu es sérieuse ? C'est toi l'inconnue ici ! Je me protège.

— Pourquoi on chuchote ?

Il souffle tout en massant ses tempes. À l'inverse du reste de la maison, sa chambre est très bien rangée, propre et lumineuse.

— Parce que ma mère dort à l'étage. Bref, qu'est-ce que tu fais là, encore ?

Oh… Sophie. Donc, elle ne travaillait pas. J'aimerais savoir comment elle se porte, si tout va bien pour elle. Mais je ne pense pas qu'elle ait envie de me voir, sinon elle serait venue demander de mes nouvelles. Enfin j'imagine ? Je ne sais pas.

Je fouille dans mon sac et sors le maillot.

— Sérieux ? Tu aurais pu me le rendre vendredi, Iris.

Sérieux ? C'est l'hôpital qui se fout de la charité ! Je viens prendre de ses nouvelles, lui ramener son haut en mains propres et il réagit comme ça ? Je savais qu'Ava m'entraînait dans un plan bourbier.

— Laisse tomber.

Je passe devant lui et sors de sa chambre, mais il me rattrape par le bras.

— OK, excuse-moi. Merci, c'est gentil d'être venue. C'est juste que ma mère est très fatiguée en ce moment et te trouver ici n'arrangerait rien. Elle ne t'a pas vue depuis longtemps et les conditions actuelles ne sont pas forcément les meilleures.

J'acquiesce sans lui poser plus de questions. L'ambiance de cette maison est pesante, je ne m'y sens pas à l'aise. Et le fait que sa maman soit juste au-dessus de nous ne me réconforte pas. Imaginons qu'elle nous voie. Elle ne comprendrait pas pourquoi je suis là et je ne saurais pas répondre à ses questions car, même moi, je ne sais pas ce qui m'a vraiment poussée à venir, à part Ava. C'est étrange que quelques années puissent tout changer – qu'une personne puisse changer à ce point. C'est perturbant. Sophie était un peu comme ma deuxième mère. Elle a fait du mal à maman en s'éloignant. Je lui en veux sans lui en vouloir, elle me manque sans me manquer. Elle est devenue une inconnue avec qui je partage des souvenirs. Et c'est ça qui fait si mal.

Ange

Je ne m'attendais pas à ce qu'Iris débarque à l'improviste. Elle n'a plus fait ça depuis… *avant*. Elle m'a rapporté mon maillot et a pris de mes nouvelles. J'espère qu'elle ne refera plus jamais ça. Ce n'était vraiment pas le bon moment. Comment lui expliquer qu'après la mort de nos pères, ma mère a complètement pété un câble ? Qu'elle est devenue alcoolique et dépressive ? Qu'elle m'a laissé me débrouiller seul, qu'elle a fait le vide autour d'elle et qu'elle ne veut surtout ne jamais revoir aucun Rossi ? Comment lui dire que j'en viens presque à avoir peur de ma propre mère ?

Je ne peux pas et je ne veux pas qu'Iris connaisse ce côté sombre. Je pense que, malgré ce qu'Hélène a pu lui dire, Iris, comme à son habitude, garde en tête les meilleurs souvenirs. Elle voit ma mère comme une personne aimante, tendre et normale. Iris est la seule qui ait encore cette image d'elle. Quand je suis avec elle, je peux m'évader et penser à autre chose. Elle a ce don de faire passer le temps plus vite malgré nos différends. Elle devient ce petit rayon de soleil qui danse à travers les nuages sombres de ma routine maussade.

C'est la seule personne que j'aimerais encore prendre sous mon aile, même si, au fond, j'espérais que quelqu'un réussirait là où j'ai échoué.

Chapitre 13

Iris

— 12 h 45 ? Merde !

En voyant l'heure sur mon réveil, je me rappelle que j'ai ma dernière répétition en duo avec Ange pour finaliser notre chorégraphie, avant notre démonstration à 14 heures devant tout le reste du groupe… Bref, l'angoisse.

Depuis quelque temps, je suis un traitement prescrit par mon médecin, mais celui-ci ne fait plus d'effet. Je n'ai même pas eu le temps de rêver, j'ai l'impression que je me suis à peine couchée. Les nuits sont compliquées. Par périodes, j'ai beaucoup de mal à dormir et, comme en ce moment je suis assez fatiguée par les répétitions et les examens de fin de semestre, sans compter le reste, mon cerveau me joue des tours et me fait imaginer toutes sortes de scènes dignes des grands thrillers à la Balaguero. Donc je préfère reprendre des médicaments, même si maman nous donne, à Adam et à moi, toute sorte de plantes calmantes et d'huiles essentielles. Je checke mon reflet dans le miroir de ma coiffeuse en enfilant ma brassière de sport et un jogging. La nuit a été courte, mes cernes sont marqués, et mes yeux gonflés n'arrangent rien. Un coup de correcteur fera l'affaire. Ma propre image, floue, semble se moquer de ma situation.

Une voix familière me fait sursauter. Ma mère entre dans ma chambre, se penche vers moi et pose sa tête contre ma tempe.

— Je venais voir si tu étais bien réveillée. Tu as dormi longtemps aujourd'hui, ma puce.

— Oui, réponds-je en appliquant ma crème teintée. Le Desyrel a fait effet, mais je demanderai peut-être au médecin de diminuer la dose, j'ai l'impression de m'être endormie complètement saoule.

Son sourcil se courbe, elle continue de scruter mon reflet.

— Je pense plutôt que tu t'es endormie en pleurant…

Elle a raison. Mes larmes ont contribué à mon assoupissement. C'est devenu une habitude, un réconfort. C'est le moment de la journée où je peux me relâcher sans que personne ne me voie, sans que personne ne me juge. J'ai l'impression de me vider de mes peines et de toutes les saletés accumulées : pleurer me fait du bien.

— Oui, mais pas énormément, la rassuré-je en souriant.

Et puis, c'est toujours pour la même chose que je pleure, telle une gamine immature. Mon père est ma plus grande faiblesse, même un aveugle le verrait. Et ça me met en colère, car je n'ai toujours pas accepté la situation. Sa mort. Alors oui, je suis suivie en thérapie, mais je tourne en rond, et ça me rend folle. Je m'efforce de trouver un sens à tout ça, de comprendre pourquoi je n'arrive pas à avancer, mais les réponses semblent toujours hors de ma portée, comme si je n'étais déjà pas assez à bout.

— Dans un deuil, il y a différentes étapes, commence ma mère.

À la maison, nous ne parlons que très peu de ça, et seulement quand ça devient nécessaire. Je garde tout pour moi. Pas parce que je ne suis pas à l'aise à l'idée d'en discuter, juste parce que je ne veux pas plomber l'ambiance. Mais je sais que ma mère non plus n'a pas encore fait son deuil, car elle me répète depuis des mois les mêmes phrases. Je la laisse faire, car cela lui fait sans doute du bien. Elle a toujours peur de ne pas trouver les mots justes, de ne pas être à la hauteur ou même de mal faire, de mal s'y prendre et de perdre le contrôle. Un peu comme moi, finalement.

— Tu es dans la période de l'acceptation, qui est sans doute la plus longue et la plus douloureuse, me dit-elle en posant ses deux mains sur mes épaules. Il faut que tu regardes le chemin que tu as déjà parcouru et non celui qu'il te reste à parcourir. Ton père serait fier de la jeune femme que tu deviens. Ne te morfonds pas trop longtemps. Ouvre-toi aux gens, ce sont eux qui t'aideront à avancer. Depuis la mort de papa, ta grand-mère m'a toujours répété : « Ne laisse pas tes peurs intérieures te ronger », et c'est la phrase qui m'aide le plus au quotidien, car nos peurs sont notre pire fléau.

Elle se tait et replace une mèche de cheveux derrière mon oreille.

— Tu es tellement belle, tu mérites d'aimer et d'être aimée.

Un sourire réconfortant se dessine sur son visage. Ça faisait assez longtemps qu'elle ne m'avait pas parlé ainsi. Elle doit être dans une mauvaise passe aussi. Je me retourne vers elle pour l'enlacer et nicher mon visage au creux de son épaule. J'aimerais tellement qu'elle aussi recommence sa vie. La voir heureuse, souriante, comme avant. Elle mérite tellement plus, *elle mérite tout*.

— Je t'aime, maman.

— Je t'aime plus encore, ma chérie.

Satisfaite de notre échange, elle sort de ma chambre en me souhaitant un bon cours de danse. Je finis de préparer mon sac et je descends à la cuisine prendre ma gourde et une barre de céréales.

Adam et Ange m'attendent, déjà prêts, dans la voiture.

En arrivant à la Hannah's Dance Academy, je remarque que Sebastien est présent. Hannah et lui sont en train de régler l'enceinte qui nous sert pour les répétitions.

Tout le groupe s'installe sur les chaises, en face de la scène. Ava me serre dans ses bras. Noah est à côté d'elle. Ils ne sont toujours pas ensemble, ils ne se sont toujours pas embrassés, mais ils sont toujours collés l'un à l'autre. Je vois moins Ava, du coup, mais je ne lui en veux pas. C'est normal qu'elle profite.

— Salut les jeunes, finit par dire Seb en se tournant vers nous. Je viens assister à la répétition de cette première partie pour voir comment vous avancez. Hannah m'a dit que vous avez énormément progressé et j'avoue vouloir voir ça de mes propres yeux.

— Oui, aujourd'hui nous allons montrer à Seb la première partie du gala. Vous allez d'abord danser

Dangerous Woman puis *Dark Times*. Ange et Iris, vous terminerez par *Meet You in Hell*.

Je ne sais pas pourquoi, mais mon cœur rate un battement. Présenter la chorégraphie devant nos coéquipiers rend la chose vraiment réelle. J'essaie de calmer mes angoisses en plantant mes ongles dans les paumes de mes mains. Ange me lance un regard furtif. Il n'a pas l'air très stressé. Mon frère est entre nous deux, il presse nos deux épaules pour nous taquiner puis part rejoindre Clara, sa partenaire. Nous voilà seuls.

— Ne sois pas stressée, finit-il par dire d'une voix douce.

Il tapote de son index ma main droite pour que J'ouvre mes poings serrés.

— Tu as l'habitude, ça va le faire, continue-t-il.

Je détends mes sourcils et lui lance un léger sourire.

— J'ai l'habitude de faire ça seule, pas avec quelqu'un.

— Encore mieux : on gère le stress à deux.

Hannah se retourne et nous lance un sourire franc.

— On devrait monter sur scène avec les autres, dis-je en le laissant derrière moi.

Cyrielle prend ma place pour saluer Ange. Je crois la voir passer une main derrière son cou en lui faisant la bise. Lui, méfiant, la repousse sans brutalité. Il me suit pour rejoindre le côté de la scène. Sur les directives de notre professeure, les filles et moi nous mettons en place avec nos chaises. Les Eagles restent dans les coulisses, attendant leur entrée.

Tout se passe bien : nous enchaînons les mouvements lents et sensuels, les postures assises, au sol, ainsi que les sauts. Nos hanches et nos bras capturent l'essence provocante de la musique. Les danseuses sont très concentrées quand vient le moment où les garçons nous rejoignent.

Ange pose ses deux mains sur ma taille pour me prévenir de sa présence, ce à quoi je réponds en le laissant venir devant moi afin qu'il exécute ses pas. Il a écouté les conseils que Hannah lui a donnés à la dernière répétition. Il est à l'aise et se laisse davantage aller. Ses mouvements sont plus travaillés et plus gracieux. Nos coachs ne nous laissent pas le temps de reprendre notre respiration et mettent en route la deuxième musique, *Dark Times*. La musique des couples. À vrai dire, c'est celle que je préfère pour le moment. Le tempo n'est pas habituel et les pas demandés par Hannah sont assez complexes. Elle pourrait nous rapporter beaucoup de points au gala. Nous devons connaître à la perfection aussi bien nos mouvements que ceux de notre partenaire. Pour preuve, aux dernières répétitions, notre professeure nous a demandé d'échanger nos rôles ; les filles jouaient les garçons, les garçons jouaient les filles. Je jouais Ange, Ange me jouait. C'était assez drôle à voir et ça nous a permis de comprendre beaucoup mieux l'essence de la chorégraphie.

Nous nous tenons au centre de la scène, nos silhouettes se découpant dans la pénombre. La voix rauque au grain chaleureux d'Ed Sheeran s'élève. Le début de la mélodie est lent et intense. Le rythme lancinant envahit la salle tandis que je croise le regard d'Ange. Nous nous faisons face, j'avance vers lui, j'ai l'impression que mes pas résonnent dans tout l'espace qui nous entoure alors que mes coéquipières font exactement les mêmes mouvements. Nos deux corps se frôlent à peine, pourtant la tension devient plus palpable. Mes gestes sont empreints d'une certaine retenue. Hannah m'en fait la remarque et me demande de me lâcher. Je suis une de ses meilleures danseuses, pourtant je mettrais ma main à couper que j'ai l'air d'un manche à balai à cet instant, tant je suis raide.

J'acquiesce et essaie de me détendre.

— Lâche-toi, tu as l'air d'un balai, là.

Je me retourne brusquement vers celui qui vient de me lancer ce que je pensais tout bas. Il est culotté ! Au dernier mot de sa phrase, il perd l'équilibre et se rattrape sur moi.

— Et toi alors ? T'es souple comme un koala en fin de vie !

Il pouffe tout en se relevant vite pour ne pas être remarqué par Hannah, mais elle le fixe déjà, un sourcil levé. Nous tentons de reprendre notre sérieux et continuons. Mon partenaire est secoué par le rire. Au moment du porté, je lui souffle à l'oreille :

— Mais arrête !

— Je te promets, j'ai l'habitude de te voir danser, Iris, mais là tu fais n'importe quoi.

Il me provoque ?

— J'y arriverais mieux si mon partenaire ne me jugeait pas toutes les trois secondes.

— Si tu veux que Cyrielle tape dans l'œil de Hannah et te remplace, continue sur cette voie.

Je vais lui passer sur le corps. Sa voix se fait plus rude, mais toujours avec un soupçon d'ironie.

— Ferme-la, vraiment.

Un dernier porté, puis Ange me repose doucement au sol, une main dans le creux de mon dos. Hannah fait quelques remarques à une petite partie du groupe, mais pas à nous deux. Je ne sais pas comment c'est possible, vu notre performance catastrophique.

— Bien, descendez tous de scène sauf Iris et Ange, demande Hannah. Vous allez pouvoir voir la première chorégraphie de notre cher duo. Ils ont beaucoup travaillé, aussi bien sur leur relation que sur leur corps. Je suis consciente de la dose de travail que je leur demande et je suis également consciente que ce n'est pas facile. Ce genre de chorégraphie est souvent réalisée par des danseurs pros. Mais Ange et Iris ont su faire leur part de travail pour cette première. Je les félicite.

Elle est vraiment gentille… parce que je ne suis pas sûre à 100 % qu'elle pense ce qu'elle dit ! Tout le monde applaudit. Adam et Noah exagèrent leurs gestes en sautant et sifflent pour nous acclamer.

Notre coach s'approche de nous et nous prend par les épaules. Le moment que je redoutais le plus est arrivé. Il n'y a pas d'autres danseurs pour nous aider, il y a juste nous deux et une trentaine de paires d'yeux qui nous fixent.

— Vous serez pratiquement en conditions réelles. Les projecteurs seront allumés comme le jour du concours et il y a un public ! N'est-ce pas merveilleux ? Allez, mes loulous, faites du mieux que vous pouvez et arrêtez de vous chamailler en dansant, s'il vous plaît.

Elle nous adresse un clin d'œil et nous laisse au milieu de la scène.

Nous nous exécutons. Ange m'offre un dernier sourire rassurant et part sur le côté de la scène pour me laisser exécuter la première partie de la chorégraphie. La piste est simple, mais magnifique, digne d'un film. Il y a des lumières chaudes devant la scène pour nous éclairer de face, mais aussi des projecteurs derrière nous qui rendent l'atmosphère enivrante. Hannah s'est placée en bas de la scène pour me donner des indications de tempo. Je suis au milieu de la scène. Tout le monde se tait, les projecteurs violets et bleus m'éclairent et de la fumée vient envelopper mon corps.

Hannah n'a pas exagéré quand elle a dit que nous serions en conditions réelles… Je retiens mon souffle avant de prendre une grande inspiration, et j'expire. La musique sombre et captivante de *Meet You in Hell* commence. Mes bras et mes jambes suivent le tempo. La voix cristalline de Jade LeMac m'envahit, signalant l'entrée d'Ange. Comme convenu, je viens me coller à lui et nous amorçons notre duo lascif.

Cette chorégraphie représente un conflit et une rivalité. Aucun sourire sur nos lèvres : nos plaisanteries de tout à l'heure laissent place à un sérieux qui plombe l'espace d'une ombre soudaine, pesante et indéniable. Ange manie parfaitement mon corps. Ses mains le parcourent comme s'il le connaissait presque par cœur, après un mois et demi de répétitions. Ses mouvements sont lents et calculés. Plusieurs fois, ses yeux se ferment pour rendre notre danse encore plus voluptueuse. Il le fait si bien qu'on pourrait y croire. *Au moins, il ne me juge pas devant les autres.* Nous enchaînons les pas. Je le vois se raidir lorsque je le regarde au plus profond de ses pupilles en parcourant à mon tour son torse. Je me baisse pour remonter lentement. Ses mains se glissent dans mes cheveux relevés et attirent mon visage vers le sien.

Aux répétitions, cette proximité ne m'a jamais réellement gênée. Nous jouions un rôle, ce n'était pas nous. Et Hannah nous donnait des conseils, mais j'avoue que devant les autres… ce n'est pas pareil. Devant mon frère, devant Ava, devant Cyrielle, Isaac, Marius… toutes ces personnes conscientes du mutuel désaccord entre Ange et moi pourraient changer de regard sur nous grâce à cette chorégraphie. Que vont-ils penser ? Est-ce qu'Adam va me dire que pendant tout ce temps j'ai joué la comédie, ou pire, que c'était seulement un caprice ? Et Ava ? Je l'ai tellement bassinée au sujet d'Ange. Et Cyrielle ?

Ça y est, mes pensées prennent le dessus, je pense encore trop et ça va se ressentir dans mes mouvements.

Alors que la chanson atteint son crescendo, nous nous éloignons pour préparer le dernier porté. Je m'élance de l'autre bout de la scène, Ange place sa main droite sous mon dos tandis que sa main gauche soutient ma jambe. Je m'appuie avec confiance sur son épaule et tends mes bras. Ange me soulève lentement avec une précision qui témoigne de nos longues heures de répétitions et j'en profite pour m'élever au maximum au-dessus de lui. Brusquement, il me fait redescendre devant lui, sur mes appuis.

La musique s'éteint, un silence s'installe puis nos deux coachs se mettent à applaudir. Sebastien a l'air plus que satisfait de ce que nous venons de proposer et Hannah nous sourit, fière. Nos amis les suivent : Victoria et Noah se mettent à siffler.

Les projecteurs s'éteignent progressivement, nous laissant dans l'obscurité. Je sens le souffle d'Ange se couper à plusieurs reprises. Il relâche sa prise sur mes hanches et incline sa tête. Ses lèvres se posent avec douceur et innocence sur mon épaule dénudée. Je ressens instantanément une gêne inconfortable et la chaleur devient étouffante. Je me détache de lui alors que les lumières de la salle se rallument. Notre petit public se tient toujours debout face à nous ; Hannah nous rejoint sur scène.

— La première danse est validée, souffle-t-elle.

Deuxième partie

Altitude

Chapitre 14

Iris

Cela fait une semaine qu'Ange n'est pas venu à la maison. À vrai dire, je n'ai pas beaucoup vu mon frère non plus. Ils sont pratiquement sortis tous les soirs et ont dormi chez Noah. Nous avons enchaîné nos entraînements habituels sans reparler de ce baiser étrange à la fin de *Meet You in Hell*.

Bouffon.

Le soir, j'étais en colère. Je lui en voulais d'avoir profité d'un de mes moments de faiblesse pour me ridiculiser. J'ai pleuré toute la soirée : maman n'a pas pu m'arracher le moindre mot. Je ne voulais en parler à personne. Je voulais faire comme si c'était normal et même prévu dans la chorégraphie. Malgré ça, Adam est tout de même venu me voir. Il m'a félicitée et a souligné mes efforts depuis notre dernière discussion concernant son meilleur ami. Cependant, une de ses phrases a retenu mon attention : avant de sortir de ma chambre, il a ajouté : « on aurait même pu croire que vous ne jouiez pas la comédie ». Cette réplique est restée figée dans mon esprit toute la nuit, à tel point que j'ai commencé à composer le numéro de téléphone d'Ange pour lui envoyer un message plus long que sa propre existence, mais je me suis dégonflée juste avant d'appuyer sur « envoyer ».

J'ai été lâche et me suis laissé marcher dessus, encore une fois.

Je n'arrive jamais à lui faire face.

Je sais bien que papa n'aurait jamais voulu qu'Ange et moi devenions de parfaits étrangers. Mais c'est plus fort que moi, je suis bloquée, je n'arrive pas à lui pardonner. Et si Adam commence à se faire des films sur nous deux, cela ne risque pas de s'arranger…

— Iris ? m'appelle Ava, assise à côté de moi.

— Mmh ?

— Tu ne m'écoutes pas, en fait !

— Si, si ! Excuse-moi, Ava… Je t'écoute.

J'ai l'impression de tourner en rond. Nous voilà vendredi après-midi, dernière heure, dernier cours de cette horrible journée. M. Brown est en train de nous dicter une leçon de maths et, pour couronner le tout, un affreux mal de tête dû au traitement qui est encore trop nouveau pour mon corps m'assaille. La voix surexcitée d'Ava mepermet de garder les yeux ouverts mais, effectivement, ne retient pas mon attention.

— Je parlais de quoi, alors ? me teste-t-elle.

J'ai une chance sur deux.

— De Noah.

Gagné ! Elle sourit. J'ôte le bouchon de ma gourde, je bois une gorgée d'eau et j'essaie de me concentrer sur le fil de notre discussion.

— Non, d'Ange, lâche-t-elle soudainement.

J'avale ma boisson de travers et fronce les sourcils.

— N'importe quoi ! Tu parlais de Noah et du fait qu'il t'invite ce soir au restaurant !

Elle ricane légèrement derrière son manuel, puis reprend son sérieux.

— Eh bien, il faut croire que j'ai envie de parler d'Ange maintenant !

Mon regard se détourne pour se poser sur le tableau noir. Mes examens de fin d'année seront pitoyables. Je ne comprends rien et les discussions avec ma meilleure amie n'arrangent rien.

— Eh bien, pas moi.

— Si ! Tu m'as envoyé un message l'autre soir, après votre démonstration en duo. Tu m'as dit que tu l'avais senti étrangement proche de toi, me répond-elle en exhibant son écran sous mon nez.

J'en ai parlé à Ava ce soir-là, car je pensais qu'elle était la seule capable de me faire relativiser. Mais finalement, elle plonge en plein dans ce que je craignais : penser qu'Ange et moi nous nous rapprochons.

— Allez, avoue-le moi, insiste Ava.

— T'avouer quoi ? Que ce mec est lunaire et bipolaire ? Tu le savais déjà.

— Non, que tu commences à baisser ta garde… que tu te rends compte peu à peu qu'il n'est pas celui qu'il prétend être.

Ma mine de crayon se casse à la seconde où elle termine sa phrase. Je vais simuler un malaise pour échapper à cette situation absurde, ce n'est pas possible ! Non : je vais rester indifférente et lui prouver qu'elle a tort.

— Tu ne comprends pas : je suis juste dans mon rôle de danseuse professionnelle. Lui peut espérer ce qu'il veut, je ne lui donnerai rien.

— On en reparlera en fin d’année.

Elle m’agace parfois, mais j’imagine que c’est normal : c’est le rôle d’une meilleure amie, non ? Je faisais la même chose avec elle et Noah avant.

— Ava ! Arrête ça ! Je le déteste et il me déteste ! On joue la comédie sur scène et quand on repart chacun de notre côté, tout redevient détestable. Jamais rien ne se passera entre nous ! J.A.M.A.I.S.

Mon indifférence a été aussi courte qu’un éclair dans une nuit sans lune.

— C’est comme éviter un nuage de pluie alors que tu es déjà trempée jusqu’aux os. Et puis… il n’y a qu’un pas entre l’amour et la haine, peut-être un pas de danse, qui sait ?

Fière de sa dernière phrase, elle regarde autour d’elle comme si quelqu’un allait l’applaudir.

— Ça y est ? Tu as fini de philosopher ?

Plus tard dans la soirée, après avoir rassuré maman sur mon état mental (lamentable) du moment, je me pose sur mon lit et, sans réfléchir, j’allume Netflix en m’enroulant dans mon plaid pour lancer un bon vieux film à l’eau de rose. Je ne sais pour quelle raison, j’aimerais qu’Adam soit là ce soir. Entre les cours, nos sports et ses innombrables soirées, nous ne passons presque plus de temps ensemble. Il me manque, sa présence rassurante me manque. Il est sûrement, lui aussi, dans une période compliquée, je le sais, car il a pour habitude de sortir et de boire pour noyer ses peines.

Triste, mais tant qu’il ne fait pas de connerie…

Les heures passent ; je trouve enfin le sommeil, mais je me réveille en sursaut au milieu de la nuit. J'ai oublié qu'Ava était de sortie aujourd'hui : normalement, je laisse toujours mon téléphone sur vibreur. J'active donc le paramètre et checke en même temps mes messages pour voir si elle ne m'a pas envoyé de SOS – il faut s'attendre à tout avec ce très cher Carpenter… Non, tout va bien. Je l'envie par moments. Elle doit être aux anges. En parlant d'anges, le grand aux cheveux de jais qui cause tous mes tourments actuels doit être avec mon frère, lui aussi en train de noyer je ne sais trop quoi. Je décide de regarder leur Instagram à tous les deux, en commençant par celui d'Ange. Son compte est toujours aussi vide, aucune photo publiée et deux stories à la une qui regroupent les Eagles et ses amis. Celui d'Adam affiche une story récente. Je clique dessus et découvre mon frère complètement saoul, un shot à la main. Il l'a postée il y a une heure… et *il était seulement minuit*. La seconde story les montre dans le coin fumeur. Elle a été postée il y a trois minutes. Je rafraîchis la page *et bingo* ! Il vient de publier une troisième fois, mais cette fois sous forme de vidéo.

Mon index marque une pause : Ange tient sur ses genoux une fille qui porte une robe bleu nuit. Ils partagent quelques taffes d'une cigarette. Ses mains enlacent les hanches de la belle, ils rient ensemble… et Ange pose ses lèvres sur son épaule.

Tiens, une action familière ! Quel bouffon !

Mon cœur se met à battre trop fort : la semaine dernière, j'étais à la place de cette fille. Je sens mes muscles se tendre et mon estomac se tordre.

Il va m'entendre.

Non.

Je ne vais rien dire. Je vais faire comme si tout allait bien. Pourquoi devrais-je dire quelque chose ? Je ne suis pas sa mère. Il fait ce qu'il veut, après tout.

Oui.

Il fait ce qu'il veut avec qui il veut, mais pas avec moi.

S'il pense que je suis l'une d'entre elles, il se trompe.

Mes doigts se serrent autour de mon téléphone et mes ongles s'enfoncent dans ma paume. Une boule se forme dans ma gorge. J'ai presque honte de lui. On ne dirait vraiment pas qu'on a été éduqués de la même manière. Il agit comme si les conséquences de ses actes n'avaient pas d'importance, et ça, à longueur de journée. Il m'insupporte : j'ai envie de le secouer pour qu'il comprenne à quel point ses actions sont absurdes. Il m'énerve, à réfléchir avec ses pieds !

Il aime plaire et, dès qu'il peut charmer, il charme. Adam me le dit à chaque fois qu'il rentre de soirée. C'est insupportable : je ne sais même pas comment il peut se regarder dans un miroir.

Chapitre 15

Ange

Le lendemain

J'avoue, cette fois, j'ai abusé.

Adam et moi sommes rentrés chez lui avec le premier bus, au petit matin, c'est-à-dire cinq heures. Bref, j'ai l'impression de sentir encore l'alcool et la clope. Heureusement que nous n'avons pas cours aujourd'hui. On dirait que nos professeurs ont choisi le bon moment pour faire grève. J'ai l'impression qu'on me tape à l'intérieur de la tête, j'ai des envies de vomir tandis qu'Adam est déjà levé. C'est lui qui m'a proposé cette foutue soirée, hier !

Flash-back sur la soirée

Quand je franchis les portes du *Sound Bar*, un océan de lumières m'éblouit. La foule ondule dans une cacophonie rythmée, emportée par la pulsation frénétique des basses. L'atmosphère est étouffante, l'ambiance électrique, imprégnée de l'excitation des fêtards et du parfum enivrant de l'alcool qui coule à flots. Les verres se vident et se remplissent sans relâche. Les néons multicolores scintillent au plafond, les lasers balaient la piste de danse, tranchant l'air de faisceaux de lumière verte.

Adam me prend par le bras et nous nous dirigeons vers le bar à cocktails. Il commande des bières ainsi que toute une panoplie de *shooter* de tequila avec des rondelles de citron. Nous avons pu nous procurer l'année dernière de fausses cartes d'identité grâce à Noah et ses talents, parfois douteux. Nous avons l'avantage de faire beaucoup plus vieux que notre âge. Vingt et un ans, ça nous va à ravir. Maman se fiche complètement de moi et Hélène laisse Adam faire ce qu'il souhaite tant qu'elle sait où il se trouve…

Je demande à Adam de se calmer. Je ne suis pas vraiment d'humeur à boire autant.

— Tranquille, mec, c'est pour nous faire décompresser un peu, tempère-t-il.

Nous nous installons dans le coin fumeur, le seul où des tables sont disponibles.

Mon meilleur ami a toujours cherché l'aventure lors de ces soirées. Il aime séduire, faire de nouvelles conquêtes. Pour lui, chaque nuit est une occasion de vivre pleinement l'instant présent, sans se soucier du lendemain. Son insouciance est à la fois exaspérante et fascinante. Je ne sais pas si un jour il va trouver la stabilité dans une relation. Ça me semble surréaliste. Nos escapades nocturnes sont souvent synonymes de désastre. Habituellement, Noah nous accompagne, mais je crois que lui ne reviendra pas de sitôt. *Et il a bien raison.*

Je connais Adam depuis qu'il est tout petit : il a toujours été quelqu'un de très calme et réfléchi, mais quand il se met à boire, il perd tout sang-froid et peut se révéler un vrai connard. C'est pour cela que je bois généralement moins que lui, pour le gérer. Mais parfois, je ne peux m'empêcher de suivre son exemple, attiré par la promesse d'évasion et d'excitation que l'alcool et la drogue peuvent nous procurer. Après tout, c'est dans ces moments-là que nous créons nos souvenirs les plus mémorables, même s'ils sont parfois entachés de regrets et de lendemains difficiles.

Mais ce soir, je suis ailleurs. Pour une fois, je n'ai pas envie de le suivre dans ces conneries.

Deux filles commencent à discuter avec nous, elles nous racontent qu'elles sont étudiantes en deuxième année de droit. Elles sont donc plus âgées que nous, mais n'ont pas atteint leur majorité. L'avantage – *ou pas* – ici est que le videur du *Sound Bar* ne fait pas vraiment attention à qui entre, surtout quand il s'agit des filles. La plus grande s'appelle Harper, elle a un carré court brun, porte un jean taille basse en similicuir marron et un t-shirt noir. Son amie, Emily, a des cheveux noirs tressés et est habillée d'une robe bleu nuit.

— Et vous ? Qui êtes-vous ? demande la jolie brune.

— Des étudiants en sport, ment Adam en tirant une énième taffe.

Notre nouvelle amie lui retire sa cigarette de la bouche pour crapoter. Elle y laisse une trace de rouge à lèvres, puis la redonne à Adam qui semble satisfait.

Deux duos se forment naturellement, Emily s'approche de moi afin de partager notre planche de tequila. À mon avis, elle a déjà beaucoup bu avant de s'asseoir à notre table. Elle ne tient pas seule debout et ses phrases ne sont pas toujours logiques.

La soirée avance et Adam n'arrête pas de me servir à boire.

— Calme-toi avec les *shooter* ! Je te rappelle que je vais danser avec ta sœur demain. Je n'ai pas envie de foirer la répétition.

D'autant plus que je vais me faire passer sur le corps si je ne peux pas assurer

— Raison de plus, lâche-t-il en riant.

À quoi joue-t-il ?

Je les laisse quelques instants pour aller aux toilettes. Quand je reviens, la grande brune est assise sur les genoux d'Adam. Elle joue avec ses cheveux ; lui la dévore du regard. Emily se jette sur moi en me proposant de prendre un tequila paf.

— Le sel est déjà sur mon cou, embrasse-le. C'est comme ça que ça se boit, la tequila, assure-t-elle.

J'hésite, mais Adam et Harper m'encouragent en faisant de même. Emily place également la rondelle de citron entre ses dents, comme si elle attendait que j'avance mes lèvres pour la récupérer. Je détourne le regard de cette mise en scène et cherche une échappatoire, mais Emily et mon meilleur ami insistent.

— Arrête de faire ton pudique, Ange… Ce n'est pas comme si tu ne l'avais jamais fait !

Adam sort son téléphone et s'amuse à filmer tout autour de nous.

Je finis par embrasser langoureusement le creux des épaules d'Emily, assise sur moi, puis je prends le shot. Le goût âcre de cette liqueur mélangée au sel commence à me brûler la gorge et ma tête tourne. Je prends entre deux doigts la tranche de citron coincée entre ses dents. Elle semble déçue, mais n'insiste pas. En revanche, elle commence à jouer avec le bas de mon pull. Ses doigts sont dangereusement proches de mon bassin.

Je lui ordonne :

— Lève-toi.

Elle me lance un regard outré.

— Pardon ?

— Lève-toi, tu n'auras rien de ma part, si c'est ce que tu attends. Donc tu ranges tes mains et toi et ta meilleure amie allez ailleurs. Je pense qu'on vous a assez payé à boire pour rentabiliser votre soirée.

Elle se lève, furieuse, et prend Harper par le bras.

Mon meilleur ami m'interroge du regard.

— Qu'est-ce qu'il se passe ?

— Tu arrêtes de boire et on rentre, je ne suis pas d'humeur ce soir.

Je ne lui laisse pas le temps de me répondre et le force à me suivre. Nous marchons jusqu'à l'arrêt de bus, en silence. Une fois chez Adam, je l'aide à se coucher dans son lit. Je prends une douche pour me remettre les idées en place. En retournant dans la chambre, je remarque que la chambre d'Iris est entrouverte.

Ça faisait longtemps.

Elle a toujours eu pour habitude de laisser sa porte entrebâillée. Quand nous étions gamins, cela voulait dire qu'elle avait peur, qu'elle était dans une période de cauchemars. Elle la laissait ouverte pour être moins coupée du monde et que ses parents l'entendent pleurer. Je pense qu'elle en a pris l'habitude et, désormais, ça lui est égal qu'elle soit ouverte ou fermée.

Je reste sur le pas de la porte et l'observe silencieusement. Elle a laissé la guirlande allumée au-dessus de son lit. Ça aussi, elle le faisait pour éviter les cauchemars quand elle était enfant. La lumière tamisée de la pièce crée des ombres douces sur son visage, lui conférant une aura presque angélique. Elle dort à poings fermés, son ours en peluche contre elle. Ses traits sont détendus, débarrassés de toute tension apparente. Je me sens étrangement apaisé en la regardant : j'en oublierais presque nos différends qui semblent s'atténuer un peu en ce moment.

Elle est si vulnérable.

Je ne sais pas m'y prendre avec elle. Je ne sais jamais par où commencer.

Ange

Le lendemain

En descendant les escaliers, je vois Adam accoudé à l'îlot de la cuisine. Il se masse les tempes, un verre de jus d'orange posé à côté de lui.

— Soirée mouvementée, hein ? lance-t-il en souriant.

— Oui, et sûrement la dernière avant un bon moment.

Il hausse un sourcil.

— Tu es bizarre en ce moment, ce n'est pas ton genre de dire ça.

— C'est notre dernière année, Adam, et je n'ai pas envie de reproduire le schéma de la dernière.

Cette année-là a été chaotique. J'enchaînais les mauvaises notes à cause des soirées. J'ai loupé énormément de cours et je n'avais plus goût à rien. Sebastien m'avait même menacé de me priver de mon poste de capitaine. Puis les grandes vacances sont arrivées et la rentrée de terminale m'a remis les idées en place. Si j'ai réussi mes épreuves d'admission à l'université de Louisiane à Lafayette, c'est grâce à Seb, qui m'y a forcé.

Iris descend à son tour les escaliers. Elle porte un jogging gris ; ses cheveux sont tressés.

— Vous faites pitié avec vos têtes de déterrés, affirme-t-elle.

Elle passe devant moi pour se servir un verre d'eau et en profite pour prendre sa barre de céréales habituelle.

— Ne parle pas trop fort, Iris, j'ai un mal de tête de chien, se plaint son frère.

Elle souffle d'exaspération puis se dirige vers le placard en face de nous.

— Prenez ça ! Et je ne veux plus vous entendre de la journée. Surtout toi, Ange. Tu es sorti hier soir alors qu'aujourd'hui on commence la nouvelle chorégraphie tous les deux, alors tu assumes.

Elle nous tend une plaquette de Tylenol, puis retourne à ses occupations.

Quelle belle journée en perspective ! Je retrouve enfin Iris Rossi et son caractère de merde… que dis-je ? Le caractère que je préfère.

— Je n'ai rien dit, lui fais-je remarquer.

— Tant mieux. Je n'ai pas à subir les conséquences de vos soirées à la con.

Elle n'a pas l'air de plaisanter. Au contraire, elle semble vraiment en colère…

Vingt-cinq minutes plus tard, je sors de chez les Rossi pour fumer une cigarette et m'installer dans ma voiture pour attendre Iris. Mon mal de tête ne passe malheureusement pas et ma bouche est sèche. Je profite de l'attente pour fermer les yeux et rattraper quelques minutes de sommeil.

L'entraînement va être si long…

Mon repos est de courte durée. Iris ouvre ma portière. Ses cheveux détachés sont légèrement ondulés.

— Tu crois que tu vas prendre le volant dans cet état ? m'interroge-t-elle ironiquement.

Je referme les yeux.

— Ton Tylenol ne peut pas faire effet en dix minutes, donc patiente quelques secondes encore et je serai comme neuf, promis.

Elle ricane – et je peux parier qu'à cet instant elle a sur le visage cette expression qui veut dire « va te faire foutre ».

— Tu as détaché tes cheveux, trésor, t'étais sur une bonne lancée pourtant ce matin.

Je n'ai pas le temps de finir ma phrase : elle m'empoigne par l'épaule et appuie dessus de toutes ses forces, me forçant à sortir de l'habitacle.

— Mais tu es malade, ça fait super mal !

— Tu as fumé juste avant que j'arrive, tu crois que je ne le sens pas ? Donc tu supporteras mes cheveux qui se coincent dans ta bouche. C'est bien, tu parleras moins comme ça, et tu réfléchiras.

Son petit corps passe devant le mien pour s'installer côté conducteur. Elle règle qon siège, referme la porte et tourne la clé dans le neiman.

— Je peux savoir ce que tu fais ? la questionné-je, accoudé à sa fenêtre.

— Hors de question que tu prennes le volant dans cet état-là. Je tiens à ma vie. C'est moi qui conduis.

Mon sourire s'efface vite de mes lèvres.

— Tu as pété un câble, Rossi. Jamais je ne te laisserai conduire ma caisse.

— Va falloir. Dépêche-toi, on est en retard.

Elle ne m'écoute pas et commence à faire une marche arrière. Ma belle Audi va y passer. Je vais commencer à faire mon deuil dès maintenant. Pas la peine de la contredire : elle ne me laissera pas conduire et peut-être qu'elle a raison. Je finis par céder, agacé. Mais je ne peux pas m'empêcher de la menacer :

— Si tu casses quelque chose, c'est moi qui te rentrerai dedans.

— Les sous-entendus, avec moi, ça ne marche pas. Donc tu montes, tu t'attaches et tu te laisses faire.

Je me fige quelques secondes. Elle est sérieuse ?

— C'est un peu tendancieux, ça aussi…

Elle me lance un regard noir puis passe sa main derrière mon appuie-tête afin de terminer sa manœuvre. Le début du trajet se passe dans le silence. J'en profite pour lui rappeler les règles de priorité à droite ainsi que les limitations de vitesse. Elle me demande plusieurs fois de la fermer, mais je ne l'écoute pas et continue de la taquiner jusqu'à ce qu'elle donne exprès un coup de volant pour me faire peur. Ça fonctionne : je ne dis plus rien.

Puis soudain… le klaxon retentit. Je sursaute.

— Tu as cassé quoi ? m'affolé-je en regardant autour de moi.

Elle me regarde, lève les yeux au ciel, sort de la voiture en claquant la porte après m'avoir jeté les clés. Je m'aperçois que nous sommes garés devant la Hannah's Dance Academy. Cela veut dire que je me suis endormi durant le reste du trajet ? Misère…

Je sors à mon tour et lui emboîte le pas. Nous entrons dans le bâtiment. Je raille :

— Pas mal pour une jeune conductrice. Rouler en Audi A3, tout le monde n'a pas cette chance.

— Quelle chance alors ! Heureuse de ne pas être tout le monde.

Elle mime une fausse joie et va saluer Hannah. *Bien… je serai heureux quand elle acceptera mes « pseudo-compliments »*. Sa coach la prend dans ses bras, puis se tourne vers moi et me donne une autre accolade.

— Mes deux loulous, j'ai énormément de choses à vous annoncer et c'est du lourd !

Iris et moi nous regardons d'un air interrogateur.

— Tout d'abord, votre présentation de *Meet You in Hell* devant les autres était parfaite. Vraiment parfaite. Tout y était et on s'y croyait vraiment. Donc, je tiens d'abord à vous féliciter !

— Tu m'étonnes, souffle Iris d'une voix presque inaudible.

Elle n'a pas l'air convaincu. C'est vrai que je n'ai pas pris le temps d'en discuter avec elle, mais j'avoue que je n'avais pas la tête à ça. Maman a refait des siennes, et Iris elle-même n'avait pas l'air de vouloir parler.

— Ensuite, comme vous le savez, nous allons commencer aujourd'hui à travailler sur la deuxième chorégraphie et celle-ci va signer la deuxième partie de notre gala ! Vous allez danser sur *Altitude* de Montell Fish !

Hannah nous a distribué les fiches avec le titre des chansons, mais je n'y ai pas prêté attention. Je ne connais pas cette chanson ; Iris non plus, j'en ai l'impression.

— Je vais vous la faire écouter !

Elle appuie sur *play* et place son enceinte devant nous.

L'introduction est assez longue, mais bien dans l'ambiance de cette deuxième partie : intense, puissante et enivrante. Les premières paroles confirment mon impression. Iris, elle, ne semble pas avoir anticipé, vu son expression ahurie. Je ne peux m'empêcher de lui jeter des regards furtifs. Elle manque de s'étouffer quand la voix cristalline de Montell Fish prononce cette phrase : « Baby, I could slow down, if that's what you need me to do. We can go another round, maybe to a new altitude. »

Sachant que nous devrons bientôt danser ensemble sur cette musique, j'imagine que notre proximité, combinée à l'intensité des paroles et de la mélodie, va nous mettre mal à l'aise. Non, je ne l'imagine pas, je le sais d'avance.

— Vous entendez ? reprend Hannah à la fin de l'extrait. C'est très sensuel, désordonné et obscur. Les deux protagonistes vont vers une dynamique plus positive, mais restent tourmentés par les sentiments qu'ils ressentent l'un envers l'autre. Cette chorégraphie sera sans doute la plus complexe à apprendre et à réaliser, mais elle nous rapportera beaucoup de points !

Nous acquiesçons en silence. Iris esquisse un sourire discret puis attend que Hannah se retourne pour me regarder d'un air désemparé. Je feins de rire face à son inquiétude, mais je la comprends.

— Un autre information !

Notre professeure s'assoit en tailleur sur le devant de la scène et nous invite à la rejoindre. Elle tient dans sa main quelques clichés ainsi que la carte de visite d'un studio photo.

— Je dois vous prévenir que je ne pourrai pas assurer tous vos cours en duo. Malheureusement, mon association manque cruellement de bénévoles en ce moment, ce qui fait que je dois aider au cabinet le soir. Donc, afin de ne pas prendre du retard, ce serait cool si vous pouviez bosser quelquefois ensemble *Meet You in Hell* et *Altitude* de votre côté.

Iris pince les lèvres. Moi, je suis ravi : nous serons obligés de nous voir plus souvent, et je vais pouvoir lui parler, *seul à seule*.

— Et pour finir, je vous annonce que vous allez faire un shooting photo pour promouvoir notre prestation au gala ! Ce sera un shooting à deux, sans le reste du groupe, car deux séances seraient nécessaires. Malheureusement les temps sont durs et le budget alloué par le lycée est restreint. Je m'occuperai moi-même des photos de groupe, ici, au lycée.

Aucun de nous deux ne réplique, ni ne pose de questions. Nous nous sommes engagés dans une situation des plus complexes…

— Je vous accompagnerai au studio, ne vous inquiétez pas, nous rassure Hannah. Vous porterez différentes tenues, vous poserez… comme de vraies stars !

C'est un véritable désastre.

Je vais passer mes prochains mois collée à lui.

Pourquoi j'ai accepté, déjà ?

J'ai l'impression que Hannah nous force à nous rapprocher, qu'elle veut qu'on communique. Je pense que notre alchimie sur scène ne l'a pas tout à fait convaincue et qu'elle essaie de trouver des prétextes pour que nous passions plus de temps ensemble.

Ange reste de marbre jusqu'à la fin de l'heure. Nous ne danserons pas aujourd'hui, car notre coach a encore un imprévu. Mais elle nous a invités à rester dans la salle pour lire ses annotations sur *Altitude* et échanger nos points de vue, car, je cite : « Il va falloir vous aimer, il va falloir que vous tombiez éperdument amoureux l'un de l'autre sur scène ». Bref, encore un moyen pour nous forcer à nous expliquer.

Elle nous laisse seuls tous les deux, comme deux piquets plantés dans le sol, ne sachant que faire. Quelques minutes passent ; je commence à rassembler mes affaires.

— La carte de visite, dit Ange.

Il a l'air perturbé et son teint est encore plus blanc que d'habitude.

— Quelle carte de visite ?

— Hannah avait une carte de visite du studio… pour le shooting.

Je ne sais pas où il veut en venir ; je n'ai même pas fait attention à ce détail.

— Hmm ?

— C'est celui de nos pères, Iris.

Ma brosse à cheveux tombe sur le parquet. *Mais je n'entends rien.* Tout devient flou autour de moi, j'ai chaud, j'ai froid, je sens mes jambes trembler et mon souffle se fait de plus en plus irrégulier.

— Iris ?

Non, je n'entends rien, plus rien. Je sens juste une larme solitaire tracer un chemin silencieux le long de ma joue. Elle s'échappe sans permission. Le temps se suspend. Puis deux mains froides viennent se poser sur mes joues, me ramenant à la réalité.

Et là, c'est la crise. La larme solitaire est en fait un torrent de larmes, ma respiration est bloquée, des sanglots me secouent. Ange me tient fermement contre sa poitrine. Je ne m'attendais pas à ça. Je ne suis jamais retournée dans leur studio et je ne veux pas y aller. Je me le suis interdit par peur de replonger. Ils sont morts à cause de leur travail et on me demande d'aller là-bas ?

— Iris, calme-toi.

Ses doigts caressent ma nuque ; son menton repose sur le haut de ma tête. Je me surprends à agripper son t-shirt. J'ai besoin du contact humain. J'ai besoin qu'on me sorte de ma dépersonnalisation, qu'on me dise que oui, je suis bien là, que je ne suis pas avec papa.

— Si tu ne veux pas y aller, ce n'est pas grave, je me chargerai de le dire à Hannah et on trouvera une solution, m'assure-t-il.

Non. Il faut que je me force. Ma psychologue me l'a dit : je ne vais pas assez de l'avant. Je reste dans le passé, dans le déni. Car le déni est confortable. Il nous cache ce qui est trop compliqué et tout devient plus facile, mais, à la longue, il se mue en poison.

Je me détache progressivement d'Ange puis plonge mon regard dans ses yeux rougis.

Il pleure aussi ? Il a mal aussi ? Ça le touche ?

Il essuie furtivement sa joue, comme s'il avait honte.

Ça me tue de le penser, mais Hannah a raison : je le redécouvre à chaque répétition. Il semble moins sur ses gardes ces temps-ci, même son comportement est toujours étrange.

— Tu veux y aller, toi ?

— Si tu y vas, j'y vais, répond-il.

J'ai l'impression d'être face à un enfant sans défense.

— Alors j'y vais.

Il a l'air surpris, mais satisfait, car un léger sourire se dessine sur ses lèvres.

— Alors on ira, conclut-il.

Peut-être devrais-je profiter de ce moment de faiblesse pour lui parler de la semaine dernière ? Je sais que je n'arriverai pas à tourner la page si je ne le fais pas. Mais j'ai l'impression d'être la bouffonne de la cour, utile pour divertir, mais sans jamais recevoir la moindre reconnaissance en retour, juste des déceptions et des attentes non comblées qui me font le détester un peu plus à chaque fois.

Tant pis, je *me* choisis. Je serai sûrement déçue, mais je n'aurai rien à me reprocher.

— Pourquoi as-tu fait ça la dernière fois ?

C'est à son tour de paraître confus. Il lève un sourcil.

— Tu m'as embrassé l'épaule à la fin de la chorégraphie, devant tout le monde.

Ma voix est calme et posée. Je n'ai pas assez d'énergie pour m'énerver et puis, de toute manière, je commence à comprendre que la colère ne marche pas avec Ange. Il se renferme directement sur lui-même.

Mes larmes n'ont pas cessé de couler. Je les sens sur mon visage.

Ange se mord la lèvre, y laissant une petite trace de sang. Il réfléchit, lève son regard vers le plafond.

— Je… je ne sais pas. Je n'aurais pas dû. Excuse-moi.

— Oui, mais pourquoi tu l'as fait ?

Il joue avec ses bagues, les retire puis les enfile de nouveau.

— Honnêtement, je ne sais pas. J'ai fait ça sans réfléchir.

— Alors, s'il te plaît… arrête.

Ma voix se brise. Le son résonne comme un appel à l'aide. Je suis fatiguée.

— Ne reviens pas vers moi pour repartir faire de la merde le lendemain. Choisis. Soit tu pars définitivement, soit…

J'hésite.

— Soit tu restes à ta place de meilleur ami de mon frère, tu me croises de temps à autre chez moi sans pour autant que ça se passe mal… et c'est tout.

Il se raidit et prend une grande inspiration. J'avoue avoir été un peu sèche sur la fin, mais il faut qu'il comprenne.

Il finit par acquiescer et me tend une main. *Deal.*

Chapitre 16

Iris

— Mais on va dire quoi aux gens ?

— On va leur dire : « oui, nous sommes des joueurs de football américain, mais on s'improvise danseurs, donc soutenez-nous par une petite donation ! » répond Marius avec ironie.

Aujourd'hui, j'ai regroupé les Eagles et les danseuses : nous cherchons un moyen d'aider Hannah. Elle nous a expliqué, à Ange et à moi, qu'elle rencontrait des difficultés à gérer son association en plus de la Hanna's Dance Academy. De plus, le lycée ne lui donne pas vraiment les moyens de s'en sortir. J'ai pensé que faire du porte-à-porte en petits groupes pourrait être une solution. Bien sûr, elle n'est pas au courant.

— Merci, Marius, pour ton implication… mais on va être plus convaincants que ça. Premièrement, vous allez former des groupes de quatre, de préférence avec votre binôme de danse. Ensuite, vous allez expliquer aux habitants qui vous êtes et le principe du concours auquel nous allons participer. Et vous terminerez en nommant les deux associations que nous soutenons, celle de Hannah et celle de Seb, en précisons que les dons leurs seront reversés.

Vingt paires d'yeux me regardent. Tous réfléchissent. Cyrielle prend finalement la parole :

— Et l'argent, on le donne à qui après ?

— J'ai préparé une urne dans le hall du complexe sportif, on mettra tout dedans à la fin de la journée. Hannah et Seb le découvriront plus tard.

Tout le monde semble conquis. Je suis heureuse qu'ils n'aient pas protesté et qu'ils soient prêts à s'investir.

Les cinq groupes se répartissent naturellement suivant mes directives. Je vois Adam partir avec sa partenaire Clara et deux autres danseurs. Quand je me retourne, Ava, Noah et Ange m'attendent pour que l'on se dirige, ensemble, vers le premier pâté de maisons. Chaque groupe va arpenter un quartier différent de Covington : j'ai découpé le plan pour éviter qu'on se croise. Au moins, ma dernière nuit m'a servi à quelque chose… Je pense que même un aveugle prendrait peur face à mon visage affaissé.

— C'est une grave bonne idée que tu as eue, Iris, me complimente Noah.

Je le remercie en lui souriant. Son bras droit repose sur les épaules d'Ava, sa main gauche est enfoncée dans la poche de sa veste.

— Viens sonner avec moi à la première porte, Ava !

Ils sonnent. Ange et moi restons en retrait.

— Bonjour Madame ! Bonjour Monsieur ! exagère Noah. Nous sommes quatre danseurs du lycée St. Paul et nous aimerions vous faire part, moi et ma très chère collègue, d'un sujet qui nous tient chaudement à cœur.

— Je les vois déjà bâiller, me chuchote Ange. S'il continue avec son air à la con, la journée va être bien vide.

— Laisse-lui une chance. Peut-être que ça va marcher ?

Son ami continue sa tirade d'un air théâtral, *trop* théâtral.

— Nous participons à un concours à la fin de l'année sco…

La vieille dame ne le laisse pas terminer sa phrase : elle lui coupe la parole et referme sa porte sur un « nous ne sommes pas intéressés, merci ».

Bien.

— Je l'avais dit, s'indigne Ange.

Il n'est que 13 heures, ça va être long.

— Elle n'était juste pas coopérative ! se justifie Noah.

— C'est vrai, le défend Ava.

Nous rebroussons chemin pour nous diriger vers la maison voisine. Ava et Noah rient et se lancent quelques piques.

— Laissez-nous une seconde chance ! supplie Noah.

Sans attendre notre réponse, les deux coéquipiers frappent à la porte. Un homme d'une trentaine d'années apparaît.

— Bien le bonjour, Monsieur ! Je suis ici avec ma chère collègue pour vous parler de nous !

Je soupire. Il le fait exprès ou quoi ? Cela fait à peine dix minutes que nous avons commencé et on est en train de perdre deux donateurs potentiels.

L'homme s'excuse en lui montrant le téléphone qu'il tient contre son oreille puis referme, lui aussi, sa porte.

C'est au tour d'Ange de souffler.

Nous les laissons faire leur sketch pendant une demi-heure, puis Ange et moi nous éloignons, chacun absorbé dans ses propres pensées. Nous nous aventurons dans une ruelle. Je jette un coup d'œil à Ange qui marche à mes côtés de manière décontractée, indifférent à la distance qui nous sépare maintenant des autres.

— On continue seuls ? propose-t-il. On ira sans doute plus vite.

J'acquiesce et me dirige vers une petite maison. Nous sommes accueillis par un couple de personnes âgées, assis près de leur fenêtre. Ils ouvrent les battants et nous nous retrouvons face à eux.

— Bonjour, commence Ange. Est-ce que nous pourrions discuter avec vous quelques minutes ?

Sa voix est posée et assurée. Il est à l'aise sans trop le paraître. C'est beaucoup mieux que Noah.

Le couple nous invite à nous rapprocher en souriant.

— Je me présente, je m'appelle Ange et voici ma partenaire, Iris.

J'ai peut-être parlé un peu vite : il est trop à l'aise.

— Nous sommes lycéens à St. Paul et nous participons à un concours de danse à la fin de l'année scolaire. Notre lycée cotise pour notre inscription, mais ce n'est pas assez pour couvrir tous les frais de déplacement, nourriture et autre qu'engendre ce gala. Il est donc difficile pour nous de répéter et de présenter notre candidature dans ces conditions.

Il se tourne vers moi, signe qu'il me laisse continuer.

— Et je pense qu'il est crucial de vous dire à quel point il est important que nous gagnions ce concours. En effet, il y a 250 000 $ à la clé, qui seront reversés à deux associations. La première aide les jeunes mamans qui n'en ont pas vraiment les moyens de s'insérer dans la vie active. La seconde est spécialisée dans la recherche d'équipements nouveaux et adaptés pour permettre aux jeunes enfants handicapés de faire du sport, comme tout le monde.

Je sens le regard d'Ange peser sur mes épaules. Lui aussi a l'air convaincu, car je le vois hocher affirmativement la tête.

Je conclus :

— C'est pour cela que nous faisons appel à vos dons qui, nous en sommes sûrs, nous mèneront à la victoire !

Cette fois, je le vois retenir un rire. Puis il se racle la gorge et sourit d'un air un peu contraint au couple qui a écouté avec intérêt notre discours.

La vieille dame se lève de son fauteuil et revient une minute plus tard avec une petite pochette.

— C'est très courageux ce que vous faites là, mes petits, déclare son mari.

— C'est pour la bonne cause, réplique mon partenaire.

Ils nous tendent un chèque destiné à l'académie.

100 $? C'est énorme !

Nous les remercions plusieurs fois en leur souhaitant une bonne fin de journée. Ils ont l'air tout aussi ravis que nous. Ils n'ont pas cessé de nous répéter que nous étions de bons jeunes, matures et soucieux du bien-être des autres.

Nous reprenons alors notre marche dans les ruelles : Ange se remet à pouffer dans son sweat-shirt.

— Honnêtement, Iris, heureusement que ces deux grands-parents n'avaient plus toute leur tête !

Je le questionne du regard.

— C'est pour cela que nous faisons appel à vos dons qui, nous en sommes sûrs, nous mèneront à la victoire ! se moque-t-il en m'imitant. Tu aurais fait une petite danse à la fin, ça aurait été parfait.

Je m'immobilise, indignée. Quel bouffon, ce mec !

— Non mais je rêve ! Je suis sûre que c'est grâce à ma conclusion qu'ils nous ont donné autant !

Il rit de plus belle.

— Évite quand même de faire ça la prochaine fois.

Je le contredis une dernière fois avant de lâcher l'affaire. Après avoir bien observé les voitures et les jardins, il se dirige vers une autre maison. Nous essayons de cibler les personnes âgées, car ce sont elles qui se montrent les plus généreuses…

Nous finissons par opter pour ma stratégie et gardons ma phrase de fin. L'après-midi avance lentement, ponctuée par les rebuffades des habitants peu enclins à écouter notre récit. Les rues paisibles semblent s'étendre à l'infini, comme si le temps lui-même avait décidé de ralentir pour prolonger cette activité épuisante. Ange et moi avons enchaîné une dizaine de maisons sans rien obtenir. Les habitants étaient soit absents, soit trop jeunes pour nous écouter.

— C'est gentil ce que tu fais pour Hannah et Seb, finit-il par admettre pour casser le silence.

— C'est normal, après-tout. Ils se donnent à fond pour nous, et je dois beaucoup à Hannah.

Il fronce légèrement les sourcils.

— Comment ça ?

Ange et moi sommes en train de commencer une discussion sérieuse. Je la redoute vraiment, mais il est évident que je ne pourrai pas l'éviter toute ma vie. Il faut qu'on essaie : ça nous permettra peut-être d'avancer, qui sait ?

— Elle m'a beaucoup écoutée et aidée après le décès de nos pères. Elle a fait sans doute plus que ma propre psychologue.

Il ne réagit pas, mais continue de me regarder.

— Je passais ma vie à l'académie après l'accident. Elle m'a toujours accueillie à bras ouverts, elle m'a même proposé de m'aider en maths, car je loupais beaucoup de cours÷

— C'est vrai que Hannah est extraordinaire.

— Pourquoi ? Vous vous connaissez ?

Il se renferme et reprend son air sérieux.

— Non, mais je vois tout ce qu'elle fait pour nous et à quel point elle se donne à fond. Elle semble t'apprécier énormément.

Je hausse les épaules.

Deux longues heures sont passées, il est temps de rejoindre les autres à notre point de rendez-vous. Nous avons réussi à trouver un quartier d'immeubles et ça a été le moment le plus rentable de notre journée. *Nous avons fait tous les étages à vrai dire…*

J'aperçois mon frère qui se dirige vers nous.

— Vous n'êtes que tous les deux ?

— Oui, Noah et Ava ont préféré continuer seuls, élude Ange.

Adam nous dévisage quelques secondes puis regarde Clara qui, elle, ne s'occupe que très peu de nous.

— Vous êtes restés toute l'après-midi ensemble ? Tous les deux ? Seuls ?

Je comprends vite où il veut en venir et pour éviter le sujet qui fâche – le sujet qui *me* fâche –, je ne.le laisse pas terminer sa phrase.

— On a récolté plus de cent soixante dollars, on a été efficaces.

Je ne l'ai jamais vu aussi perdu. Je ne saurais dire s'il est heureux ou déçu. Une certaine tension s'installe : Clara le remarque et prend Adam par la main pour lui demander s'il peut la raccompagner chez elle à pied, ce qu'il accepte, nous laissant à nouveau seuls.

Les réverbères scintillent dans la nuit, projetant des ombres dansantes autour de nous. Une brise légère souffle. Je ne dirais pas qu'il fait très froid, mais assez pour que je relève mon écharpe sur le bas de mon visage. La rue est calme ; des voitures qui passent au loin, on ne perçoit qu'un faible ronronnement de moteurs. Plus aucun de nos coéquipiers n'est là.

Ange hésite un instant puis prend une profonde inspiration avant de se tourner face à moi, son visage faiblement éclairé par la lumière jaune.

— Désolé, je ne peux pas te ramener chez toi ce soir…

Sa voix est douce. Il passe ses doigts dans ses cheveux de jais puis se masse la nuque.

— Pas de souci, t'inquiète. Tu vas chez ta mère ?

Il hésite avant de me répondre et balade son regard vers la vue qui s'offre à nous.

— Oui, mais je dois faire quelques courses avant. Tu as un bus pas loin d'ici ?

— Oui, il y a un arrêt en bas de la côte, je vais m'y rendre.

— Encore désolé.

Je tente :

— Passe le bonsoir à ta maman de ma part.

Un faible sourire s'affiche sur son visage.

— Je le ferai. Et toi, envoie-moi un message quand tu seras rentrée chez toi.

Mon souffle se coupe quelques secondes.

Il est bizarre parfois.

Non.

Il est souvent bizarre.

— Si j'y pense, oui.

Il ne rétorque pas et me laisse partir vers mon arrêt de bus.

♣♣♣♣♣

Mon vibreur de téléphone me sort de mon sommeil.

En rentrant à la maison, je suis directement allée prendre ma douche et je me suis glissée dans mon lit. J'ai dû m'assoupir une petite heure, car mon film n'est pas fini. Adam a dû rester chez Clara, car il n'est pas là. Je ne sais pas ce qu'il trouve à cette fille. Je ne sais pas non plus si c'est sérieux entre eux ou s'ils passent juste du bon temps ensemble. Et, à vrai dire, je n'ai pas forcément envie de savoir.

De : **Ange Albarez**
À : **Moi**
J'en conclus donc que tu es morte ?

C'est vrai que j'ai oublié de lui envoyer un message…

De : **Moi**
À : **Ange Albarez**
Ah oui, excuse-moi. Non, rentrée saine et sauve, malgré les sièges miteux qui changent de ceux de ta voiture.

Je regrette presque d'avoir envoyé ce message, ou du moins, de l'avoir tourné ainsi.

En fait, je n'arrive pas à agir naturellement avec lui. J'ai toujours besoin de réfléchir et de calculer mes actions. Car je sais que je me laisse marcher dessus très vite et que j'ai le pardon facile. Alors qu'Ange ne mérite pas de l'obtenir aussi facilement.

Mais j'avoue qu'en ce moment je me force à le rabrouer, car il me montre une toute nouvelle facette de lui. J'ai peur qu'elle disparaisse aussi vite qu'elle est apparue. J'aurai eu, encore, de faux espoirs. L'Ange que j'ai connu n'existe plus. Mine de rien, malgré nos différends, je sais qu'il a souffert et je me doute qu'il souffre encore. Alors peut-être que c'est sa manière à lui de… je ne sais pas… Non, je n'arrive pas à lui trouver d'excuse.

De : **Ange Albarez**
À : **Moi**
Tu t'habitues vite au luxe trésor, promis je me rattraperai.

Mes yeux se lèvent vers le plafond.

De : **Moi**

À : **Ange Albarez**

Ah, Ange, toujours aussi sûr de toi, dommage…
Je suppose que l'arrogance fait partie de ton charme ?
Mais désolée de te décevoir, le luxe ne m'a jamais intéressée, et tes promesses valent autant que tes excuses.
Autrement dit pas grand-chose.
Et arrête de m'appeler « trésor », on dirait un vieux pervers.

Je ferme la discussion et éteins mon portable. Oui, qu'il aille se faire foutre avec son « trésor » ! Ça m'insupporte, je sais qu'il ne l'utilise que pour me rappeler le surnom débile que Cyrielle me donne. *Bouffon.*

Chapitre 17

Iris

— Victoria, mets-y plus d'envie s'il te plaît, raille Hannah. Je vous rappelle que cette chorégraphie doit créer un contraste avec le début du spectacle. Vous devez révéler la lutte intérieure des personnages.

Comme tous les vendredis soir, nous nous retrouvons tous ensemble pour avancer sur les danses. Aujourd'hui, nous avons travaillé pendant deux heures *War Of Hearts*, cinquième chorégraphie de la liste que nous devons présenter pour le gala.

— Elijah, tu dois guider ta partenaire, pas la traîner.

Nous sommes mi-décembre et j'ai l'impression de voir la Hannahs's Dance Academy plus que ma propre maison, et cela ne va pas s'arranger… Ce n'est que le début.

— Très bien Cyrielle, continue comme ça. Isaac, essaie d'être encore plus proche d'elle.

La musique se termine. Ange me pose au sol, puis calme sa respiration.

— Vous me la refaites encore une fois et après je vous laisse tranquilles, ordonne Hannah.

Nous nous replaçons et enchaînons une énième fois les mouvements. Mais la soirée est loin d'être terminée. Hannah nous a demandé, à Ange et à moi, de rester une petite heure supplémentaire pour commencer à nous familiariser avec *Altitude*. Elle ne pourra pas assister pendant une semaine entière à nos répétitions à cause de l'association. Elle a d'ailleurs été très émue par notre journée de bénévolat. Elle a découvert l'urne et son contenu dans la semaine. Hannah est quelqu'un de très sensible : elle a eu les larmes aux yeux durant pratiquement tout le cours qui a suivi. Mais, malgré nos efforts, le montant des dons ne suffit pas pour qu'elle se permette de passer moins de temps là-bas.

— Faudrait que tu apprennes à me regarder.

La voix suave de mon partenaire me tire de mes pensées ; mes yeux plongent dans les siens.

— Comment ça ? Qu'est-ce que tu racontes ?

— Tu fuis toujours mon regard alors que Hannah a dit que c'était le plus important quand on danse.

— Merci Ange, tu ne vas pas m'apprendre ce qu'est la danse en duo. Et si, je te regarde.

Il passe furtivement sa langue entre ses lèvres puis rit légèrement avant de tourner autour de moi. Définitivement, il m'énerve : le dernier message que je lui ai envoyé hier ne lui a pas suffi ?

La sonnerie se déclenche et marque la fin du cours. Je rejoins les filles dans les vestiaires pour prendre ma gourde et j'en profite pour checker mes messages. Ava fait de même. Tout à coup, Victoria s'engouffre dans la pièce, survoltée.

— OK les filles, soirée chez moi demain. Mais cette fois-ci, *dress code* noir pailleté. Vous pouvez inviter d'autres personnes, mes parents sont absents une bonne semaine.

Cela faisait longtemps que Vic n'avait pas organisé une soirée. *Enfin… longtemps… tout est relatif, je dirais un petit mois.* Nous acquiesçons toutes. Quelques-unes des danseuses demandent si les Eagles sont conviés.

— Oui, mais la plupart ne veulent pas venir, car ils ont une grosse évaluation de football le lundi matin, répond-elle.

Mon frère a parlé de cet examen à ma mère, mais ça n'avait pas l'air de le dissuader de sortir. Je l'ai plus vu en soirée qu'en cours ces dernières semaines. C'est limite s'il mange avec nous le soir et Ange ne vient pratiquement plus à la maison. *J'ai parfois du mal à les comprendre.*

— Ça te dit qu'on se prépare chez toi demain ? me propose Ava.

Étonnée par sa demande, je ne lui réponds pas tout de suite.

— Hein ? Euh… oui, bien sûr. Tu ne vas pas chez Noah ce week-end ?

— Non. Je me suis dit que ça faisait longtemps qu'on ne s'était pas retrouvées toutes les deux en soirée.

Maman m'a conseillé d'avoir une discussion avec Ava, de lui dire que son comportement avait changé depuis qu'elle passait tout son temps avec Noah, et qu'elle me laissait un peu de côté. Mais… j'en suis incapable. Elle est une de mes seules amies et c'est l'une de mes personnes préférées sur Terre. Je n'arrive pas à lui en vouloir.

Tu te laisses marcher dessus Iris, encore une fois…

Je la serre dans mes bras.

— Avec plaisir !

Oui, mais tant pis. C'est bien comme ça parfois.

— Nickel ! Alors à demain et bonne répète avec le ténébreux !

Elle m'embrasse sur la joue puis me fait un clin d'œil en sortant du vestiaire. Je m'apprête à retourner dans la salle de danse quand Cyrielle me retient.

— Comment se passent les chorégraphies avec Ange, trésor ?

Son ton est posé, mais un écho malsain y vibre. C'est pareil avec elle : elle est détestable, pourtant je n'arrive pas à lui rentrer dedans.

— Plutôt bien, dis-je simplement. Fatigantes parfois, mais elles se passent mieux que prévu.

— On voit ça, on voit tous ça. Tu vas bientôt l'adorer, non ?

Je soupire, agacée par le ton moqueur de Cyrielle. Elle semble s'amuser à s'insinuer dans la relation entre Ange et moi, comme si elle trouvait un certain plaisir sadique à voir les autres se débattre dans leurs propres tourments. Je décide de ne pas lui donner le plaisir de me voir réagir, alors je garde mon calme et réponds avec une neutralité feinte :

— Tu penses ça ? Tant mieux. Cela veut dire que je tiens bien mon rôle.

Elle hoche la tête d'un air entendu, mais je peux voir dans son regard un soupçon d'incrédulité. Je ne sais pas si elle est convaincue qu'il y a quelque chose de plus entre Ange et moi, et je m'en fiche, après tout. Je n'a pas besoin de justifier ma relation avec lui auprès de qui que ce soit, encore moins auprès de Cyrielle qui aime tant répandre des ragots mesquins.

Avant qu'elle puisse ajouter quoi que ce soit, je lui lance un sourire crispé et laisse derrière moi l'ombre de ses insinuations.

Ange est assis sur le rebord de la scène, les pieds ballants. Il est sur son téléphone. Je le rejoins pour pouvoir m'étirer et garder mes muscles chauds.

— Tu devrais faire comme moi, Albarez.

— Non, sans façon. Je n'en ai pas besoin.

Bouffon.

Depuis notre excursion dans les quartiers de Covington, il ne cherche plus à me contredire ni à m'énerver. Il me teste avec des blagues de mauvais goût.

— Ne pense pas à voix haute non plus, Rossi, rétorque-t-il.

Merde.

Je fais mine de ne pas l'avoir entendu et reprends mes pas-de-bourrée.

Hannah revient quelques minutes plus tard et demande à Ange de la suivre. Elle semble préoccupée.

— Ce ne sera pas long, Iris, tu peux déjà mettre en route *Altitude* si tu le souhaites.

Cinq minutes plus tard, ils reviennent. Ange semble fermé, ou peut-être stressé. Sa lèvre est rouge, il l'a encore mordue comme il a l'habitude de le faire. Hannah n'est pas aussi joyeuse qu'avant la pause. Étrange. Est-ce que je dois m'inquiéter ? Est-ce que ça concerne le gala ? Est-ce que je dois poser la question ?

Non. Ça ne me regarde pas. Elle me l'aurait dit aussi, sinon.

Mais si jamais c'est grave ? Ou alors ils attendent peut-être que je fasse le premier pas ?

Non. Laisse tomber.

Notre professeure prend une grande inspiration et nous explique, comme si de rien n'était, le but de cette deuxième danse en duo. Elle représente un chapitre dans notre « amour » ; la concrétisation de la relation, la collision amoureuse et de nos corps. Danser à deux pour ne faire plus qu'un.

Les premiers mouvements sont assez simples. Cette fois, c'est Ange qui démarre seul, assis sur une chaise. Moi, je dois entrer sur scène quand j'entendrai Montell Fish chanter son premier couplet. Hannah insiste plusieurs fois sur le fait que les gestes doivent être lents et sensuels, très calculés. Elle nous a montré ce qu'elle attendait de nous, puis nous a demandé si ce genre de chorégraphie nous convenait. Bien sûr, aucun de nous deux n'a dit non, trop de fierté. Je dois me rapprocher de la chaise en la contournant, puis revenir sur mes pas et me placer devant Ange. Là commence la danse.

Ange se lève avec une fluidité naturelle : une grâce indéniable imprègne ses mouvements. Il s'est amélioré depuis ses débuts, même si je dois avouer que dès la première danse, son aisance m'a étonnée. Son regard est fixé sur moi et, pour une fois, je plante mes yeux droit dans les siens comme il me l'a demandé. Il fait en sorte que nos corps se rapprochent lentement, presque imperceptiblement, même si une distance invisible persiste entre nous.

On continue d'avancer sur la chorégraphie pendant une trentaine de minutes. Hannah prend un maximum de temps pour détailler les placements de nos mains et de nos pieds dans chaque mouvement, pour éviter d'être gêné ou perturbé par l'autre.

— Bien, je vous explique ce dernier pas et vous pourrez disposer.

La rouquine demande à Ange de se rasseoir sur la chaise pour que je puisse m'installer sur ses genoux.

— Je veux que tu sois face à lui, Iris, à ce moment-là. Si tu manques d'équilibre, tu peux passer tes pieds derrière ceux de la chaise.

Hannah s'accroupit pour me montrer l'enchaînement. Je la regarde avec attention, me tenant aux épaules d'Ange face à moi, mais je remarque que les yeux de celui-ci dévient vers le bas – vers mon short de sport qui remonte un peu trop haut sur mes cuisses. Habituellement, je ne mets que des joggings, mais je n'en avais plus sous la main quand je suis partie ce matin. Ma coach continue son monologue, mais je ne l'écoute plus. Ange relève son visage vers moi, les sourcils froncés.

Il n'a pas pu comprendre… Personne n'a jamais compris, ne t'inquiète pas, Iris.

J'essaie de calmer mon rythme cardiaque, de ne montrer aucune émotion. Mais Ange resserre son emprise sur mes hanches comme pour me forcer à le regarder. Je le foudroie du regard pour lui faire comprendre que j'essaie d'écouter les paroles de Hannah. Il n'insiste pas, mais a l'air perturbé. La fin du cours approche ; Hannah nous salue, puis prend un appel important en nous souhaitant un bon week-end.

Je me rhabille rapidement, sans prendre le temps de me recoiffer, afin de ne pas louper mon bus. En sortant du vestiaire, je constate qu'Ange m'attend dans le hall. Quelques flocons de neige tombent doucement à l'extérieur, en parfait contraste avec la chaleur étouffante de la salle de danse. Je lui adresse un léger sourire, tentant de dissiper l'atmosphère un peu tendue. Son expression reste impénétrable, ses traits sont tirés par une émotion que je ne parviens pas à identifier. Qu'est-ce qu'il a ? J'ai fait quelque chose de mal ? *Pitié, on était sur une si bonne lancée ! Qu'il ne redevienne pas froid comme un glaçon, je vous en supplie.*

— Je te ramène. Il fait froid et ça glisse dehors.

Je ne cherche pas à le contredire. Je ne peux pas refuser des sièges chauffants et un trajet plus court. Je m'y suis habituée, c'est vrai. En s'installant dans la voiture, il n'allume pas la radio, ce qui est étrange, car c'est la première chose qu'il fait habituellement.

— Tu vas bien, Iris ? demande-t-il.

Je hoche la tête, un peu surprise par sa question : ça fait déjà deux fois qu'il me la pose.

— Oui, ça va. Pourquoi ?

Il hésite un instant, comme s'il cherchait ses mots.

— Je n'ai pas envie de te poser des questions intrusives, mais… c'est quoi les traces de chaque côté de tes cuisses ?

Je me fige, abasourdie. Ses mots résonnent dans l'habitacle et seul le vent qui vient se plaquer contre le pare-brise lui répond. D'instinct, mon regard glisse vers mes cuisses. Je plante mes ongles dans mes paumes, ce qui m'arrache une légère grimace que j'essaie de dissimuler en dirigeant mes yeux vers la fenêtre. Je retiens mes larmes. Une bouffée de gêne monte en moi et je sens mes joues s'embraser. Je me maudis intérieurement pour ne pas avoir pris le temps ce matin de chercher un jogging.

— Rien… des vergetures.

J'aurais juste pu l'envoyer balader et lui dire que sa remarque était déplacée, mais il est le seul et le premier à m'avoir posé cette question alors que je les ai depuis longtemps. Même maman et Ava ne les ont jamais remarquées alors qu'elles me voient souvent en maillot de bain.

Ange reste silencieux un moment, sans réaction apparente. Je pense que même lui regrette d'avoir posé la question. Le silence dans la voiture devient presque oppressant, malgré le doux ronronnement du moteur.

— Je ne sais pas à qui tu as fait croire ça, mais moi, je ne te crois pas.

Je reste muette, trop honteuse pour répondre quoi que ce soit. Je me sens soudain comme une petite fille, celle qui se cachait quand elle avait fait une bêtise. Celle qui ne voulait jamais affronter le problème, celle qui fuyait et ne savait pas mentir.

— Tu te fais du mal, c'est ça ? continue-t-il maladroitement.

Le ton d'Ange n'est pas aussi doux que je l'espérais. Au contraire, il vibre d'une certaine dureté, d'une incompréhension teintée d'inquiétude. Mes pensées s'emmêlent dans ma tête, noyées sous le poids de ma propre honte. Je déglutis difficilement, cherchant désespérément les mots pour apaiser la tension qui s'est installée entre nous. Je ne veux pas de conflit, je ne veux surtout pas qu'il en parle : il faut que personne ne le sache.

— Non, non, ce sont des vergetures, elles sont là depuis longtemps, parviens-je enfin à murmurer d'une voix tremblante qui me trahit. Ce sont juste… des marques, des cicatrices.

Ange baisse le regard vers mes cuisses désormais recouvertes de mon jean noir.

— Non, dit-il encore une fois. Elles ne sont pas là depuis longtemps, j'ai vu qu'elles venaient à peine de cicatriser.

Mais pourquoi il ne lâche pas l'affaire ?

— Tu… hésite-t-il. Tu peux me faire confiance.

— Non… Je ne peux pas, je ne peux plus.

— Je ne le dirai à personne, je te le promets, mais s'il te plaît, arrête ça. Personne ne devrait s'infliger une telle souffrance.

Je sens mes larmes brûler le coin de mes yeux.

— Je ne sais pas comment je peux t'aider, mais je ne te laisserai certainement pas te faire du mal. Tu as assez souffert comme ça.

Il fait démarrer la voiture et enclenche la marche arrière.

— Tu n'en sais rien.

Il stoppe la voiture, son regard devient noir, mais il me voit me tenir à la portière, les larmes aux yeux.

— Si, je le sais, reprend-il calmement en repartant.

Il ment : il veut juste appuyer là où ça fait mal, il veut juste m'abandonner comme papa l'a fait avant lui. Le silence retombe entre nous, épais et lourd de non-dits. Je peux sentir le regard d'Ange peser par instants sur moi, mais je refuse de le rencontrer. Je préfère fixer le paysage qui défile à travers la fenêtre embuée.

Vingt minutes plus tard, nous arrivons devant mon portail. J'ouvre la portière et lui lance un faible « salut ». Il me retient.

— Je ne voulais pas te mettre mal à l'aise, vraiment pas. Si jamais tu as besoin de parler, de quoi que ce soit, je suis là. Je veux dire… je suis là pour toi.

— Non, Ange. Tu n'es plus là pour moi, malheureusement. Mais… c'est gentil. À lundi.

Je referme la portière et pars sans me soucier de sa réponse. Je n'ai même pas besoin de ravaler mes larmes, elles ne sont pas sorties, elles ne sortent plus.

Ange

Quand je passe ma porte d'entrée, le silence règne. La voie est libre. Ma mère rentrera sans doute à l'aube, comme chaque soir où je suis chez elle.

J'essaie de rester en contact avec elle, bien qu'elle ne me rende pas la pareille. Aujourd'hui ça va mieux, mais j'aimerais pouvoir rassurer le jeune adolescent d'il y a trois ans, en lui disant que tout ce qu'il vit ne sera qu'éphémère. Enfin, je l'espère encore.

J'en veux à ma mère. Je lui en veux de ne m'avoir rien donné à part une putain de dépression, des médicaments et une adolescence gâchée. Et je lui en veux de vouloir arrêter de vivre, de vouloir rejoindre mon père. C'est égoïste. Elle veut m'abandonner comme papa l'a fait.

— Swif !

J'appelle mon chien en remuant sa gamelle de croquettes. Swif m'a bien aidé durant ces dernières années. On passait la plupart de notre temps ensemble. Après le décès de mon père, il était la seule compagnie que j'acceptais.

Ma mère ne s'en occupe pas vraiment : elle dit qu'il ressemble à une serpillière et qu'à part lui rajouter du travail, il ne sert à rien. D'un côté, elle n'a pas tort. C'est pour ça qu'il s'appelle Swiffer.

Mais il est fidèle et je suis attaché à lui. Je me mets à lui caresser la gorge. Il adore ça.

— On va promener ?

Ses oreilles se dressent à ces mots. Son regard se met à briller ; il tourne autour de moi. Je lui mets son harnais et claque la porte derrière moi. Bien que le froid hivernal de Covington soit loin d'être le pire, ma veste en cuir ne fait pas forcément l'affaire. Nous entamons notre promenade. Les rues baignent dans une lumière tamisée. De petits flocons tombent encore, mais pas assez épais pour que les routes soient blanches. Mes pas chuintent sur le trottoir, accompagnés par le cliquetis du harnais de Swiffer qui avance avec enthousiasme, sa queue battant joyeusement l'air à chaque pas. Je fais le tour de mon quartier, mais Swif décide de se diriger vers celui des Rossi, à dix minutes de chez nous. Nous passons donc devant leur propriété que je ne connais que trop bien. Je m'arrête un peu plus loin et j'aperçois Adam et Iris chahuter derrière la grande baie vitrée de la cuisine. Hélène les regarde, le sourire aux lèvres.

Je n'envie pas leur vie, ça ne sert à rien de se morfondre. Je ne suis pas à plaindre non plus. Hélène m'a toujours considéré comme l'un de ses fils et m'a toujours chéri. Iris tient de sa mère, mais elle a le caractère trempé de son père.

On m'a souvent demandé comment je faisais pour vivre après le décès de mon père. La réponse est toujours la même ; je ne vis pas, je survis, j'essaie du mieux que je peux.

Swiffer me ramène à la réalité en tirant sur la laisse. Je reprends ma marche rapide : chaque coin de rue évoque les souvenirs d'une époque où les

Rossi et moi étions inséparables. C'est dans ces moments que l'expression « avoir mal au cœur » prend tout son sens. Je ressens un tel vide intérieur… Je me dis que je n'ai sans doute pas mérité mieux, que ça doit être écrit quelque part. Mais je ne veux pas y penser ni me lamenter sur mon sort. Je n'ai pas le temps à vrai dire.

— Allez, plus vite Swiffer, on rentre.

Sur le chemin du retour, je repense à la danse qu'Iris et moi devons apprendre. C'est vrai qu'elle est encore plus compliquée que la première. Dans *Altitude*, j'ai l'impression qu'elle m'offre son corps, que mes mains posées sur ses hanches déchiffrent ses secrets les plus profonds. Peut-être qu'aujourd'hui je n'aurais pas dû m'aventurer trop loin. Car, au fond, je savais inconsciemment ce que j'allais trouver, mais j'avais peur de voir juste… et j'ai vu juste. Iris se fait du mal, elle a mal, trop mal encore et je n'ai rien deviné. Je ne me suis pas rendu compte que j'étais en train de l'abandonner comme son père l'avait abandonnée. J'aurais voulu qu'elle me montre chacune de ses griffures, chaque partie de son corps où elle s'est fait mal. Pourquoi ? Parce que j'aurais voulu compter les fois où elle a eu besoin de moi alors que je n'étais pas là. Elle n'a rien demandé, et pourtant je suis parti comme un enfoiré qui avait pris peur. Peur d'être le poison que maman dit. Par conséquent, ses regards sont toujours fuyants, alors que mes yeux sont attirés comme des putains d'aimants par elle. J'essaie tant bien que mal de le cacher. Mais en même temps, pendant ces répétitions avec elle, je peux lui montrer que je ne suis pas celui qu'elle croit connaître. La danse me permet de lui révéler mon côté sensible, faible et sensuel, que je m'efforce de lui cacher depuis trois ans. Et je me déteste pour ça. L'avoir comme partenaire de danse n'était sans doute pas la meilleure des idées… Elle pourrait en découvrir beaucoup trop.

Iris

Ses paroles résonnent encore dans ma tête, un mélange de réconfort et de douleur que je ne peux pas démêler. Pourquoi est-ce si difficile de partager mes tourments avec lui ? Il a dit qu'il était là pour moi. Mais je ne suis pas encore prête à lui accorder tant de confiance.

Mais il s'intéresse à moi, un petit peu, et je dois admettre que ça fait du bien, parfois.

Cela fait maintenant à peu près quatre mois qu'il fait des efforts, c'est vrai. Mais il y a toujours un petit quelque chose qui cloche et qui réveille ma méfiance. Même si, je l'avoue, j'aurais aimé qu'il insiste un peu plus ce soir pour en savoir davantage.

Iris, personne ne voudra de toi. Personne ne voudra d'une gamine égoïste et lâche. Tes démons te rattraperont tôt ou tard. Tu es incapable de t'attacher et d'aimer quelqu'un par peur d'être abandonnée – comme je l'ai fait, avoue-le.

C'est celui-là. Le rêve. Le rêve que je fais en boucle depuis la mort de papa. Alors que je sais très bien que papa serait incapable de dire ça. Mais mon cerveau en a décidé autrement. L'arrière-goût salé de mes larmes m'irrite la bouche et ma gorge est sèche, trop sèche. Je sens un goût métallique sur ma langue à cause de mes lèvres gonflées. Mon souffle saccadé se calme quand mon esprit commence à comprendre que je suis enfin réveillée – ce n'est que ce foutu cauchemar. *Elle* revient me rendre visite. *La pensée noire*. Comme la gamine que j'étais, je regarde désespérément la porte de ma chambre en espérant la voir s'ouvrir sur maman et son grand sourire, m'apportant mon verre d'eau habituel. Mais malheureusement, aujourd'hui elle n'arrive pas. Alors c'est *la pensée noire* qui la remplace. Pas aussi réconfortante que maman, mais elle me soulage, j'imagine ? Elle me soulage de tous les maux que j'endure depuis trop longtemps.

Punis-toi. C'est ce qu'*elle* dit.

Je cherche alors la maudite et ridicule lame dans mon tiroir de table de nuit. Placée entre deux pages d'un de mes livres pour que personne ne découvre mon secret.

Qui n'en est plus un, car Ange l'a découvert de la pire des manières.

Je sors la lame et la serre dans ma main en soulevant mon short. Je commence à appuyer sur ma peau à l'intérieur de mes cuisses : une goutte de sang apparaît et, tout à coup, je suis stoppée une lueur qui contraste avec la noirceur de mes pensées. Des paroles.

« Tu peux me faire confiance », « tu as assez souffert comme ça », « personne ne devrait s'infliger une telle souffrance ».

Ange ?

Ange dans ma tête, voilà autre chose. Je fixe l'écaille grise ensanglantée et l'éloigne de moi. Je maîtrise cette tentation obsédante, puis me concentre de nouveau sur la lame que je range, mais cette fois dans un tiroir de mon bureau que je n'ouvre jamais. Je ne sais pas si c'est papa qui a été mon ange gardien ce soir, ou l'unique personne qui connaît mon secret ? C'est la première fois que je me dis que son prénom ne lui va peut-être pas si mal. Je me décide à me lever et je pars dans ma salle de bains pour me refaire une tête. Quand je descends, maman est à table avec Adam en train de déjeuner. Je les rejoins comme si de rien n'était. Ça fait longtemps que cette famille ne s'était pas retrouvée au complet !

— Tu fais quoi aujourd'hui, ma puce ? demande maman.

— Ce soir, je vais à une soirée chez Victoria. Ava vient dans l'après-midi, ça ne te dérange pas ?

Elle me sourit et me caresse la joue avec son index.

— Bien sûr que non ! Ça fait longtemps qu'elle n'est pas venue à la maison.

La dernière soirée a été quelque peu… chaotique. J'ai vraiment eu peur, certes, mais je ne vais pas me priver de passer du bon temps pour un pauvre type comme Isaac. En plus, je crois qu'il ne sera pas présent. Je ne m'éloignerai pas du reste du groupe.

Je sens que je commence à passer le cap sur beaucoup de choses. Ça va mieux de jour en jour, c'est sûr.

— Et toi, Adam ? Tu vas à la soirée avec Ange ? demande notre mère.

Il tourne le lait dans son bol sans nous prêter grande attention.

— Non, j'ai un gros examen lundi matin, je ne préfère pas.

De : **Moi**
À : **Ava <3**
Chez moi pour 17 heures ? :)

De : **Ava <3**
À : **Moi**
Ouiiii hihi ! J'ai trop hâte, tu ne peux pas savoir à quel point *émoji fête*

Chapitre 18

Iris

À 17 heures, comme prévu, la brunette sonne à ma porte. Toujours à l'heure tapante ! Elle s'engouffre dans ma chambre et se pose sur mon lit.

— Je nous coiffe, tu nous maquilles ? me propose-t-elle.

— Bien sûr, comme toujours !

Elle m'embrasse sur la joue et me serre fort dans ses bras. Rien n'a changé et j'en suis heureuse. Je m'en suis sans doute fait pour rien : tout va bien.

— On y va pour 23 heures comme d'habitude ?

— Oui, comme ça, on mangera quelque chose avant d'y aller.

Une heure plus tard, notre matériel nous attend toujours dans mes tiroirs. C'est toujours comme ça. On le sait ; il faut qu'on arrête de se préparer ensemble, on n'y arrive pas… Entre discussion et grignotage de cookies faits par ma mère, rien ne nous pousse à nous presser.

Je suggère enfin :

— Je te mets de l'argenté sur les paupières ? Ça ira bien avec ta robe.

Elle acquiesce tout en branchant le fer à boucler.

— J'ajoute du spray à paillettes sur tes omoplates, ton décolleté et ton cou. Et, bien sûr, je t'ai mis le gloss *nude* que tu aimes.

C'est celui qui va le mieux avec son sourire. Elle se regarde dans la glace et me remercie en sautillant. Ses cils sont tellement longs qu'on pourrait croire qu'ils sont faux. Ava est une très belle fille : on ne peut pas le nier. Elle a enfilé sa robe moulante noire à paillettes, en parfait accord avec le thème imposé par Victoria. Ses cheveux sont coiffés en chignon bas, orné de petites épingles qui brillent. Elle s'attaque à ma coiffure tandis que j'apporte la touche finale à mon *make-up*. J'ai opté pour une tenue assez sobre, un jean taille haute noir avec un bustier qui scintille pour rester dans le thème. Un dernier nuage de parfum, nos sacs à main, nos chargeurs… et nous descendons pour manger l'assiette de pâtes que maman nous a laissée.

— Amusez-vous bien, les filles. Mais soyez prudentes ! ordonne-t-elle.

Adam est affalé sur le canapé et nous regarde du coin de l'œil. Ses mains se rejoignent pour mimer un téléphone. Je le sais, il le sait. On pense à la même chose, à la dernière soirée. J'affiche un faible sourire et articule silencieusement : « oui, ne t'inquiète pas ».

— Si tu veux que je vienne vous chercher aussi, pas de problème, tu m'appelles.

— Promis.

Je lui embrasse la joue afin de lui laisser une trace de rouge à lèvres, ce qui a le don de le contrarier. Parfois, je préfère quand Adam et Ange sont présents. Je sais qu'avec eux dans les parages, je suis en sécurité. Mais ils ne seront pas derrière moi éternellement. La soirée dernière était de trop, Isaac était de trop. Ava et moi décidons de prendre le dernier bus pour nous y rendre, car je ne veux pas faire le SAM. On veut profiter toutes les deux sans exagérer : on rentrera avec le premier bus ou avec nos jambes.

La maison de Victoria est toujours aussi grande, toujours aussi magnifique. Ava me prend le bras pour entrer. Le salon est déjà bondé. L'alcool coule à flots et les gens dansent un peu partout. Autrement dit, une soirée normale chez Victoria. Ava essaie de me dire quelque chose, mais le bruit est si fort que je ne l'entends pas. Elle se rapproche de mon oreille et crie :

— Mojito ?

Je souris et acquiesce. C'est une tradition quand nous allons en soirée. On commence toujours par un mojito, de préférence à la fraise. Nous nous frayons un chemin à travers la foule animée, jusqu'au petit bar. Il y a beaucoup plus de visages inconnus que la dernière fois. Très peu de personnes de notre lycée sont présentes. Je reconnais tout de même quelques élèves de dernière année, mais c'est tout.

— Adam et Ange ne voulaient pas venir ce soir ? demande Ava.

— Non, ils ont un gros examen lundi, ils préfèrent se reposer.

— Étonnant de leur part, rit-elle.

— Pourquoi ? Noah est là ?

— Oui ! Il m'a dit qu'il viendrait, mais plus tard, et puis de toute façon je suis là pour passer du temps avec toi, pas avec lui !

Je lui souris sincèrement et lui mime un cœur avec mes doigts. Après notre premier verre, bu d'une traite, ma meilleure amie décide de me conduire jusqu'au salon transformé en grande piste de danse. Les lumières colorées tournoient au rythme de la musique entraînante, les rideaux sont ornés de nœuds argentés, les nappes ainsi que les décorations sont pailletées. Victoria ne nous a pas prévenus, mais elle donne cette soirée pour l'anniversaire d'une de ses anciennes amies. Ava et moi ne la connaissons pas : elle doit sûrement s'appeler Juliet si j'en crois l'énorme pancarte accrochée aux fenêtres, où son nom est inscrit.

Je repère Noah dans la foule. Son regard croise le mien et un sourire se dessine sur son visage. Il ne vient pas vers nous, il reste avec un groupe de garçons tandis que ma partenaire se déhanche sur le rythme de *Buttons* des Pussycat Dolls. Elle me prend par les hanches et m'oblige à suivre ses mouvements, ce que je fais avec plaisir. Nos talons claquent contre le parquet noir et nos cheveux s'emmêlent. Cette sensation m'avait manqué, la « Ava fêtarde » m'avait manqué.

You been saying all the right things all night long.

D'autres filles se joignent à nous. Elles suivent la danse du ventre improvisée d'Ava qui imite les chanteuses du groupe. Un cercle se crée, curieux mais bienveillant. Ava et moi, dos à dos, exécutons une série de mouvements aléatoires en dessinant des courbes avec notre corps, sans cesser de rire. Trois filles nous acclament et nous encouragent en chantant. On sympathise très vite avec elles. Elles ont l'air d'avoir notre âge, mais aussi de savoir danser. Nous passons les trois quarts du temps sur la piste, nous tenant les unes aux autres sans forcément parler. À tour de rôle, nous allons chercher des cocktails et des petits fours, mais nous attendons d'être à bout de souffle pour finalement nous installer à une petite table dans la grande cuisine pour discuter. Elles s'appellent Evie, Cassie et Lily. Elles nous expliquent qu'elles viennent d'un des lycées de la ville et qu'elles connaissent Victoria et celle qui fête son anniversaire ce soir.

— On fait partie des *cheerleaders* de l'école, nous confie Evie.

— Oh, mais c'est génial ! On se croisera sûrement à un match ! Iris et moi sommes danseuses également, se réjouit Ava.

— L'équipe des Eagles, c'est ça ?

— Oui, vous connaissez ?

— Évidemment, rit Lily. Les garçons de notre équipe en parlent souvent... À ce qu'il paraît, ils gagnent tous leurs matchs cette saison.

La soirée se prolonge. Ces filles sont vraiment décontractées et sans prise de tête. Elles partagent leurs anecdotes sur leur lycée ainsi que sur leur vie personnelle.

— Vous savez quoi ? On va jouer au « Je n'ai jamais ! » propose Cassie.

Ava s'occupe de remplir nos verres puis se place à mes côtés.

— J'ai déjà embrassé un mec ou une meuf, lance Lily.

Aucune d'entre nous ne se met à boire, signe que nous avons déjà toutes embrassé au moins une fois dans notre vie.

— Je suis en couple, continue Evie.

Tout le monde boit une gorgée, sauf Ava. Un sourire timide se dessine sur ses lèvres et ses joues rosissent. Les yeux pétillants de curiosité, elles la questionnent sur l'heureux élu.

— C'est un peu compliqué, affirme ma meilleure amie. Je vais boire une demi-gorgée parce que notre statut n'est pas encore officiel !

— Et est-ce que le monsieur est présent ce soir ? demande Cassie.

— Oui… Je ne vais d'ailleurs pas tarder à le rejoindre.

Il est presque une heure du matin. J'aperçois une nouvelle fois Noah, mais cette fois, il se fait plus insistant et me demande d'appeler Ava. Je donne un petit coup de coude à mon amie.

— Ton prince charmant t'attend là-bas… Va le voir, maintenant.

Elle nous sourit à toutes, nous fait une bise rapide, puis s'éloigne en ajustant sa robe.

Je passe le reste de la soirée avec mes trois nouvelles amies. On discute de mieux en mieux ; j'apprends que Cassie est la capitaine de leur équipe de *cheer*, ce qui fait qu'elle a déjà entendu parler du gala des Sept Danses de Louisiane. Elle me donne quelques conseils, car sa cousine y a participé il y a quelques années. Nous retournons plusieurs fois danser, surtout quand nous entendons *Where Are They Now* résonner.

Une des filles, Lily, nous demande de l'accompagner à la cuisine boire un verre d'eau : sa tête tourne. C'est vrai que la chaleur de la pièce est étouffante. Il est désormais plus de 3 heures du matin. Pour ma part, ma tête commence également à tourner à cause de la fatigue et de l'alcool que j'ai ingurgité, même si je n'ai pas bu énormément. Je ferais peut-être mieux de rentrer, d'autant que la soirée commence à s'essouffler. J'envoie un message à Ava pour la prévenir, même si je sais qu'elle ne me répondra pas pour le moment. Elle m'a prévenue qu'elle resterait sûrement plus longtemps que moi si Noah venait, mais elle m'a demandé de la tenir au courant. J'embrasse alors les filles en leur proposant de se revoir à l'occasion, pour une petite soirée entre nous.

— Tu es sûre que tu ne veux pas rester dormir chez Victoria ce soir ?

— Non, non, ne vous en faites pas, je vais appeler mon frère.

Mais en descendant de mon tabouret, je heurte le pied de celui-ci, bascule et m'érafle l'arcade sourcilière sur le coin de la table. Je suis sonnée. Je sens un liquide chaud couler sur mon visage. Les filles m'entourent : Evie détourne le regard tandis que Lily compresse la petite plaie avec une serviette humide.

— Iris ? Ça va ? Tu as mal ?

La plus grande des trois me tient l'arrière de la tête tout en continuant de me parler afin d'éviter que je ne perde connaissance.

Avec difficulté, je tente de la rassurer :

— Non, non, ça va. C'est juste une zone qui saigne beaucoup.

Cassie me tend un verre d'eau. Après quelques minutes, le sang cesse de couler, mais ma tête me fait extrêmement mal et j'ai le tournis.

— Lily et moi allons t'emmener aux toilettes pour te nettoyer, dit Cassie. Pendant ce temps, Evie va appeler ton frère.

Leurs voix résonnent et se font lointaines. J'essaie d'aligner les mots et les phrases du mieux que je peux.

— Appelle Adam… Rossi.

Je lui donne mon téléphone ainsi que mon code. Les deux autres filles m'emmènent dans la salle de bains du bas. Elles ont cherché Ava ou Noah, mais ils sont introuvables.

Quand nous revenons, tout semble flou et suspendu. Je veux juste rentrer chez moi, être dans mon lit, seule. Lily presse toujours une serviette humide sur mon front tandis que Cassie me tient par les épaules.

— Alors ? Adam arrive ? demande Lily.

— Non, malheureusement je suis tombée sur son répondeur trois fois de suite. Je me suis donc permis de consulter tes numéros d'urgence. J'ai hésité à contacter ta maman, mais je ne savais pas si tu voulais qu'elle soit au courant de ton état… alors j'ai essayé de nouveau Ava, mais pareil, répondeur. Donc j'ai appelé ton quatrième contact, Ange Albarez, je crois ?

Mon cœur rate un battement. J'espère que c'est une illusion, que mon cerveau défaillant me joue des tours !

— Quoi… ?

Il est dans mes contacts d'urgence depuis toujours, je ne l'ai jamais enlevé. Maman et papa voulaient qu'il y apparaisse au cas où ni Adam ni eux ne seraient disponibles. Ce n'est jamais arrivé. Jusqu'à ce soir.

— Et ? Il a répondu ? me coupe Cassie.

— Oui, il arrive dans cinq minutes.

Chapitre 19

Ange

L'écran de mon téléphone illumine toute ma chambre, mais ce sont les vibrations sur mon parquet qui me réveillent. J'hésite à regarder, mais la lumière persiste.

Iris Rossi est en train d'appeler.

Qu'est-ce que c'est que ce bordel ? Il est trois heures du matin, elle ne m'a pas appelé depuis des années et c'est maintenant qu'elle se décide ? Je prends une demi-seconde pour me rappeler les paroles de Victoria à la Hannah's Dance Academy : « Je fais une soirée samedi chez moi. »

Merde.

— Iris ? Tu es où ?

— *Allô ? Hmm… salut, c'est une pote à Iris. On est en soirée chez Victoria et Iris est tombée. Rien de grave, c'est son arcade sourcilière qui est touchée, mais elle ne se sent vraiment pas bien. Elle ne peut pas rentrer seule… Tu peux venir la chercher ?*

Je mets un quart de seconde à comprendre ce que la personne me dit.

Merde.

— Chez Victoria, tu as dit ?

— *Oui. Tu vois où c'est ?*

— Oui, oui, j'arrive.

Je raccroche et enfile un ensemble de jogging.

J'ai l'impression que le trajet dure une éternité. Mes mains sont cramponnées au volant et mon pied ne décolle pas de l'accélérateur. Le paysage défile, les voitures sont rares. J'essaie d'appeler Adam sur le trajet, mais il ne répond pas. Je pense qu'Iris a déjà tenté de l'appeler, sans succès. C'est étrange qu'il ne réponde pas. Il est bizarre en ce moment. Mais bordel, c'est sa sœur, quand même. Je sais que Hélène est de nuit, elle ne rentrera pas avant quelques heures. Tant pis, je m'occuperai d'Iris. J'arrive en à peine dix minutes. La maison de Victoria est la plus illuminée du quartier. Il y a quelques étudiants dehors, en train de fumer sur les escaliers, mais la fête a l'air de toucher à sa fin. Je me dirige vers la cuisine. La fille au téléphone m'a dit qu'elle m'attendait là-bas. Ava est censée être avec Iris, alors à qui appartient cette voix ?

Je vois enfin la blondinette que je suis venu chercher. Accoudée à la table, elle tient un sachet de petits pois congelés sur son front. Je me dirige vers elle et ses amies et les salue, mais je m'attarde surtout sur la petite sœur de mon meilleur ami, que je prends par les épaules pour la prévenir de ma présence.

— Ange, c'est ça ? sourit l'une d'entre elles.

— Oui, c'est lui, me coupe Iris. Merci d'être venu. Adam ne répond pas. Je ne comprends pas, il m'avait dit que je pouvais l'appeler à n'importe quel moment et…

— Eh, eh, du calme, dis-je en prenant le petit sachet congelé. Son téléphone s'est sûrement éteint, ce n'est pas grave.

Elle salue ses amies en leur promettant de leur donner des nouvelles, puis me prend l'avant-bras afin de ne pas tomber à nouveau. Je remercie les filles de s'être occupées d'elle et leur souhaite une bonne fin de soirée. Avant de partir, je leur demande :

— Ava est avec Noah ?

— Oui, on ne les a pas trouvés, mais ils sont bien ensemble.

— D'accord, vous pourrez dire à Noah de m'appeler quand vous le verrez ?

— Pas de problème !

Je conduis Iris jusqu'à l'Audi et lui propose de s'allonger sur la banquette arrière ; elle accepte. J'ai l'impression de revivre la dernière soirée. *Putain, Iris.* On dirait une gamine parfois, une enfant sans défense qui ne sait pas se gérer seule. Elle s'endort durant le trajet, et je ralentis l'allure afin de ne pas trop la brusquer.

— J'ai… j'ai envie de vomir…

Il ne manquait plus que ça. Je m'arrête sur le côté de la route, l'aide à sortir et à se mettre derrière la portière arrière pour éviter que les phares des voitures venant en face ne l'éblouissent. Je passe mon bras en sous de son ventre et, de l'autre main, je tiens ses longs cheveux. Elle ne vomit pratiquement rien, elle doit juste avoir des nausées. Elle finit par se relever et appuie sa tête contre mon torse.

Contre son oreille, je murmure :

— Bordel, Iris, tu m'as fait peur.

Le reste du trajet se passe plutôt bien. En arrivant, elle ne se tient même plus à mon épaule. Devant sa porte d'entrée, elle se retourne vers moi, gênée.

— Merci… Ange. Tu peux rentrer chez toi si tu veux. Ça va aller et je pense qu'Adam dort dans sa chambre.

— Non Iris, il ne répond pas. Je viens avec toi. Je pense qu'il est en soirée avec d'autres membres de l'équipe.

— Mais il a dit qu'il restait à la maison !

— J'ai reçu un message de notre groupe : ils voulaient aller dans un bar et ensuite en boîte.

Elle hausse les épaules, un peu déçue, mais me laisse entrer avec elle. En montant les escaliers, elle essaie de nouveau d'appeler Ava, mais sans succès.

— Elle est avec Noah, ne t'en fais pas…

Dans la salle de bains, elle allume le petit chauffage portatif et me demande juste de l'aider à défaire la fermeture éclair de son haut afin d'éviter de toucher sa blessure. Elle regarde par terre, joue avec ses bagues.

— Une impression de déjà-vu ? lance-t-elle.

Mes yeux croisent les siens dans le miroir, elle me sourit. Je lui passe son démaquillant – j'avais retenu où elle le rangeait – et lui réponds :

— Une impression de déjà-vu, oui.

Elle applique le produit sur son visage. Je l'observe, adossé au lavabo. Les traits fins de son visage apparaissent, sans l'artifice du maquillage. *Elle est belle*. Je sors de la petite pièce, ferme la porte derrière moi et descends à la cuisine pour lui rapporter un Tylenol avec un verre d'eau. Quand je remonte, elle est installée en tailleur sur son lit. Je lui tends le verre et elle me fait signe de m'asseoir à côté d'elle.

— Merci encore une fois, dit-elle doucement. Tu dois me prendre pour une fille qui ne sait pas se gérer et qui attend juste chaque soirée pour faire n'importe quoi.

Oui, un peu… mais j'imagine qu'on est tous comme ça, quelque part ?

— Non. Ne bois juste pas autant quand on n'est pas là. Ça finit toujours mal.

Ses yeux se plissent.

— Oui, bon, tu n'es pas mon tuteur légal non plus. Je ne bois qu'en soirée et là, ce n'est pas à cause de l'alcool que je suis tombée.

— Oui, mais tu gères extrêmement mal l'alcool, et puis avec les problèmes que tu as, tu ne devrais pas. Ce n'est pas conseillé avec un traitement comme le tien, à ce que je sache.

— Tu es sérieux, là ? C'est toi qui me dis ça alors que tu fais exactement la même chose ? Tu me regardes comme si j'étais une putain d'alcoolique !

Je ris jaune. La fin de soirée s'annonçait plutôt bien, mais Iris nous oriente vers un terrain où je ne veux pas m'aventurer.

— Merde, Iris, tu fais chier.

Elle s'éloigne de moi et passe une main dans ses cheveux.

— Pourquoi je te fais chier ? Je te fais chier depuis trois ans, donc vas-y, expose-moi ta haine gratuite, éclaire-moi !

Son ton est rude et sarcastique. J'essaie de garder mon calme.

— Non. Tu vas dormir et on parlera à un autre moment.

Je me lève, mais elle me retient par le bras.

— Ce n'est jamais le bon moment avec toi. Arrête d'être lâche pendant deux secondes : j'ai survécu à la mort de mon père, je vais survivre à tes injures, ne t'en fais pas.

Elle va trop loin. Ce n'est pas la première fois qu'on en vient à ce débat elle et moi, mais c'est la seule fois où j'ai vraiment envie de lui dire la vérité. Je veux que tout s'arrête. Je n'ai plus envie de me cacher derrière un masque, juste d'être à sa hauteur.

— OK, alors tu veux que je te dise quoi ? Tu veux que je commence par quoi ? Parce que tu vas vraiment regretter de m'avoir posé cette question, Iris.

— Ne sois pas théâtral, je t'en prie. On n'est plus à ça près. On le voit très bien, que toi et moi ça ne colle pas. On essaie avec Hannah, mais il y a toujours cette gêne, cette barrière que TU mets entre nous.

Heureusement que personne n'est à la maison, car on hausse la voix à chaque réplique.

— C'est pour te protéger.

— Non, non, non, non. Va te faire foutre. On me dit ça depuis que je suis toute petite et ça n'a jamais marché, votre protection ! Jamais !

— Mais qu'est-ce que tu peux savoir de ce qui est bien ou mal ? Tu ne sais rien de ce qu'il s'est passé après la mort de nos pères !

Ses traits s'adoucissent ; elle affiche un air d'incompréhension.

— Comment ça ? Qu'est-ce que tu me racontes ?

— Laisse tomber.

Je prends ma veste sur sa chaise de bureau, mais encore une fois, elle ne me laisse pas partir.

— Non, je ne laisse pas tomber, je veux comprendre, Ange, bordel ! Je ne suis pas conne, je sais qu'il y a quelque chose qui ne va pas, je me doute que je ne sais pas tout, mais… Dis-moi ce que je ne sais pas, s'il te plaît. J'ai l'impression d'être enfermée dans un secret permanent, d'être restée la gamine de quinze ans, morte de l'intérieur. Je n'arrive pas à avancer, je n'arrive pas à faire mon deuil. Il y a quelque chose qui coince, qui m'en empêche… Je te jure, je n'en peux plus qu'on me regarde comme une pauvre fille innocente qui va se briser en mille morceaux.

Les secrets de famille tuent.

Je sens la lourdeur de ses mots dans l'air. Je sais, je sais tout ça. Hélène et Adam me l'ont déjà dit. Je sais qu'ils surprotègent Iris, et moi aussi, quelque part. Elle dénonce notre comportement et me pousse dans mes retranchements. Mais au fond, je sais qu'elle cherche simplement à comprendre. La vue de son visage marqué par la douleur et l'incompréhension me transperce. Elle semble si vulnérable, si perdue. Les secondes passent lentement et nous restons là, figés dans un silence pesant. Je suis tiraillé entre l'envie de tout lui avouer et celle de partir, comme chaque fois qu'elle me presse de questions.

Au lieu de ça, je lui donne une réponse vague qui va l'emprisonner avec moi, qui va la détruire.

— Si nos pères sont morts, c'est ma faute.

Chapitre 20

Ange

Son visage se fige, comme si mes paroles avaient gelé le temps lui-même. Je peux sentir le poids de chaque syllabe échappée de mes lèvres. Elle me fixe, les yeux écarquillés, cherchant désespérément sur mon visage un signe que je n'ai pas dit la vérité. Mais je reste là, immobile. Elle ne pleure pas. Elle ne pleure plus. Elle s'avance vers moi, très près de moi.

— De quoi tu parles, Ange ? chuchote-t-elle.

Je tremble, je ne gère plus rien, mon souffle se coupe et des larmes piquent mes yeux. Je sens sa main froide contre la mienne et je la laisse me guider jusqu'à son lit. C'est mon tour d'être de nouveau le gamin de quinze ans, mort de l'intérieur.

— Regarde-moi, dit-elle doucement en plaçant ses mains de part et d'autre de mon visage. Pourquoi tu dis ça ?

Pourquoi elle… elle ne s'énerve pas ?

— Parce que c'est vrai…

— Mais non, c'est faux ! s'exclame-t-elle. Qui t'a mis une chose pareille en tête ?

— Si, Iris, ce jour-là, j'avais oublié de mettre le piolet dans le sac de mon père alors qu'il me l'avait demandé juste avant de partir.

Lors des expéditions photos en altitude de nos pères en montagne, le piolet leur était indispensable. Il leur servait d'ancre pour se hisser le long des parois, pour dégager des passages bloqués ou détecter des crevasses. Et surtout, en cas de glissade ou de chute, il leur permettait de ne pas tomber trop bas. C'était une sécurité.

— Mais… Ange, articule-t-elle. Ils sont décédés à cause d'une avalanche.

— Oui et alors ? Le piolet aurait pu leur servir ; c'est même sûr.

Une larme coule, puis deux… Mais pourquoi elle ne s'énerve pas ? Elle est dans le déni à ce point ?

— Non, le piolet n'aurait jamais pu leur servir. Les spécialistes l'ont dit. Ils sont morts quand leur crâne a heurté des rochers. Et puis, mon père avait son piolet. Ça n'a rien changé.

Iris me regarde, les yeux remplis de confusion, de compassion et de tristesse. Mes larmes continuent de couler tandis qu'elle s'approche de moi, hésitante. Je romps le peu d'espace entre nous et la prends dans mes bras. J'en ai besoin, un tout petit peu.

Surprise, elle a un petit mouvement de recul, mais se laisse faire.

— Ange, ce n'est pas ta faute. Tu n'aurais jamais pu prévoir, jamais pu savoir ce qui allait se passer. Tu n'es pas responsable de leur mort, tu entends ?

Oui, j'entends, comme je l'ai entendu de la bouche de tas de spécialistes avant elle. Mais curieusement, venant d'elle, cela me touche un peu plus. Comme si j'attendais depuis trois ans qu'elle me le dise enfin pour que je l'accepte. J'avais sans doute peur qu'elle le pense aussi ou, pire, qu'elle me rejette encore plus après.

— Pourquoi tu t'es mis cette idée en tête ?

C'est à ce moment que je reprends le contrôle de mes pensées. J'essuie mon visage et reprends mon air sérieux. Finalement, c'est ce qui va venir qui va lui faire plus de mal. Car Adam et sa mère sont déjà au courant.

— Ma mère.

Son regard se trouble une nouvelle fois.

— Sophie ? répète-t-elle.

— Depuis l'accident, elle me répète que mon inattention les a tués.

Choquée, elle pose ses mains sur sa bouche.

— Mais ? Sophie ? Je ne comprends pas !

— Elle est malade, Iris. Elle est atteinte de dépression sévère et est diagnostiquée bipolaire.

Elle ne sait plus où se mettre, la pauvre. Je sais qu'après ça, elle va s'en vouloir, elle va regretter et ressasser chaque mot ou phrase qu'elle a pu me dire.

— Après l'accident, ma mère a complètement pété les plombs. Elle a commencé à se couper du monde extérieur. Ça a débuté avec ta mère, puis notre famille, puis son travail. Elle enchaînait les rendez-vous avec les psychologues et les psychiatres, plus les traitements qu'elle ne prend jamais. Je voulais l'obliger à les prendre, mais on ne peut pas obliger quelqu'un à se soigner, on ne peut pas non plus le soigner. On peut juste lui donner l'envie de se soigner. Et malheureusement, je n'ai pas réussi à lui donner cette envie.

Elle ramène un oreiller contre sa poitrine et le coince entre ses bras.

— Rien ne faisait effet, elle était désespérée et seule. Elle a donc rempli ce vide avec l'alcool. Au début, c'était juste un verre tous les soirs, puis ça a été de plus en plus régulier, à tous les repas, jusqu'à remplacer l'eau par le vin.

Ses sourcils commencent à se froncer. Je reprends, mais ma voix déraille parfois :

— Et aujourd'hui, c'est toujours pareil. Elle me laisse souvent seul, mais à la limite je préfère. Comme ça, je n'ai pas à subir ses crises. Je pense qu'elle a déteint sur moi, je suis devenu asocial aussi. Je n'avais pas envie de rester avec vous – toi et ton frère – parce que j'avais peur que vous ayez honte de moi, mais en fait c'était moi qui avais honte.

Ses yeux brillent, mais d'une façon différente. Je conclu :

— Et si tu veux tout savoir, ses problèmes d'alcoolisme ne sont toujours pas résolus, mais j'essaie de l'inscrire dans un centre de désintoxication, en accord avec les psychiatres.

Elle ne dit plus rien. Son réveil indique 4 heures du matin. Je ne pensais pas avoir cette discussion avec elle un jour et certainement pas à cette heure si tardive. J'ai si peur de sa réaction que je me dirige vers la porte pour lui laisser digérer ce qu'elle vient d'entendre.

Iris

Mon cœur se brise un peu plus à chaque mot. Comment ai-je être égoïste au point de ne me rendre compte de rien ? Ce n'est pas possible. En même temps, tout est plus clair dans ma tête. Les bouteilles que j'ai vues chez lui, sa mère si changée, sa maison en désordre. Tout. C'en est trop pour moi. Je le rejoins et m'effondre dans ses bras. Je sens son cœur battre contre ma joue.

— Pourquoi tu ne m'as rien dit ? On aurait pu éviter tellement de choses…

— J'avais besoin de temps, je ne supportais plus rien, pas même toi. Il fallait que je me coupe du monde, c'était plus fort que moi. Je me sentais mieux seul. Et puis aussi, je ne voulais pas que tu t'inquiètes, que tu ne me parle plus normalement. Que ton regard soit rempli de pitié, comme celui d'Adam parfois.

Mon cœur rate un battement. Adam, maman ? Ils sont au courant ?

Bien sûr qu'ils le sont.

C'est… désolant.

— Ne t'en veux pas, Iris. On n'est plus des gamins maintenant. Ça ne sert à rien de se morfondre, tu le sais mieux que personne. C'est comme ça et je vais mieux.

C'est la première fois que je le vois aussi vulnérable. Je nous revois, enfants, à pleurer dans la même chambre car on ne voulait pas faire la sieste. Mais cette fois, on pleure comme deux adultes.

Deux adultes avec nos démons, un peu les mêmes et pourtant si différents.

Après notre discussion, je lui ai demandé de rester dormir à la maison. Adam ne tarderait à rentrer, il pouvait prendre sa chambre. Il a accepté sans me contredire. Puis m'a demandé de ne pas trop y penser et de dormir.

Cette discussion a été un début… Mais pas la fin.

Ange

Je me mords encore les doigts de lui avoir avoué tout cela. J'ai été faible et je me suis brûlé les ailes. J'ai confié mon secret à celle qui ne cherchait pas à le deviner. Et pourtant, ça m'a fait du bien et ce n'était pas si difficile que ça.

Maintenant, le plus compliqué reste à venir…

Car oui, Iris, tu es loin de savoir toute la vérité.

Chapitre 21

Iris

Cela fait deux semaines qu'Ange s'est confié à moi. J'ai eu l'impression de passer deux semaines hors du temps, que tout s'était arrêté. Ange a moins de mal à venir vers moi, Hannah nous félicite pour les progrès que nous faisons et il se conduit beaucoup plus légèrement avec moi.

Pourvu que ça continue.

Mais j'avoue être encore un peu déboussolée par ses révélations. Savoir que Sophie est à l'origine de la conduite d'Ange me dégoûte. J'avais une image idéale d'elle. Elle était si pure, si parfaite. Comment a-t-elle pu faire ça à son propre fils après la mort de son mari ? Ça explique beaucoup de choses. Comment faire quand ta mère se coupe du monde, te montre ce schéma ? En s'éloignant de moi, Ange voulait me protéger de lui et de sa douleur. Contrairement à sa mère, il s'est rendu compte du mal qu'il aurait pu me causer en restant à mes côtés pendant les premières années de son deuil. Je ne veux pas et je ne peux pas lui pardonner tout d'un coup, lui aussi m'a fait beaucoup de mal. Mais je peux me mettre à sa place, je peux essayer de le comprendre. *C'est ce que je fais de mieux.*

Je comprends une part de sa douleur ; la pitié dans le regard des gens, c'est la dernière chose qu'une personne qui souffre a envie de voir. Je compte donc ne pas faire comme mon frère.

Le lendemain de notre discussion, j'ai parlé avec ma mère et Adam. Ce n'était pas facile. Je me suis énervée à plusieurs reprises ; il y a eu des cris et des pleurs. Ma mère m'a rejointe dans ma tristesse. Elle ne savait plus où se mettre. Quant à Adam, il était plutôt énervé, je dirais. Il n'a pas compris pourquoi Ange m'avait avoué tout ça et surtout pas pourquoi il était dans ma chambre à 4 heures du matin.

Maman a fini par me dire que s'ils ne m'avaient rien révélé pendant toutes ces années, c'est parce qu'Ange ne voulait pas. Il avait été catégorique là-dessus. Ils ont respecté sa requête. Il voulait me l'apprendre lui-même. J'avoue avoir été perturbée par son choix, mais bon, si c'était ce qu'il voulait…

Je n'ai pas la force de leur en vouloir plus que ça, et je n'en ai pas envie, en fin de compte. Ça ne sert à rien : il y a plus important, notamment le shooting photo avec mon binôme pour la promotion du gala, qui a lieu demain. Ça me terrifie. Je vais enfin revoir les locaux de papa. Enfin bref… Concentrons-nous sur aujourd'hui. C'est l'une des dernières répétitions pour la chorégraphie *Altitude* en présence de Hannah. Ce qui veut dire que les prochaines fois, Ange et moi répéterons seuls.

Ange

Adam m'a donné rendez-vous après les cours au bar du centre-ville, là où nous avons l'habitude de nous retrouver avec les gars. Il ne m'a pas donné de motif, mais je sens dans ses messages qu'il veut me dire quelque chose d'important. J'entre dans le café vers 16 heures. Adam est au comptoir, dos à moi, en train de siroter une limonade. *Étrange.* Je me pose à ses côtés. Il retire la paille de sa bouche et se tasse un peu sur son siège.

— Salut.

— Salut mec ! Alors, qu'est-ce qu'il se passe ? Ça va ?

— Non, ça va pas. Tu aurais pu me prévenir que tu comptais tout dire à ma sœur au sujet de ta mère, non ?

Son ton est froid. Je décide de lui répondre de la même façon.

— Oui, j'aurais pu, mais il était 4 heures du matin et tu n'étais pas là.

Il était bien en soirée avec nos autres amis. Il ne m'a même pas remercié de l'avoir remplacé et de m'être occupé de sa sœur.

— À quoi vous jouez tous les deux ?

Je ne vois pas où il veut en venir, mais il ne m'a jamais parlé comme ça.

— Comment ça, à quoi on joue ?

— Arrête, Ange. Tu peux jouer avec toutes les nanas que tu veux, mais pas ma sœur.

Je le regarde droit dans les yeux.

— Pardon ?

— Je ne sais pas, vous êtes censés vous détester, comme vous le dites si bien, et puis d'un coup, hop, vous dansez ensemble et tout s'arrange ?

Ses mots résonnent dans ma tête, chargés d'une accusation que je ne m'attendais pas à entendre dans sa bouche.

— Attends, tu te méprends, Adam. C'était…

Je m'interromps, cherchant mes mots, cherchant une explication qui pourrait calmer le jeu. Mais comment expliquer quelque chose que moi-même je ne comprends pas totalement ?

— Écoute, c'était juste un moment où les choses ont pris une tournure différente, mais ça ne veut pas dire que…

Il lève sa main pour me couper. Son expression trahit sa frustration et son incompréhension. Pourquoi je me justifie autant ? Il devrait être heureux qu'elle et moi nous nous reparlions ! C'est ce qu'il a toujours voulu !

— Tu préfères qu'on se fasse la guerre, Iris et moi ?

— Tu vois, je n'aurais jamais cru dire ça… mais oui. Tu la ramènes tout le temps en voiture. Tu démontes les mecs qui s'approchent trop d'elle. Tu viens la chercher en soirée pour t'occuper d'elle, même si tu n'es pas invité, énumère-t-il en comptant sur ses doigts.

Je réagis aussitôt :

— Tu viens de lister tout ce que TOI tu ne fais pas pour elle. Tout ce que tu n'es pas foutu de faire pour la protéger. Tu préfères qu'elle prenne un bus rempli de clochards le soir à 20 heures ? Tu préfères qu'elle se fasse toucher par un sale mec ? Tu préfères la laisser rentrer bourrée d'une soirée à pied ? Ah oui et j'ai oublié, il y a deux semaines, t'étais où quand elle t'a appelé parce qu'elle est tombée et s'est ouvert l'arcade ? Elle t'a appelé plus de trois fois, bordel, Adam.

Il pose brutalement son verre sur le comptoir, et quelques paires d'yeux curieux se tournent vers nous.

— Et moi j'embrasse le cou de ma sœur devant tout le monde en dansant, peut-être ?

Mes poings se serrent et ma respiration s'accélère.

— Où tu veux en venir exactement, Adam ?

— À toi de me le dire, Ange. Où tu veux en venir avec Iris ? Arrête de lui tourner autour, putain. Tu as toutes les meufs que tu veux et tu prends ma sœur ? Merde. Je ne te laisserai pas lui faire du mal. Elle ne sait pas dire non, elle ressent de la compassion pour n'importe qui et toi tu joues avec ça.

Je passe ma langue entre mes dents et relève mes manches.

— Merci frérot. Ça fait plaisir de voir à quel point tu me fais confiance. Je pensais que notre relation était plus solide que ça. Mais apparemment, je me suis trompé.

— Quand il s'agit de ma sœur, Ange, c'est non.

Je me rapproche enfin de lui et pose mes coudes sur le bar.

— Ta sœur est ma partenaire de danse et on se connaît depuis qu'on est gamins. Donc, que tu le veuilles ou non, tu la laisses faire ses propres choix. Elle est assez grande, arrête de la materner.

Je le fixe intensément.

— Et de toute façon, tu n'as pas à t'en faire. Jamais je n'oserais toucher à Iris. On recommence à se parler, mais c'est tout. Il n'y aura rien de plus. Le baiser sur son épaule faisait partie de la chorégraphie.

C'est faux, évidemment.

Je continue :

— Merci pour cette perte de temps et cette belle menace de ta part, Adam. Occupe-toi mieux de ta sœur et tu viendras me faire des reproches après.

Maintenant, si tu le veux bien, je dois justement aller répéter avec Iris.

Je le laisse seul sans lui donner l'occasion de me répondre et pars en direction de la Hannah's Dance Academy.

Adam connaît mieux que quiconque mon caractère et il sait que plus une chose m'est interdite, plus j'ai envie de la découvrir, par pur esprit de contradiction…

Iris

Ange me rejoint sur scène, suivi de Hannah. Aujourd'hui, on va surtout travailler les portés. Il a l'air agacé et jure plusieurs fois entre ses dents avant de nous saluer. Je n'y prête pas vraiment attention, je reste concentrée sur les instructions de notre professeure.

Nous nous mettons au travail. Hannah nous présente une vidéo des figures à réaliser. Je jette quelques coups d'œil à mon binôme, qui semble ailleurs. L'ambiance est un peu froide, mais le courant passe mieux. Il est plus avenant et je ne pense pas que son humeur d'aujourd'hui soit en rapport avec moi.

— OK, mes loulous. On va commencer doucement, car ces portés sont complexes. On va les décortiquer au fur et à mesure.

Notre coach se place entre nous pour détailler les mouvements. Une des principales figures consiste à ce que je me place derrière le dos d'Ange qui se baisse, puis se relève en me faisant faire la planche dans les airs. Il devra me reposer face à lui ; j'aurai au préalable plongé en avant.

— Ange, place tes mains ici.

Elle prend ses mains, en pose une sur ma taille et l'autre dans mon dos. Encore une fois, il semble être ailleurs, mais ses yeux ne quittent pas les miens. J'ai l'impression que les paroles de Hannah entrent par une de ses oreilles et ressortent par l'autre.

— Serre-la davantage, car il va falloir que tu fasses contrepoids avec ton corps pour la basculer en avant, lui explique-t-elle.

Il resserre alors sa prise, puis me soulève avec l'aide de Hannah. Il apprend vite, encore une fois. Je n'ai jamais eu peur qu'il me lâche ou qu'il trébuche, il a toujours été très délicat dans ses gestes, j'ai confiance.

— OK, on recommence sans moi.

Nous nous exécutons, doucement, puis en rythme. Après plusieurs essais réussis, nous continuons avec le passage au sol.

— C'est celui qui vient juste après ce porté. Vous le connaissez déjà.

Ange se couche alors sur le dos.

— Iris, rappelle-toi : tu vas délicatement venir te placer sur lui, comme si tu tombais… mais retiens-toi, évidemment.

— Et mes mains ? Je les mets où, déjà ?

— La main droite sur le torse d'Ange : c'est elle qui va te servir de support. Et ta main gauche vient directement se plaquer au sol, près de ses épaules, en appui. Tu suis le rythme qui à ce moment-là est assez rapide. Ange, tu devras la faire basculer sur le sol pratiquement dès qu'elle arrive sur toi.

Nous essayons une première fois. Hannah n'a pas l'air convaincu, car elle nous replace à plusieurs reprises.

— Iris, il faut que tu regardes Ange. Ne fais pas attention à ce qui t'entoure. Normalement, tu dois être dans ta bulle avec ton partenaire.

Ce dernier me sourit d'un air victorieux.

— Je t'avais dit qu'il faudrait que tu apprennes à me regarder, me souffle-t-il.

Je lève un sourcil pour toute réponse.

— Et toi, Ange, anticipe plus ses mouvements.

C'est à mon tour de lui lancer un regard victorieux. *Bouffon.*

Je prends note des conseils de Hannah, puis nous essayons à nouveau la figure. Je m'applique et, cette fois, ça fonctionne mieux. C'est plus précis, notre synchronisation s'est améliorée. Je me laisse glisser doucement sur lui, une main sur son torse et l'autre près de son bras. Il réagit rapidement, basculant mon corps sur le sol. Comme nous l'a demandé Hannah, ses yeux ne quittent pas les miens. La mâchoire serrée, il tient avec fermeté mon bassin.

Une fois la figure réalisée, nous nous relevons lentement. Ange me fait tourner sur moi-même, nos corps s'effleurent et, d'instinct, je place mes mains sur les siennes pour remonter le long de son torse. Un frisson le parcourt son corps, trahissant son émotion.

À cet instant, tout change.

Une chaleur diffuse envahit mon bas-ventre. Le silence qui suit notre mouvement est chargé d'incompréhension. Hannah nous demande de continuer la chorégraphie dans cette même dynamique. La danse prend une autre tournure quand nos regards deviennent des jeux et que nos lèvres sourient. Nos mouvements sont plus brusques, nos souffles plus saccadés et notre confiance augmente.

— C'est très bien, ça ! nous encourage la danseuse. C'est beaucoup mieux, vous avez enfin compris.

Ange vient se placer une dernière fois devant moi et glisse à mon oreille :

— À quoi tu joues ?

— À toi de me le dire, ce n'est pas moi qui tiens encore ta taille, lui dis-je en souriant.

Il me lâche tout de suite et me pousse légèrement. Hannah s'approche de nous afin de débriefer. La chorégraphie est terminée, dit-elle, mais elle est encore trop fraîche dans nos esprits. Elle insiste sur le fait que nous devons la travailler à deux.

— De plus, vous la présenterez au reste du groupe dans environ deux semaines, comme nous l'avons fait pour la précédente.

On va montrer cette danse aux autres ??? Je vais me liquéfier sur place.

— Travaillez bien, mes loulous. Je vous revois la semaine prochaine.

Elle s'avance pour me prendre dans ses bras. Ange reste de marbre et attend que je quitte la pièce. Je pars ranger mes affaires au vestiaire et me dirige vers la sortie quand je m'aperçois que j'ai oublié ma gourde sur scène.

En rentrant dans la salle, je vois Hannah et Ange en pleine discussion. Ma professeure a l'air inquiet. Ma gourde est placée derrière le rideau, ce qui me laisse une possibilité de les écouter sans me faire remarquer.

— Comment va ta maman ? demande Hannah à Ange.

Hannah est au courant pour la mère d'Ange ? Je ne comprends pas. Même elle est au courant alors que je ne l'étais pas ? Ils ne se connaissent pas !

— Je ne la vois presque plus. Ça devient très compliqué, elle boit de plus en plus.

Hannah prend Ange dans ses bras.

— Ce n'est pas vrai… Je suis désolée, mon chéri. Je vais trouver une solution le plus rapidement possible. Normalement, les papiers sont en route pour le centre de désintoxication, on attend la réponse, mais ça peut prendre plusieurs mois, malheureusement.

Je ne comprends pas. Comment Hannah est-elle au courant ? Et pourquoi parle-t-elle de ce centre, comme si elle s'occupait de tout ?

— Je m'en veux tellement de ne pas pouvoir te garder chez moi…

Chez elle ? Chez Hannah ? Ange et Hannah ? C'est quoi ce bordel ?

— Hannah, on en a déjà parlé : ce n'est pas grave, dit Ange. Tu as déjà tellement fait pour moi. C'est bientôt fini et je m'en sors plutôt bien !

Ma bouche devient sèche et mon ventre se noue. Une vague de stress me parcourt.

— Iris est au courant ? Tu lui as enfin dit ? reprend la rouquine.

Moi ? Quoi, moi ? Je ne comprends plus rien.

— Oui, elle le sait depuis deux semaines environ. On a eu une discussion et j'ai répondu à toutes ses questions.

— Et alors ? Comment ça s'est passé ?

— Plutôt bien. Elle a été compréhensive, elle a montré beaucoup de maturité. Je pense que ça nous permettra de nous rapprocher et de me rattraper, aussi…

Qu'il se rattrape ?

— Déjà, aujourd'hui, j'ai senti que quelque chose s'était décanté entre vous. Et puis, Iris est une fille incroyable, j'étais certaine qu'elle comprendrait. J'imagine que tu ne lui as pas dit pour ta mère, toi et moi ?

Sa mère ? Qu'est-ce que je dois encore apprendre sur sa mère ? Hannah et Ange ? C'est un cauchemar, je vais me réveiller, ce n'est pas possible !

— Non, je ne sais pas si elle serait heureuse d'apprendre qu'on se connaît déjà d'avant. J'ai peur que ça la bloque. Tu fais comme partie de ma famille et…

Quoi ? Pardon ? Hannah ? Ange et Hannah ? Hannah est de sa famille ? Ma bouteille d'eau m'échappe des mains.

— Iris ?

Sortez-moi de là.

Grillée. Je ramasse ma gourde sans rien dire. Ils comprennent alors que je les ai entendus. Hannah laisse Ange prendre les devants en lui lançant un sourire compatissant.

— Iris…

Je le coupe, sans agressivité :

— Vous vous connaissez ?

— Oui. Ma mère a connu Hannah en premier, grâce à son association. Elle est l'une des premières personnes à s'être occupées de maman après l'accident.

Cette photo… dans la maison d'Ange… On distinguait quelques cheveux roux aux côtés de Sophie, c'était… Hannah. Et, à l'arrière-plan, on pouvait entrevoir un garage. Les locaux de l'association… C'est pour ça qu'Ange est si à l'aise ici. Évidemment que c'est lui qui se débrouille le mieux en danse et est le plus digne de confiance. Et il doit aller dormir chez Hannah les soirs où il n'est pas chez nous et ni chez sa mère.

— Elle m'a prise en quelque sorte sous son aile quand elle a compris que ma mère ne s'occupait plus de moi.

— Ange n'a jamais vraiment eu l'occasion de te le dire, et puis pas l'envie, sûrement, se confie Hannah.

— C'était une information qui me rattachait encore une fois à ma mère et je pense qu'à cette période je voulais m'en éloigner le plus possible.

Un silence s'installe : ils attendent ma réponse, mais j'avoue ne pas savoir quoi dire. Qu'est-ce qu'il y a à répondre à ça ? Mis à part « d'accord », je n'ai rien à dire. Je comprends qu'Ange a si mal vécu la mort de nos pères qu'il m'a caché toute sa vie.

— Je… d'accord.

Ange hésite un moment, mais je reprends la parole :

— Je ne sais pas quoi dire, mais j'imagine que je suis contente que tu aies au moins eu Hannah, Ange.

Hannah me prend dans ses bras.

— Ne sois pas dure envers toi-même, ma louloute. L'important, c'est maintenant.

Je lui rends son sourire et me tourne vers Ange.

— Tu… tu dors chez elle ce soir ?

Je n'ai pas trouvé autre chose à sortir. En fait, je ne sais tellement pas comment réagir. Je ne suis pas en colère, je ne suis pas triste, je suis juste perdue.

Il rit, gêné, et reprend :

— Oui, mais je peux te ramener.

— D'accord…

J'ai l'impression d'être un robot. Je salue Hannah qui me remercie d'être aussi compréhensive, puis vais m'installer dans sa voiture.

— Je n'en reviens pas…

— Tu ne le prends pas mal ? s'inquiète-t-il.

— Hein ? Non. Tu as tes raisons. Je suis juste un peu triste d'avoir loupé tout ça. Ta vie. Je me rends compte que toi et moi, on s'est vraiment éloignés.

Il tourne sa tête vers moi en passant une vitesse.

— Je l'ai voulu, aussi.

Je pince regarde le paysage défiler. La nuit enveloppe doucement la ville, les lumières urbaines scintillent au loin comme des étoiles égarées dans l'obscurité, et je me perds dans mes pensées alors que la route défile, une musique douce en toile de fond.

Demain va être une grosse journée, je l'appréhende un peu plus à chaque heure qui passe.

— Pourquoi tu ne dors pas à la maison ce soir ? C'est plus facile pour demain, non ? dis-je finalement.

Il resserre ses mains sur le volant.

— Non, pas ce soir. N'exagérons rien, je viens souvent. Même si Hélène est d'accord, parfois c'est bien que vous vous retrouviez tous les trois.

Je n'insiste pas ; il me dépose devant la maison sans en dire davantage. Je me retrouve seule devant le perron, scrutant l'obscurité de la rue qui s'étend devant moi. Une brise légère fait frissonner les feuilles des arbres. La soirée a été étrange, comme toute cette année finalement. Tout se bouscule, ravivant ces souvenirs qui autrefois m'attristaient tant.

Je pousse la porte d'entrée et pénètre dans la chaleur réconfortante de la cuisine. Je m'assois sur le tabouret devant l'îlot central et pose ma tête entre mes bras.

— Tu savais pour Hannah et Ange, je suppose ?

Ma mère pose brusquement la casserole qu'elle tient dans sa main sur la plaque de cuisson et me regarde, l'air désolé.

Elle savait.

— Oui… j'étais au courant. Il te l'a dit ?

— Oui. Ne t'en fais pas, je ne t'en veux pas de ne m'avoir rien dit.

Elle doit sentir ma tristesse, car elle pose délicatement sa main sur ma joue et la caresse.

Chapitre 22

Iris

Nuit horrible. Mon médecin devrait me prescrire des tisanes « nuit calme », je suis sûre qu'elles feraient plus effet que ses médicaments. Je n'ai pas arrêté de penser à aujourd'hui. Ma tête me fait un mal de chien et mes mains sont engourdies tellement je me suis accrochée à mon matelas. Je regarde mon reflet dans l'appareil photo de mon téléphone. J'espère qu'il y a de bons maquilleurs : ils vont prendre peur en voyant mon teint plus pâle que leurs flashs.

Je saute de mon lit pour aller aux toilettes. Je pousse la porte, mais rien n'y fait. Elle est fermée à clé.

— Adam, dépêche-toi, je suis déjà en retard.

— En retard pour quoi ? On est samedi.

— Je vous l'ai dit hier soir ! Je dois aller au shooting pour le gala.

Il m'ouvre la porte et souffle :

— Tu n'es pas en retard, Iris. Ange vient te chercher de toute manière.

Étonnée de sa réponse, je fronce les sourcils. Non, ce n'est pas prévu qu'il vienne me chercher.

— Mon bus est dans quarante minutes et, au contraire d'Ange, lui ne va pas m'attendre.

Il ne dit rien et me passe devant pour retourner dans sa chambre. J'en connais un qui s'est levé du mauvais pied. Il est insupportable en ce moment, il ne nous parle plus et n'est jamais là. Je viens de refermer la porte quand mon téléphone sonne.

De : **Ange Albarez**
À : **Moi**
Tu veux que je vienne te chercher, Rossi ?

Bon, il faut croire qu'Adam avait raison. Et ça m'arrange bien, car je ne serai jamais prête à temps.

De : **Moi**
À : **Ange Albarez**
Si tu règles tes sièges en mode chauffant, pourquoi pas.

De : **Ange Albarez**
À : **Moi**
Avec un chocolat chaud aussi ?

De : **Moi**
À : **Ange Albarez**
Alors là, je ne peux pas refuser.

De : **Ange Albarez**
À : **Moi**
Non c'était ironique, n'exagère pas.
Tu auras juste le siège chauffant.
Je passe te prendre dans cinquante minutes.

C'est déjà mieux que rien, je gagne une dizaine de minutes… Et tant pis pour mon frappé.

♣♣♣♣♣

Quarante-cinq minutes plus tard, j'entends Ange discuter avec maman.

Et je n'ai toujours pas fait mon sac.

— Tu n'as pas besoin de tout ça, c'est une perte de temps.

Je sursaute et me retourne. Je le vois appuyé contre l'encadrement ma porte, les bras croisés.

— Tu m'as fait peur ! Et si, on doit prendre plusieurs tenues.

— Hannah a dit qu'ils nous les fourniront là-bas. On va être maquillés, coiffés et habillés.

J'ai toujours voulu savoir ce que ça faisait d'être choyée comme une célébrité. Ce n'est le moment idéal, mais j'ai au moins hâte pour ça.

— D'accord… Ça s'annonce bien, tout ça.

Je ferme mon sac… vide. Adam sort de sa chambre. Je vois que son regard croise celui d'Ange, mais rien.

Comment ça, rien ?

Adam ne s'arrête même pas. Il me regarde, blasé, puis nous toise. Ironiquement, je lance :

— Vous ne vous dites plus bonjour, vous deux ? C'est nouveau, ça vient de sortir ?

Aucun des deux ne me répond. Le grand blond continue son chemin ; Ange me dépasse et descend. Je les regarde s'éloigner sans un regard l'un pour l'autre.

En m'asseyant dans la voiture, je remarque que les sièges sont déjà sur le mode chauffant et que mon chauffeur est prêt à partir.

— Il se passe quoi entre toi et mon frère ?

— Une engueulade, répond-il du tac au tac. Mais rien d'important. Ça nous arrive de temps en temps.

Il ment. Même un aveugle s'en rendrait compte, rien qu'au ton de sa voix. Le trajet s'effectue en silence. En arrivant devant le studio, j'ai un pincement au cœur. Ange se gare sur le parking vide puis prend une longue inspiration. Je le suis à la trace, mais m'accroche à la barrière juste devant l'entrée. Ange se retourne : il comprend tout de suite et revient vers moi.

— Ça n'a pas changé, dit-il en observant la devanture.

— Effectivement.

Je ne l'écoute pas vraiment, je m'occupe juste de mon cœur qui bat beaucoup trop vite.

— Ça me fait bizarre de revoir le studio, les appareils, l'ambiance. Je m'en souviens tellement bien, dis-je finalement.

— On passait nos week-ends ici. On pouvait y jouer à cache-cache tellement il y avait de petits recoins, murmure-t-il.

— On adorait quand ils nous prenaient en photo avec les différents costumes.

Un petit rire s'échappe de ses lèvres.

— Je ne sais pas si tu as besoin d'entendre ça, mais… ton père et mon père auraient été fiers de toi, Iris. Peut-être que s'ils étaient toujours là aujourd'hui, ils nous auraient pris en photo pour le gala.

Il essaie de détendre l'atmosphère, mais mes yeux s'humidifient doucement.

— Mais imagine la gêne ! Toi et moi, partenaires, en tenue de danse, en train de nous faire photographier par nos darons ? Horrible. Ils nous auraient lynchés.

Sa réflexion m'arrache un rire. Je lève la tête pour le regarder. Ses mains sont posées sur la barrière, près de mon dos.

— Ils doivent se moquer de nous d'en haut, tu ne crois pas ?

Il se met à regarder le ciel gris chargé de nuages.

— Tu penses qu'ils sont heureux ?

Sa question semble bête à première vue, mais si belle et innocente.

— Ils n'ont jamais été aussi heureux, aussi parfaits.

— Pourquoi ça ?

— Parce que pour moi, la perfection, c'est la mort.

Il tique et m'écoute encore plus attentivement.

— Je veux dire, quand on qualifie de « parfait » un objet, une chose ou une personne, c'est que ce dernier ne manque de rien : il a tout pour lui. Et finalement, c'est la mort qui y ressemble le plus, car on ne manque plus de rien.

— C'est vrai, tu n'as pas tort, ils sont parfaits. Et puis ils sont là où ils ont toujours voulu être... en altitude.

Quelques minutes passent. Nous contemplons l'édifice. Le crépi est un peu passé, la vitrine n'est pas forcément propre et quelques mauvaises herbes percent sur le parterre.

— J'ai peur de l'oublier parfois, ou de ne plus l'aimer comme avant, lui confié-je finalement. J'ai peur qu'il m'en veuille.

Je pense que c'est ça ma plus grande peur. Oublier papa.

Ange se racle la gorge.

— On dit que l'amour des gens ne se mesure pas au nombre de fois qu'on les voit.

Son regard balaie la rue, puis il continue :

— Car il y a des gens qui restent dans le cœur, malgré la rareté des rencontres.

Mon regard est posé sur son visage. J'essaie de deviner s'il plaisante, mais non, il est très sérieux.

— Ton père est dans ton cœur et il n'en sortira jamais, ça, tu peux en être sûre. Tu ne le rencontreras plus, mais tu l'aimeras toujours autant. Il ne faut pas que tu t'empêches de vivre pour lui, Iris, et encore moins que tu vives une vie pour lui. Sa vie, il l'a déjà eue. Et dans cette vie-là, il a eu deux beaux enfants, dont une jolie fille qui devient une femme magnifique.

Son discours fait couler la petite larme qui s'était logée dans le coin de mon œil. Son expression est à la limite de l'angélique. Il essuie avec son pouce la trace mouillée sur mon visage. Je n'ai pas le temps de le remercier, car Hannah ouvre brusquement la porte. D'un même mouvement rapide, nous nous éloignons l'un de l'autre.

— Oh ! Vous êtes là ! Entrez, voyons !

Si l'extérieur ne paie pas de mine, l'intérieur a été totalement rénové : je ne reconnais rien. Beaucoup de murs ont été détruits pour laisser place à un grand salon. C'est vrai que nos pères s'étaient spécialisés sur la fin dans les paysages insolites, ils n'avaient donc plus besoin d'un grand studio.

— Ça va, Iris ? s'inquiète Hannah.

Hannah n'a pas l'air au courant pour le studio. Je me rappelle avoir demandé à Ange de ne pas lui en parler lors de notre répétition à deux, quand nous avons appris que nous poserions ici. Il a donc tenu parole.

— Oui, ne t'en fais pas ! Tout va bien !

Elle n'insiste pas et nous conduit dans les loges pour que les maquilleurs nous préparent.

— Voici mes vedettes ! Faites-y bien attention ! dit-elle en riant.

Je m'assois devant une petite dame aux cheveux rouges, tatouée dans le cou.

— Bonjour ! Je m'appelle Judy, et c'est moi qui vais te chouchouter pour le shooting.

Elle m'adresse un joli sourire et me tend sa main.

— Enchantée, Judy, moi c'est Iris.

Elle discute un moment avec Hannah pour savoir exactement ce qu'elle doit faire, puis commence par me coiffer. Elle rassemble mes longs cheveux en une queue-de-cheval haute et me les plaque. Elle passe ensuite au maquillage, assez simple. Une base de teint, blush, *highlighter*, *bronzer* et finit par mes yeux : mascara et un trait d'*eye-liner* noir ombré. Je remarque dans le miroir qu'elle essaie de mettre en valeur mes yeux clairs.

Ange me tourne le dos : il subit le même processus.

Pour les premières photos, je suis vêtue d'un justaucorps noir pailleté à franges et de talons beaucoup trop hauts pour que je marche normalement. Mes jambes sont couvertes d'un collant chair. Ange porte un jean noir avec une chemise foncée ouverte sur son torse. Il se moque de ma démarche maladroite, mais Hannah l'invite à reprendre son sérieux. Les photographes nous placent au centre de la pièce, aux murs noirs éclairés par des lumières jaunes tamisées. Les poses sont assez faciles. Ange est dos à moi ou alors il me prend par les épaules, ou encore je suis adossée à lui et je tiens une de ses mains. Une autre pose consiste à ce que je regarde l'objectif tandis qu'Ange pose ses yeux sur moi et vice-versa.

Après une trentaine de clichés, nous revenons vers les assistants pour changer de vêtements. Judy me fait enfiler un bustier et une longue jupe noire en tulle. Ange, lui, garde le même jean assez large, mais avec un t-shirt sans manches gris et blanc qui découvre son bras droit tatoué. Nos looks contrastent parfaitement – classique et moderne.

— Bien, vous allez être un peu plus proches durant cette séquence. Elle doit retranscrire l'ambiance de la musique d'*Altitude*, nous prévient Hannah.

Les photographes me demandent de coller ma tête à celle d'Ange et de poser mes mains sur son buste. Il ne montre aucune émotion, il entre dans son rôle à merveille. Il prend mon menton entre ses doigts afin que je le regarde – à tout juste une dizaine de centimètres de lui. Je sens son souffle sur mes joues et son parfum embaume l'air. Il ne sent plus la cigarette. Je ne sais pas s'il a arrêté, mais il sent bon, juste lui. Il me sourit à chaque cliquetis de l'appareil. Nous entendons notre coach discuter avec Judy : elles disent être impressionnées par notre professionnalisme.

Hannah nous annonce qu'il nous reste une séquence à deux et qu'après les photographes réaliseront des portraits individuels.

— Pour cette dernière prise, Iris, tu vas porter un bandeau pailleté et un short noir de gym. Tu gardes les collants et je vais juste détacher tes cheveux.

Elle me donne quelques coups de brosse, humidifie mes mèches et les brushe.

— Vous avez l'air d'avoir une bonne alchimie, toi et Ange, ça facilite la tâche !

— Merci, Judy. Oui on se connaît depuis qu'on est petits et cette année on se retrouve partenaires de danse, ça aide un peu…

Ange

La styliste m'a demandé d'enlever mon haut pour la dernière séquence. Je ne porte que mon pantalon noir. La pièce est légèrement chauffée à cause des projecteurs rivés sur nous.

Cette ultime prise doit représenter la dernière chorégraphie que nous devrons apprendre, *Open Up*. Donc celle où nous serons le plus proches.

— Ange, viens te placer au centre. Iris ne va pas tarder, m'annonce un des photographes.

Je la vois enfin rentrer sur la petite scène. Son visage est baissé vers le sol, j'en conclus qu'elle est gênée. Elle couvre ses cuisses de ses deux mains. Mais qu'est-ce qu'elle est belle, *putain* ! Elle s'approche de moi : le photographe lui demande de me regarder. Je profite de cette proximité pour la rassurer.

— Enlève tes mains de tes cuisses, on ne voit rien, je te le promets.

Je vois un sourire se dessiner au coin de ses lèvres rouges. Elle me chuchote un « merci » presque inaudible et semble aussitôt plus à l'aise.

— Tu es magnifique, Iris.

Elle rougit légèrement, tout en dissimulant ses émotions afin que les photographes ne remarquent pas notre discussion.

— Dans le genre canon, tu n'es pas mal non plus, renchérit-elle.

— Ange, mets un genou à terre afin qu'Iris place son pied sur celui-ci. Et fais comme si tu la chaussais.

Je m'accroupis. Après une trentaine de secondes dans cette position, j'approche mes lèvres de sa cheville.

— Très bien ! Ça rend vraiment bien !

Je remonte mon regard vers celui d'Iris : sa peau se hérisse légèrement.

Ensuite, je me relève et laisse la place à Iris seule, pour les portraits individuels. Je me mets sur le côté. Au début, elle ne sait pas trop comment s'y prendre, mais quelques minutes passent et c'est comme si elle était dans sa bulle. Elle sait parfaitement manier son corps. Elle est si photogénique. Ses cheveux glissent sur ses épaules dénudées et son regard est perçant. Elle est dans son rôle. J'observe chacun des mouvements qu'elle exécute avec une aisance déconcertante. Son assurance et sa beauté naturelle captivent l'objectif, lui conférant une présence magnétique. J'ai l'impression de me perdre dans ses traits délicats, dans la manière dont la lumière dorée souligne la courbe de ses lèvres.

Les photographes la guident avec douceur, lui prodiguant des conseils pour varier les poses et exploiter au mieux son charisme. À chaque « clic » de l'appareil, son expression change : c'est une vraie professionnelle.

C'est au tour d'Ange de poser. Il s'exécute à la perfection. Sa bouche est légèrement entrouverte, son regard vif et intense. Ses cheveux noirs tombent devant les yeux et son torse nu est luisant de sueur, à cause de la chaleur de la pièce. Mon regard ne peut se détacher de lui. Entre deux prises, il me jette des coups d'œil furtifs. Il est envoûtant et mystérieux à la fois.

Chapitre 23

Iris

— Quoi ? Mais quoi ? Pardon ? crie Ava.

— Ava… parle moins fort ! On est à la cafétéria, tout le monde nous regarde…

Elle lance un sourire d'excuse aux personnes qui nous entourent, puis reprend :

— Désolée, je n'arrive pas à me contenir. Toi et Ange. Jamais je ne l'aurais cru. Personne ne l'aurait cru, mais en même temps, c'est si évident ! Je l'avais dit ! La ligne est si fine entre la haine et l'amour…

Je me devais de lui parler de mon expérience pendant le shooting photo qui, je l'avoue, m'a perturbée.

— Non, Ava, tu t'emportes. On ne ressent rien l'un pour l'autre. J'ai l'impression qu'on redevient comme avant, c'est tout.

En fait, en jouant avec cette sorte de tension, j'ai l'impression de reprendre un peu le contrôle sur lui, de m'affirmer et de lui prouver que je ne suis pas aussi fébrile que les autres peuvent le penser. Et puis j'avoue, ce n'est pas désagréable de constater qu'on peut plaire.

— Vous vous dévorez du regard, il t'embrasse la jambe devant des photographes, il te dit que tu es magnifique ! Tu plaisantes, j'espère ?

Elle n'a pas tort. Je ne sais pas vraiment quoi penser de tout cela, mais ça me plaît, je crois. Ange est un garçon très attirant physiquement et il est intéressant. Mais je ne ressens vraiment rien pour lui, je n'ai jamais ressenti plus que de l'amitié, puis de la haine, puis là, maintenant… c'est autre chose.

— Et ton frère ? Il en dit quoi ?

— Mon frère ? Mon frère n'en dit rien du tout, il est absent en ce moment et jamais je ne lui en parlerai.

Quand je rentre à la maison, maman m'attend en feuilletant un magazine sur le canapé, une tasse de café à la main.

— Ma puce, viens voir deux minutes ! C'est bientôt ton anniversaire alors je commence à m'organiser… le buffet, la décoration… Est-ce que tu aimes ça ?

Elle brandit toute une liste.

— Mais on a dit qu'on ne faisait pas de fête cette année, maman ! Il vaut mieux prévoir quelque chose l'année prochaine pour mes vingt ans, non ?

— Oui, mais papy et mamie ont insisté pour venir avec ta tante. C'est un des seuls moments de l'année où ils font le trajet !

C'est vrai que depuis que nous avons déménagé en Louisiane, on ne voit plus beaucoup notre famille, voire plus du tout, à part en FaceTime.

— On invitera aussi tes amis ! continue-t-elle. D'ailleurs, fais-moi la liste de ceux que tu veux inviter.

— Comme d'habitude… juste Ava. Et…

Je marque une pause.

— Oui ?

— Tu peux inviter également les potes d'Adam, Noah et Ange. Peut-être Victoria aussi : je vais à toutes ses soirées.

Ma mère écarquille les yeux et baisse ses lunettes sur l'arête de son nez.

— Ange ? Les autres années il était là, car je te forçais. Mais là ? C'est ton choix ?

Ava avait raison, ça choque tout le monde. Tant mieux.

— Maman, ça fait pratiquement cinq mois qu'on est ensemble 24 heures sur 24, qu'on est obligés de danser collés-serrés et de communiquer… Heureusement qu'on se reparle.

Elle acquiesce et me regarde de haut en bas.

— Hmm ? Ça y est, vous vous aimez bien, enfin.

— Mais non ! On apprend à se connaître ! C'est fou de penser ça tout le temps !

— Tant mieux, tant mieux, ma puce. Continuez comme ça !

Elle finit sa phrase avec un clin d'œil. Je l'embrasse sur la joue en levant les yeux au ciel et monte dans ma chambre.

— OK Google, connecte-toi à mon téléphone.

Il est 15 heures, nous sommes dimanche, je vais profiter du peu de temps dont je dispose pour réviser quelques danses. J'enfile un jogging large ainsi qu'un t-shirt court.

« D'accord », répond l'enceinte posée sur mon bureau. Je lance ma playlist d'échauffement et me place devant mon miroir. Mon doigt s'arrête sur *Same Old Love* de Selena Gomez.

Je me plonge dans ma routine en commençant par des étirements. J'enchaîne avec des rotations des épaules et des poignets pour relâcher les tensions, puis passe au sol afin de tirer sur mes jambes. Je termine avec une petite improvisation, laissant mon corps se déhancher en rythme. J'enchaîne les vagues, les pirouettes et des pas chassés.

Ange

— Salut, Hélène !

Je viens d'entrer chez les Rossi. Il pleut des cordes. J'aperçois Hélène assise dans le salon.

— Oh salut, Ange ! Entre, tu vas être trempé !

Je me laisse tomber face à elle, sur un fauteuil.

— Tu viens voir Adam ? me questionne-t-elle. Il n'est pas là… Je crois qu'il est parti voir une certaine Clara.

— Ah… hmm… oui, non. Ce n'est pas lui que je viens voir.

Je passe une main derrière ma nuque et lui souris.

— Iris et moi devons réviser des chorégraphies pour la semaine prochaine, Hannah nous l'a demandé.

Hélène, étonnée, retire ses lunettes et les pose sur la petite table. Un sourire soulève un coin de ses lèvres.

— D'accord, d'accord… Elle est dans sa chambre. Si vous avez besoin de quoi que ce soit, vous savez où me trouver.

— Ça marche, merci !

Je monte l'escalier et me dirige vers la chambre d'Iris. J'entends de la musique. Je frappe doucement à sa porte, mais elle ne répond pas. La musique est trop forte. Je tire un peu le battant et jette un coup d'œil à l'intérieur, discrètement.

Elle est debout au milieu de la pièce, concentrée sur sa chorégraphie. Dos à moi, elle semble absorbée par sa danse : ses mouvements sont gracieux, fluides et précis.

La musique finit par s'arrêter. Je décide de m'approcher doucement d'elle après avoir refermé la porte.

— Heureusement que tu danses bien ! Ça fait combien temps que tu pratiques, maintenant ?

Iris

La voix familière me fait sursauter.

— Mais ? Ça ne va pas ? Ça te prend souvent l'envie d'entrer dans ma chambre comme ça, au hasard, dans la journée !? Qu'est-ce que tu fais ici ? Adam n'est pas là.

— On a une chorégraphie à réviser, non ? Et j'ai frappé à la porte, pour ma défense.

J'éclate de rire, mais lui a l'air vraiment sérieux.

Il *est* sérieux.

— Hmm… On avait dit demain soir, je te rappelle.

— Faut croire que j'avais envie de te voir.

Mes yeux scrutent son visage avec méfiance. Je sens mes joues légèrement rougir. Je vais boire un peu d'eau avant de lui répondre.

— Ah… ? D'accord… Alors… on va réviser aujourd'hui, du coup.

Il s'avance devant le miroir. Je lui propose :

— Tu veux peut-être t'échauffer ?

— Vas-y, montre-moi.

Je me positionne devant le miroir, à côté de lui, et lance une nouvelle musique.

— Tends tes jambes, puis baisse-toi.

Il s'exécute : je le regarde attentivement afin qu'il ne fasse pas un faux mouvement.

— Bien, ensuite tends tes bras.

Il essaie de m'imiter, mais les place mal. Je le vois grimacer quand son épaule craque.

— Non, pas comme ça, attends.

Je prends son bras et lui montre le mouvement correct tout en appuyant mon autre main sur son torse. Il détourne le regard, mais se laisse faire.

— Excuse-moi, je t'ai fait mal ?

Il secoue la tête et sourit. Puis recommence l'exercice.

Après cinq minutes d'échauffement, je lance *Altitude* sur l'enceinte.

— Juste, je dois aller fumer une cigarette ou tu comptes attacher tes cheveux ? demande-t-il soudain.

Je le défie du regard un instant, puis j'ôte l'élastique de mon poignet et me résigne à le passer dans mes cheveux. Nous prenons nos places de départ, lui sur la chaise et moi sur le côté. Je sens que ça va être compliqué. C'est tout de suite plus gênant seuls, sans Hannah…

Je commence par tourner autour de lui pour me mettre sur ses genoux, face à lui. Je sens ses pupilles sur moi. Ses mains enveloppent mon dos afin que je me baisse, puis il les place sur ma taille.

— Non, tu as mal placé ta jambe ; on recommence.

Je le sens agacé, mais il m'écoute et essaie une nouvelle fois. Après plusieurs tentatives, il comprend et ne fait plus d'erreur. Je m'écrie quand même :

— Pourquoi tu me regardes comme ça ? Tu fais peur.

— C'est-à-dire ?

— Je ne sais pas, mais tu me fixes ! Comme au *shooting* photo hier, exactement pareil.

Un sourire vient se dessiner sur ses lèvres. *Ah*… Il le fait exprès, donc.

— Je t'admire.

— Arrête tes conneries, dis-je en me retirant de ses genoux. Tu peux vraiment être con, parfois.

Il rit de plus belle en secouant la tête. Aucun de nous deux n'ose reparler d'hier.

J'entends Adam rentrer à la maison. Cela fait une bonne heure et demie qu'Ange est ici. Finalement, tout s'est bien passé.

— Je vais y aller.

— Ah oui ? Vous vous êtes engueulés à ce point-là ?

— Oui, ça dure plus que prévu. Ça m'arrange si on ne se croise pas, d'ailleurs. Parce que si ton frère nous voit tous les deux, ensemble, dans ta chambre… Je pense que je serai un homme mort dans les plus brefs délais.

Je tique, comprenant où il veut en venir. Mais je respecte son choix, alors je pose un doigt sur mes lèvres et le fais attendre dix minutes derrière mon armoire, le temps qu'Adam s'enferme dans sa chambre.

On dirait deux gosses…

Je le raccompagne enfin à l'entrée et le salue de loin, mais lui en décide autrement : il s'approche et pose ses lèvres sur ma joue en susurrant un « à demain, trésor ». Je referme lentement la porte en lui faisant mon plus beau majeur.

— Je comprends mieux pourquoi ça ne te dérange pas qu'il vienne à ton anniversaire, lance ma mère de la cuisine.

— Argh, stop, maman ! On devait réviser notre danse ! Tu sais que les partenaires de danse, c'est comme les acteurs, ils jouent la comédie pour faire croire au public qu'ils sont amoureux ! Et toi tu es le public qui tombe dans le panneau !

— Oui, ma petite fille. Oui. Je ne t'ai pas demandé de justification… Tu te justifies toute seule, ma puce.

Touché.

Chapitre 24

Iris

Maman nous a laissé un plat de gratin dans le frigo pour le déjeuner. Elle est de jour. Adam, nonchalant, empoigne sa fourchette et la plonge dans les patates couvertes de fromage.

Je l'interpelle :

— Tu peux arrêter de faire ton ado de quatorze ans et me dire ce qui ne va pas ? Ça fait trois jours que tu tires une tête d'enterrement.

Il me regarde de haut et pose son couvert. Je le vois réfléchir une fraction de seconde.

— Je n'ai pas envie d'en parler, Iris.

— C'est à cause d'une meuf ?

Il ne réagit toujours pas.

— C'est Clara ?

Il manque de s'étouffer et affiche une mine dégoûtée.

— Mais non… Ferme-la…

— Alors vas-y ! Crache le morceau !

Il me regarde avec mépris, se lève et emporte son assiette dans sa chambre.

— Tu es vraiment nul en ce moment ! je crie tandis qu'il monte l'escalier.

Tant pis, j'ai assez donné pour lui.

De : **Ava <3**
À : **Moi**
Ma biche, j'arrive chez toi dans cinq minutes. URGENT.

Son message me fait paniquer. Que se passe-t-il ?

Comme la brunette l'a promis, elle arrive devant ma porte dans les cinq minutes qui suivent. Elle entre, toute pâle, manifestement en panique, et vient s'asseoir près de l'îlot central. Ses mains sont agitées et elle balance frénétiquement sa jambe de haut en bas. Inquiète, je pose une main sur celle-ci pour la calmer.

— Ava ? Qu'est-ce qui se passe ?

— C'est Noah.

Mon front commence à se plisser.

Qu'il ose lui faire quelque chose…

— Je viens de le voir, juste avant de venir chez toi. Il m'a embrassée et m'a proposé d'être sa copine.

Je me détends.

— Mais c'est super, ça, Ava ! Tu lui as répondu quoi ?

— J'ai paniqué. Je ne sais pas.

Ava a un gros problème. Elle n'arrive pas à se projeter avec quelqu'un. L'image de son père et de sa mère qui restaient ensemble juste par habitude, par dépit, lui colle à la peau. Son père est quelqu'un de très toxique. Il veut que tout lui appartienne, il veut avoir le contrôle total. Ava n'a jamais ressenti un réel attachement pour qui que ce soit. Je comprends qu'elle puisse avoir peur.

— Noah te tire vers le haut ?

— Oui.

— Sa présence t'apaise ?

— Oui, oui.

Elle reprend des couleurs.

— Tu veux toujours être avec lui ?

— Hmm, oui ?

— Tu attends toujours ses messages ?

— Oui.

— Bien, tu as ta réponse maintenant. Tu l'aimes bien, je crois… alors…

Elle me prend dans ses bras et me remercie avec chaleur. Puis elle s'empresse d'envoyer un message à Noah : elle ira lui parler tout à l'heure. Enfin, ils vont officialiser, ces deux-là…

Mais il est temps pour moi de me rendre à la Hannah's Dance Academy pour présenter *Altitude* aux autres… Je préviens mon frère que nous devons partir du bas des escaliers, mais il ne répond pas. Tant pis, il se débrouillera seul pour le trajet.

Arrivées devant le complexe, ma meilleure amie me laisse pour les bras de Noah. Je lui fais un dernier clin d'œil et pars m'échauffer. Ange est déjà là, sur le côté de la scène. Il porte un jogging noir avec un large t-shirt sans manches qui laisse entrevoir son torse.

— Prête, Rossi ?

— Toujours, Albarez.

Adam entre finalement dans la salle et salue ses coéquipiers. Il n'a pas l'air heureux d'être là, même assis à côté de Clara. Les lumières se tamisent, une légère fumée s'installe et notre public, composé de mes coéquipières de danse ainsi que des joueurs des Eagles, se tait. La musique saturée d'*Altitude* retentit. Ange est assis au milieu de la scène, immobile. Son regard est intense, sa bouche entrouverte et ses cheveux en désordre. C'est le moment de faire mon entrée : d'un pas indolent, je le rejoins. Ses mains viennent se poser sur mes hanches et remontent le long de mon épine dorsale jusqu'à ma nuque. Nous enchaînons les portés avec facilité. Il ondoie avec lenteur et légèreté. Nos souffles haletants sont les seuls signes de nos efforts.

Notre passage au sol fait sensation. J'entends les filles crier et les garçons siffler en s'agitant. Je place mes bras de part et d'autre du ventre d'Ange pour me laisser tomber légèrement sur lui. Il nous fait basculer, prend le dessus et descend le long de mon corps : ses yeux ne lâchent pas les miens. J'interromps notre échange de regards pour me relever et me mettre face à lui. De là, sa main passe dans mes cheveux tressés pour me faire basculer en arrière. Je me laisse faire et remonte à l'aide de son coude.

L'espace de la scène est totalement occupé par nos deux corps tournoyants. Tout va pour le mieux. Et cela fait longtemps, très longtemps. J'ai l'impression de nous revoir trois ans en arrière, quand il m'aidait dans tout ce que j'entreprenais, quand il était le garçon bienveillant, toujours prêt à me faire des compliments, à me donner une certaine confiance en moi. À cette époque, j'étais peut-être encore plus proche de lui que d'Adam. J'avais l'impression qu'il me comprenait mieux que mes parents ou que mon frère, sûrement car nous avions toujours été dans la même classe. Il était capable de se mettre à la place de l'autre. À travers ses yeux, c'était comme si je voyais une facette de moi, parfaite, que j'idéalisais. Je me souviens que j'arrivais même à l'envier, à le jalouser, car moi, j'étais impuissante à me voir ainsi. J'ai cru qu'après le drame il avait perdu tout ça, mais finalement, je me suis peut-être trompée. Et pour une fois, je serais tellement heureuse de m'être trompée !

J'espère ne pas espérer trop, justement, car je ne m'étais pas sentie aussi vivante depuis longtemps.

Ange, ne foire pas tout, s'il te plaît.

La chorégraphie touche à sa fin. Je suis dos au public et lui face à moi. Les dernières notes de Montell Fish se font entendre. Son corps se rapproche du mien et mon front s'appuie sur son torse – notre pose de fin. Nous nous détachons l'un de l'autre et nous retournons vers notre public euphorique. Puis nos regards se croisent. Nous nous félicitons en silence. Il me prend par la main et me fait saluer nos amis. Je fais de même avec lui.

Hannah et Sebastien montent sur la scène pour nous féliciter à leur tour.

— Tout le long, on était fascinés par votre prestation. C'était encore mieux que la première. Vous avez beaucoup progressé depuis ! Je suis si fière de vous ! s'extasie Hannah.

Sebastien renchérit sur son discours. Je vois Ava me faire des cœurs dans le public, appuyée à l'épaule de son beau prince, Noah. Je lui réplique avec un doigt. Quant à Cyrielle, cela fait longtemps que je n'ai pas croisé son regard. En ce moment, il est posé sur moi et je pourrais presque le sentir, comme un poignard dans ma poitrine. Mais tout ce que je retiens, c'est que ses amies m'applaudissent.

Un autre nous toise. Adam. Mais quand j'essaie de capter son regard, il détourne le sien. Ange n'y prête pas attention et m'embarque avec lui dans les loges, là où nous avons laissé nos affaires. Quelque peu angoissée par les pensées qui tournent dans ma tête depuis la danse, je préfère éviter son regard qui, pourtant, ne me lâche pas.

— Tu recommences à fuir mon regard, Rossi. À croire que je te fais peur.

Bien sûr qu'il me fait peur, mais dans un sens nouveau. J'ai peur de lui. J'ai vraiment voulu lutter pour ne lui laisser aucune chance de revenir dans ma vie, mais il a réussi une nouvelle fois à me vaincre, enfin, si j'en crois la confusion qui règne dans mon esprit.

— Non, tu m'intrigues plutôt.

— Que veux-tu que je te dise de plus sur moi ? Tu sais déjà tout, *je crois*.

— Non. Je ne sais pas ce que tu penses de moi.

Je vois que ma réponse le surprend. Un sourire railleur se dessine alors sur son visage.

— Hmm, laisse-moi réfléchir… Je pense que tu es une très bonne comédienne sur scène, j'ai failli y croire.

Ne. le. laisse. pas. revenir. trop. facilement.

— C'est le but. Tant mieux, alors, dis-je en ramassant mon sac.

— Et toi ? Qu'est-ce que tu penses de moi ?

Je savais qu'il allait me retourner la question.

— Ce que je pense de toi ? Eh bien, je pense que tu es le genre de personne qui aime jouer avec le feu. Tu te perds souvent dans tes propres jeux et je ne suis pas sûre de vouloir m'impliquer dans une comédie où je risque de me brûler les ailes.

Ses sourcils se froncent. Il n'a pas l'air pour autant très perturbé par ma réponse.

— Je vois : mais sache que je ne jouerai jamais avec toi.

Quelques secondes passent, puis il sort de la loge sans rien ajouter.

Qu'est-ce qu'il a voulu dire par là ? Ses airs de grand garçon au cœur dur une fois sur deux ne marchent plus avec moi. Je connais ses faiblesses, il connaît les miennes, alors on peut se méfier l'un de l'autre…

On se ressemble tellement qu'on en vient à être très différents.

Je réfléchirai à la question un autre jour. Ma tête a assez tourné aujourd'hui. Tout ce que je sais, c'est que…

… la deuxième danse est validée.

Troisième partie

Open Up

Chapitre 25

Ange

On dit que les femmes sont la plus grande faiblesse des hommes. C'est le cas pour moi. Ma mère en premier lieu et Iris, depuis toujours.

Après notre altercation dans le vestiaire, je sais que quelque chose a changé entre nous deux. Ça me fait peur. D'autant qu'elle est beaucoup plus réticente que je ne le pensais. Et si je m'étais trompé sur elle ? Et si je faisais fausse route ? J'ai l'impression que j'emprunte une voie à contresens tant chaque pas que je fais vers elle semble la repousser davantage. Elle est comme une énigme que je n'arrive pas à déchiffrer et ça me rend fou. Je suis né pour la protéger, ça, c'est sûr, mais la protéger de quelle façon ? Je n'en sais rien, enfin je ne sais plus. J'ai passé les trois dernières années de ma vie à faire en sorte qu'elle me déteste, afin d'éviter de lui dévoiler tout de *moi*, mais cette année, je laisse tomber le masque et me livre tout entier à elle. Je suis pathétique. Je croyais qu'elle serait la plus vulnérable de nous deux, mais c'est le contraire. C'est moi qui suis en train de me perdre. Elle me lance défi sur défi. Elle me pousse dans mes retranchements, me force à revoir mes positions. Elle est plus forte qu'avant, ce qui n'est pas mon cas.

Je loge chez Hannah depuis une semaine et ça me fait du bien. Je ne vois pratiquement plus ma mère, elle ne m'envoie pas de messages, ce qui me permet de me concentrer sur autre chose. Par ailleurs, Adam ne me parle toujours pas et ses regards sur moi sont de plus en plus meurtriers : ça a empiré après la présentation d'*Altitude*. Je déteste son comportement, j'ai l'impression d'être un pervers à ses yeux. Et le pire dans tout ça, c'est qu'il ne veut rien savoir. Les membres de la famille Rossi sont vraiment complexes, trop complexes.

De : **Moi**

À : **Adam *émoji ballon de football***

Le coach m'a dit de te dire qu'il y a entraînement à 14 heures pour le match de demain. Il veut régler quelques détails.

Il lit juste mon message et me laisse un « vu ».

Pathétique.

J'avale une barre de céréales en préparant mes affaires de foot. Mes yeux caressent le tissu bleu et jaune. Je peux même sentir un léger sourire se dessiner sur mes lèvres en repensant aux acclamations du public pour Iris quand elle portait mon nom.

« Tu n'as pas le droit à l'erreur, tu portes mon nom. »

Il faut croire que j'étais déjà faible à ce moment-là. Je n'ai jamais été fort face à elle. Son allure de « rebelle gentille » m'a toujours plu. Sa sensibilité et sa force m'ont toujours touché. C'est son visage innocent et son sourire angélique qui m'ont affaibli.

Je vois bien que, mis à part les regards noirs qu'elle me lance, elle s'assure toujours que je la regarde. Comme si elle portait un masque en ma présence. Trop de fierté. Oui, nous nous ressemblons pour ça aussi.

Après avoir fait mon sac, je saute dans l'Audi et pars en direction du stade. Noah m'attend sur le parking, debout contre la grille, les mains dans les poches et l'air pensif. Peut-être même un peu stressé. Je le salue.

Du pied, il envoie valser quelques cailloux.

— Ça va ? Tu as l'air absent.

Il plonge son regard dans le mien. Désormais, il a l'air sérieux, mais toujours un peu stressé. Il se racle la gorge.

— Ava et moi…

Je souris instantanément. Ne me dites pas qu'ils sortent enfin ensemble ? Je n'en pouvais plus de l'entendre parler d'elle, sachant qu'il n'écoutait absolument pas mes conseils. J'avais l'impression de parler à un gosse de cinq ans.

— … on est ensemble.

Alléluia… Mon sourire s'agrandit et le sien aussi. Est-ce qu'il stressait à l'idée de me l'avouer ?

— Domson et Carpenter ensemble ? Mais non ! C'est génial, mec !

On échange un *check*.

— Et alors, tout va pour le mieux ?

— Ouais, pas mal. C'est juste… bizarre. On s'est tellement tourné autour, et depuis si longtemps, que le fait d'officialiser fait un peu peur. Mais elle me fait un effet indescriptible. Comme si sa simple présence me suffisait et que je l'avais toujours connue. Je ne sais pas si tu comprends, mais en gros c'est ça.

Il parle vite, en faisant de grands gestes. Je pense qu'il attendait ce moment plus que la finale d'un de nos tournois… *et tout le monde sait que Noah attend les finales comme personne*.

— Oui je comprends, *je comprends*…

— Elle est simple, belle, naturelle et drôle et… ouais, je l'apprécie vraiment.

Il ne s'arrête plus, c'est mignon. Il a toujours eu ce côté romantique et fleur bleue que j'admire. Noah est une personne gentille, vraiment gentille. Ava et lui feront la paire.

— Occupe-toi bien d'elle, Carpenter.

— J'y compte bien. Et toi ? Avec Iris ?

Je bloque, étonné. Il me fixe, attendant une réponse.

— Iris et moi ? On avance bien dans les chorégraphies, c'est cool, enfin, c'est mieux qu'avant.

Son regard est compréhensif, mais aussi légèrement moqueur. Il m'adresse un sourire taquin.

— Tant mieux, mais d'après Adam, tu veux sa sœur dans ton lit…

Je lâche un long soupir. Il a donc décidé d'en parler à tout le monde et, bien sûr, de le raconter à sa manière. Mais l'intonation de Noah n'est pas réprobatrice. Peut-être est-il encore temps que je lui explique ? Mais lui expliquer quoi ? Moi-même, je ne sais pas ce que je veux. J'aurais tout de même pensé qu'Adam n'irait pas jusque-là. Enfin, je l'espérais.

— Qu'il aille se faire foutre. Non, je ne la veux pas dans mon lit !

— Je sais, Ange, pas la peine de te justifier, je m'en doute bien.

Nous ne sommes qu'à quelques mètres de l'entrée du stade. Nos camarades sont déjà dans les vestiaires, je peux les entendre chahuter à l'intérieur.

Désemparé, je lâche :

— Je ne comprends pas pourquoi Adam s'est mis à penser ça.

— Parce que vos corps disent le contraire. Vous êtes comme des aimants quand vous dansez. Et Adam voit comment tu es avec les autres filles : il n'a sans doute pas envie que sa sœur en fasse partie.

— Mais… je ne veux pas Iris.

Rien qu'en disant cette phrase, je suis contrarié. Une onde de frustration déferle en moi, pourtant je continue de penser qu'Iris n'est pas pour moi. Cette année devait juste servir à me faire pardonner : que tout redevienne comme avant, qu'on passe de bons moments ensemble comme regarder *La Princesse et la Grenouille* en nous gavant de tarte à la fraise. Aller plus loin avec elle serait un danger, une distraction que je ne peux pas me permettre. Nos deux familles sont déjà assez fragiles et déséquilibrées comme ça.

Une partie de moi s'insurge, hurle au mensonge. Chaque argument dont je me sers est contredit par une vague d'images de son sourire, de son rire cristallin et même de ses larmes. Ces moments volés où nos regards se croisent, où l'espace entre nous semble se réduire à rien. Heureusement qu'elle arrive à tempérer nos échanges, heureusement qu'elle sait remettre des barrières entre nous, car j'ai peur de ne plus en être capable. C'est une folie, une folie douce, mais une folie quand même.

— Non, je ne veux pas Iris, conclus-je.

Noah hausse les épaules et ne cherche plus à me contredire.

Une dizaine de minutes plus tard, nous entrons sur le terrain. Je n'ai pas encore croisé Adam, j'espère au moins qu'il va se montrer à l'entraînement. Le connaissant, il pourrait ne pas venir. Quand quelque chose ne lui plaît pas, il le fait savoir et je déteste ce côté borné.

Le mégaphone de Sebastien retentit, il est en train de nous engueuler, car nous avons trois minutes de retard et il se plaint du soleil qui éblouit ses yeux clairs. C'est vrai qu'il fait beau aujourd'hui, ça change de la pluie incessante de Covington. Espérons que ça se maintienne jusqu'à demain.

— Bien, les garçons, annonce Sebastien, plus calme. Je sais qu'en ce moment vous avez beaucoup de travail, que vous enchaînez les répétitions avec Hannah et les entraînements avec moi, mais il ne faut pas baisser la garde. Demain, mercredi, a lieu un de nos matchs les plus importants de cette saison contre les Tigers. Je vous veux à cent pour cent de vos capacités. On a besoin de cette victoire. Je vais faire un débriefing avec vous sur les dernières techniques.

Il se retourne vers moi et réfléchit quelques secondes.

— Ange, je veux que tu coaches l'équipe le plus possible, encore plus que les autres fois. Les garçons ont besoin de ton optimisme.

J'acquiesce fermement tandis qu'il continue son exposé. Mes coéquipiers trépignent sur place, ils doivent être impatients et stressés en même temps, ce que je comprends. Adam pointe finalement le bout de son nez en s'excusant auprès de notre coach. Son réveil n'a pas sonné et c'est mon message qui l'a réveillé. Sa soirée d'hier a dû être mouvementée…

Après quinze bonnes minutes, nous commençons à nous entraîner doucement et j'examine avec Sebastien les placements pour demain. Il me demande quel joueur je préconise pour monter en pointe avec moi : je choisis Adam, évidemment. Ça marche toujours avec lui.

— Au fait, Ange, me rappelle-t-il. Les Tigers ont des *cheerleaders* pour l'avant-match, j'ai donc demandé à Hannah si les filles étaient disponibles, et elles sont d'accord. Chacune de vos partenaires de danse portera votre nom. Comme Iris la dernière fois. C'était une très bonne idée. Comme ça, on promeut le gala des Sept Danses et on vous présente en même temps. Vous les rejoindrez quand elles auront fini.

J'avale difficilement ma salive, mais l'idée qu'Iris porte à nouveau mon maillot me fait sourire. Il lui allait bien. Peut-être qu'elle sera un peu plus enjouée que la dernière fois. En tous cas, je suis content que notre idée ait pu convaincre Hannah et Seb.

— Tu transmettras l'info aux autres.

— Pas de problème.

Iris

Le lendemain

8 h 45, mercredi matin. Sur les pelouses du stade de notre lycée, avec mes coéquipières de danse. *Réunion d'urgence.*

— OK les filles, dit Hannah, un peu fébrile. Il va falloir être productives. Très productives, insiste-t-elle. Vous êtes déjà au courant si vous avez lu le message que je vous ai envoyé hier soir ! Nous devons absolument monter une chorégraphie en moins de cinq heures pour le match de ce soir. L'équipe d'en face a des *cheerleaders* et les Eagles ont besoin de nous pour leur avant-match.

En fait, je ne sais pas si avoir accepté d'être les *cheerleaders* des Eagles était une bonne chose. J'ai bien peur qu'on se ridiculise face à celles des Tigers. *Mais bon.*

— On va avoir des pompons ? questionne Ava.

— Non. Vous serez au même niveau que les autres *cheerleaders*. On reste dans le domaine où l'on excelle : la danse.

Elle a raison, je nous voyais mal apprendre une chorégraphie en moins de cinq heures avec des pompons. Je pense que ça peut le faire : on va arriver à créer quelque chose de pas mal.

— J'ai choisi une chanson, *#thatPOWER* de will.i.am et de Justin Bieber. Elle est entraînante et il devrait être assez facile de monter une chorégraphie dessus.

Elle branche son téléphone sur l'énorme enceinte posée à côté d'elle et nous montre le début, sur lequel elle a travaillé toute la nuit. Quand je dis qu'elle me fait penser à une extraterrestre… Elle est folle ! Mais cela ne l'empêche pas de nous expliquer avec énergie nos placements. Elle s'est référée à ceux des joueurs des Eagles. C'est une bonne idée : en plus, on portera toutes le nom de notre coéquipier dans le dos.

Une impression de déjà-vu… Merci, Ange, pour cette idée plus que brillante…

Hannah indique que le stade sera bondé, qu'il y aura des caméras et des photographes, ainsi qu'une parade. Elle vend ce match comme le show de l'année, à ne surtout pas rater. C'est limite si Covington n'a pas eu autant de monde depuis des années…

Ça n'a rien à voir avec le match de la dernière fois. L'angoisse monte. Ava, à côté de moi, n'arrête pas de gesticuler, elle grignote ses ongles et pousse de longs soupirs.

Deux heures intenses plus tard, la chorégraphie prend forme grâce aux mouvements que chacune propose. On a toutes les douze contribué à cette danse et elle rend plutôt bien pour une première en tant que *cheers* officielles.

Vers 13 heures, nous prenons notre pause déjeuner et laissons la place aux Eagles qui commencent leurs repérages sur le terrain. J'aperçois Noah qui nous fait signe de loin, suivi par Ange. Mon frère me passe devant sans même m'adresser un regard. *Qu'est-ce qu'il peut être lourd, parfois*… L'équipe adverse arrive, nous rencontrons leurs *cheerleaders*. Elles nous saluent, nous sourient et nous complimentent. Elles ont même l'air émerveillées par notre stade.

— Iris ? Ava ? C'est vous ?

Ma meilleure amie et moi nous retournons, étonnées de voir Cassie, Evie et Lily. Les trois filles que nous avions rencontrées à la soirée de Victoria – pas l'une des meilleures. Elles sont toutes les trois vêtues d'un t-shirt frappé du logo de leur lycée ; trop grand pour leur petite taille. Cassie se précipite vers nous.

Je m'exclame :

— Oh, les filles !

C'est vrai, j'aurais dû tilter quand Hannah nous a dit que le match se jouerait contre un lycée voisin et qu'il y avait des *cheerleaders*. Elles nous avaient dit qu'elles connaissaient notre groupe.

Nous les invitons à notre table, le temps que notre entraînement reprenne. Je veux en profiter pour leur demander des conseils et connaître les détails de l'organisation, car j'ai l'impression que Hannah ne sait pas grand-chose et est elle-même un peu perdue.

— À ce soir ! J'espère que votre chorégraphie sera à la hauteur des Eagles… lance Evie d'un air faussement hautain.

Je lui fais un dernier clin d'œil et nous partons rejoindre Hannah dans le vestiaire. Nous répétons encore un peu, puis nous prenons une douche. Le stress commence à monter tandis que le soleil se couche lentement. L'heure approche. J'en profite pour m'éloigner de cette effervescence et me retrouve seule, assise sur les gradins du stade. Les organisateurs courent en tous sens, Sebastien discute avec quelques parents à l'entrée, près de la grille où une longue file de supporters attend de pouvoir s'installer. Les faisceaux lumineux orangés planent au-dessus de la pelouse tandis qu'une légère brise se glisse dans mes cheveux. Mon regard se pose finalement sur Ava et Noah, de l'autre côté du stade. Il la prend dans ses bras, l'embrasse sur le front, puis sur la bouche. Elle le regarde amoureusement en riant tandis qu'il replace une mèche rebelle derrière son oreille. Un couple parfait, digne des romances américaines. *Une danseuse et son footeux.*

— Ils se sont bien trouvés, me surprend Ange en s'asseyant à mes côtés. Je peux ?

Je lui montre la place vide à côté de moi.

— J'ai parlé avec Noah, il est amoureux. Tu peux être tranquille, renchérit-il.

Oh… ? Je me retourne pour lui sourire. Le fait qu'il ait parlé avec Noah pour s'assurer de ses intentions me touche. C'est gentil. Je suis heureuse que Noah l'ait avoué à son meilleur ami, ça me rassure aussi en un sens, bien que je n'aie pas douté de sa sincérité.

Je murmure :

— Je pense qu'Ava a retrouvé les étoiles qui s'étaient éteintes dans ses yeux. Il lui fait du bien.

— Et toi ?

Sa question me prend de court. Je reste un instant silencieuse. C'est une question simple, pourtant, mais la réponse est loin de l'être.

— Moi ?

— Les étoiles dans tes yeux ? Elles sont où ? dit-il naïvement.

Je joue avec une petite peau sur le côté de mon pouce. Est-ce qu'il veut que je me confie à lui ?

— Elles… elles réapparaissent petit à petit, je crois.

Il ne dit rien. Il acquiesce tout en gardant son regard sur moi et paraît satisfait de ma réponse. Pour changer de sujet, je demande :

— Tu n'es pas trop stressé pour ce soir ?

— Si. Je sens que les garçons sont fatigués. Les cours de danse, les entraînements… ça fait beaucoup. Il faut absolument qu'on gagne ce match pour nous assurer des points d'avance. De plus, les Tigers ne sont pas à prendre à la légère.

Son genou remue frénétiquement, trahissant son stress. Il passe nerveusement la main dans ses cheveux.

— Je comprends, dis-je doucement. Je ne peux pas prévoir ce qui se passera, mais tu es un bon capitaine. Si tu les convaincs que tout va bien se passer et que tu gardes la tête haute, ils te suivront.

Un sourire se dessine sur ses lèvres et son regard se pose sur le terrain.

— Tu as raison, mais c'est compliqué parfois de faire comme si tout allait bien.

Il me regarde, maintenant. Son sourire s'évapore et il se fait silencieux, comme si plus rien ne comptait autour. Puis il toussote, comme pour reprendre ses esprits.

— D'ailleurs, toi, tu es stressée pour ce soir ?

— Oui, un peu. On a monté la chorégraphie en cinq heures et les filles se trompent encore parfois dans les mouvements, mais ça devrait aller. J'ai juste peur qu'on se ridiculise face aux *cheerleaders* des Tigers.

— Jamais de la vie. Elles ont l'air fortes, oui, mais de là à vous ridiculiser, je ne pense pas. De plus, c'est toi qui es devant, je me trompe ?

— Non.

— Alors tu les aideras, comme moi je guide mon équipe. Ce que tu m'as dit vaut pour toi aussi, Rossi.

Je ris doucement tandis qu'il me charrie tout en me donnant un coup d'épaule. Ça fait du bien de retrouver le « Ange d'avant », toujours là pour me conseiller, me rassurer, celui qui ne me juge pas. Le crépuscule étend son voile sur le stade. Un silence paisible s'installe entre nous, ponctué par des rires lointains. À chaque fois que nos yeux se croisent, il y a une hésitation, comme si nous explorions un terrain nouveau et inconnu. Je soutiens son regard un peu plus longtemps. Ses yeux sont doux, ils ne sont pas méfiants comme ils pouvaient l'être ces derniers jours.

J'avoue, je suis peut-être dure avec lui, je ne lui laisse pas vraiment l'occasion de se racheter, mais j'apprends à l'apprécier à sa juste valeur, étape par étape. Je suis contente qu'il ne baisse pas les bras ; je suis heureuse qu'il se confie de plus en plus à moi.

— Peut-être que je suis le genre de personne qui aime jouer avec le feu, mais parfois, il y a des flammes qui valent le risque, des flammes qui illuminent l'obscurité et réchauffent l'âme, murmure-t-il.

Son regard reste fixé sur moi, mais il se lève pour rejoindre ses vestiaires.

— Comment ça ?

— Et, au fait ! s'exclame-t-il, ignorant ma question. Tu n'as toujours pas intérêt à te tromper. Tu as mon nom collé sur le dos. Attache bien tes beaux cheveux pour que tout le monde l'admire…

Je ne réplique pas, je le laisse s'enfuir – je devrais d'ailleurs rejoindre mes coéquipières, moi aussi.

Dans le vestiaire, Hannah nous distribue nos maillots respectifs ainsi que des jupes-shorts bleu nuit. Elle nous demande de nous coiffer avec une queue-de-cheval haute et de chausser nos Converse basses. L'ambiance dans le local est folle. J'en oublie même la discussion avec Ange. Ce match me fait ressentir la même émotion qu'avant les galas ; de l'excitation, de l'appréhension et tout ce qui va avec. Les filles se demandent entre elles si leur maquillage est bien fait, si elles peuvent s'aider pour se coiffer. D'autres révisent les pas. L'euphorie collective règne.

Nous nous dirigeons vers l'entrée du stade pendant que le présentateur anime l'avant-match. Il présente les équipes et énumère leurs précédentes performances. La troupe de Cassie entre sur le terrain sous les applaudissements des supporters des Tigers. Le stade est en furie, les *cheerleaders* sont incroyables. Les portés sont parfaits et leur synchronisation est redoutable. Hannah a eu raison de nous forcer à ajouter des portés, sinon on aurait été ridicules à côté d'elles.

L'équipe adverse entre à son tour, se place derrière les danseuses : le présentateur crie leurs noms. Leurs carrures sont bien plus imposantes que celles des Knights au début de l'année : je suppose qu'Ange parlait également de ce détail.

— Allez, les filles, c'est à vous.

Hannah me prend par les épaules et souffle :

— C'est à votre tour de briller.

La fanfare commence à avancer vers l'entrée du terrain au rythme des tambours. Nous les suivons en sautillant pour nous placer au milieu de la pelouse fraîchement tondue. J'avoue que les supporters des Eagles sont plus bruyants que ceux des Tigers. La musique de will.i.am démarre, accompagnée du bruit des percussions. Nos pieds tapent sur le sol, nos mouvements sont dynamiques et suivent le tempo. Des fumigènes aux couleurs des Eagles brouillent légèrement notre vision tandis que les joueurs font leur entrée sur le terrain. Ange est le dernier à arriver : il est acclamé encore plus que les autres. Les grosses caisses sont recouvertes de poudre bleue et jaune, ce qui donne un aspect encore plus festif à notre représentation. Tout est parfait et digne de ce que nous imaginions.

Les Eagles se placent derrière nous. La dernière partie de la chorégraphie approche. En ligne, nous reprenons le refrain et les mouvements. Puis arrive la fin où chacune d'entre nous doit se placer devant son partenaire de danse tout en tournant le dos au public, une main sur l'épaule de son joueur. Ange et moi sommes au milieu.

— Rayonnante, *trésor*, me souffle Ange à quelques centimètres de mon oreille.

Bouffon, il ne lâchera pas ce foutu surnom. Cyrielle aura donc eu raison de lui.

— À toi d'être rayonnant maintenant. Je ne veux pas être associée à un perdant, dis-je ironiquement.

Un photographe s'approche pour nous prendre en photo : Ange me prend par la taille et pose ses lèvres sur ma tempe en attendant le *clic* de l'appareil. Je sens mon cœur s'emballer et sens une chaleur étrange monter en moi ; *jouer avec le feu, brûlures, la flamme*. Il faisait bien allusion à nous deux, à ce que nous sommes. Je prends une profonde inspiration et affiche un sourire plus que forcé.

Clic.

L'homme nous remercie ; je me détache aussitôt du grand aux cheveux de jais.

— C'est officiel, demain tu seras affichée avec le maillot ALBAREZ dans les journaux qui annonceront notre victoire, dit-il avec un sourire espiègle.

Cet idiot me fait rougir. Ses paroles légères et pleines de confiance me déstabilisent. Je ne sais pas si c'est positif ou si je dois prendre peur et m'enfuir en courant. C'est vrai, il est très entreprenant, mais sans l'être en même temps. J'ai l'impression que ses actes sont bourrés de sous-entendus, mais qu'il ne veut pas que je les comprenne tout à fait.

— Tu es incorrigible, dis-je simplement. Allez, bonne chance, Albarez.

Le match est serré. Quand une équipe attaque et marque, l'autre réplique. Je vois dans le regard d'Ava qu'elle est inquiète. Noah s'est pris plusieurs coups bas depuis le début, mais il encaisse et se relève chaque fois.

— Il sait ce qu'il fait. Ne t'inquiète pas. Sebastien le fera sortir si ça ne va pas.

Elle acquiesce et se cramponne à mon bras.

Les Tigers dominent le match, mais Adam arrive à marquer un essai remarquable à l'aide d'Ange. Heureusement que leur soi-disant brouille n'influe pas sur leur jeu, même si j'ai l'impression qu'ils communiquent un peu moins que d'habitude.

Deux minutes avant la fin, les Eagles ont un point d'avance. Ils doivent absolument rester sur la défensive. Sebastien s'agite sur le banc des entraîneurs. Son front perlé de sueur trahit son stress. L'arbitre siffle enfin – le moment qu'on attendait tous ! Le public se met à hurler et acclamer chacun de nos joueurs, qui triomphent fièrement. Des joueurs des Tigers s'accroupissent sur le terrain, déçus, d'autres vont serrer la main de leurs adversaires. Notre coach nous invite, avec le staff, à les rejoindre.

Je saute dans les bras de mon frère qui ne me repousse pas, même si son étreinte est molle. Je le félicite pour son match, mais il se détache de moi pour retourner auprès des supporters et des autres joueurs après m'avoir murmuré un simple « merci ».

Je me sens un peu frustrée. À cet instant, des mains se posent sur ma taille et me collent à un torse imposant et robuste que je commence à connaître.

— Je te l'avais dit, sourit Ange.

Je me retourne et le serre brièvement dans mes bras pour le féliciter. Il me repose pour que nous rejoignions le reste de l'équipe près du public qui célèbre leur victoire ; quelques minutes plus tard, nous regagnons les vestiaires. J'ai vu ma mère aux côtés de celle d'Ava dans les tribunes, elles applaudissaient et criaient comme de vrais supporters enragés.

— Ce soir, soirée chez Nathan pour fêter ça ! hurle Tibo, un joueur de l'équipe. Les filles, vous êtes aussi invitées, bien sûr !

Son annonce est accueillie par un cri d'euphorie de la part des joueurs, qui résonne joyeusement dans tout le stade. L'excitation est palpable, l'air est chargé d'une énergie festive que je ne partage pas entièrement. Je sais maintenant que je ne suis pas très à l'aise dans ce genre de soirée. Il faut dire que cette année, aucune ne m'a apporté le plaisir que j'attendais. Pourtant, avant même que je puisse formuler une objection, Ava se tourne vers moi avec un sourire éclatant.

— Allez, Iris, ce sera amusant ! insiste-t-elle.

Sa détermination ne laisse aucune place à la discussion. Je soupire, résignée, mais incapable de résister à son enthousiasme. Elle m'entraîne rapidement hors du stade. Nos pas précipités résonnent sur le sol bétonné. La fraîcheur du soir commence à tomber, le crépuscule enveloppe le paysage d'une douceur apaisante. Les lumières du stade s'éloignent progressivement, remplacées par l'éclat plus doux des réverbères qui bordent la route.

Nous atteignons la voiture de sa mère, garée non loin de là. Ava ouvre la portière et m'invite à monter à bord. L'intérieur de la voiture est imprégné de l'odeur familière de cuir et de déodorant pour voiture. Sa mère ne tarde pas trop à nous rejoindre.

— Ça va être génial ! s'exclame Ava. Dépêche-toi, maman ! Démarre !

Elle est impatiente, cela se voit ! Sa mère lui demande quelques précisions, notamment sur l'adresse et l'heure à laquelle nous pensons quitter la fête, mais Ava reste brève et évasive dans ses réponses. Elle la rassure cependant en lui annonçant que Noah sera là.

Je ne savais pas qu'Ava avait officiellement dit à sa mère qu'elle sortait avec lui, mais ça prouve que c'est du sérieux. Ava est très proche de sa mère, un peu comme moi : elle lui raconte tout. Nos deux mères ne sont pas vraiment des amies intimes, mais elles s'invitent parfois l'une chez l'autre.

Je jette un coup d'œil par la fenêtre, observant les lumières de la ville défiler. Mon esprit vagabonde : j'essaie d'anticiper à la fois les bons moments et les possibles inconforts de la soirée. Ava me parle sans arrêt, énumérant les détails de la fête, les personnes qui seront présentes, les musiques qu'on écoutera.

Lorsque nous arrivons chez elle, elle se précipite à l'étage et me pousse vers sa chambre, où elle s'empresse de déranger son armoire pour me proposer une sélection de tenues. Les vêtements sont éparpillés sur son lit. Elle a toujours eu du goût : elle a un style très chic, mais décontracté.

— Choisis ce que tu veux, ma biche, dit-elle en fouillant dans ses tiroirs.

Je souris malgré moi, contaminée par son enthousiasme. Espérons que cette soirée sera plus réussie que les autres…

Chapitre 26

Iris

Ava opte finalement pour une robe rouge vif qui met en valeur ses cheveux foncés, tandis que je choisis une jupe argentée avec un dos-nu noir. Alors que nous peaufinons nos coiffures et notre maquillage, une notification retentit sur le téléphone d'Ava.

— Ils sont là ! s'exclame-t-elle avec un sourire malicieux.

Noah et Ange nous emmènent à la soirée, c'est pour ça qu'Ava a mis un temps phénoménal à choisir sa tenue, alors qu'elle est belle avec tout. Elle pourrait enfiler n'importe quoi, elle serait quand même sublime. Nous attrapons nos sacs et descendons précipitamment les escaliers. La voiture d'Ange nous attend juste devant l'entrée, les phares trouant la nuit de leurs cercles de lumière. Noah est assis à l'avant, un sourire jovial sur le visage. Ange est au volant, sérieux mais avec une lueur espiègle dans les yeux.

— Prêtes pour la soirée ? lance Noah en nous ouvrant la portière.

Ava et moi grimpons à l'arrière et félicitons une énième fois les garçons pour leur victoire. Je suis assise derrière Ange et je peux sentir l'odeur de son shampooing et de la cigarette qu'il vient de fumer. Il est habillé d'une chemise blanche et d'un pantalon noir.

— Vous avez encore un peu de temps pour vous préparer si besoin, dit Ange en inclinant le rétroviseur pour croiser mon regard. Nathan habite assez loin.

Ava sort immédiatement un petit miroir de son sac, tandis que je m'installe plus confortablement.

— Passe-moi le mascara, Iris, demande ma meilleure amie en rigolant.

Je fouille dans mon sac pour trouver l'objet et le lui tends. Elle se penche vers le miroir et commence à retoucher son maquillage avec une précision étonnante malgré les secousses légères de la voiture. Je remets du rouge à lèvres, mais je sens *son* regard glisser vers moi à plusieurs reprises dans le rétroviseur. Je me demande s'il trouve ça *too much* ou s'il aime.

— Vous êtes magnifiques toutes les deux, dit Noah en nous regardant avec un sourire approbateur.

Au moins, son meilleur ami valide nos mises en beauté ! Lui reste silencieux, concentré sur la route.

Nous continuons à rouler : les lumières de la ville s'estompant peu à peu pour faire place à une route plus tranquille, dans la nature. Après quelques kilomètres, la voiture d'Ange s'arrête enfin devant la maison de Nathan, illuminée et accueillante.

Je tourne le dos à Ava.

— Tu peux m'aider avec mon nœud, s'il te plaît ?

— Baisse tes sales yeux de ma copine, lance-t-elle à Ange avec un sourire en coin. Tu crois que je ne te vois pas dans le rétroviseur ?

Ange ne lui répond pas, il sort juste de son Audi avec un petit rictus. Je me fige un instant : les paroles d'Ava résonnent dans ma tête. Ange me regardait encore ? Une montée de confusion et de nervosité m'envahit. Je sens mes joues rougir malgré moi, la chaleur monte de ma nuque à mes tempes. Les doigts habiles de ma meilleure amie commencent à renouer les rubans de mon haut. Elle murmure quelque chose de rassurant, mais mes pensées sont ailleurs. À l'extérieur, j'aperçois Noah et Ange en train de partager une cigarette. Le rictus de ce dernier a disparu, remplacé par une expression que je ne parviens pas à déchiffrer. Est-ce de l'amusement ? De l'intérêt ?

Je me sens étrangement exposée, partagée entre l'envie de fuir cette soirée et celle de me rapprocher de lui, de comprendre enfin ce qui se cache derrière ce masque.

— Voilà, c'est fait ! déclare Ava.

Je lui souris faiblement et essaie de reprendre contenance.

— On y va ? demande Noah, rompant le silence avec son habituelle bonne humeur.

Ava passe son bras sous le mien tandis que les deux garçons nous suivent à la trace. Nous arrivons à peu près tous en même temps. Nathan nous demande de l'aider à déplacer les meubles et à installer les bouteilles et les verres en plastique.

Tibo arrive, victorieux, brandissant quatre bouteilles de champagne.

— C'est pour le dessert. N'y touchez pas.

Quelqu'un allume la sono au fond de la pièce, les garçons se regroupent en cercle et hurlent une chanson qui ressemble à un cri de célébration suivi d'un mini-*pogo* entre eux. Ils nous invitent à les rejoindre en levant leurs verres remplis d'alcool pur. Toutes les filles de la Hannah's Dance Academy sont là, il y a même des élèves de deuxième année des sections sportives.

— Cul sec pour tout le monde ! dit Noah.

Nous portons le verre à nos lèvres. La liqueur me brûle en descendant dans mon œsophage. Je grimace, mais souris en voyant Ava éclater de rire.

La soirée s'anime rapidement, bercée par les rythmes les plus célèbres de David Guetta, des Black Eyed Peas ou encore de Calvin Harris. Les basses résonnent dans toute la maison et font vibrer le sol et les murs. Les verres s'enchaînent, j'ai l'impression que je n'ai pas le temps de vider le mien qu'il est déjà rempli. Je tends plusieurs fois à Ava des parts de pizza : j'ai peur qu'elle fasse un coma éthylique avec tout ce qu'elle absorbe.

— Il y a un truc entre ton frère et Ange ? demande-t-elle en les pointant du doigt.

Effectivement, Ange est près du bar avec Nathan, Tibo et Noah, tandis qu'Adam est sur un canapé à l'autre bout de la pièce, entouré de personnes que je ne connais pas. J'en conclus qu'ils ne se parlent toujours pas – ça commence à être long. Aucun des deux n'a voulu me révéler leur sujet de dispute, c'est vraiment étrange.

— Oui, ils se sont disputés il y a deux semaines, je dirais. Ange ne vient plus du tout à la maison et Adam est très distant et de mauvaise humeur avec maman et moi.

— Et tu ne sais pas pourquoi ?

— J'ai essayé de leur parler, mais aucun ne veut cracher le morceau.

Ava, l'air pensif, reprend une gorgée de son verre.

— À mon avis, c'est pour une fille, lâche-t-elle.

Un bout de pain reste coincé dans ma gorge. Mais oui ! Pourquoi je n'y ai pas pensé plus tôt ? Ils n'ont aucun sujet de mésentente, mais je pense que celui-là devait faire surface un jour ou un autre. Ce qui me contrarie, en revanche, c'est qu'Ange est particulièrement entreprenant avec moi en ce moment ; s'il essaie de jouer sur plusieurs tableaux, ça va mal se passer *encore une fois*. J'aurais dû me douter qu'il était toujours le même charmeur et beau parleur qu'avant.

— Tiens, Noah ! Viens voir, l'appelle Ava. Il pourra sûrement nous donner la réponse.

Le grand aux cheveux bruns se précipite vers elle avec un grand sourire. Elle le colle à elle et le force à regarder au loin.

— Adam et Ange se font la gueule, OK. Pour quelle fille ?

Son partenaire, surpris, lève un sourcil.

— Mais oui, se justifie sa petite amie. Ils ne se parlent plus depuis deux semaines ! Il y a bien une fille derrière tout ça !

Son regard se pose sur Ava, puis sur moi, mais il reste muet. Je ne sais pas s'il est au courant ou s'il ne veut juste pas vendre la mèche.

— Je… commence-t-il. Oui, enfin… la fille… enfin, non, mais…

Nous le dévisageons avec stupéfaction. Qu'est-ce qu'il a ?

— Tu ne peux pas nous le dire car on la connaît, c'est ça ? continue Ava.

Aucun son ne sort de la bouche de Noah ; il cligne plusieurs fois des yeux.

— Non, ce n'est pas vraiment pour une fille, enfin… si, mais c'est plus compliqué que ça.

OK, donc Noah le sait, mais ne veut pas parler dans le dos de ses meilleurs amis : c'est compréhensible, puisque je suis la sœur d'Adam.

La sœur d'Adam.

Adam.

La partenaire de danse d'Ange.

Ange.

Non, je ne peux pas croire à cette théorie, c'est complètement…

— TOI ! crie Ava dans ma direction en me coupant de mes pensées. C'est toi la fille !

Noah rit nerveusement, puis passe sa main derrière sa nuque. Il dit qu'il doit nous laisser, car quelqu'un l'appelle plus loin.

Ava a pensé la même chose que moi, je ne suis donc pas si folle que ça.

— Mais pourquoi ? dis-je, perdue.

— C'est simple : Adam est possessif. Il vous aime tous les deux plus que tout au monde, mais jusqu'à maintenant, c'était lui le centre de l'attention puisque Ange et toi, vous vous détestiez. Connaissant son caractère borné, il n'a pas dû beaucoup apprécier votre rapprochement. Il doit aussi penser qu'Ange n'est pas un garçon pour toi, puisqu'il le voit à chaque soirée et qu'il a chaque fois une nouvelle fille à son bras…

Mais ce n'est pas logique, quand même.

— Non, je ne pense pas qu'Ange éprouve quelque chose pour moi. Certes, c'est un séducteur, mais je pense juste que mon frère n'apprécie pas que MOI je puisse être avec un garçon. Il a eu la même réaction quand je suis sortie avec Isaac, il ne m'a plus adressé la parole pendant deux semaines ! Bon… finalement, il avait raison, mais là n'est pas le problème.

— Oui, je comprends ce que tu veux dire. Il ne te laisse pas faire tes propres choix et essaie de te dicter ton comportement depuis que votre père n'est plus là.

Ce qui est bien avec Ava, c'est qu'elle me comprend tout de suite : pas besoin de m'éterniser sur un sujet, elle va droit au but.

— Exactement.

Elle se rapproche de moi puis glisse à mon oreille :

— Alors, affirme-toi ! Prouve-lui qu'il a tort ! me défie-t-elle.

J'hésite. Je ne sais pas si c'est une bonne idée. Je ne veux pas entrer en conflit avec mon frère, ce n'est pas mon genre. Et puis, je le comprends, dans un sens : il veut me protéger. Il a toujours voulu mon bien, même s'il agit de façon maladroite. Il reste mon frère et je le choisis, lui, plutôt que nos différends.

— Je sais ce que tu te dis, Iris, et encore une fois tu réfléchis trop. Tu te poses trop de questions et tu penses trop aux autres. Tu vas finir par te perdre à force de te priver pour tout le monde. Oser ne veut pas dire renoncer à ceux que tu aimes. Ils ne vont pas moins t'aimer parce que tu les contredis.

Elle a raison sur toute la ligne. Je me mets toujours en retrait : je préfère éviter les conflits et m'assurer que tout le monde est heureux, quitte à sacrifier mes propres désirs et besoins.

— Vis ta vie !

Peut-être que je devrais avoir Ava près de moi un peu plus souvent. Elle m'a toujours aidée dans des choix qui me semblaient impossibles à faire. Elle donne l'impression que tout est réalisable, que tous les obstacles peuvent être surmontés.

— C'est tout ce que je te demande, dit-elle doucement. Juste, essaie. Pour toi.

Je lui souris et la remercie, gênée qu'elle doive jouer ce rôle-là envers moi. Elle est un peu comme ma béquille, elle me soutient quand je vacille et me relève quand je tombe.

Je détourne légèrement le regard pour observer l'agitation autour de nous.

— Bon, on va danser ?

— Alors là, ne me le dis pas deux fois ! réplique-t-elle en riant.

Puis elle se fige, comme traversée par une idée subite.

— Sacrilège ! On n'a pas commencé la soirée avec nos boissons habituelles !

Elle se dirige vers le buffet et me tend un verre de mojito à la fraise qu'elle nous sert à l'aide d'une louche. Son verre déborde, elle le claque contre le mien pour trinquer. Avec un sourire, elle me montre Ange d'un petit coup de tête. Il est accoudé au bar à côté de Cyrielle, mais n'a pas l'air très absorbé par leur conversation…

Pardonne-moi, Adam…

Ange

— Tu as vraiment bien joué, petit Ange. Tu as fait gagner les Eagles à la dernière minute, ouah !

— Hein ?

Je ne retiens rien de ce que dit Cyrielle, qui est actuellement bien trop proche de mon visage. Ses paroles se perdent dans le brouhaha de la soirée et dans mon esprit distrait. Mon regard est irrémédiablement attiré par *elle*. Elle se déhanche sur les paroles de Chase Atlantic. Chaque mouvement, chaque geste qu'elle fait est hypnotique.

Sa jupe moule trop parfaitement le bas de son corps pour ne pas titiller l'imagination. Son haut laisse apparaître son épine dorsale, une ligne délicate et tentante où j'aimerais passer mes doigts, suivre chaque vertèbre. Ses cheveux ondulés flottent au rythme de la musique et semblent se moquer de moi, m'invitant et me repoussant à la fois.

J'espère qu'Adam ne me remarque pas, parce que dans l'état où je suis, il me sauterait à la gorge sans hésitation. Il avait peut-être raison. Elle me fait de l'effet, beaucoup d'effet, mais elle est fragile et ça, je ne peux pas l'oublier. Pourtant, depuis le trajet dans la voiture, je ne peux pas m'empêcher de penser au goût de ses lèvres et aux traces rouges qu'elle pourrait laisser sur ma peau.

Noah emmène Ava danser plus loin. Le fait qu'Iris se retrouve seule, même temporairement, me donne une excuse, ou du moins une impulsion que l'alcool amplifie. J'ai probablement trop bu pour garder un contrôle total sur mes actions. Je laisse Cyrielle en plan sans même y penser, mon corps agit presque de lui-même, attiré vers la belle blonde. Dans un élan de ce qui me semble être de l'audace, je pose mes lèvres sur ses épaules dénudées. Elle se retourne, et ses yeux s'écarquillent en me voyant si près.

Son regard croise le mien : je peux y lire la confusion mêlée à une pointe de curiosité. Elle me coupe le souffle. L'atmosphère semble se densifier autour de nous, le reste de la fête passe à l'arrière-plan.

— Ange… ? murmure-t-elle, étonnée. Que me vaut cette approche… abrupte ?

Je ne trouve pas immédiatement les mots pour répondre. Tout ce que je ressens, c'est l'attirance irrépressible qui me pousse vers elle, malgré tout ce qui devrait me retenir. Mes mains effleurent à peine ses hanches. J'hésite encore entre avancer et reculer, entre céder et me retenir.

L'instant est fragile, chargé de non-dits et de possibilités. Je sais que c'est insensé, que je devrais m'éloigner. Notre pseudo-relation ne tient qu'à un fil et un seul faux pas me fera retourner à la case départ.

Mais bordel, elle est magnifique.

— J'ai envie de danser avec toi, dis-je simplement.

— Encore ? Tu ne peux plus te passer de mes pirouettes ? J'ai peine à le croire…

Elle ne semble pas méfiante : au contraire, j'ai même l'impression qu'elle est avenante, d'une certaine manière.

— J'ai peine à le croire aussi.

Avec un geste plus qu'inattendu, elle s'approche de moi et pose ses bras sur mes épaules. Elle reste douce, presque timide, contre moi. Mes mains, qui hésitaient un instant plus tôt, enlacent finalement son bassin, la rapprochant de moi, en rythme. Elle laisse ma tête se faufiler dans son cou, m'entraîne presque à le faire : mes lèvres effleurent sa peau douce et parfumée. Sa poitrine est collée à mon torse, je sens chaque battement de son cœur résonner contre le mien, accélérant le rythme de mes propres pulsations.

C'est surréaliste, ce qui est en train de se passer. Je suis en train de flirter avec Iris et cette fois ce n'est pas pour de faux. J'aimerais juste comprendre pourquoi elle a changé d'avis si brusquement.

Elle me tire doucement en arrière pour poser son front sur le mien, et je remarque que son regard glisse vers mes lèvres souriantes. *Qu'est-ce qui est en train de se passer ?* Ma tête est un tourbillon de pensées contradictoires, un mélange de désir et de surprise. Elle ne me repousse pas ? Non, elle m'attire contre elle comme si c'était la chose la plus naturelle au monde.

La chaleur monte, et la petite foule massée autour de nous n'arrange rien. Sa bouche frôle mon nez, un toucher délicat et électrisant. Sa tête part en arrière au rythme de la musique, m'offrant une vue panoramique sur son cou tentateur. Incapable de résister, je mordille sa nuque et y laisse une trace légère, mais significative. Mon souffle chaud caresse sa peau alors que ma langue se loge dans le creux de sa clavicule.

Bordel, bordel, bordel, c'est incontrôlable.

Je la sens frémir sous mes attentions, je la surprends même à respirer un peu plus fort que d'habitude. Ses joues sont rosies à cause de la chaleur ou de l'effet que j'ai sur elle, peu importe, les deux me conviennent. Ses mains se resserrent autour de moi, comme pour s'assurer que je ne m'éloignerai pas, que ce moment ne s'échappera pas. Une marque de mon passage apparaîtra sûrement demain.

— Il ne faut pas que tu me raccompagnes chez moi, j'ai beaucoup trop bu, murmure-t-elle.

— Dois-je te rappeler qu'il y a deux mois tu me détestais comme tu respirais, trésor ? dis-je, amusé.

Elle est aussi enivrée que moi. Je le sens à son haleine chaude qui vient se disperser près de mon oreille. On regrettera sûrement demain ce qu'on fait, ou peut-être qu'on ne s'en souviendra pas.

— Maintenant, je peux affirmer que je te déteste autant que je te désire, Albarez.

C'est la phrase de trop. Je la regarde une dernière fois, conscient qu'elle et moi pensons la même chose. Alors, sans plus réfléchir, je réponds à son souhait en écrasant mes lèvres sur les siennes. Elle hésite un instant, puis répond à mon baiser en mêlant sa langue à la mienne. Nos bouches dansent pour nous. Mes mains glissent le long de son dos-nu et s'accrochent fermement au creux de ses reins. Je peux sentir la chaleur de son corps se fondre dans le mien tandis qu'elle agrippe mes cheveux de ses doigts fins. Je ne peux pas m'empêcher de sourire quand ses dents mordillent ma lèvre inférieure. Elle me rend faible.

La musique s'arrête, et Iris se détache doucement de moi sans croiser mon regard. J'aperçois Noah dans le coin de la pièce : il fait quelques pas vers nous, l'air méfiant.

— Tu es vraiment un sac à merde, Ange.

Je me retourne, stupéfait, une main sur le cou d'Iris, et me retrouve face à Adam. Il ne tient presque pas debout, signe que lui aussi est ivre. Derrière lui, j'aperçois Cyrielle en train de sourire. Je me sépare d'Iris, mais elle s'interpose entre Adam et moi. Je la retiens par le bras. Mon regard l'avertit : je dois régler ça moi-même. Elle se laisse faire et repasse derrière moi.

Nos amis se préparent à retenir Adam qui a l'air de vouloir m'en mettre une. Je pense que tout le monde ici a compris ce qui se passe. Je viens d'embrasser à pleine bouche sa petite sœur que je suis censé détester.

Calmement, je propose :

— Adam… on va s'expliquer dehors, viens.

— Certainement pas. Assume devant tout le monde, maintenant.

Je souffle et passe furtivement ma langue sur mes lèvres où la douce sensation de la bouche d'Iris s'attarde. Adam se rapproche, il n'est plus qu'à quelques centimètres de moi. Il empeste le rhum mélangé à la drogue.

— Je t'avais prévenu, Ange. Tout le monde, mais pas ma sœur.

Iris, indignée, se poste à côté de son frère.

— Pardon ? Tu as complètement craqué ?

Il lui lance un regard noir, mais elle continue de se justifier et de nous défendre, à ma grande surprise.

— En plus d'être bourré, tu règles tes comptes en public maintenant ? Ça ne va pas, Adam ?

— Arrête de le défendre, Iris, tu sais très bien comment ça va finir avec lui. Il va faire quoi ? Te baiser un soir et le lendemain partir comme un lâche alors qu'on a tout fait pour lui pendant des années ?

Elle a un mouvement de recul qui la colle un peu plus à mon torse. Mes poing se serrent : Noah me prend par les épaules en me soufflant de ne pas m'énerver. Et là… c'est la main d'Iris qui vient s'écraser contre la joue de son frère.

— Je t'interdis ! Tu entends comment tu parles de ton meilleur pote et de ta sœur ? C'est dégueulasse. Tu me dégoûtes.

Je pense qu'elle-même est choquée par ses propres propos. Je ne l'ai jamais vue répondre à son frère comme ça. Les traits fins de son visage sont contractés et ne laissent passer aucune autre émotion que la colère.

Adam se couvre la joue. Il a dû avoir mal. Mais ça ne le calme pas, au contraire.

— Tu n'as rien à me dire, Iris. Maintenant, dégage.

Il la repousse et, instinctivement, je le prends par le col.

— C'est qui le crétin entre toi et moi, Adam ? Tu ne penses qu'à ta gueule et tu gâches la soirée de tout le monde. Arrête de te donner en spectacle, c'est débile.

Les garçons nous séparent de force. Adam rit nerveusement. Il ne se gère plus, je ne le reconnais plus.

— Tu es comme ta mère, en fait, siffle-t-il. Dès que tu as trois grammes dans le sang, tu ne te contrôles plus. Ce n'est pas pour ça que tu dois te consoler entre les jambes de ma sœur !

Un lourd silence s'installe. Je vois le visage de plusieurs de mes coéquipiers se crisper et une vague de haine et de tristesse m'envahit. Je bouillonne intérieurement. C'en est trop.

— Ne reviens plus jamais me parler, Adam.

Déçu et énervé, je fais demi-tour. Je ne suis pas comme Adam, je préfère éviter ce que je pourrais regretter. En partant, j'entends Iris hurler sur son frère en lui martelant qu'il n'est qu'un connard qui ne sait pas ce qu'il dit, et qu'elle fait bien ce qu'elle veut.

Dans le jardin, l'air frais me frappe, je peux enfin respirer. Il a tapé là où ça faisait le plus mal. Il ne m'a pas seulement ridiculisé devant tous nos potes en leur faisant croire que je profitais de sa sœur, il a aussi dévoilé mon plus grand secret, celui qui me ronge et me pourrit de l'intérieur : ma mère.

Je me laisse tomber sur le trottoir de l'autre côté de la route, la tête plongée dans mes bras. Je sens mon cœur battre vite, trop vite. Puis deux petites mains m'effleurent. *Iris*. Elle s'installe à côté de moi, sans dire un mot. Je la vois jouer avec ses bagues et arracher la peau de ses lèvres.

— Rentrons, dit-elle finalement, après quelques secondes d'hésitation.

Je l'interroge des yeux : elle se renferme un peu.

— Viens à la maison ce soir. J'ai demandé à Nathan de faire dormir Adam chez lui cette nuit. Ava et Noah restent ici aussi.

Las, je la laisse prendre mes clés de voiture. Elle insiste pour conduire et me jure qu'elle n'a pas trop bu. Je sais que c'est faux, mais je n'ai pas envie de rester ici, vraiment pas. Une fois arrivés à bon port, elle me prend par la main et m'emmène dans sa salle de bains. Elle me tend une serviette.

— Ça te fera du bien. Prends ton temps.

Même dans ce genre de situation, elle arrive à être parfaite. Elle referme la porte derrière elle et me laisse prendre une douche. Quand je sors, je passe ma tête dans l'entrebâillement de la porte de sa chambre. Elle est assise sur son lit en train de répondre à des messages. Elle finit par lever les yeux de son écran et me demande de venir près d'elle. Je m'exécute et m'excuse, ne sachant pas quoi dire d'autre.

— Pourquoi tu t'excuses, Ange ?

— Pour tout ce que ton frère a pu dire. Ne le crois pas, s'il te plaît.

— Je ne le crois pas. Je suis assez grande pour faire mes propres choix. Je ne sais pas ce qu'il lui a pris. Il a pété un câble.

Je me masse les tempes et souffle un bon coup. Oui, il a pété un câble, mais c'est trop tard, tout a été dit.

— Tu n'es pas comme ta mère, Ange, m'assure-t-elle. Tu es un jeune homme plein d'ambitions et de… bienveillance.

Oh… ? Mes yeux croisent les siens une fraction de seconde. Elle l'a bien dit.

— Tu ne peux pas changer ton passé, mais ça ne veut pas dire que tu vas devenir comme elle. Loin de là.

Elle me prend une main et la recouvre avec les siennes.

— Ne te laisse pas submerger par tes démons, ni par les paroles de mon frère. Fais-en abstraction, continue-t-elle. C'est horrible, ce qu'il a dit, mais je suis sûre qu'au fond il ne le pensait pas. Il tient à toi plus que tout au monde, je peux te l'assurer.

Ses paroles me font tellement de bien. Elles sont comme un baume sur une blessure ouverte. Finalement, c'est elle qui panse mes plaies, c'est elle qui est là pour moi, comme avant, *comme chaque fois*. Je la remercie tendrement et elle me lâche pour s'installer dans son lit. Je me lève, mais elle m'intercepte.

— Je ne te laisse pas dormir tout seul. Reste avec moi.

Je me retourne vers elle, étonné de sa proposition, et lui demande si elle est vraiment sûre d'elle. Elle tapote son matelas de sa main droite pour m'encourager. Je m'installe donc à ses côtés. On avait l'habitude de dormir ensemble dans notre maison de vacances, pas par manque de place, mais parce qu'on adorait se raconter des histoires sous la couette, accompagnés de notre console de jeux. On finissait par s'assoupir sans même s'en rendre compte.

— Merci Iris. Et d'ailleurs…

Je marque une pause, hésitant.

— Tu veux qu'on parle de ce qu'il s'est passé avant cette dispute avec Adam ?

Elle affiche un sourire rassurant.

— Repose-toi. On aura le temps d'en parler à un autre moment.

J'acquiesce et plonge ma tête dans l'oreiller. Elle éteint la lumière, puis pose sa main sur mon visage en y dessinant de petits cercles. Je place à mon tour ma main tatouée dans le creux de sa hanche, comme pour lui dire « merci » une nouvelle fois.

Je sais que demain, rien ne sera plus pareil.

Chapitre 27

Iris

5 h 30 du matin, les images de ses lèvres et de sa peau contre la mienne ne cessent de tourner en boucle dans ma tête. Son toucher voluptueux, ses sourires suaves, sa langue chaude sur mon cou. Son parfum braisé mélangé à une odeur de cigarette qui ne me dérangeait absolument pas, pour une fois. Nos souffles combinés au goût des liqueurs que nous venions de boire… J'en ai encore des frissons. Puis, d'un coup, mon frère. Les cris, la violence, la honte, l'indécence et le cynisme qui viennent briser ce moment si parfait.

Ange est dans mon lit.

Quand il dort, il a l'air encore plus angélique. Sa main est posée dans le creux de ma hanche, sur mon t-shirt, tandis que la mienne touche sa joue, d'un geste maternel, pour le rassurer.

Que s'est-il passé pour qu'Ange et moi nous nous embrassions avec autant de désir hier soir ? À la base, je voulais juste passer du bon temps avec lui comme Ava m'avait défié de le faire, mais ça devait s'arrêter là. Pourquoi Adam a-t-il réagi de la sorte ? Je peux comprendre que la vision de son meilleur ami avec sa petite sœur ait pu le déranger, mais de là à dévoiler le passé d'Ange devant tout le monde ! Je ne comprends pas comment il a pu être si… mauvais. Je me revois dire à Ange que je le déteste autant que je le désire. Malgré l'alcool, je pense vraiment cette phrase… et je suis perdue. Oui, je suis perdue. J'ai totalement baissé ma garde hier soir et j'ai aimé, c'est ça le pire. Est-ce que quand Ange se réveillera, il fera comme si rien ne s'était passé ? Est-ce qu'il fuira ? Est-ce qu'il osera m'en parler ?

— Tu ne dors pas ? dit-il d'une voix rauque.

— Non, je n'y arrive pas.

— Cauchemar ?

Comment sait-il que je fais des cauchemars ?

— Comment tu sais que je fais des cauchemars régulièrement ?

Il se redresse et allume ma lampe de chevet pour voir mon visage.

— Parce qu'on habite pratiquement sous le même toit depuis quinze ans.

Il n'a pas tort.

— Oui c'est vrai. Ce soir, non, ce ne sont pas des cauchemars.

— C'est la soirée, alors.

Pourquoi faut-il toujours qu'il sache tout ?

— J'ai pensé à haute voix, c'est ça ? plaisanté-je.

— Non, mais je comprends que tu sois perturbée, affirme-t-il.

Il m'ouvre une porte : je ne vais pas hésiter à lui poser toutes mes questions. Il faut que je me rassure. Je savais que je n'aurais pas dû écouter Ava. Cette fois, c'est moi qui ai joué avec le feu et on peut vraiment le dire : tout est parti en fumée. C'est une catastrophe.

— Qu'est-ce qu'Adam t'a dit sur moi ? Il a dit qu'il t'avait prévenu sur quelque chose.

— Adam et moi avons eu une discussion un peu avant la présentation d'*Altitude*. Il m'a avoué qu'il n'appréciait pas la « relation » qu'on était en train de construire, les manières que j'avais envers toi…

Au moins, notre théorie tient la route. C'était sûr qu'Adam allait réagir comme ça.

— Je lui ai répondu que nous étions partenaires de danse, c'est tout, et qu'il était donc normal qu'on soit plus proches qu'avant.

Aïe. « Des partenaires de danse, c'est tout ». Je crois que j'espérais naïvement une autre réponse. Là, il me donne juste l'impression qu'Adam avait raison – dans un sens.

— C'est donc pour ça que vous ne vous parliez pas ?

— Oui.

Un lourd silence s'installe entre nous. Nous pensons la même chose, sans doute. Il va bien falloir en parler à un moment. Je sens une lourdeur peser sur ma poitrine. L'air, dans la chambre, devient étouffant. La vérité m'échappe, je n'arrive plus à parler. D'un côté il y a mes désirs et, de l'autre, les attentes des autres, entre ce que je veux et ce que je crois devoir faire. Je ferme les yeux un instant : je crois que j'ai trop peur de ce qui va se passer dans quelques minutes, demain et encore après. J'ai encore l'impression qu'on me retient prisonnière, qu'on m'empêche de penser par moi-même. On va m'obliger une nouvelle fois à me plier aux préférences des autres, pas aux miennes.

— Je suis désolé, je n'aurais pas dû t'embrasser comme ça à la soirée. C'est sans doute une erreur. Ça ne voulait rien dire.

Voilà.

Pourquoi ses mots me font aussi mal, putain ? Je le déteste, je le hais au plus profond de moi, car il est impassible et froid. Et parce qu'il m'a laissée une fois, deux fois, puis trois, et maintenant quatre. *Encore.* Pourtant, je le désire… et je le lui ai dit.

Idiote que je suis.

— Je n'aurais pas dû non plus y répondre. C'était une erreur, comme tu dis. On oublie.

Ma voix est dure, mais je mens. J'essaie de voir si mes mots le touchent, s'il ressent une quelconque once de regret. Mais il redevient le garçon dépourvu de sentiments que je ne connais que trop bien, avec une seule différence ; il m'a vue lui céder comme je ne l'ai jamais fait auparavant.

— OK… hmm… alors… je devrais partir. Je pense que Hélène ne comprendrait pas pourquoi je suis ici sans Adam, et dans ta chambre, après cette soirée.

Il se lève, enfilant son sweat à capuche et rafle ses clés de voiture sur mon bureau.

— Merci pour ce que tu as fait ce soir, je te le revaudrai. Essaie tout de même de te rendormir. Tu en as besoin.

Non, tu ne me dois rien. « Je te le revaudrai ? » Plus jamais.

J'aurais voulu qu'il me contredise, qu'il me dise : « non, j'ai vraiment ressenti quelque chose à ce moment-là ». J'aurais voulu qu'il plaque de nouveau ses lèvres sur les miennes jusqu'à en perdre haleine ensemble. Mais au lieu de ça, il m'embrasse sur la joue et me rappelle qu'on se voit à la Hannah's Dance Academy. Son comportement est perturbant. Il est si attentionné avec moi par moments et lendemain, il fait comme si de rien n'était. Ça me rend malade. Je le déteste de ne pas ressentir la même chose que moi. Et je me déteste encore plus de ressentir ça pour lui.

Ne. retombe. pas. si. facilement.

Je ne réagis pas, alors que j'aurais envie de lui hurler dessus et de lui interdire une nouvelle fois de m'approcher, mais au lieu de ça, je le laisse s'enfuir. J'entends le grondement du moteur de sa voiture qui s'éloigne.

Des larmes se mettent à couler sur mon visage, chaudes et amères. Elles creusent des sillons brûlants sur mes joues. Papa avait raison. Je serre les poings, mes ongles s'enfoncent dans la paume de ma main, puis sur les cicatrices de mes cuisses. Je me griffe jusqu'à tacher mes draps en espérant que la douleur physique prenne le dessus. Mais, épuisée, je plonge ma tête dans les oreillers, encore chauds et imprégnés de l'odeur d'Ange. Mes sanglots m'emportent et me permettent de m'endormir.

Ange

J'ai menti. Bien sûr que j'ai menti. J'aurais aimé la tenir contre moi toute la nuit. Lui dire que je voulais recommencer ce qu'on avait amorcé chez Nathan. Au lieu de ça, j'ai pris peur, comme chaque fois que je dois exposer un de mes putains de sentiments. Le fait qu'elle ne s'est pas battue pour que je reste m'a blessé aussi. J'aurais aimé qu'elle me retienne, ou qu'elle m'embrasse une nouvelle fois. Mais je ne peux pas lui en vouloir, je lui ai dit que ce baiser n'était qu'une erreur.

Quel con !

Et Adam. Lui aussi, quel con. J'espère qu'il viendra s'excuser à genoux. Comment a-t-il pu dévoiler toute ma vie devant les autres ? Je n'en reviens pas. Il aura beau me donner autant de coups qu'il veut, je lui répéterai que son avis, il peut bien se le mettre où je pense. Qu'il le veuille ou non.

« Il te baisera un soir puis s'en ira. » Après ce que je viens de dire à Iris, c'est sûr qu'elle doit le croire. Et pourtant, je me revois, dans cette chambre, à deux doigts de lui dire la vérité, toute la vérité. Mais il ne faut pas, ou pas tout de suite. Je suis terrifié à l'idée de la blesser ou d'aller plus loin. Mais, en la repoussant, je ne fais que créer une autre blessure.

J'arrive chez Hannah. Elle est couchée sur le canapé – manifestement, elle s'est endormie sur une de ses fiches de chorégraphie. Je replace le plaid qui la recouvre ; c'est alors qu'une feuille retient mon attention.

Gala des Sept Danses, Iris et Ange dernière partie : Open Up.

C'est notre dernière chorégraphie. Je commence à lire la fiche : des portés à n'en plus finir, des mouvements tous plus incompréhensibles les uns que les autres, et ce commentaire :

Baiser de fin.

Mon cœur rate un battement. Ce n'était pas prévu dans le contrat, ça. Voyant que Hannah se réveille, je repose doucement la fiche, l'air de rien, et attends qu'elle ouvre ses yeux.

— Oh, mon Ange ! Comment s'est passée ta soirée ? J'ai dû m'endormir devant ma série, rit-elle.

Si elle savait…

— Bien. Ça va.

Son visage s'adoucit : elle penche sa tête sur le côté et pose sa main sur mon genou.

— Tu as l'air perdu. Tu es sûr que ça va ?

Hannah est sans doute la mère que je n'ai pas eu la chance d'avoir. Elle me connaît par cœur et je ne peux rien lui cacher. Elle le sait. C'est tout.

Je lâche :

— Iris et moi, on s'est embrassés.

Elle se raidit et me fait des yeux ronds comme des soucoupes.

— C'est vrai ? Mais c'est génial ! Tu n'as pas l'air content, pourquoi ?

— Je lui ai dit par la suite que c'était une erreur.

Elle se redresse tout à fait en remettant ses lunettes de travail sur son nez.

— Et tu regrettes, affirme-t-elle.

— Je ne sais pas, je suis perdu.

— Tu sais, parfois, il faut juste de la patience. Iris et toi avez connu le même traumatisme, c'est ce qui vous lie comme ce qui vous détruit. Vous essayez et commettez des erreurs, mais cela vous fait avancer, car on grandit en faisant des erreurs, en se blessant.

Elle pose une main sur mon visage, cette fois.

— Ange, ne te limite pas. Sors de ta zone de confort. Tu as subi tant de choses que, maintenant, rien ne doit t'arrêter. N'oublie pas que le temps ne t'attendra pas, alors fais-en bon usage. Les relations les plus compliquées sont souvent celles qui méritent le plus d'être sauvées, murmure-t-elle près de mon oreille.

Je la prends dans mes bras et pose ma tête sur son épaule. Ses mains viennent se loger dans mes cheveux : elle m'embrasse sur le front.

— Réfléchis-y et ne détruis pas tout ce que tu as construit cette année.

— J'y réfléchirai, promis. Merci, Hannah.

— De rien mon loulou, va te reposer maintenant.

Pendant que je monte l'escalier de la petite maison, mon téléphone se met à vibrer.

De : **Numéro inconnu**
À : **Moi**
Je suis désolée pour ce qu'on vient d'apprendre ce soir sur ton passé.
Ça a dû être horrible. Si tu veux en parler, n'hésite pas. ^^

Ça y est, ça commence, ils vont tous venir un par un pour s'excuser de mon mal-être. Adam Rossi, je te déteste.

De : **Moi**
À : **Numéro inconnu**
Merci et non, ce n'est rien. Tu es qui ?

De : **Numéro inconnu**
À : **Moi**
Ah oui ! Excuse-moi ! C'est Cyrielle. Nathan m'a passé ton num.

Merci Nathan, tu gères, mec…

De : **Moi**
À : **Cecile**
Ah. Merci Cyrielle.

De : **Cecile**
À : **Moi**
On se voit après-demain à la Hannah's Dance Academy de toute façon :)
Vous avez renommé « numéro inconnu » en « Cecile »

Je like son message. C'est la dernière personne à qui j'ai envie de parler. Je me demande même si elle n'est pas allée dire exprès à Adam qu'Iris et moi étions en train de nous embrasser.

Elle peut toujours courir pour obtenir quoi que ce soit de moi. Elle est si peu intéressante.

Chapitre 28

Iris

— Debout, la Belle au bois dormant. Aujourd'hui, ce n'est pas ton prince charmant l'angelot qui t'attend, mais celle qui te restera fidèle à vie. C'est-à-dire, moi, Ava Domson.

Ava se couche près de moi. Il est 10 heures du matin, j'ai donc dormi quatre heures à tout casser. Après qu'Ange est parti, j'ai envoyé un message à mon amie pour la rassurer. Et en guise de réponse, c'est sa tête enjouée que je vois.

— Hmm, pourquoi tu viens aussi tôt ?

— Parce qu'on a une longue journée devant nous.

Je la fixe d'un air interrogateur et cligne plusieurs fois des yeux avant qu'elle ne m'explique :

— Je nous ai prévu une petite virée entre filles. Tu en as bien besoin après ce qu'il vient de se passer, et puis ça fait longtemps qu'on ne s'est pas retrouvées juste toutes les deux.

Je lui souris et pose ma tête sur ses genoux.

— Dis-moi le programme.

— Tu te lèves, tu vas te chouchouter. On va prendre un petit-déj dans notre café préféré, où tu me raconteras toutes tes mésaventures. Ensuite, on ira faire un peu de shopping et on terminera par une surprise…

— Oh non… Pourquoi tu me dis ça ? Je veux savoir, maintenant.

— Tu ne sauras pas jusqu'à ce soir, et jamais tu ne trouveras avant. Ça dépasse toutes tes attentes !

Je fais la moue avant de lui embrasser la joue et de la remercier pour ce qu'elle fait pour moi. J'ai même l'impression qu'elle s'en veut pour hier soir alors que rien n'est sa faute. Au contraire, avec du recul, je pense que ça devait arriver tôt ou tard. On reprend tout à zéro : je vais me concentrer sur les personnes qui en valent vraiment la peine, comme Ava par exemple.

Je fais un passage rapide à la salle de bains et me brosse les cheveux pendant qu'Ava essaie tant bien que mal de me faire une tête potable.

— I-R-I-S.

Au comptoir du café, j'épelle mon prénom au serveur qui l'écrit avec précision sur le verre de mon frappé caramel. Il relève ses yeux une seconde et les pose dans les miens.

— Très beau prénom, finit-il par dire.

— Merci, c'est gentil.

Je lui souris en prenant ma boisson. Ava m'attend à notre table habituelle en pianotant sur son téléphone. La fatigue de la soirée ne se voit absolument pas sur elle. Elle rayonne. Ses longs cheveux bruns sont attachés en une queue haute et ses lèvres sont légèrement brillantes grâce à son gloss. Je fais clairement tache à côté d'elle avec mes cheveux vaguement ondulés et mon vieux jean noir taille basse avec mon dos-nu de la veille. Ne parlons même pas de mes cernes et de mes yeux encore gonflés, comme si je n'avais pas dormi depuis une semaine et fumé toute la nuit…

— Le charmant Noah, j'imagine ? dis-je en essayant de voir l'écran de son téléphone.

Elle relève ses yeux et rougit.

— Oui…

— Toi aussi tu as des trucs à me raconter, non ?

— Peut-être… Mais toi d'abord ! insiste-t-elle.

— Hmm, tu sais, il n'y a pas grand-chose à ajouter. C'est…

Je m'interromps, car je sens qu'elle ne m'écoute pas. Elle regarde derrière moi et lève un sourcil.

— Qu'est ce qui se passe ? demandé-je.

— Le serveur est canon, non ?

— Pourquoi tu me dis ça ? Je te parlais d'Ange, c'est quoi le rapport ?

Elle approche sa tête de la mienne puis prend un air malicieux. Ses ongles viennent claquer un par un le bois de notre table.

— Parce que depuis que tu t'es assise, il n'arrête pas de mater ton joli dos-nu.

Je me recule en levant les yeux au ciel.

— Arrête de te faire des films, c'est absurde. Il m'a juste complimentée sur mon prénom.

— Hmm, OK, OK ! Alors, très chère Iris, est-ce que tu pourrais aller me chercher une serviette près du comptoir ? Tu seras très aimable ! s'exclame-t-elle avec un sourire en coin. Je dois passer un coup de fil à ma mère !

Je me retourne et vois le jeune serveur nous regarder, puis reprendre son activité.

— Je te déteste, Ava, dis-je entre mes dents.

— Moi, je m'adore.

Je m'approche du serveur en traînant des pieds. Elle ne téléphone même pas ! Elle est vraiment irrécupérable.

— Est-ce que vous auriez des serviettes, s'il vous plaît ?

Il s'approche de moi en nettoyant un verre qu'il repose.

— Tu peux me tutoyer. *A priori*, on a l'air d'avoir le même âge, me répond-il en me tendant les carrés de papier. Je me trompe ?

Il est souriant, ça change des serveurs habituels, ici, qui ne t'adressent même pas un bonjour.

— J'ai presque dix-neuf ans, si tu veux tout savoir.

— J'en ai vingt ! Tu vois.

Il s'accoude en face de moi, délaissant son travail.

— Ah oui, oui, sympa, sympa. Soirée agitée ? continue-t-il.

— Pardon ?

— Tu as l'air fatiguée et vu la dose de café que tu as voulue dans ton frappé… j'imagine que c'est lendemain de soirée aujourd'hui ?

Sortez-moi de là.

— Ah… oui, bien vu. Lendemain de soirée… soirée agitée… et tout ce qui va avec.

Soirée agitée. Tu m'étonnes. Il aurait dû me mettre encore plus de café quand j'y repense, j'en ai besoin !

— C'est cool, ça ! Et ce soir ? Une autre soirée de prévue ?

Non, c'est tout sauf cool. C'est catastrophique, comme chaque soirée où je me rends depuis le début de l'année scolaire.

— Avec Ava, ma meilleure amie qui est assise là-bas.

Je la montre du doigt en la menaçant du regard. Celle-ci réplique par un énorme sourire qui dévoile sa belle dentition, et agite la main.

— Je vois, je vois. Et demain soir ? Une soirée ?

Je rêve ou Ava avait vraiment raison ? Il est clairement en train de me demander mon emploi du temps.

— Non, mais pourquoi ces questions ?

— Je pourrais peut-être réserver ta soirée ? me répond-il d'un air innocent.

Alors lui, il y va au culot, directement.

Choquée, je réfléchis deux secondes. Effectivement, il est rapide, mais au moins il sait ce qu'il veut, et après tout il est pas mal, il a l'air sympa malgré son approche assez lourde. Ça pourrait me faire sortir de ma zone de confort et me faire changer d'air de rencontrer de nouvelles personnes…

— Pourquoi pas ?

Satisfait, il me lance un sourire franc et part chercher un Post-it où il écrit son numéro. Il en profite pour noter son nom, en vitesse.

— Leo ? C'est ça ? dis-je en lisant le petit papier jaune fluo.

— C'est ça ! Content que tu aies accepté. J'avoue, j'aimerais apprendre à te connaître.

— C'est gentil, tu as l'air cool donc pourquoi pas !

Je n'ai tellement pas l'habitude de ce genre de situation ! Je ne sais pas comment m'y prendre, car en plus, je pense que lui et moi ne voulons pas la même chose.

— Je passe te prendre vers 20 heures ? On peut aller au petit bar du centre-ville, à côté de la place principale. Je ne sais pas si tu vois : le *Sound Bar* ?

— Oui, je vois, j'y vais de temps en temps et c'est sympa là-bas !

J'y suis déjà allée avec mon frère, Ava et les Eagles. C'est vrai que c'était bien, il y avait une bonne ambiance et les DJ savent ambiancer leur public.

Il me salue et me laisse retourner à ma table.

— Alors ? C'est qui qui avait raison de te forcer à aller chercher des serviettes ? me charrie Ava. C'est quoi votre rendez-vous ?

— Soirée au bar de la place principale. Tu sais, celui qu'on connaît.

Elle me sourit, très contente d'elle.

— Nickel !

— C'est juste pour sortir. C'est tout. Je n'attends rien de lui et de cette soirée, je te préviens.

— Mais oui, Iris ! Tu me remercieras plus tard de t'y avoir poussée !

Nous continuons nos discussions palpitantes en passant par le sujet de la soirée chez Nathan avec mon frère et Ange. Le baiser. Mes paroles. Ses paroles. Le lit.

— Je suis dégoûtée. Je ne t'ai même pas vue l'embrasser ! pleurniche Ava.

— Normal, tu étais trop occupée à rouler des pelles à Noah !

— Tu as aimé ? lâche-t-elle.

Elle me prend tellement de court que je m'en étouffe presque. Je repose ma boisson et pose une serviette en papier sur ma bouche.

— Je… je ne sais pas. Peut-être, oui. Sur le coup c'était perturbant, intense, mais ce qu'il m'a dit par la suite m'a totalement refroidie.

— Je comprends, dit-elle avec douceur en prenant mes mains dans les siennes. Laisse le temps faire, tout redeviendra comme avant dans quelques jours, c'est sûr.

Ava a beau être très optimiste, parfois j'ai l'impression qu'elle est juste trop naïve, d'autant plus que le sujet se nomme Ange Albarez.

Je dévie la conversation.

— Et toi ? Qu'est-ce que tu avais à me dire au sujet de Noah ?

Elle baisse le regard et bouge ses pieds frénétiquement.

— Eh bien… on a dormi ensemble, après la soirée.

Mes yeux s'écarquillent.

— Ne me dis pas que… !

— Non ! Non ! On n'a rien fait ! me coupe-t-elle. On était trop fatigués. On a dormi, ensemble, collés, c'est tout. J'étais bien, tout allait bien.

Elle sourit toujours quand elle me parle de lui, c'est vraiment mignon.

— C'est bien, ma biche. Prenez votre temps.

À peine rentrons-nous dans le centre commercial qu'Ava me tire vers son magasin favori. Elle repère un pantalon taille haute ainsi qu'un blazer jaune dans la vitrine.

— On dirait un grain de pollen, lui dis-je pendant qu'elle se regarde dans le miroir de la cabine d'essayage.

Elle m'adresse un faux regard noir, mais m'écoute, car elle ne le prend pas. Nous entrons ensuite dans une boutique de bijoux.

— Viens, on s'achète un bracelet d'amitié, comme quand on était gamines, me dit ma meilleure amie.

Je lui réponds « oui, avec plaisir » et nous retournons en enfance en échangeant encore une fois la promesse de ne jamais se quitter. On opte pour un bracelet en plaqué argent avec un *nazar boncuk* au centre. Ce symbole a toujours eu une grande importance pour nous. On y a toujours cru et on pensait qu'il protégerait notre amitié pour toute la vie. Jusqu'à présent, il a rempli son rôle. Il est temps de le renouveler. Chacune achète celui de l'autre et le lui attache au poignet. Je sais qu'Ava adore ce genrc de petites attentions. Ce n'est rien, mais ça fait toujours plaisir.

Fière de nos emplettes, elle me fait signe qu'il est maintenant l'heure d'aller nous acheter un truc rapide à manger avant… ma dernière surprise.

Le trajet en bus dure environ une heure : nous sortons même de Covington et prenons la direction de La Nouvelle-Orléans. J'essaie de soutirer des informations à ma meilleure amie, mais elle demeure muette. En approchant de notre destination, elle me bande les yeux. Nous descendons du bus. Elle me guide pendant quelques minutes, puis me pousse doucement sur un siège. J'entends un brouhaha autour de nous sans arriver à comprendre les conversations.

— Tu peux retirer ton bandeau ! me lance-t-elle.

Je fais glisser le tissu. Une marée humaine déferle devant moi. Nous sommes dans une grande salle de théâtre, plus précisément dans celle du *Saenger Theatre*, l'un des plus grands et beaux théâtres de Louisiane. Je reste bouche bée, je ne l'avais encore jamais vu en vrai, alors qu'il est tout simplement magnifique. Je me tourne enfin vers ma meilleure amie et lui demande ce que nous faisons ici.

— Regarde le panneau là-bas, dit-elle dans un sourire.

Taylor SWIFT première

Je n'en crois pas mes yeux. Ava et moi rêvons depuis que nous sommes toutes petites d'aller voir Taylor Swift en concert. Quand nous avons su qu'une diffusion de son tout nouvel album allait être projetée au *Saenger Theatre*, nous avons foncé sur l'occasion, mais quelques minutes avaient suffi pour épuiser les places disponibles. Tout était complet et les reventes montaient à des prix exorbitants.

— Quoi ? Mais Ava, ce n'est pas possible ! Comment as-tu fait pour te procurer des places ?

— J'ai réussi à avoir deux places par une connaissance qui n'a malheureusement pas pu venir ce soir… Je l'ai su hier matin !

Je lui saute dans les bras et je laisse échapper une petite larme. Elle est géniale, elle est parfaite.

— Tu es la meilleure. Je t'aime tellement !

Elle me serre contre elle et me murmure des mots tendres, elle aussi. Depuis le temps qu'on en parlait, à écouter ses chansons en boucle en désespérant d'obtenir nos tickets !

Les lumières s'éteignent. Les premières notes résonnent, l'écran devant nous s'allume. Tout le monde applaudit après chaque chanson que nous découvrons. Nous avons même droit à quelques clips vidéo inédits sur la production de cet album.

Les deux heures de visionnage passent en un éclair. Je me suis surprise à plusieurs reprises à verser des larmes de joie : elles se mêlaient à celles de ma tristesse. Les paroles de Taylor ont toujours trouvé un écho particulier en nous. Hannah choisit d'ailleurs beaucoup de ses chansons pour les galas de fin d'année.

Une dernière chanson est annoncée : *Labyrinth.* Les paroles défilent sur l'écran ; je sens le regard d'Ava se poser sur moi par instants. Une boule se forme dans ma gorge. Ces phrases me vont droit au cœur. Elles me rappellent les souvenirs de mon père, ses conseils et les moments que nous avons pu passer ensemble. Mais, étrangement, elles me rappellent aussi Ange et nos liens compliqués qui m'obsèdent.

Ava attrape ma main et pose sa tête sur mon épaule. La musique s'achève, laissant place à un silence lourd de sens. Puis les lumières se rallument. Je me sens flotter, en apnée.

En sortant de la salle, Ava et moi n'échangeons pas un mot : nous sommes encore dans nos pensées, dans les chansons. C'est le froid de la nuit tombante qui me sort de cette sensation d'apesanteur. Le bus nous attend, quelques personnes qui étaient avec nous dans la salle y montent également.

J'ai proposé à Ava de venir dormir à la maison pour finir en beauté cette soirée. Je n'aimerais pas dormir seule ce soir, je préfère avoir de la compagnie.

Une fois couchées, je lui murmure :

— Bonne nuit, ma biche, et encore merci.

Elle ne me répond pas. Sa respiration est lente et ses paupières fermées. Ava est déjà partie aux pays des rêves.

Chapitre 29

Iris

14 h 30. Ava et moi avons pu récupérer nos heures de sommeil. Un peu trop peut-être… Je suis presque en retard pour la première répétition d'*Open Up* avec Ange et Hannah.

— Je n'ai pas envie d'y aller, Ava…

Ma meilleure amie traîne sur mon lit, encore en pyjama. Elle, en revanche, n'est pas du tout stressée. Sa seule préoccupation d'aujourd'hui est de savoir quelle série elle va bien pouvoir regarder en rentrant chez elle. Alors que moi, j'en ai deux et elles sont de taille : Ange et Leo.

Je dois affronter Ange et notre gêne mutuelle, puis je dois retrouver avec Leo que je ne connais que depuis hier. Sachant que je suis une personne assez introvertie, je sens déjà une boule se former dans mon ventre.

— Si ! Tu dois y aller, lâche Ava en bâillant.

— Mais ça va être gênant…

— Tu parles duquel ? Ange ou Leo ?

Je la regarde avec insistance en me mordant la lèvre.

— Les deux, Ava ! Les deux ! Ange, surtout, car lui m'a fait clairement passer pour une conne.

— Mais non, ça va le faire ! Dans tous les cas, tu dois y aller, réplique-t-elle. Tu fais comme si rien ne s'était passé, je te dis. Tu verras, ce sera lui qui sera gêné, pas toi.

— Je peine à y croire… dis-je en essayant tant bien que mal de me faire un chignon.

Une fois prête, je raccompagne Ava devant le portail et croise Adam. Une voiture inconnue le dépose devant chez nous. Son pas est lent et nonchalant. Il remonte notre allée de jardin, les yeux rivés sur son écran de téléphone, une cigarette à la main. Rien que de le voir comme ça me donne envie de l'encastrer dans un mur. Il finit tout de même par me regarder, car je l'empêche de passer le pas de la porte.

— Arrête de faire la gamine, Iris, pousse-toi, je ne suis pas d'humeur à ça, siffle-t-il en enlevant mon bras du mur.

— Au début de l'année, tu étais si heureux qu'Ange et moi soyons partenaires. Tu t'en souviens ? commencé-je, ignorant ses derniers propos. J'ai même pleuré dans tes bras en découvrant la nouvelle tellement j'étais mal de me retrouver face à lui.

Son regard froid se pose dans le mien. Il a les yeux cernés et il est plus pâle que d'habitude. Ses cheveux dorés sont en bataille alors qu'il prend toujours un temps phénoménal à les coiffer.

— Je t'ai dit que je n'avais pas envie d'en parler.

Je l'ignore.

— Et moi, je n'avais pas envie de me retrouver avec Ange, car je savais qu'il allait me faire du mal. Je savais que nous n'allions pas y arriver. Mais tu m'as demandé de faire des efforts, de me forcer.

Ses pupilles s'illuminent un instant, mais il reste muet.

— Tu m'as dit de penser à Hannah, à maman et à toi. Tu m'as aussi dit que tu en avais marre que les deux personnes que tu aimes le plus au monde se détestent.

Le soleil de Covington n'a pas duré très longtemps ; je sens des petites gouttes tomber sur mes épaules et le ciel se remplit de nuages. Adam se réfugie sous notre porche, un peu plus près de moi. Je crois qu'il commence à comprendre où je veux en venir.

— Je ne suis pas bête, dis-je calmement. Je pense que tu as tenu le même discours à Ange. Eh bien, regarde le résultat. On t'a écouté. On a essayé et on a presque réussi.

— Iris, arr…

Je le coupe sèchement :

— Laisse-moi finir. Je me suis pliée à tes ordres encore une fois alors que j'avais mal chaque soir en rentrant de la danse, le seul endroit où j'aimais aller plus que tout au monde. J'ai fait passer ton bonheur avant le mien en réintroduisant Ange dans ma vie. Et tu avais raison, tout le monde était heureux à ce moment-là, sauf moi, sauf Ange.

Il commence à perdre patience. Il forme des petits tas de gravier sous ses pieds et se mord les lèvres.

— Mais j'ai persévéré et lui aussi. Il a été maladroit, je l'ai sûrement été aussi. Mais on l'a fait, on a continué en essayant de mettre de côté nos différends. Et ça a marché. À ma grande surprise, il m'a aidée. Il était là quand je n'allais pas bien, il s'occupait de moi quand tu n'étais pas là. Il était doux, délicat et attentionné. Il était redevenu l'Ange

Albarez qui m'avait tant manqué durant ces trois dernières années.

Des larmes silencieuses coulent sur mes joues. Je ne suis pas triste, non. Je suis juste épuisée de devoir constamment plaire à tout le monde sans jamais être payée de retour. Je pense être arrivée à un point de rupture.

— J'ai même appris que sa mère le maltraitait, que Hannah était proche de lui et qu'il était peut-être encore plus mal que toi et moi. Toi et maman m'avez caché la vérité, mais je ne vous ai rien reproché. Encore une fois, j'ai encaissé et vous ai pardonné en me disant que vous aviez fait ça pour me protéger.

Ses yeux se remplissent de larmes à son tour, mais aucune ne tombe. Il baisse sa tête pour regarder ses pieds et joue avec la chaîne autour de son cou.

— Et toi, après tout ça, tu viens taper une crise parce qu'on est… trop proches ? Tu changes d'avis du jour au lendemain, tu fais l'égoïste ? Tu n'as pas pensé une seconde à moi, Adam, pas une seconde.

Ma voix se casse. Je n'ai jamais parlé comme ça à mon frère, c'est nouveau. Ça fait mal, mais ça soulage en même temps. J'avais besoin de le lui dire. Il faut que quelqu'un le raisonne : il ne peut pas tout faire partir en fumée autour de lui et surtout, laisser Ange.

— Tu ne comprends rien Iris, rien du tout. Oui, je voulais que vous arrêtiez de vous faire la guerre, oui je t'ai forcé la main pour que tu acceptes de danser avec lui, oui je voulais que votre relation redevienne comme *avant*.

Il insiste sur dernier mot.

— Mais je ne voulais pas que ça aille plus loin entre vous deux ! Ange n'est pas près d'aimer quelqu'un et surtout pas celle qui a vécu le même traumatisme que lui !

— Mais qu'est-ce qu'on en a à foutre que ça aille plus loin ou entre lui et moi, hein ? m'énervé-je. Arrête de vouloir toujours tout commander, arrête de vouloir que tout aille dans ton sens. Tu n'es pas papa, tu n'as rien à me dire !

Un long silence s'installe entre nous. Sa bouche s'entrouvre légèrement et il me pousse sur le côté pour entrer dans la maison.

Merde.

— Attends, Adam !

Trop tard : il ne m'écoute plus et se dépêche de défaire ses chaussures pour monter s'enfermer dans sa chambre.

— Qu'est-ce qu'il a ? demande ma mère depuis la cuisine.

Je n'ai plus envie de parler. Peut-être que je n'aurais pas dû être aussi directe, mais il l'a mérité.

— Il te l'expliquera lui-même.

Il se sortira de son bourbier seul. Au moins, je lui aurai dit ce que j'avais sur le cœur. Elle acquiesce en haussant les épaules. Elle était en train de me préparer un déjeuner pour ma journée à la Hannah's Dance Academy. Elle me tend le sac.

— Maman ?

— Oui, ma puce ?

— Ce soir, je peux sortir ?

— Encore ? Tu enchaînes trois soirées. C'est beaucoup, Iris, non ? réfléchit-elle avec une moue.

— À vrai dire, c'est un *date* ce soir…

Ses yeux s'écarquillent. Je pense que dans les minutes à venir, elle va me demander de lui décrire toute la vie de Leo.

— Ah bon ? Avec qui ?

— Un garçon que j'ai rencontré à la cafétéria hier. Il s'appelle Leo.

— Oh ? D'accord… et vous allez où ? insiste-t-elle.

— Au bar à côté de la place principale.

— Il a quel âge ?

— Vingt ans. Je n'en sais pas plus sur lui. On va juste apprendre à se connaître, mais je n'attends rien de cette soirée, je ne pense pas que ce soit mon genre. Tu vois ?

— Hmm, bon, d'accord. Mais tu ne rentres pas trop tard ! Il te ramène en voiture ?

— Oui, on ne boira que du soft de toute manière.

Je passe mes bras autour de ses épaules et lui embrasse la joue. Elle ne travaille pas aujourd'hui. L'hôpital lui a accordé plusieurs jours de repos bien mérités. J'espère juste qu'elle ne va pas en profiter pour faire du ménage… Elle ne sait pas s'arrêter, c'est une pile électrique.

— Merci maman !

Le bus me dépose juste devant le complexe sportif. Le temps ne s'est toujours pas amélioré, mon jogging est trempé et mon mascara a coulé. Quand je dis que c'est une mauvaise journée… J'ai même oublié mes chaussons de jazz.

Je passe la porte d'entrée et me rends directement sur la scène. Hannah discute avec une autre professeure de danse et Ange est assis sur les gradins. Lui aussi a pris la pluie, ses cheveux humides retombent sur ses yeux. Il me rejoint en me lançant un faible « salut » puis s'échauffe.

— Bonjour, ma chère Iris, se réjouit Hannah. Aujourd'hui, comme je vous l'ai dit, on va commencer à répéter la dernière danse de votre duo. Elle doit être parfaite. Elle doit absolument retranscrire l'émotion que vous éprouvez l'un pour l'autre.

Décidément ! Tout est fait pour que nous soyons obligés de coopérer jusqu'à la fin.

— Cette dernière chorégraphie est l'aboutissement de votre rencontre, le début d'une belle histoire d'amour. D'ailleurs, le titre de la chanson est *Open Up*, ce qui sous-entend que vous vous ouvrez à votre partenaire, lui laissez découvrir vos faiblesses et vos failles. On doit ressentir de la joie, du bonheur, de la sincérité et bien sûr, beaucoup d'amour.

Ange n'a pas l'air très concentré. Comme le mien, son regard divague sans grande conviction. Je veux juste que cette journée se termine et je pense que lui aussi. Aucun de nous deux n'a envie d'être ici. Pauvre Hannah, je crois bien qu'elle va devoir nous forcer encore plus la main pour cette dernière danse.

Elle nous demande de nous mettre face à l'autre et nous montre les premiers placements. Ange pose sa main dans mon dos pour me rapprocher de lui. Ma poitrine vient à la rencontre de son torse… *comme mercredi soir*.

Je m'empresse de chasser les souvenirs de la soirée pour me concentrer sur la voix de notre professeure. Les deux heures de cours passent très lentement. Hannah se montre encore plus pointilleuse qu'avant. Elle nous fait répéter plus de dix fois chaque mouvement, chaque pas. Elle me reprend à plusieurs reprises, car mes mains ne touchent pas assez le corps d'Ange, je suis trop distante. Elle lui fait le même reproche quand il écarte un peu sa tête de la mienne. Moi je l'en remercie intérieurement, car tout me rappelle la sensation étrange mais si agréable de nos lèvres jointes.

Il n'est plus aussi joueur que lors des cours précédents. Son regard est fuyant, il ne me châtie pas en faisant exprès de me tirer les cheveux, il ne me fait pas des croche-pieds à tout-va. Ça m'attriste, à vrai dire. En fait, j'ai l'impression que rien ce que j'ai dit à Adam ce matin n'est vrai. Ange et moi retrouvons nos barrières naturelles du début de l'année. On est timides l'un envers l'autre, on craint de faire un mouvement de travers qui pourrait gêner l'autre. Il redevient un figurant dans ma vie alors que je le connais encore mieux qu'avant.

Finalement, peut-être que la scène d'Adam était bénéfique : qu'elle m'a ouvert les yeux sur ce qu'Ange ne sera jamais. Je commençais à le surestimer, un peu comme je l'ai fait avec mon père en pensant qu'il était immortel.

— Bon, on va faire une pause, soupire Hannah. Et réveillez-vous, s'il vous plaît. Vous êtes lents et tout sauf amoureux. Ça me fatigue de vous reprendre à chaque fois. Vous m'avez habituée à mieux, et ce n'est certainement pas le moment de régresser.

L'agacement pointe dans sa voix habituellement si douce. Elle nous laisse en plan au milieu de la scène pour rejoindre sa collègue en se plaignant de notre peu de motivation.

— Ce n'est pas comme ça qu'on va gagner, me lance Ange.

Je pose mes mains sur mes hanches pour reprendre mon souffle. Il a raison, mais il est culotté de me le dire aussi sèchement alors que c'est sa faute.

— Il reste trois mois avant la compétition, on ne peut pas gâcher le rêve de Hannah à cause de notre rancœur et de notre ego. On doit pouvoir faire abstraction de…

— Oui, j'essaie, mais tu en décides autrement. Tu as failli me faire tomber trois fois tout à l'heure. Comment tu veux que j'aie confiance pour le porté final et que je fasse bonne figure si, de ton côté, tu ne fais pas le nécessaire ?

Il m'a énervée, comme cette journée.

— Mais je ne vais pas te laisser tomber, Iris, dans tous les cas je te rattraperai si ça ne marche pas.

J'espère qu'on parle toujours bien de la chorégraphie, car ça en devient presque sarcastique.

— OK, alors arrête de faire le timide et tiens fermement mes hanches, tu savais très bien le faire mercredi, j'en suis sûre que mon dos est encore marqué.

Je le laisse sans voix.

— C'est bon, on rigole. Tiens-moi, c'est tout ce que je demande.

Non, je ne rigole pas, j'espère qu'il comprend que c'est lui l'erreur, et pas le baiser entre nous.

Bouffon.

Hannah nous a félicités à la fin du cours. Comme quoi Ava a raison, être directe, c'est très efficace.

Le grand aux cheveux de jais s'approche de moi, sa main joue avec une de ses mèches. Il n'a pas remis son sweat-shirt, il a juste son t-shirt blanc qui découvre son bras droit entièrement tatoué. Moi aussi, j'aurais aimé connaître les significations de ces dessins, comme Cyrielle s'en est vantée au début de l'année. D'autant plus qu'il les a pratiquement tous faits d'un coup, vers ses dix-sept ans.

Le cliquetis de ses clés me sort de mes pensées. Il me demande s'il doit me ramener à la maison, vu le temps orageux.

— Non, ne t'en fais pas, ça ira, réponds-je par politesse.

— Si, j'insiste, ça fait longtemps que le siège passager ne t'a pas vue.

Les sièges chauffants de l'Audi d'Ange sont toujours mieux que les sièges miteux du bus, mais ma musique dans mes écouteurs est mieux que le silence qui va peser dans la voiture si j'accepte. Tant pis, je n'ai pas envie de marcher et il faut que je me dépêche de me préparer pour ce soir.

— Si le siège passager me veut, alors…

Il me prête son pull pour me protéger de la pluie. Je ne lui ai pas demandé, mais je pense que je lui ai fait pitié avec mon pauvre gilet cache-cœur qui ne couvre que la moitié de mon ventre. Je l'enfile sous son regard insistant, et il s'approche de moi pour sortir mes cheveux du col. Mes mains frôlent les siennes pour les repousser et le faire moi-même. Nous courons jusqu'à sa voiture. En mettant ma ceinture, je lui demande :

— Tu as reparlé à Adam ?

— Non. Je préfère me laisser du temps et voir s'il revient de lui-même s'excuser, répond-il en refermant ses mains sur le volant, avec un peu trop de fermeté.

Je le comprends. J'aurais dû agir comme lui et ne pas faire à mon frère une leçon de morale qui lui rentre par une oreille et lui sort par l'autre. C'est une perte de temps et d'énergie.

— Tu as raison. Il va revenir, c'est sûr. Adam est comme ça ; il en dit trop, puis il regrette.

Il soupire. La route va être longue si nous n'avons pas plus de conversation…

— Tu fais quelque chose ce soir ?

Je manque de m'étouffer. Je regrette soudain d'avoir prévu quelque chose. Pourquoi il me demande ça ?

— Oui, je sors. Pourquoi ?

Il me jette un coup d'œil avant de se concentrer à nouveau sur la route.

— Oh, pour savoir. Je ne savais pas si les mecs vous avaient invitées, toi et les danseuses. On sort aussi.

Tant mieux, et qu'ils embarquent mon frère, surtout ! Je ne veux pas qu'il transmette sa mauvaise humeur à ma mère.

— Ah, c'est cool, mais non, on ne sera pas avec vous pour une fois.

Il ne me demande pas plus d'informations. Heureusement. Je n'aurais pas eu le courage de lui dire la vérité. Je le connais, il aurait eu la même réaction que ma mère. Sauf qu'Ange n'est pas ma mère. Et je me vois mal lui dire que j'ai un *date* avec un garçon que je ne connais pas.

Devant la maison, je lui rends son pull, en prenant le soin d'enlever quelques-uns de mes cheveux qui y sont accrochés.

— Merci. Et bonne soirée.

— De rien mademoiselle. Toi aussi, bonne soirée.

Je m'apprête à fermer la portière quand il la bloque.

— Tu peux toujours m'appeler s'il se passe quelque chose ou s'il faut que je te ramène. J'ai *l'habitude* maintenant.

Je laisse échapper un rire nasal. Je préfère qu'on reparte sur ce genre de bonnes bases que de s'ignorer : on est mieux comme ça.

— Ça devrait aller, ne t'en fais pas.

Il acquiesce et sourit légèrement avant de partir dans le sens inverse.

Au moment où j'entre dans ma chambre, mon téléphone se met à vibrer.

De : **Leo**
À : **Moi**
Bientôt prête ? :)

J'avoue que l'idée de décliner l'invitation en inventant une pseudo-maladie m'a traversé l'esprit… mais Ava m'aurait trucidée.

De : **Moi**
À : **Leo**
Oui, dans vingt minutes. ;)

Il faut vraiment que je me dépêche. Je ne sais même pas comment je dois m'habiller, s'il y a une tenue spéciale premier *date* ou si je dois me coiffer d'une manière différente. Tout ça me stresse énormément, ça ne me met pas à l'aise et j'ai bien peur qu'il le remarque à la seconde où je monterai dans sa voiture.

De : **Leo**
À : **Moi**
Parfait, j'arrive bientôt.

Les vingt minutes écoulées, je descends pour dire bonsoir à maman. Elle est debout devant l'îlot central de la cuisine, en train d'éplucher des légumes pour le repas.

Je n'ai pas recroisé Adam. Il est encore enfermé dans sa chambre. Je ne pense pas que les garçons ont prévu de l'inviter ce soir. Tant pis, il n'aura qu'à s'en prendre à lui-même s'il reste seul.

— Bonne soirée, ma puce. Profite bien et pas de bêtises ! Tu m'appelles s'il y a un souci.

— Tout va bien se passer, ne t'en fais pas. Je te tiens au courant. Et puis, Ava n'habite pas loin.

Elle embrasse mon front et me serre fort dans ses bras comme si elle n'allait plus me revoir pendant longtemps. En sortant, j'aperçois une voiture garée le long du trottoir. La première remarque que je me fais, c'est qu'elle n'est pas aussi belle que celle d'Ange. Je m'insupporte de penser ça, de penser à Ange et de les comparer alors que je n'ai même pas passé plus de cinq minutes avec Leo. Lui au moins, il a une voiture, pas comme moi !

— Salut !

— Salut, Iris.

Il marque une pause et me regarde de haut en bas. J'en profite pour faire de même et je suis rassurée tout de suite. Il n'en a pas fait trop, il est juste habillé d'un polo bleu nuit et d'un pantalon noir. J'avais peur de faire trop ringarde avec mon dos-nu blanc et ma jupe assortie. Les hauts dos-nu sont définitivement mes pièces maîtresses ; j'en ai pour toutes les occasions et je trouve que c'est ce qui me va le mieux. C'est simple, mais avec une petite touche en plus.

— Tu es très jolie, si je peux me permettre.

J'essaie de sourire pour cacher ma timidité. Je devrais peut-être lui retourner le compliment, car c'est vrai, lui aussi est beau.

— Merci, c'est gentil, j'aime beaucoup aussi, dis-je en pointant son polo.

Après une quinzaine de minutes, on arrive devant le bar déjà plein. L'ambiance est folle, comme à chaque fois. Nous décidons de nous placer près du comptoir, sur des tabourets. Au moins, nos boissons seront servies plus vite.

— Tu veux commencer avec quoi ? demande Leo en regardant le serveur.

— Un mojito sans alcool, s'il te plaît !

— Je prendrai la même chose, merci. Et ajoutez aussi une planche de tapas, s'il vous plaît.

Notre commande arrive et Leo entame la discussion en me demandant ce que je fais dans la vie.

— Je suis encore au lycée. C'est ma dernière année. L'année prochaine, j'aimerais intégrer une école de sport spécialisée dans la danse.

— Donc tu fais de la danse, mais quel genre de danse ?

— De la danse moderne en ce moment, en duo.

— Avec un partenaire ?

— Oui. Dans trois mois, on a une compétition.

— C'est cool, ça ! Ça ne doit pas être facile.

Je tique. Non, c'est un enfer, alors que mon partenaire s'appelle « Ange ». Quelle ironie.

— Non, en effet, mais on s'y habitue et c'est pour la bonne cause. Et toi ? Tu fais quoi, à part travailler au petit café ?

— Je suis en études de commerce et, pendant mon temps libre, je travaille pour payer l'école. Sinon, je joue au basket.

— Ah, je comprends mieux ton porte-clés, dis-je en montrant le ballon accroché à son trousseau.

— Oui, j'en fais depuis que je suis petit, comme toi avec la danse.

Notre conversation est assez fluide et ça se passe mieux que je ne l'aurais pensé, beaucoup mieux même. En fin de compte, ce n'est pas si difficile que ça. Leo a l'air d'être une personne sociable, il sait mettre les gens à l'aise et il est plus intéressant que je ne le croyais. Peut-être qu'il a l'habitude de ce genre de *date*, peut-être qu'il vient ici toutes les semaines à la même heure ?

— Tu n'as pas de petit ami, j'imagine ?

Sa question résonne comme une affirmation. Il coince la paille de son mocktail entre ses lèvres et mélange les feuilles de menthe avec les glaçons.

— Non, évidemment. Et toi ?

— Non, évidemment, rétorque-t-il en m'imitant gentiment.

En fait, je me demande juste comment la soirée va se terminer. Qui va demander à partir en premier et est-ce qu'il va tenter quelque chose de plus ? J'espère que non, car il va être plus gêné que moi… Mais je n'arrive pas à juste profiter du moment, trop de questions tournent dans la tête, je reste sur mes gardes tout en essayant de le cacher pour ne pas le vexer. J'imagine déjà demain, quand Ava me téléphonera à la première heure pour connaître les moindres détails de ses faits et gestes et de ce qu'on a pu se dire. La pauvre, elle va être déçue. C'est sûr que je ne lui vends pas du rêve avec mes relations toutes plus compliquées les unes que les autres. Elle, au moins, me redonne espoir concernant le coup de foudre, le grand amour de jeunesse.

Ange

— Tu fous quoi, Nathan ?

— J'arrive ! J'arrive !

Il est tout le temps en retard alors que c'est le premier à nous dire que nous devons être à l'heure. C'est même lui qui a proposé qu'on sorte ce soir. Je crois qu'il s'en veut un peu à cause de la dernière soirée alors que rien n'est de sa faute. Les garçons ont passé les deux dernières journées à me demander si je tenais le coup, si j'allais bien, ce qui m'a particulièrement énervé, car c'est tout ce que je ne voulais pas. J'hésitais à répondre à leur message, mais je crois que ça les a inquiétés plus qu'autre chose, c'est pour ça qu'on en est là ce soir, sans Adam. Et bien sûr, c'est moi qui fais le taxi, comme toujours.

— Tu ne m'en voudras pas, j'ai pris la place de la douce Iris, me dit Tibo en s'asseyant à côté de moi.

Je lui donne un coup dans l'épaule.

— Ferme-la.

Alors lui, il n'a rien compris à la dispute de l'autre soir, je crois bien.

— Les gars, c'est bien beau tout ça, mais on va où ? demande Noah à l'arrière.

— *Sound Bar*, ça fait longtemps qu'on n'y est pas allés, propose Nathan.

J'acquiesce. Je ne pense pas y rester trop tard. Je n'avais pas vraiment envie de sortir, mais ils ont insisté. Je trouve une place de parking en face du bar malgré l'affluence et on réussit à s'installer à une table près de l'entrée, sur des banquettes.

— Je vous sers quoi, messieurs ? demande une jolie brune.

Tibo nous devance et répond à notre place, tout en zieutant la serveuse.

— Cinq bières brunes, s'il te plaît.

— Je peux avoir vos cartes d'identité ?

Nous pouffons et attendons que Tibo réponde. Parfois, je me demande ce qui se passe dans sa tête.

— Finalement, on a changé d'avis et on va prendre quatre Virgin Pina Colada.

La serveuse hoche la tête en le toisant, puis nous laisse.

— Tu pourrais nous consulter avant de commander, non ? s'indigne Noah. Je n'aime pas la noix de coco.

— Tu as trois poils sous le menton, tu crois faire le mec majeur ? C'était sûr que ça n'allait pas passer, ajoute Nathan.

Tibo essaye de se justifier du mieux qu'il peut, mais en vain.

— Si Ange avait commandé à ma place, ce serait passé, se défend-il. Avec sa carrure et ses tatouages, elle ne se serait pas posé de question.

Je grogne :

— Je ne rentre pas dans tes magouilles illégales.

Mes trois amis se retournent, ahuris, vers moi et me dévisagent. Je leur réponds d'un clin d'œil en ricanant. J'enjolive juste la réalité : c'est Adam qui sait s'y prendre pour paraître le plus adulte possible quand nous allons dans un bar.

Je demande aux autres :

— Vous avez des nouvelles d'Adam ?

— Non, il est parti en me disant qu'il était désolé d'avoir mis une sale ambiance en fin de soirée, me répond Nathan. Je lui ai dit qu'il avait déconné.

J'acquiesce. Les garçons ne m'ont pas interrogé davantage sur mon passé. Je leur ai juste expliqué vite fait pour ma mère et la relation entre Iris et moi depuis notre enfance. D'ailleurs Noah me pousse à continuer ce que je suis en train de construire avec elle, il dit que ça en vaut la peine, car Ava tient le même discours à sa meilleure amie. J'aimerais savoir ce qu'Iris dit de moi à Ava… ou peut-être pas, enfin pas en ce moment. Elle doit me traiter de tous les noms après que je l'aie laissée seule dans son lit. Je me demande aussi ce qu'elle fait ce soir, avec qui et où. Mais je ne dois pas m'en mêler. C'est mal.

— Ava sort avec Iris ce soir ?

Trop tard.

La serveuse nous sert nos quatre verres ainsi qu'un petit bol de gâteaux salés à partager.

Tibo devance Noah :

— Elle est près du bar avec un mec, là-bas.

Mon estomac se retourne instantanément. Mon cœur bat vite, Tibo a raison, elle est avec un homme. Il se tient en face d'elle. Il la fait rire, sourire. Elle joue même avec une mèche de ses cheveux, signe qu'elle l'écoute attentivement. Elle fait toujours ça en cours avec Hannah et moi quand elle est concentrée.

Noah me tape sur l'épaule et me force à le regarder.

— T'as l'air bien curieux pour un mec qui dit s'en foutre…

Je le fusille du regard.

— Je croyais que votre baiser n'était qu'une erreur ? Ce sont tes mots…

J'ai l'impression d'être face à Ava, qui serait prête à me sauter à la gorge à cause de ce que j'ai sorti à sa meilleure amie. Il fait le job d'Ava, non mais je rêve ! Alors que lui est censé être mon meilleur ami !

— T'aimerais qu'Ava sorte avec un autre mec que toi ?

— T'es hors-sujet, mon pote. Ava est ma copine, Iris n'est pas la tienne…

Il marque une pause et boit une gorgée.

— À part si tu décides de faire bouger les choses, continue-t-il.

Nathan et Tibo restent spectateurs de notre discussion, mais je sais qu'ils se rangent du côté de Noah, car ils acquiescent à tout ce qu'il dit.

Je reste silencieux et quitte la banquette. Ce geste suffit à réjouir Noah qui lève son en verre en ma direction. Il me souffle un « bonne chance » que j'arrive à deviner malgré ce qui est en train d'arriver, de m'arriver.

Elle m'a dit qu'elle sortait ce soir, je ne savais pas que c'était avec un mec.

— Tu n'aurais jamais dû lui dire, Tibo ! s'exclame Nathan.

Je pars vers les toilettes, proches du comptoir. Le mec est plutôt musclé, cheveux mi-courts, brun. Il n'a pas l'air très grand *mais il la fait rire*. Iris, elle, est… Elle est magnifique, comme toujours. Elle a mis un de ses éternels dos-nu. Comme le soir où je l'ai embrassée. Ses cheveux blonds sont relevés en une queue-de-cheval haute, plaquée. Elle a l'air heureuse. Elle est dos à moi, elle ne peut pas me voir. Je serre mon téléphone dans ma main. Je ne devrais rien faire, je devrais juste la laisser vivre sa vie. Ce serait mieux pour tout le monde. On continuerait chacun de notre côté et on se porterait à merveille.

C'est faux. Peut-être qu'elle se porterait à merveille, mais pas moi. Je crèverais de l'intérieur – si ce n'est pas déjà fait là, maintenant – de la voir heureuse avec quelqu'un d'autre. Je refuse qu'il goûte à ses lèvres comme j'ai pu le faire, qu'il joue avec ses cheveux comme j'ai pu le faire ou encore qu'il caresse sa taille comme j'ai pu le faire. Mes doigts font défiler les noms sur l'écran jusqu'à trouver « Iris » dans mes contacts.

C'est mal, c'est mal, c'est mal.

À : **Iris**
De : **Moi**
Il est pas mal, mais il n'a pas l'air très grand.

Son téléphone s'allume. Elle regarde la notification et s'étouffe avec sa boisson. L'homme en face d'elle lui demande si tout va bien et elle reprend simplement le fil de la discussion en jetant des regards à droite et à gauche pour essayer de me repérer, sans succès. Elle pose son téléphone.

Il faut que je m'arrête là, c'est vraiment mal.

Mais c'est plus fort que moi, je me dirige vers le comptoir. Ça y est. Elle me remarque enfin. Elle profite que l'homme regarde son téléphone pour me faire signe de partir. Son petit nez se retrousse, signe qu'elle est en colère. C'est mignon. Son regard, en revanche… je ne l'ai jamais vu aussi noir. Bien sûr, je ne lui obéis pas et ne la quitte pas des yeux.

Après cinq minutes, le jeune homme se lève pour aller aux toilettes. Je contourne Iris, mes deux bras l'entourent, posés de part et d'autre de son corps sur le comptoir. Je frôle son dos nu avec ma main droite. Elle se raidit, surprise, et se retourne. Ma bouche n'est qu'à quelques centimètres de la sienne. Elle recule et me repousse de ses deux mains.

— Ma parole, t'es vraiment pas net, Ange ! s'énerve-t-elle. Tu m'as suivie jusqu'ici, c'est ça ?

Non Iris, le hasard fera toujours que même si tu cours, je te rattraperai.

— Non, je suis avec Noah, Nathan et Tibo à une autre table. Je viens juste te saluer, soufflé-je près de son oreille.

Je me surprends à penser à l'embrasser à pleine bouche pour montrer à ce connard qu'il ne la mérite pas plus que moi. Mais elle soupire et m'oblige à reculer une seconde fois.

— Très bien, maintenant qu'on s'est vus, tu peux dégager.

Je ne m'attendais pas à ce qu'elle soit aussi sèche, j'aurais pensé qu'elle allait me dire de la sortir de ce *date* car elle s'ennuyait, ou juste qu'il ne lui plaisait pas. Mais je me suis trompé : c'est moi qu'elle repousse.

— Iris, je…

— Ce n'est pas le moment de parler, Ange. Leo va revenir et je ne veux pas qu'il assiste à cette scène.

Oh si, il doit assister à cette scène. Il doit savoir qu'il ne peut pas faire n'importe quoi avec elle.

— Leo ? Leo veut dire lion en latin, ça ne matche pas très bien avec la douceur de ton prénom, Iris.

J'en viens même à sortir des propos plus débiles les uns des autres. Elle me rend complètement fou. Il a fallu qu'elle ait un putain de rendez-vous ce soir !

— La ferme !

Une voix masculine la coupe.

— Salut ?

Conscient qu'Iris n'est encore qu'à quelques centimètres de moi, je me retourne, nonchalant, vers ce fameux Leo, puis me détache d'elle.

— T'es qui ? Ça va, Iris ? demande-t-il d'un ton froid.

C'est tout juste s'il m'adresse un regard. Je pense qu'il est plus âgé que moi au vu de sa barbe naissante, mais je le dépasse facilement d'une tête. L'expression de son visage me déplaît, son air hautain et supérieur – détestable.

— Oui, tout va bien. Ange allait partir. C'est un pote à mon frère. Il vient souvent ici.

Un petit rire m'échappe. Elle persiste, j'aime bien. Lui ne dit rien, mais fronce les sourcils.

Je recule d'un pas, mais je laisse ma main effleurer le bas de son dos, traçant une ligne invisible sur sa peau nue. Iris frissonne légèrement. Le regard du jeune homme passe d'elle à moi, cherchant des réponses. Je fais mine de ne rien remarquer, tout en posant une main possessive sur le dossier de son tabouret.

— Amusez-vous bien, dis-je en me penchant légèrement vers Iris d'une voix basse et remplie de sous-entendus. Si tu as besoin de quoi que ce soit, je suis juste là, en face.

Je recule enfin, mais pas avant d'avoir laissé mes doigts frôler son bras une dernière fois, lentement, comme une caresse. Leo se tend, mais il garde le silence. Iris, elle, me lance un regard furieux, mais je vois la confusion et le trouble dans ses yeux. Elle est en colère, mais aussi perturbée par mes gestes.

— Je te rappelle que tu as déjà dit ce que tu pensais de moi, murmure-t-elle avec une froideur qui cache mal son émoi. Si tu ne peux pas faire comme si rien ne s'était passé, c'est ton problème. Mais je t'interdis de t'imposer comme bon te semble.

— Oh, je ne fais semblant de rien, dis-je en me redressant. Je fais juste ce que je ressens, Iris.

Je lui adresse un dernier sourire provocateur. Mon regard se fixe une dernière fois sur Leo, le défiant en silence. Je suis certain qu'il a compris le message. Iris n'est pas facile, et je la connais mieux que lui.

En m'éloignant, je sens encore son parfum dans l'air. Je m'installe à la table avec Noah, Nathan et Tibo, mais mon esprit reste avec *elle*. Je les observe discrètement, prêt à intervenir si nécessaire. Je veux qu'elle sache que je suis là, toujours présent, même dans le silence, même dans la distance.

Elle doit être en train de lui expliquer par A + B que je ne suis personne pour elle, et elle a raison.

Je vois Leo essayer de se rapprocher d'elle, de créer une complicité. La scène se déroule comme un film au ralenti. Iris garde une distance subtile mais visible entre eux, se penchant légèrement en arrière chaque fois qu'il se rapproche trop. Elle rit, mais le son manque de sincérité. Elle semble mal à l'aise : son regard revient sans cesse à moi. Je suis un poison, comme dit si bien ma mère, et Iris est l'antidote qu'il me faut. Pourtant, au lieu de la guérir, je ne fais que la contaminer, répandre en elle cette noirceur que j'essayais de cacher.

C'est débile ce que j'ai fait ce soir, mais au moins je suis fixé. Hannah avait raison, le temps ne m'attendra pas et j'ai déjà l'impression qu'il me file entre les doigts.

Iris

— C'est ton ex, ce mec ?

Après l'intervention pathétique d'Ange, Leo n'a plus que ce prénom en bouche. Il veut tout savoir sur lui et moi et je ne comprends pas vraiment pourquoi. J'ai l'impression que son visage a changé en seulement quelques minutes. Il est plus agressif et me sort même des répliques possessives à la con alors que nous venons juste de nous rencontrer.

— Non, ce n'est pas mon ex.

— Je déteste ce genre de mec qui se croit au-dessus de tout le monde. Qui se croient tout permis, comme interrompre notre *date*. Je ne comprends pas, continue-t-il.

— Ange est le meilleur ami de mon grand frère. Il a toujours été possessif et attentif à mes fréquentations…

— Ouais, un comportement de connard pourri gâté par ses parents et qui déteste qu'on lui dise non, me coupe-t-il.

J'ai un mouvement de recul. Comment peut-il se permettre de parler d'Ange comme ça alors qu'il ne le connaît même pas ?

— C'est quoi le rapport ?

Ange a beau être un connard indécis par moments, il reste un de mes proches.

— Non rien, laisse tomber. On va chez moi ? Je n'ai pas envie de rester ici.

Sa proposition me prend de court. Si je refuse, je peux être sûre que je ne le reverrai plus, mais la question est : est-ce que j'ai envie de le revoir ? Et si j'accepte, je ne sais pas ce qu'il va se passer.

— Mais non, on reste ici ! C'est bon, il est avec ses potes, il ne va pas revenir !

Leo reste sur ses gardes. Je le comprends, dans un sens. C'est notre premier rendez-vous et voilà que ce bouffon d'Ange vient tout perturber. Mais je ne veux pas aller chez lui, certainement pas.

— Ne fais pas attention à lui.

Ma main vient frôler la sienne d'un geste rassurant.

— C'est avec toi que je suis ce soir, pas avec lui.

Il réfléchit quelques secondes. Ses yeux vont de ma bouche à la table d'Ange. Il frôle ma joue du dos de la main, puis essaie de réduire l'espace entre nos lèvres, mais je le repousse.

— Si tu veux juste lui prouver que tu peux m'embrasser, tu te trompes. Je ne suis pas venue ici pour le concours de celui qui a la plus grosse.

Je prends mon sac à main et me lève. J'en ai assez, cette soirée est finie pour moi. Je savais qu'il ne fallait pas que j'y aille, je ne la sentais pas et j'avais raison, pour une fois.

Je pensais que Leo allait me retenir mais au contraire, il me laisse partir en marmonnant des mots incompréhensibles. Je sors du bar sans prêter attention à personne, sans un regard vers la table d'Ange. Je m'en fiche complètement, je veux juste sortir d'ici et oublier cette soirée honteuse.

Je fais une pause sur un banc devant le bar pour composer le numéro de ma mère. Je ne l'ai jamais dérangée pour venir me chercher en soirée, mais là, je veux que ce soit elle qui vienne.

— Ne la dérange pas, elle se réveille tôt demain. Je te ramène.

Pas besoin que je me retourne pour savoir qui est là, une main posée sur mon épaule.

— T'es fier de toi ? T'as eu ce que tu voulais ? Ah non, excuse-moi : c'est vrai, tu ne sais pas ce que tu veux. Un coup c'est oui, un coup c'est peut-être et un coup c'est non. Tu me déçois. Mais sache que tu n'as rien à me dire, rien à me reprocher.

Il ne me répond pas. Il place juste sa veste sur mes épaules, geste que je refuse.

— Arrête ! Je ne veux pas de ton aide car j'ai l'impression de devoir t'être toujours redevable par la suite, et ce n'est pas ce que j'attends de nous deux.

Sa mâchoire se contracte, ses yeux cherchent les miens, mais je détourne le regard. Il s'accroupit devant moi, essayant de capter mon attention.

— Pourquoi tu fais ça, Ange ?

Ma voix se brise. Je veux juste qu'il comprenne.

— Tu me donnes de l'importance, ensuite tu me délaisses, et tu recommences, encore et encore. Tu gâches toujours tout.

Ses yeux s'adoucissent. En guise de réponse, il prend ma main et y pose doucement ses lèvres. Son geste sonne comme un « désolé » mais rien ne sort de sa bouche avant quelques secondes.

— Leo n'est pas fait pour toi.

Je le regarde, incrédule.

— C'est tout ce que tu as à dire ? Que je mérite mieux ? C'est l'excuse la plus lâche que j'aie entendue !

— Ce n'est pas une excuse. C'est la vérité. Tu mérites quelqu'un qui peut être constant, et je ne parle pas de Leo, là. Si j'avais su ce que ça me ferait de te toucher, j'aurais sûrement fui.

— Ce n'est certainement pas à toi de me dire ce qui est bon ou mauvais pour moi, vraiment…

Ma phrase est coupée par ses lèvres qui viennent se poser soudainement sur les miennes. C'est une surprise violente, presque douloureuse, mais petit à petit je sens une chaleur envahir mon corps. Je veux résister, je veux le repousser mais mes mains agrippent son t-shirt comme si c'était la seule chose qui pouvait me maintenir dans la réalité.

Des gouttes de pluies tombent sur nos deux visages, elles se transforment en averse qui se déverse sur nous. Comme si le ciel pleurait la confusion et la tension entre nous. Et c'est dans cette obscurité mouvante que nos silhouettes se rejoignent, puis se séparent. Les sons de la ville s'effacent, ne laissant pulser à nos oreilles que le battement de nos cœurs à l'unisson.

Ange ne recule pas ; sa main glisse sur ma joue et essuie mes larmes. Sa langue frôle timidement la mienne pour intensifier le baiser. Je sens son souffle tandis que mes doigts viennent se perdre dans ses cheveux trempés. C'est doux, contrairement à la dernière fois.

Et puis, lentement, nos lèvres se séparent. Une lueur d'incertitude danse dans son regard, mêlée à une lueur d'espoir. Nos mains se cherchent, se trouvent, s'entrelacent.

— Et si je te disais que je suis mauvais pour toi ? finit-il par dire.

Alors je choisirai d'être mauvaise avec toi.

Malheureusement les mots ne sortent pas. Ils restent coincés dans ma gorge. Je suis incapable de lui répondre, là, tout de suite. Il le comprend, alors il me ramène simplement à la maison dans un silence total.

Chapitre 30

Ange

— Chassé… et relevé lentement, c'est ça ! Relevez les bras avec grâce, sentez chaque mouvement, ordonne Hannah en marchant parmi nous, ses yeux perçants captant le moindre détail.

La salle de répétition de la Hannah's Dance Academy est inondée des rayons du soleil couchant. Le parquet grince légèrement sous nos pieds. Je n'aurais jamais cru dire ça au début de l'année, mais cette salle va me manquer. Ce soir, Hannah nous fait répéter la dernière chorégraphie de groupe pour le concours : *Overcome* de Skott.

Je jette un coup d'œil vers Iris, placée quelques mètres à ma gauche. Nos regards se croisent brièvement, et elle m'adresse un sourire timide. Ça va mieux entre nous, enfin, je crois. Après ma déclaration devant le bar, je me suis excusé plusieurs fois pour mon comportement avec Leo. Finalement, elle m'a dit qu'elle lui avait envoyé un message pour le prévenir qu'elle préférait en rester là. Je l'ai embrassée, c'était vital. Je n'arrivais pas à lui dire les choses, alors il fallait que je trouve un autre moyen. Elle ne s'est pas écartée de moi, et je n'ai pas regretté mon geste : au contraire, je voulais recommencer.

Je n'ai pas envie de la brusquer, surtout qu'il me reste quelques détails à lui avouer dont elle ne se doute pas…

— Continuez, enchaîne Hannah. Cette chorégraphie est notre dernière création, ne l'oubliez pas. Chaque pas doit raconter une histoire. Plongez dans la musique, sentez-la couler à travers vous. Les bras, Ange, plus fluides, comme si tu caressais l'air.

J'enchaîne sur un porté avec Iris. Je sais qu'elle redoute particulièrement celui-ci car elle se cramponne à moi et l'évite aux répétitions, mais c'est le moment de se lancer.

Je commence par tenir sa taille et la porter en hauteur. Une seconde avant que je ne la propulse, elle plante ses ongles dans mes avant-bras.

— Ne me laisse pas tomber, s'il te plaît.

Elle souffle un bon coup et se laisse aller. Mais c'est moi qui suis incapable de terminer le porté. Mes bras refusent de coopérer, mes jambes semblent pouvoir lâcher à tout moment et mes mains se détachent du corps de ma danseuse.

Je n'entends plus rien autour de moi, tout est lointain et flou.

« Ne me laisse pas tomber, s'il te plaît. »

Trois ans plus tôt

L'air est lourd de tristesse et de chagrin, tout comme ce jour sombre. Je suis debout, les mains tremblantes, le regard fixé sur le cercueil de mon père. Les mots de l'éloge funèbre parviennent à peine jusqu'à mon esprit embrumé par la douleur. Tout autour de moi, des visages familiers, des amis, des voisins, des membres de la famille que je n'ai pas vu depuis des années, se fondent en une masse indistincte de tristesse partagée. À côté de moi, Iris, elle aussi vêtue de noir, les yeux rougis par les larmes, se tient droite et silencieuse. Nous sommes liés par cette tragédie commune : nos pères sont morts dans le même accident de travail, nous laissant tous les deux orphelins.

Je jette un coup d'œil vers elle, cherchant peut-être un peu de réconfort dans son regard, mais tout ce que je ressens, c'est un mélange de rage et de désespoir. Comment est-il possible que tout ce qui était stable dans nos vies ait été arraché en une seule journée ?

Adam est à côté de sa sœur, sa mère le tient par les épaules et lui tend un mouchoir pour essuyer ses pleurs.

Ma mère, elle, me tient fermement la main, comme si elle avait peur que je parte, comme papa.

C'est ironique : la mort sépare des vies comme elle en rapproche.

Je déteste les enterrements. Tu as l'impression d'étouffer, de ne pas être à ta place et d'être obligé de pleurer. Alors que moi, je n'arrive pas à pleurer et je sens le jugement des gens dans leurs regards. Ils doivent se demander : « pourquoi il ne pleure pas, lui ? Son père est mort ! ». Je ne sais pas, je n'y arrive pas. Les larmes ne sortent pas et je me sens coupable.

Après l'enterrement, nous nous retrouvons chez les Rossi, entourés de gens qui murmurent des mots de consolation et offrent leurs condoléances. La nourriture sur les tables n'a aucun goût pour moi, et chaque sourire forcé me semble une trahison envers la douleur que je ressens. Iris et Adam sont à quelques mètres, entourés de leur famille qui les réconforte. Il y a énormément de monde. Je ne savais pas que nos pères connaissaient tant de personnes, et, malgré la foule, je me sens étrangement seul.

Je décide alors de m'éclipser, espérant trouver un peu de paix loin de cette atmosphère étouffante. Le jardin est calme, une légère brise agite les feuilles des arbres. Je m'appuie contre un mur, puis joue avec un petit caillou dans ma main. C'est alors qu'Iris me rejoint. Elle s'approche doucement.

— Ange, murmure-t-elle de sa voix douce et tremblante. Je… je voulais juste savoir comment tu vas.

Je serre les poings. C'est la première fois que je n'ai pas envie de me confier à elle, c'est la première fois que je n'ai pas envie de la réconforter et de la serrer dans mes bras. De toute façon, elle a sa famille pour ça, elle n'a pas besoin de moi.

— Comment tu crois que je vais, Iris ? Tout est parti en vrille. Nos pères sont morts. Ils sont morts, et rien de ce que quelqu'un peut dire ou faire ne changera ça.

Elle recule d'un pas, surprise par la dureté de ma voix. Mais elle ne se laisse pas décourager.

— Je sais, Ange. C'est horrible. Mais on doit se soutenir. On a besoin l'un de l'autre plus que jamais.

— Besoin ? De quoi tu parles, Iris ? On n'a besoin de personne. Je n'ai surtout pas besoin de toi.

Je vois ses yeux se remplir de larmes, mais je ne peux pas m'arrêter. Toute la douleur, la colère, la confusion, tout sort d'un coup.

— Tu ne comprends pas, Iris. Tu ne peux pas comprendre.

Je la regarde droit dans les yeux, mon expression se durcit encore plus.

— Arrête de dire n'importe quoi ! Bien sûr que si je comprends, on vit la même chose… et moi, j'ai besoin de toi.

— Je n'ai plus besoin de toi, je ne veux plus avoir besoin de toi.

Elle ouvre la bouche pour protester, mais aucun son n'en sort. Elle est figée, choquée par mes paroles. L'angoisse et la tristesse se mêlent dans son regard.

— Ange, je ne peux pas te laisser dire ça…

— Laisse-moi tranquille, arrête d'insister.

Son visage se tord de douleur.

— J'insisterai jusqu'à ce que tu reviennes.

Elle se stoppe un instant, hésitante.

— Parce que je t'aime.

Je secoue la tête, je sens mes yeux briller de larmes que je refuse de laisser couler. Elle ne m'aime pas comme moi je peux l'aimer. Elle m'aime comme elle aime Adam.

— Iris, je ne peux pas. Je ne peux pas te laisser entrer. Pas maintenant. Pas comme ça.

Je ne peux pas rester avec elle plus longtemps. Je refuse de voir sa tristesse chaque jour de ma vie car elle est la chose la plus précieuse dans ma vie et cette tristesse qui va la suivre, j'en suis la cause. Nos pères sont morts par ma faute, et je refuse de lui dire. À partir de maintenant, je veux juste qu'elle m'oublie, qu'elle ne sache plus qui je suis. Ce sera ma punition : rester éloigné d'elle, la voir me haïr, la voir me remplacer.

Elle s'avance et pose une main sur mon bras.

— Ne me laisse pas tomber, s'il te plaît…

Je repousse brusquement sa main.

« Ne me laisse pas tomber, s'il te plaît… »

— C'est pourtant ce que je veux.

Je prends une dernière inspiration, essayant de retenir mes larmes.

— Je serai toujours là pour toi, même si tu ne veux pas de moi, murmure-t-elle.

Je ne réponds pas, je tourne lentement les talons, sentant la douleur de cette séparation plus intensément que jamais.

En rentrant à l'intérieur, je sens les regards compatissants des autres, mais tout ce que je ressens, c'est le vide laissé par la perte de mon père et, maintenant, celle de ma meilleure amie. Ça y est, mes larmes coulent librement, alors que je réalise que rien ne sera plus jamais pareil.

Les jours qui suivent sont un flou de chagrin et de solitude. Chaque fois que je croise Iris à l'école, une distance froide s'installe entre nous, comme je l'ai souhaité. Les sourires complices et les conversations interminables font désormais partie d'un passé révolu, remplacés par un silence douloureux et une tension palpable. Je me suis convaincu que c'est la meilleure chose à faire, mais chaque fois que je la vois, une part de moi regrette amèrement mes paroles.

Je l'ai repoussée, fermant une porte que je pensais ouverte pour toujours.

C'est ce souvenir, c'est cette journée qui a changé nos vies à jamais. J'avais perdu mon père et, dans un geste insensé, j'avais repoussé l'une des seules personnes qui aurait pu m'aider à traverser cette épreuve. Iris. Et chaque jour, cette distance entre nous ne faisait que grandir, alimentée par la douleur et les malentendus. Chaque regard évité, chaque silence partagé creusait un peu plus l'abîme qui nous séparait. Et, malgré mes tentatives de me persuader que c'était pour le mieux, je savais au fond de moi que j'avais perdu bien plus que ma meilleure amie ce jour-là. J'avais perdu une partie de moi-même.

C'était elle, ma plus grande perte.

Si j'avais su que ce serait mon dernier contact avec elle, je l'aurais serrée un peu plus fort et un peu plus longtemps dans mes bras.

— Ange, souffle Iris qui réussit à me tirer de mes pensées.

Elle est bien là, avec moi. Elle est réelle et elle est gentille avec moi. Elle ne m'en veut plus, enfin je le crois et je l'espère. C'est elle qui me protège en ce moment-même, c'est elle qui me supporte.

— J'ai besoin de toi, murmuré-je tant bien que mal. J'ai menti, j'ai toujours eu besoin de toi.

Je suis assis au sol, agrippé et collé à elle. Elle joue avec mes cheveux et sa main masque mon visage pour éviter que la petite foule autour de nous ne devine mes émotions. Elle ne comprend pas à quoi je fais référence tout de suite, mais elle continue de me caresser la joue.

— Eh bien, je suis là, confirme-t-elle.

Je me défais doucement de son étreinte. Hannah s'assure que je vais bien et me tend une bouteille d'eau. J'aperçois Adam qui nous fixe tous les deux. Je crois même pendant quelques secondes qu'il va venir s'accroupir près de nous, mais il repart en opinant de la tête, un léger sourire compréhensif aux lèvres.

— Bien, maintenant reprenons du début, ordonne Hannah, frappant des mains pour attirer notre attention. Souvenez-vous, chaque pas, chaque mouvement doit être précis. Nous sommes une unité, un seul corps en mouvement.

Chapitre 31

Iris

Voulez-vous changer votre contact « Ange Albarez »
en « Ange *émoji aile d'ange* » ?
Vous avez renommé votre contact « Ange *émoji aile d'ange* ».

C'est la première chose que je fais aujourd'hui en rentrant de la répétition d'*Overcome*. Débile, il est vrai.

— Ma puce, pose ton téléphone et prépare-toi vite, ils arrivent dans une petite heure.

Maman tourne en rond dans la cuisine depuis ce matin. Elle prépare des plats à n'en plus finir, des décorations de table, et ressort les anciens albums de photos de famille. Toute cette agitation est due à l'arrivée de Mamie, Papy et ma tante qui arrivent de France pour fêter mon anniversaire demain et restent deux semaines avec nous. Ils ne viennent pas souvent, cela fait presque un an que je ne les ai pas vus.

Je m'exclame :

— Mais pourquoi tu prépares autant de nourriture ? On est que nous six, on dirait que tu attends une quinzaine d'invités !

— Six, non ! Nous sommes sept ce soir, ma chère !

Je recompte dans ma tête les personnes présentes. Soit c'est moi qui suis vraiment mauvaise en maths, soit c'est maman.

— Ange vient aussi. Mamie sera heureuse de le revoir.

J'avale de travers une gorgée d'eau. Elle veut déclencher une guerre entre Adam et Ange ?

— Je… je ne suis pas sûre que ce soit une bonne idée. Ange et Adam sont en froid.

Je ne sais même pas si Adam en a parlé à maman. L'épisode date de plus de deux semaines et rien ne s'est arrangé, malgré plusieurs perches tendues à mon frère.

Ma mère me fait signe de regarder derrière moi.

— Iris ?

Adam est accoudé à la rampe de l'escalier.

— Je peux te parler deux minutes, s'il te plaît ?

Je regarde furtivement ma mère qui affiche un visage doux et bienveillant. Elle le sait donc. Elle sait tout. Il le lui a dit.

J'acquiesce et suis Adam dans sa chambre.

— Qu'est-ce qu'il y a ?

Il s'assoit à côté de moi sur le lit et me prend dans ses bras. Je suis tellement surprise par ce geste que je ne réagis pas tout de suite, laissant mes bras le long de mon corps alors que sa tête se pose sur mon épaule.

— Je suis désolé. Je suis tellement désolé. Tu ne peux pas savoir à quel point je m'en veux.

Il finit par me lâcher et plonge ses yeux larmoyants dans les miens. *Oh… C'est donc le moment tant attendu de l'explication.*

— Je ne sais pas ce qu'il m'a pris.

J'aimerais le comprendre et lui dire que ce n'est rien, mais je n'y arrive pas, je reste sur la réserve. J'ai besoin qu'il présente aussi ses excuses à Ange.

Méfiante, je lui demande donc de tout me raconter depuis le début.

— Depuis qu'Ange et toi êtes partenaires, c'est plus pareil. Ange est moins concentré, et je sens qu'il s'affaiblit quand il est avec toi.

Mon visage se ferme, je ne comprends pas ce qu'il essaie de me dire. Certes, Ange s'est adouci mais ça devrait être positif, non ?

— J'ai pris peur, autant pour toi que pour lui. Vous êtes les deux personnes à qui je tiens le plus au monde, et je n'ai pas compris pourquoi, si soudainement, il s'intéressait à toi. Alors je lui ai parlé et je l'ai menacé au cas où il s'approcherait de toi. Je pensais vous protéger tous les deux.

Ma gorge se noue.

— Comment ça ?

— Ange et toi, vous êtes pareils. Vous êtes rongés par vos démons. Depuis que nos pères sont partis, vous êtes comme liés, j'ai l'impression, comme si l'amour que vous avez perdu chacun de votre côté s'était retrouvé entre vous, mais d'une mauvaise façon. Ange est mon meilleur ami et, malgré ses airs de froideur, c'est le cœur le plus tendre que j'ai jamais rencontré. C'est pour ça que j'ai eu peur qu'en flirtant avec toi, il s'abîme encore plus qu'il ne l'était, car, encore une fois, vous portez les mêmes souffrances.

Il s'arrête un instant pour reprendre son souffle, glisse sa main dans la mienne et la presse contre lui.

— Et toi Iris, tu es ma sœur. Je pense que depuis que papa n'est plus là, j'ai fait le mauvais choix.

J'ai pensé que je devais remplir son rôle pour toi, mais je me suis trompé. J'aurais dû essayer de te comprendre davantage, de t'écouter plus et de remplacer mon ton autoritaire par des conseils. Comme tu l'as dit, je n'ai pensé qu'à moi, comme un putain d'égoïste. Et ça, je l'ai compris en te voyant sourire comme jamais quand tu es en compagnie d'Ange. Comme si tu avais pu enfin retrouver une part de ta joie de vivre perdue depuis papa. J'ai compris que vous rapprocher ne vous détruirait pas, mais vous aiderait à faire votre deuil et à recommencer à aimer.

Les larmes coulent sur mon visage tandis que mon frère achève son monologue. Il a remarqué des choses dont, même moi, je n'avais pas pris conscience.

— Maintenant, j'espère que tu me pardonneras et que tu suivras ton cœur. Si tu veux tout savoir, j'ai parlé aux garçons présents à la soirée en m'excusant pour mon comportement et j'ai passé la nuit dernière au téléphone avec Ange. Je lui ai dit la même chose qu'à toi. Il m'a pardonné et a pleuré également. J'ai fini par lui dire que si ma sœur était heureuse dans les bras de mon meilleur ami, je ne pourrais qu'être rassuré. Je n'ai jamais voulu l'offenser et je me déteste d'avoir réagi de la sorte. Vous voir vous embrasser m'a fait un électrochoc, mais les jours suivants et avec notre discussion, j'ai compris que toi et lui êtes sûrement faits pour être ensemble.

Ses mots se mêlent à ses larmes. Je ne l'avais pas vu comme ça depuis la mort de papa.

— Tu as su mettre en lumière les émotions les plus profondes d'Ange, Iris. Tu as su le faire sourire dans les moments où il était plus que perdu. Alors, je ne sais pas ce qui se passera entre vous, mais quoi que vous fassiez, je vous soutiendrai. Il m'a dit que vous deux, ça n'existait pas encore, que tu ne savais pas quoi en penser… mais si tu te retiens pour moi alors je t'en supplie, change ça et vis ta vie comme tu l'entends.

Je pense qu'au fond de moi, j'attendais l'approbation d'Adam. Je ne peux plus avoir la validation de mon père, alors il faut bien que j'aie celle de mon frère, que je sois rassurée. Je me jette dans ses bras et pleure de plus belle. J'enfouis ma tête contre lui. Je ne sais même pas quoi lui répondre. Il a tout dit : c'est dans ces moments-là que je me dis que notre famille a cette force de communication, cette faculté de dire quand ça ne va pas, de s'aider et surtout de savoir pardonner.

— Tu as toujours su remplir ton rôle de grand frère à la perfection. Sans toi, je ne sais pas si j'en serais là aujourd'hui. Tu as été et tu es plus qu'un pilier pour moi. Maintenant je comprends la réaction que tu as pu avoir et je te pardonne, Adam. Tu sais, tu as le droit de te sentir mal, d'être en colère. Tu as toujours voulu cacher tes émotions depuis la mort de papa. Mais sache que montrer ses faiblesses n'est pas un défaut. Tu as sûrement mal réagi pour Ange et moi parce que peut-être que le vide en toi était trop grand. Tu as pris peur, car tu ne veux pas souffrir de nouveau… et je le comprends.

Un sanglot se forme dans ma gorge.

— Je t'aime, grand frère.

— Je t'aime aussi, petite sœur. Et je suis fier de celle que tu deviens, ne l'oublie jamais.

J'oublie parfois qu'Adam n'est pas que mon grand frère fort et sans émotions. Il a aussi été l'adolescent de seize ans qui a perdu son papa, sa figure masculine et son modèle. Maman a beaucoup plus compté sur lui que sur moi. Elle s'est reposée sur l'aîné, celui qui était le plus apte à supporter sa douleur. Et moi, j'ai fait pareil. On était beaucoup à compter sur Adam ; je pense qu'Ange aussi a fait partie de ces personnes.

Le battant de la porte pivote pour laisser entrer maman qui s'accroupit devant nous.

— Je suis si heureuse… et fière de vous, mes enfants. Vous êtes des personnes exemplaires et vous avez fait votre profit de l'éducation que papa et moi avons réussi à vous transmettre.

Une trentaine de minutes plus tard, Ange arrive chez nous. Il fait la bise à maman en prenant le temps de lui raconter quelques banalités, puis s'installe dans le canapé avec mon frère pour jouer à la Play. C'est encore un peu froid et timide entre eux mais c'est normal, il faut laisser le temps réparer leurs blessures. En tous cas, ça m'avait manqué. Je me sens mieux quand Ange est avec mon frère. J'ai l'impression que les deux sont plus heureux. Je pense que pendant toutes ces années passées à penser que sa présence m'insupportait, je me mentais – en un sens. Au fond, sa présence me rassure et la maison n'est pas pareille sans lui.

Je m'installe sur le fauteuil pour les regarder jouer. Ange me jette un coup d'œil et un sourire. Je le vois apaisé, sûr de lui. Adam a séché ses larmes :

il a retrouvé sa joie de vivre et son sens de l'humour douteux.

La sonnette de la porte d'entrée fini par retentir. C'est le moment que j'attendais. Je me jette dans les bras de mes grands-parents, telle une petite fille. Ils m'ont tellement manqué. Chaque année, j'ai l'impression de m'éloigner un peu plus d'eux et ça me fend le cœur de ne pas profiter d'eux.

— Notre petite Iris ! Tu es ravissante, ma chérie.

Je me dirige vers ma tante pour l'embrasser chaleureusement. Nous les aidons à porter leurs valises et les installons dans leurs chambres respectives. Ma grand-mère est du genre pressé ; sitôt arrivée, qu'elle veut déjà se mettre à table et éviter les retrouvailles sans fin. Maman, qui la connaît bien, a heureusement tout préparé à l'avance. Ma famille prend place pour l'apéritif, j'ai l'impression de me revoir à Noël avec tout le monde.

— Ange, toi aussi, tu as tellement grandi, remarque ma grand-mère. Tu es devenu un beau jeune homme.

— Oh oui, continue ma tante. Je pense qu'il doit y avoir pas mal de monde à tes pieds.

Le visage d'Ange s'adoucit ; il esquisse un sourire.

— Non, je n'ai pas de copine. Pour l'instant, je préfère me concentrer sur le sport et le gala avec Iris.

— C'est vrai ! Hélène nous a parlé de ça ! On va vous voir danser ensemble et d'après ce que nous a dit Adam, vous dansez merveilleusement bien, intervient mon grand-père.

J'avale un peu trop vite le vin que nous a servi ma mère pour l'occasion et fixe Adam, interloquée

– tout comme Ange. Mon frère, fier de lui, affiche un sourire en coin et nous lance un clin d'œil.

Bien… Pourquoi pas…

Mes grands-parents et ma tante n'ont jamais su qu'Ange et moi ne nous parlions plus. Pour eux, nous avons toujours été très proches et Mamie a toujours prédit qu'on finirait ensemble, lui et moi.

— Comment vous faites pour ne pas tomber amoureux en dansant aussi collés ? s'interroge-t-elle.

Elle le pense toujours, apparemment…

Un silence s'installe. Ma mère en profite pour m'adresser un regard malicieux tout en faisant passer le plat de gâteaux salés. Adam pianote sur son téléphone et Ange reste de marbre.

— On est… professionnels, c'est pour ça, me justifié-je.

Elle n'a pas l'air convaincue par ma réponse, mais elle n'insiste pas. Ma tante en profite pour nous demander comment se passent nos études et ce qu'on envisage pour l'année prochaine. Ils prennent aussi des nouvelles de la mère d'Ange, ce qui m'étonne. Ce dernier leur répond très brièvement, sans entrer dans les détails : il ment sur quelques aspects mais je le comprends.

Ma mère est fière du repas qu'elle nous présente : une blanquette de veau. Rien de plus français… Elle précise que c'est la recette de Mamie. On n'en mange jamais, à part pour des occasions comme celle-ci. Mais je suis contente que maman ait gardé le livre de recettes de sa mère, car c'est vrai que les repas de notre pays d'origine me manquent parfois. Elle sait qu'Adam et moi adorons ça.

Le moment du dessert arrive. Entre les anecdotes sur notre enfance et les nouvelles de la France, je ne vois pas le temps passer. Je sens le regard d'Ange se poser plusieurs fois sur moi, ou plutôt sur la combinaison grise que je porte. Je sais maintenant que mes dos-nus sont son point faible. Alors bien sûr, j'en mets tout le temps. J'ai d'ailleurs pris soin de m'acheter, lors d'une de nos virées shopping avec Ava, une robe noire satinée pour demain, avec un dos très échancré.

Je me lève.

— Donnez-moi vos assiettes : je débarrasse et je vous apporte le dessert.

— Je vais t'aider, propose Ange.

Il me rejoint dans la cuisine avec les plats. C'est le genre de moment où j'aimerais que ma mère entre pour empêcher qu'un blanc s'installe ou que ça devienne trop gênant.

— Ta famille m'avait manqué, finit-il par dire.

Je lève les yeux du lave-vaisselle pour lui sourire. Ça me fait plaisir – et ça me brise le cœur – qu'il dise ça.

— À moi aussi, énormément. Ça fait du bien de les revoir.

Ange ne voit plus sa famille. Il n'a jamais connu ses deux grands-pères, ils sont décédés avant sa naissance et ses grands-mères sont très vieilles, elles ont perdu la tête. Son père n'avait pas de frères et sa mère non plus. J'ai toujours eu de la peine pour lui, même quand je ne portais plus dans mon cœur. Mais j'ai toujours été rassurée par le fait qu'il ait trouvé une place auprès de la mienne.

Je lui demande, taquine :

— Comment trouves-tu ma combinaison ?

Il détourne le regard, étonné de ma question, mais sourit.

Je pense que j'ai retrouvé une forme de paix que j'avais perdue il y a longtemps. Adam m'a rassurée, maman est au courant de tout et je pense que je me sens prête, du moins je l'espère, pour tenter quelques approches avec Ange. Je vais essayer de me relâcher avec lui, d'être moins dure et de juste faire comme bon me semble. Peut-être que je me suis enfin décidée à m'ouvrir à lui et à répondre à ses questions. Je n'ai pas envie de me prendre la tête, comme l'a dit Ange tout à l'heure : la fin d'année et le concours sont mes priorités. Mais Mamie m'a toujours dit de profiter et de m'amuser, car la vie est courte et pleine de rebondissements. Je pense que je suis l'une des mieux placée pour affirmer que la vie ne tient qu'à un fil et peut basculer à tout moment, que tout est éphémère, que rien n'est éternel.

J'ai passé ma vie à me retenir, à toujours faire ce que les autres pensaient bon pour moi, alors maintenant, je vais essayer de rattraper tout ça. On verra ce que l'avenir nous réserve : chaque chose en son temps.

— Je te mentirais si je te disais que je n'en ai pas déjà scruté chaque partie.

J'acquiesce simplement à ses propos en riant, puis je lui passe les assiettes à dessert. Je n'ai pas trouvé la meilleure approche, mais au moins il est réceptif. La soirée se termine vers 23 heures. Mes grands-parents dorment déjà. Ma tante reste un peu discuter dans le salon avec ma mère. Je leur souhaite bonne nuit. Elles sont presque plus excitées pour demain que moi. Maman m'embrasse une dernière fois sur la joue tout en pleurnichant sur le fait que c'est la dernière nuit de mes dix-huit ans… Moi, ça m'arrange. Je n'ai pas aimé l'année de mes dix-huit ans. Je n'ai eu que de mauvaises surprises et j'ai très mal vécu le passage en dernière année. J'espère que mes dix-neuf ans me réservent de plus belles choses.

Je sors de me salle de bains, les cheveux encore mouillés et je tombe nez à nez sur Ange qui avait l'air d'attendre derrière la porte. Il s'avance vers moi.

— Qu'est-ce que tu fais là ?

Il pose ses mains sur le mur, de part et d'autre de mon visage, et embrasse ma joue tendrement, juste au coin de ma bouche.

— Joyeux anniversaire, Iris.

Et il me montre l'heure de son téléphone qui affiche minuit pile. Mes joues s'enflamment directement au contact chaud de ses lèvres. Mon cœur bat vite, trop vite. Ce qu'il vient de faire… c'est l'une des choses les plus mignonnes qu'on puisse imaginer.

— Merci…

Son pouce caresse l'endroit où il a laissé son baiser et son regard se perd entre mes yeux et ma bouche. Il se recule légèrement en entendant le grincement des escaliers.

— Dors bien.

Il replace, de sa main tatouée, une de mes mèches derrière mon oreille. Je lui souris.

— Merci, bonne nuit à toi aussi…

Chapitre 32

Iris

Je ne fais plus de cauchemars en ce moment. Il faut dire qu'entre les répétitions presque quotidiennes, les soirées qui se finissent à 4 heures du matin et les cours, tout est propice à ce que je m'endorme rapidement. Ce matin, c'est de bonne humeur que je me réveille. Aujourd'hui, j'ai dix-neuf ans.

Le premier à me l'avoir souhaité est Ange, ce qui ne s'était jamais produit. Généralement, ces trois dernières années, il me lançait un « bon anniversaire » de politesse, à table avec tout le monde, mais là, c'est sa bouche sur ma peau, à minuit, qui est venue me le souhaiter. Ça m'a vraiment fait plaisir : c'est un geste simple mais qui donne tout de suite de l'importance à notre relation.

Je sens un changement entre lui et moi depuis la discussion avec Adam. D'ailleurs, la phrase de ce dernier ne fait que tourner en boucle dans ma tête : « tu as su faire sortir ses émotions les plus profondes ». Que voulait dire cette phrase ? Est-ce que je plais vraiment à Ange ? Je veux dire, je sais qu'il n'est pas indifférent à moi car il ne s'en cache pas. Mais ça me paraît si irréel… C'est beau mais irréel. Je ne m'étais jamais posé la question avant. Être plus qu'amie avec lui ne m'avais jamais traversé l'esprit. Je l'aimais, oui, mais d'un amour fraternel. Il a fallu qu'il m'embrasse pour que je comprenne que ce n'était pas ce genre d'amour que je ressentais pour lui. Aujourd'hui cet amour s'est transformé en désir ; j'aime quand je lui plais, j'aime quand je lui fais de l'effet ou qu'il me trouve belle. J'aime quand il est jaloux, j'aime être dans ses bras. Oui, c'est du désir et de l'attention ; je veux qu'il soit près de moi, qu'on s'assure mutuellement si l'autre va bien. Mais je nc me prends pas plus la tête que ça : résolution des dix-neuf ans.

— La princesse est réveillée ?

Je me retourne et vois le visage de ma meilleure amie dans l'encadrement de ma porte. 10 heures ! Elle ne perd pas de temps.

Elle me saute dans les bras en me souhaitant un joyeux anniversaire, suivie par Noah. Ma mère a invité mes amis les plus proches, c'est parfait ; je ne demande que ça. Je n'étais pas vraiment d'humeur à faire une grande fête et puis, dix-neuf ans, ça n'a rien de spécial. Au moins, je pourrai profiter de chaque invité.

— On te laisse te préparer. Hélène m'a dit de te dire de ne pas te presser !

Je l'interroge du regard. Étonnant que ma mère dise ça. La connaissant, elle est comme Mamie, elle veut que tout aille le plus vite possible pour s'assurer que tout sera prêt à temps !

— Surprise, je crois… murmure-t-elle.

J'acquiesce en riant et les laisse sortir pour m'habiller. J'avais déjà tout prévu hier soir. Ma robe est repassée et repose sur un cintre accroché à ma chaise de bureau, mes produits de maquillage sont étalés sur ma coiffeuse avec les couleurs qui s'harmonisent le mieux et j'ai sorti mes chaussures à talon noires de leur boîte.

— Foutu bouton de robe. Ce n'est pas vrai !

— Si je peux me permettre, tu places mal tes mains, trésor.

Je sursaute et *le* vois entrer, puis s'accouder à ma coiffeuse. Son parfum se répand partout dans la pièce. Ça fait longtemps que je ne l'ai pas vu fumer. Tant mieux. Il est vêtu d'un pantalon de costume noir avec une chemise légèrement ouverte laissant apparaître un peu de son torse. Ses manches sont suffisamment remontées pour que j'aperçoive une partie de ses tatouages. Et ses cheveux sont plus coiffés que d'habitude. Il est beau et il le sait.

— C'est vraiment insupportable que tu m'appelles comme Cyrielle, tu sais, dis-je en le laissant attacher le bouton.

— Je sais, mais je m'y suis habitué. Le surnom te va bien.

— Non, on dirait un vieux pervers de soixante-dix ans.

Il ricane, puis relève mes cheveux pour fermer le dernier bouton.

— La robe est très belle, j'aime beaucoup, affirme-t-il.

Je lève les yeux au ciel en souriant. C'était sûr. J'ironise :

— Arrête, tu viens presque de me faire un compliment, je vais rougir…

Il s'approche de moi et lève mon menton pour faire mine d'examiner mon visage. La proximité entre nos deux visages me surprend. Je sens son souffle sur ma peau et le toucher froid de ses bagues en métal contraste avec la chaleur croissante de mes joues.

— Je dirais que tes joues sont actuellement de couleur amarante, finit-il par dire.

Je fronce les sourcils. Il se détache de mon visage et prend un air serein.

— Je ne connais pas cette couleur.

Nonchalamment, il se repose sur ma coiffeuse et commence son explication :

— La couleur amarante est un mélange de rose et de rouge. Entre le pourpre et le bordeaux. On lui a donné ce nom à cause de la fleur, l'amarante, qui a pour particularité de ne jamais faner.

Il s'arrête et plonge ses yeux dans les miens avec un sourire en coin, comme s'il préparait quelque chose depuis longtemps et mettait enfin son plan à exécution.

— Une fleur qui ne fane jamais, élégante et envoûtante, comme toi, Iris.

Sa voix ralentit sur les syllabes de mon prénom. Mon cœur rate un battement ; décidément, il va réussir à me faire rougir. Il a su trouver une couleur de fleur parfaite pour en faire un sujet de drague et un jeu de mots sur mon prénom. L'association de sa beauté innocente et de sa culture est parfaite. Je note, il marque des points.

— Ouah, je… Merci, c'est très beau.

Je pense que c'est un des plus beaux compliments et surtout un des mieux placés qu'on m'aie jamais fait. De la part d'Ange, c'est rare, très rare. Donc ça ne peut que me toucher.

Il opine simplement de la tête, fier de lui. Je déverrouille mon téléphone et clique sur mon moteur de recherche.

— Je veux voir à quoi ressemble la fleur, ça m'intrigue.

Après quelques recherches, je tombe sur la description et la photo de l'amarante. Je lève un sourcil, le regarde. Je me mords la joue afin de ne pas laisser paraître, en riant, une émotion qui pourrait le contrarier.

— Elle n'est pas très belle, lâche-t-il, me devançant. Mais c'est l'intention qui compte.

Sa dernière remarque me fait rire pour de bon Il essaye de se rassurer comme il peut. C'est vrai que l'amarante est une fleur assez spéciale… Elle est assez volumineuse et elle a l'air d'avoir une texture étrange. Elle est… unique, on va dire.

— Oui, c'est l'intention qui compte…

— Regarde ! s'exclame-t-il en jetant un œil à mon écran de téléphone. Elle est même comestible ! C'est génial.

Génial ? Je blague :

— Alors là, si elle est comestible… ça change tout !

— Oui, ça change beaucoup de choses, dit-il d'un ton chargé de sous-entendus.

Je grimace en comprenant où il veut en venir. Adam et lui ont le même sens de l'humour, et c'est vraiment douteux. Mais qui se ressemble s'assemble…

Et les opposés s'attirent.

— T'es dégueulasse !

On se met à rire tous les deux, puis je lui demande d'accrocher mon collier.

Il s'exécute ; sa main descend vers le bas de mon dos. Son pouce effleure les deux petites fossettes au-dessus de mes fesses. Sa paume remonte ensuite le long de ma colonne vertébrale pour passer sur mon épaule. Il se racle la gorge et continue son chemin.

— Si aujourd'hui je te disais que tu es magnifique, ce serait trop : alors je vais m'abstenir et simplement t'avouer que les dos-nus te vont à ravir.

Je lui souris en le remerciant. Je m'assois sur le tabouret de ma coiffeuse pour commencer à étaler un léger fard à paupières. Il reste debout à côté de moi et joue avec les collants couleur chair que j'ai posés sur ma commode.

— Tu… (Il hésite.) Tes cuisses.

Je déborde mon trait d'eyeliner en attendant la suite de sa phrase. Je sais ce qu'il va dire et ça me met mal à l'aise.

— Tu ne te fais plus de mal ?

Je prends une profonde inspiration en posant le pinceau devant moi, puis j'observe mon reflet dans le miroir. Il attend ma réponse. Lui non plus n'est pas très à l'aise. Dans un sens, je suis contente qu'il s'en souvienne, mais j'aurais préféré qu'il ne le découvre jamais. Je suis trop honteuse. Le pire, c'est que personne ne l'a jamais remarqué, à part lui. Il remarque toujours tout.

— Non, dis-je doucement, presque dans un murmure. J'ai arrêté depuis un moment maintenant.

Et il en est la cause. Il a créé le déclic, par je ne sais quel moyen.

Il hoche la tête, visiblement soulagé, mais la lueur d'inquiétude n'a pas quitté ses yeux.

— Je suis fier de toi, chuchote-t-il pourtant. Vraiment fier.

Un silence confortable s'installe entre nous, ponctué seulement par les sons étouffés de la musique en bas.

Je réponds :

— Merci. Merci à toi.

Il incline doucement la tête, puis attend patiemment que je termine mon maquillage.

Après une bonne heure à me pomponner, je descends, suivie d'Ange qui pianote sur son téléphone. Je tends les bras à ma mère pour lui faire un câlin, mais comme d'habitude, elle s'agite et court partout.

— Non ! Retourne-toi, Iris, crie-t-elle.

J'obéis, perplexe. Ange rejoint les invités dans la pièce voisine, et je reste là, seule, attendant qu'on m'autorise à regarder. Après quelques minutes, ma mère me bande les yeux et me guide vers le salon.

Quand elle retire le bandeau, je suis accueillie par un « Surprise ! » retentissant. Devant moi, une mer de visages familiers, tous souriants. Mes grands-parents, ma tante, des voisins, tous se sont mis sur leur trente-et-un pour l'occasion. Même mon grand-père a noué une cravate autour de son cou, lui qui déteste ça.

Ma mère a aussi invité d'autres amis, des Eagles et quelques-unes de mes coéquipières de danse. Le salon est décoré en doré et blanc, des couleurs qui contrastent parfaitement avec ma robe ! Des photos de moi, de mon enfance jusqu'à aujourd'hui, sont affichées partout. La table est embellie de petites décorations élégantes.

Ma première réaction est de mettre ma main devant ma bouche, puis de me jeter dans les bras de mes proches, en commençant par ma mère et mon frère.

— Vous êtes incroyables, merci énormément, dis-je, les larmes aux yeux.

La journée se passe tranquillement, entre rires et anecdotes me concernant. Les plats, tous plus copieux les uns que les autres, se succèdent. Ma mère ne fait jamais les choses à moitié. La musique accompagne notre fin d'après-midi, et tout le monde danse. Les personnes les moins proches de moi m'ont offert des fleurs ou des cartes cadeaux de mes enseignes préférées. Tout le monde a mis la main à la pâte.

Mes amis proposent plusieurs jeux. Je me retrouve souvent à échanger des regards avec Ange, qui me sourit de l'autre côté de la pièce. Il semble détendu, à l'aise avec ma famille, ce qui me rassure. À un moment, il s'approche de moi, tenant deux verres de punch.

— Pour toi, dit-il en me tendant un verre.

— Merci !

Quelques-uns de mes amis prennent congé, suivis des voisins et des connaissances. Il ne reste plus qu'Ava, Noah, Ange et ma famille proche. Le moment de recevoir leurs cadeaux est enfin arrivé. Ma mère nous réunit sur le canapé, son appareil photo dans les mains.

Ava, impatiente, est la première à se lancer. Elle me tend un paquet joliment emballé. En l'ouvrant, je découvre une paire de pointes de danse personnalisées, brodées à la main. Elles scintillent sous la lumière douce de la pièce.

— Bien sûr, tu ne peux pas danser avec, elles sont faites pour la déco… mais je les trouvais magnifiques et, en les voyant, j'ai pensé à nous deux quand nous avons commencé la danse classique.

Je la regarde, stupéfaite, je sens un grand sourire se dessiner sur mes lèvres. Ava et moi nous nous connaissons depuis l'âge de cinq ans : nos mères nous avaient inscrites dans le même cours de danse classique. Rapidement, elles ont compris que ce n'était pas notre voie, et nous sommes passées aux cours de moderne jazz, où notre amitié a vraiment pris son envol.

Je la serre dans mes bras.

— Merci, Ava. Elles sont magnifiques. Vraiment.

Adam est le suivant. Il me tend un petit écrin. À l'intérieur, un bracelet en or blanc, délicat et fin, avec quatre petits strass qui pendent gracieusement. Il me le met au poignet et explique que c'est un cadeau de lui et de maman. Les quatre diamants représentent notre famille : lui, maman, papa et moi. Je ne quitterai jamais ce bracelet. Il va devenir mon porte-bonheur. Je croise le regard de ma mère, qui a l'air contente de me voir si heureuse. Elle a des idées de cadeaux différents chaque année et ça m'épate toujours autant. Adam et elle sont géniaux.

Ensuite, mes grands-parents et ma tante m'apportent un sac énorme avec une petite étiquette sur les lanières :

Joyeux anniversaire à notre petite étoile,
de la part de mamie, papy et tata

Le mot est écrit en français ; je reconnais l'écriture parfaite et ronde de ma grand-mère. J'ouvre le paquet. C'est la veste Burberry dont j'étais tombée amoureuse il y a quelques mois. C'est énorme…

Puis vient le tour d'Ange. Contrairement aux années précédentes où il se joignait à Adam pour un cadeau commun, il a l'air de s'être préparé cette fois. Il s'approche de moi, un paquet soigneusement emballé dans du papier argenté à la main. Je l'ouvre en souriant : une enveloppe tombe sur mes genoux. Je l'ouvre et lis :

Je sais que tu en veux un depuis longtemps, alors c'est avec moi que tu iras te faire tatouer pour la première fois.

Je termine la phrase en montrant le papier aux autres.

Bon pour un tatouage

Mon visage s'illumine de joie. Ça fait trois ans que je demande à ma mère la permission de me faire tatouer, et enfin, Ange rend cela possible. Sans hésiter, je me jette dans ses bras. Ses mains se rejoignent dans mon dos et je pose un instant ma tête sur son épaule.

Je me tourne vers ma mère.

— C'est vrai ? Je peux ?

Elle rit doucement.

— Bien sûr que tu peux, ma puce. Tu as dix-neuf ans, c'est toi qui choisis maintenant ! Réfléchis juste bien à ce que tu veux !

Je hoche la tête en lui adressant un sourire complice. J'y réfléchis depuis des mois. Je sais parfaitement ce que je veux.

Chapitre 33

Ange

Une semaine s'est écoulée depuis l'anniversaire d'Iris. Les jours qui ont suivi étaient étranges, tout paraissait plus facile aux répétitions. Nous avons appris la chorégraphie d'*Open Up* très rapidement.

J'ai envie de la voir. Tout le temps. J'ai envie de m'assurer qu'elle va encore mieux que le jour d'avant, qu'elle me raconte chaque détail de sa journée. Elle manque à mes bras et… à mes lèvres. Je suis terriblement attiré par elle, mais je ne sais pas si c'est le cas de son côté. Elle joue avec moi, elle répond à mes avances, mais rien n'est concret. On s'amuse tous les deux à se draguer sans passer vraiment le cap. Peut-être par peur de tout gâcher ? Car qu'est ce qui se passera quand nous aurons passé ce « cap » ? Je ne sais pas. C'est une plongée dans l'inconnu – et je ne veux certainement pas la perdre une nouvelle fois.

Je ne sais pas comment elle réagit quand elle est en couple. Isaac lui a donné une mauvaise image de l'amour. Je la connais par cœur, je sais tout d'elle, sauf ça, et c'est la chose la plus frustrante ; je ne sais pas comment elle est quand elle aime, quand elle est amoureuse. C'est comme si je connaissais par cœur le résumé d'un livre mais qu'au fond, son contenu restait toujours vague. Chaque fois que je la vois, j'essaie de graver dans ma mémoire chaque trait de son visage pour être sûr de ne jamais les oublier. Ses sourires et ses regards sont-ils les mêmes qu'elle adresse à son frère ou à d'autres mecs ? Mais non, je ne crois pas. Elle me regarde différemment depuis un mois.

La voix stridente de ma mère me tire de mes pensées. Je suis retourné chez elle il y a deux jours, ça fait un bout de temps que je ne l'avais pas vue. Malgré ce qu'elle dit, elle a besoin de moi. Et, d'après les informations de Hannah, son dossier est en bonne voie d'être accepté dans un centre de désintoxication de Louisiane, alors il faut que je profite d'elle.

— Ange ! crie-t-elle d'en bas.

Je m'empresse de la rejoindre. Je la retrouve sur une chaise, ses mains dans ses cheveux. Elle a l'air horrifié, on dirait qu'elle a vu un fantôme. Swiffer saute autour d'elle pour lui réclamer des caresses.

— J'ai loupé l'anniversaire, continue-t-elle.

Mes sourcils se froncent. De quel anniversaire elle parle ? Elle ne voit personne depuis des années, à part Hannah – et ce n'est pas son anniversaire.

— Celui d'Iris. Elle a seize ans, non ?

Mon mâchoire se décrispe. C'est à ce moment que je comprends qu'elle est vraiment mal en point, qu'elle n'a plus de repères dans l'espace ni dans le temps et qu'elle est déboussolée. Alors je m'assois à côté d'elle et sors mon téléphone.

— Non, maman. Elle a eu dix-neuf ans. Elle a mon âge. Tu ne t'en souviens pas ?

Son traitement est très puissant et parfois j'ai l'impression qu'il n'est plus adapté à ses besoins. Elle a du mal à mettre des mots sur les souvenirs datant d'avant la mort de papa. Je lui tends l'écran de mon portable en faisant défiler des photos.

— Regarde, c'est elle.

Sur chacune des images, Iris sourit. Elle fait rayonner tout le monde autour d'elle. On peut voir que son petit front se plisse par moments, car elle ne s'attendait pas à ce que je la prenne en photo. Sur quelques clichés, elle est concentrée sur des pas de danse ; sur d'autres, on la voit souffler ses bougies. Ma mère est très attentive à ce que je lui montre. Chaque fois que mon pouce passe à l'image suivante, ses yeux cernés s'écarquillent un peu plus.

— Elle est si jolie, chuchote-t-elle.

J'acquiesce et lui dis qu'elle n'a pas changé depuis son enfance. Son euphorie et son caractère sont toujours les mêmes. Elle devient juste une femme forte et prête à affronter de nombreuses choses. Est-ce que je devrais lui montrer les vidéos de notre duo ? Je ne sais même pas si maman est au courant que je participe au concours et que j'ai décroché le rôle principal. Tant pis, je peux tout de même essayer.

— Iris et moi participons à un gala de fin d'année pour l'école de danse de Hannah. On a eu les premiers rôles. Elle est donc ma partenaire de danse.

Intriguée, maman se rapproche de l'écran et place ses lunettes sur son nez.

Alors qu'on regarde les vidéos, je me rends compte que le regard d'Iris, sur chacune d'elles, est doux et bienveillant. C'est vrai qu'on forme un bon duo. Je l'aperçois même rire par moments, alors qu'au début de l'année je n'avais le droit qu'à de brefs regards neutres.

— Vous dansez tellement bien, dit ma mère, les larmes aux yeux.

Je passe ma main sur son épaule : elle la prend entre les siennes.

— Tu es amoureux d'elle, n'est-ce pas ?

Surpris, je ne réponds pas tout de suite. Pourquoi maman me dit ça ? Depuis quand elle s'intéresse à ma vie privée ? On n'avait encore jamais eu de discussion sur mes amours, mes copines. C'est nouveau, et j'avoue que ça me perturbe. Ce n'est pas déplaisant, c'est juste étrange.

Je ne sais même pas répondre à sa question car je ne me la suis jamais posée. J'aime Iris, ça c'est évident. J'aime être avec elle, la protéger, l'aider. Mais être amoureux ? En fait, je ne sais pas ce que ça fait. Je n'ai jamais eu de copine. Juste des filles de passage qui ne cherchaient rien de plus que passer un bon moment, et ça me convenait très bien. Je n'ai jamais dit « je t'aime – » à une fille, à part à ma mère.

— Non, je ne… enfin…

— J'ai toujours pensé que tu l'étais un petit peu, à cause de ta façon d'être avec Iris – et encore plus maintenant quand je te vois adulte à côté d'elle. Mais j'ai peut-être tort ?

Je laisse sa dernière phrase en suspens. Elle n'a pas tort, elle a raison. Je suis amoureux d'Iris et c'est terrifiant.

— Ça se voit, mon loup.

« Mon loup » était le surnom qu'elle me donnait étant petit. Ça faisait une éternité qu'il n'était pas sorti de sa bouche. J'ai un pincement au cœur. Je me rappelle quand elle me prenait dans ses bras pour me raconter ses aventures de petite fille, ou quand elle coloriait avec moi le matin en me disant que la vie est plus belle avec des couleurs. Tout ça est parti en même temps que papa. Du jour au lendemain.

— Tu sais, Ange, tu restes mon fils. Je sais que je n'ai pas su prendre soin de toi ces dernières années et que j'ai été la pire des mères qu'un adolescent en détresse pouvait avoir. Je le regretterai sans doute toute ma vie. Mais, malgré les apparences, je t'ai vu grandir et tu es devenu le plus merveilleux jeune homme que je connaisse.

Ses yeux se brouillent de larmes.

— Tu n'as jamais cessé de t'occuper de moi alors que j'ai été une vraie garce. Tu as toujours tout gardé pour toi et tu as toujours cru en moi alors que moi-même je n'en étais plus capable. Tu es devenu l'homme que je voulais que tu deviennes. Et ça, tout seul, sans mon aide. J'en m'en voudrai toujours de t'avoir laissé te faire ronger par tes démons. Je ne saurai jamais comment te conseiller ou comment te réconforter. Je ne sais même plus ton plat préféré ni comment tu t'en sors dans tes études. La dernière fois que tu as souri en ma présence ou que nous avons discuté tous les deux. Tout ça a disparu et c'est ma faute. Je suis heureuse que Hannah ait su me remplacer. Tu as su trouver en elle ce que tu avais perdu. Tu méritais une mère comme elle.

Je pleure, moi aussi. Ces révélations me bouleversent. Cela fait des années que je croyais ne plus avoir d'importance à ses yeux. Je pensais qu'elle avait oublié ce que c'était d'être une mère. Depuis la mort de papa, elle n'était plus là. J'ai essayé, en vain, de me débrouiller seul, comme je le pouvais.

Sa déclaration soudaine est tout ce qui manquait à mon équilibre. Elle me dévoile tout. Elle m'assure qu'elle a encore une place dans son cœur pour moi et qu'elle n'a jamais oublié une seconde que j'étais son fils. Elle avoue qu'elle m'a toujours aimé, mais qu'elle ne savait juste plus me le montrer car elle était morte de l'intérieur. Elle a laissé son âme à papa. Ce jour-là, elle a laissé beaucoup de choses à papa.

Sa main vient essuyer mes larmes.

— Je suis fière de toi, mon loup.

Je pose mon front contre elle, où je réussis à trouver le réconfort que j'ai tant cherché ces dernières années.

— Occupe-toi bien d'Iris. Aime-la, dorlote-la, console-la. Et surtout, ne t'arrête plus jamais de vivre pour moi. Maintenant, vis pour toi, vis avec elle. Vivez ensemble ce que vous avez raté après la mort de vos pères. Soignez-vous.

Mes lèvres saignent. Je commence à sentir l'arrière-goût métallique se disperser dans ma bouche. Elle appuie là où ça fait mal, comme elle l'a toujours fait. Je veux lui montrer que tout ça, c'est fini ; que je réussirai à tourner la page.

— Merci, maman. Je suis content que tu le reconnaisses, dis-je en me levant de ma chaise. Même si Iris n'est pas ma copine, je la prendrai toujours sous mon aile. Comme on l'a toujours fait avec Adam.

Cette phrase suffit à me remonter le moral, car Iris Rossi est une étoile, un élément instable qui n'hésite pas à exploser sur le cœur des autres pour donner tout son amour, sa piété et sa gentillesse. Comme son prénom l'indique, elle est le symbole des couleurs, de la beauté et de l'espoir. Elle est mon espoir. Et maman avait raison, la vie est plus belle avec des couleurs… elle est plus belle avec Iris.

J'ai enfin trouvé ma pierre précieuse. J'ai enfin trouvé quelqu'un en qui croire et avec qui rêver. J'espère pouvoir lui rendre la pareille.

Le soleil couchant jette ses derniers rayons à travers la fenêtre, baignant la pièce d'une lumière chaude et réconfortante. J'aperçois la silhouette d'Adam sur le trottoir en face de chez moi. Il m'attend. Il veut m'emmener quelque part. J'ai accepté. Je pense qu'il veut se faire pardonner et je le comprends. J'apprécie, d'ailleurs.

Je caresse l'épaule de ma mère et lui lance un dernier regard avant de passer la porte d'entrée.

— Salut, lance le blond.

— Salut, Adam. Alors ? On va où ?

— Surprise, je t'ai dit.

Je n'insiste pas plus. Il entre une adresse dans le GPS de mon téléphone et me demande de démarrer la voiture sans m'occuper de ce qu'il fait. Il me guide simplement, m'indiquant les bifurcations. Le trajet se passe en compagnie des chansons de Drake. Ça me rappelle les fois où l'écoutait en boucle quand nous étions ados.

— Tu devrais bientôt reconnaître l'endroit.

Je scrute le paysage en cherchant des indices, jusqu'à ce que je remarque un petit parking que je connais par cœur.

— Mais non, mec !

— Alors… surpris ?

Adam m'a amené là où on passait tous nos étés. Après avoir emménagé en Louisiane, nos familles respectives ont pris l'habitude de passer les week-ends et jours fériés dans une maison de vacances qu'ils avaient achetée. Elle se trouve au bord d'une falaise, à côté d'un lac bleu turquoise. Tout est encore comme dans mes souvenirs, l'aire de jeu, la piscine, la petite plage et la maison.

C'est incroyable.

— Et attends, tu n'as pas encore tout vu ! ajoute Adam.

Il me conduit sur un rocher au bord du lac.

— Regarde.

Son doigt pointe des mots gravés dans la roche :

***Ange Albarez et Adam Rossi, capitaines de l'avion* Atria.**

Un rire m'échappe. Comment j'avais pu oublier ça ? Adam et moi jouions tout le temps aux explorateurs. Ce rocher était notre « avion », *Atria.* Car ce nom désigne trois étoiles qui forment une constellation, celle du Triangle austral, qui comporte l'une des étoiles les plus lumineuses et brillantes du ciel. C'est Iris qui avait eu cette idée et j'ai toujours pensé que cet assemblage de trois étoiles nous représentait, et qu'il nous unissait encore plus que nous ne l'étions.

— C'est incroyable, Adam. Ça me fait tellement plaisir de revoir tout ça… ouah.

— Ça fait trois ans qu'on n'est pas revenus ici.

Trois ans, ce n'est rien, et c'est tout. Beaucoup de choses ont eu le temps de changer. On devenait ados, on n'avait plus envie de jouer aux explorateurs. Et puis est venu le moment où nos pères sont partis et où nos mères se sont éloignées l'une de l'autre. Ils n'ont pas vendu la maison mais elle ne sert plus à grand-chose aujourd'hui. C'est vraiment dommage.

On se pose sur le capot de ma voiture. On ne dit rien, on contemple juste le coucher du soleil, comme deux pères de soixante-dix ans à la retraite qui ruminent sur le fait que la vie est dure.

C'est Adam qui décide de briser ce silence.

— Même si je sais que tu m'as pardonné, je n'arrive pas à tourner la page. Je m'en veux beaucoup trop, Ange.

Le regard au loin, il joue avec sa chaîne. Sa jambe tremble. Il fait tout le temps ça quand il est stressé.

— Quand on pardonne, on ne change pas le passé, on change le futur. Alors ne te morfonds pas sur les actes que tu as pu faire ou les paroles que tu as pu dire. Pense au futur. Moi, je pense à ça. À l'avenir, j'ai envie de revenir ici et de passer mes étés avec toi, comme avant.

Son visage se détend et affiche une mine navrée suivie d'un sourire sincère. Je me retourne alors vers lui, prêt à l'écouter.

— J'ai réagi comme une merde, j'avais bu et j'ai pensé qu'à ma gueule. En une soirée, j'ai failli perdre mon meilleur pote et ma sœur.

— Ne dis pas ça, Adam.

— Si Ange. J'ai eu peur, je pense… J'avais peur de vous perdre tous les deux. Je pensais que si vous vous rapprochiez, vous alliez partir, me laisser seul ou pire, j'avais peur qu'un de vous deux brise l'autre sans même s'en rendre compte. Mais, bordel, je m'en veux. Maintenant je comprends que j'avais tort sur toute la ligne.

Je lui donner un léger coup amical sur la nuque.

— Tu comprends vite, mais faut t'expliquer longtemps !

Il laisse échapper un rire nerveux tout en me scrutant intensément.

— Jamais je n'oserais faire du mal à Iris, même inconsciemment. Je ne me serais pas lancé dans ce flirt avec elle sans m'assurer que je n'étais pas à peu près guéri et sûr de moi.

— Je le savais, évidemment… Tu es comme mon frère, Ange. Bien sûr que je ne peux qu'être heureux que tu ressentes quelque chose pour ma sœur. Vraiment, c'est sincère. Iris est beaucoup plus vive et souriante depuis que les entraînements ont commencé avec toi. Elle ne veut pas se l'avouer, car elle a un ego surdimensionné, comme le tien, mais je sais que tu y es pour quelque chose. À chaque fois que je parlais de toi à table, elle était beaucoup plus attentive. Elle cherchait souvent à savoir si on sortait le soir et qui nous accompagnait. Et depuis que tu lui as avoué ton passé, elle a totalement changé sa manière de penser sur toi. Tu as un effet positif sur elle, Ange. Vraiment.

— Et elle a un effet positif sur moi, je crois. Tout comme toi avec moi. Sans toi, je n'en serais sûrement pas là.

— Merci de me comprendre aussi bien. Je pense aussi que l'ex d'Iris a joué un rôle dans la réaction que j'ai pu avoir. Il a tellement été un chien avec elle que j'ai peur qu'elle rechute à chaque fois qu'elle sort avec un mec.

— Je comprends, tu veux la protéger et remplir ton rôle de grand frère. Sache que tu es un très bon frère Adam, mais maintenant, laisse-la faire ses propres choix. Elle est assez grande… et puis Isaac n'avait sûrement pas les mêmes intentions que moi.

— Bien sûr. Je suis tellement désolé.

Il m'étreint rapidement en tapotant mon dos, puis son visage reprend un air sérieux.

— Juste… laissez-moi le temps de m'habituer, hein…

— On n'est pas ensemble et je ne sais pas si on le sera, dis-je. On s'est embrassés sans rien espérer de l'autre en retour.

J'avoue que je lui mens un peu. Il n'est pas au courant de la dispute qui a éclaté entre Iris et moi le soir du bar, et il n'est pas au courant qu'on s'est embrassés une deuxième fois. C'est justement cette deuxième fois qui me fait espérer qu'elle ressente la même chose que moi. *Qu'elle m'embrasse quand elle veut, j'attendrai.*

— En tout cas, merci Ange. Je n'aurais jamais pensé te le dire un jour, mais ton prénom te va si bien. Beaucoup ne te méritent pas. Moi en premier. Je t'aime, mec.

Ses mots sont sincères. Finalement, lui aussi se bat avec les mêmes démons que nous. Nous sommes trois enfants qui ont grandi un peu trop vite.

— Je t'aime aussi, mec.

Chapitre 34

Iris

5 h 30 du matin, un mois avant le concours

Aujourd'hui est un grand jour. Hannah, Ange et moi devons nous rendre dans notre chère capitale pour faire les repérages dans la salle avant le gala des Sept Danses. On aura la chance de pouvoir réviser quelques danses sur la scène pour nous y habituer.

On reste deux jours là-bas. La compagnie nous offre une nuit dans un des hôtels les plus luxueux de Louisiane. Je ne vais pas me plaindre… surtout qu'Ava aurait adoré voir ça de ses propres yeux mais, malheureusement, il n'y a que trois places disponibles : celle du professeur et des deux danseurs principaux.

— Comment te sens-tu, ma puce ? demande ma mère qui entre, encore ensommeillée, dans ma chambre.

Maman a insisté pour se réveiller à la même heure que moi. Elle voulait absolument s'assurer que je n'avais rien oublié. Elle pose une tisane accompagnée d'une barre de céréales sur ma coiffeuse.

— Tu n'aurais pas dû te lever, maman, je pouvais me débrouiller toute seule…

— Non, je ne vais pas te voir pendant deux jours… Ça va être long !

Sa réflexion me fait rire. C'est vrai que je ne pars jamais, sauf avec elle.

— Je te tiens au courant ! Tout se passera bien, je suis avec Hannah et Ange.

— Je ne m'inquiète pas pour toi. Profite à fond, ma puce. Envoie-moi un message quand tu es arrivée.

Elle pose ses lèvres une dernière fois sur mon front et repart dans sa chambre.

Ange vient me chercher en voiture avec Hannah d'ici quarante-cinq minutes. Encore en retard, c'est une habitude maintenant. Nous avons une heure de route depuis notre petite ville et nous devons être assez tôt là-bas à cause de la paperasse qu'il y a à signer.

J'engloutis littéralement la barre de céréales et m'étouffe presque avec la boisson chaude.

Un dernier coup de brosse, un jean *oversize* et un t-shirt court pour être à l'aise durant le trajet, mon sac à main et ma petite valise : tout est bon.

De : **Ange *émoji aile d'ange***
À : **Moi**
Chez toi dans cinq minutes, trésor.

De : **Moi**
À : **Ange *émoji aile d'ange***
Parfait. <3

Je profite des cinq minutes restantes pour écrire un petit mot sur un Post-it à ma famille, car je ne pourrai pas leur dire au revoir, ils repartent demain matin en France. C'est passé trop vite.

Je m'apprête à descendre l'escalier quand la voix de mon frère m'interpelle.

— Amuse-toi bien, sœurette. Et pas de bêtises.

Son ton ironique me fait rire. Je le prends dans mes bras en me mettant sur la pointe des pieds.

— C'est promis. On va juste repérer la scène pour le gala, je te raconterai tout ça en revenant.

Il se détache de moi à l'instant où je reçois une notification d'Ange pour me prévenir qu'ils sont arrivés. Il me décoche un dernier clin d'œil et retourne se coucher en bâillant. Son bas de pyjama Mickey me fait rire.

Même si l'été est là, une légère brise le matin me chatouille le visage et un frisson me parcourt. Les beaux jours sont là, tant mieux. J'en avais marre du brouillard éternel de Covington, de la pluie et de la nuit. Je commençais réellement à manquer de vitamine D.

Ange est garé devant l'entrée du portail. Il fume. *Tiens donc*. Je vois Hannah endormie à l'arrière de la voiture. Je m'approche de lui et pose mes lèvres sur sa joue. Il me rend la pareille en m'embrassant la tempe.

— Tu n'es pas trop fatiguée ? demande-t-il en écrasant sa cigarette dans le cendrier.

— Un peu, mais j'ai trop hâte. Et toi ?

— Tu pourras dormir durant le trajet. Moi ça va, j'ai hâte aussi.

Le trajet ne dure guère plus d'une heure. J'ai dormi sur les jambes d'Hannah tout le long, sa main se baladant dans mes cheveux. Notre capitale, Bâton-Rouge, est encore plus belle que ce que j'imaginais.

— On va s'arrêter dans une cafétéria pour déjeuner, les loulous, dit Hannah en montrant un petit restaurant à l'angle d'une rue.

Nous prenons ensuite un tramway qui nous amène devant le Shaw Center for the Arts. Un magnifique bâtiment fait de verre et de lumière. Je n'y crois pas, on va danser là-bas !

Hannah passe devant nous pour nous guider à l'intérieur. Ange a l'air tout aussi émerveillé que moi, il enlace timidement ses doigts dans les miens, me décrochant un sourire.

Il a l'air plus détendu, il a l'air d'être apaisé. Je ne sais pas ce que « nous deux » sommes, mais je m'en fiche : je veux juste profiter de cette journée avec lui.

— Bonjour, vous êtes Hannah Courtgame, professeure de danse de la Hannah's Dance Academy ?

Un homme musclé en costume noir avec des lunettes de soleil sur le nez nous fait face.

— Bonjour, oui, c'est ça, et je suis accompagnée de mes deux danseurs, Iris Rossi et Ange Albarez.

— Très bien, veuillez me suivre, je vais vous conduire jusqu'à la scène. Vous avez trente minutes devant vous, après il faudra la libérer pour une autre école.

Ni une ni deux, nous commençons l'échauffement et Hannah met en route *Meet You in Hell*. Heureusement qu'on révise régulièrement les trois danses, car sans ça, je l'aurais déjà oubliée. La scène est immense et des ingénieurs du son, régisseurs lumière ou encore des membres du staff du Centre avec quelques inspecteurs se baladent dans la salle. Ce public réduit me suffit pour avoir le trac. Ange le ressent en me rejoignant sur scène avec la voix de Jade LeMac. Il colle son front au mien et me demande de fermer les yeux.

— Une étoile ne doit pas avoir peur de briller, alors éblouis-moi, éblouis-les.

Je reprends confiance et me concentre juste sur lui et nos pas.

Tout se passe bien, on enchaîne avec *Altitude* qui laisse sans voix plus d'une personne dans le public. Je peux entendre de légers applaudissements. D'autres danseurs sont également présents. Ils nous regardent. Les danseuses restent littéralement figées devant le torse nu et tatoué d'Ange, ce qui m'aide à rentrer encore plus dans mon rôle, et il en joue. Je joue moi aussi de cette ambiance pour montrer que c'est moi qui lui plais.

Un léger sourire se dessine sur son visage : il a compris.

— Tu veux leur prouver quelque chose mademoiselle ? interroge-t-il, collé à moi.

— Peut-être…

— Alors, refais ce que tu as fait lors de la répétition devant les autres. Montre que je n'ai d'yeux que pour toi et seulement toi.

Mon regard se remplit de désir. Il joue avec mes nerfs et j'adore ça. Lui aussi veut montrer aux autres que c'est lui et juste lui qui possède mon corps.

La fin de la chanson arrive, il se place en face du public, sur la chaise. Je m'agenouille devant lui et remonte sur son torse avec mes lèvres, jusqu'à son menton. Ses mains se crispent autour de ma taille et sa tête s'incline légèrement en arrière.

La lumière se rallume pour nous indiquer de passer à la dernière chorégraphie.

— Iris Rossi, tu es la femme la plus attirante et séduisante que j'aie jamais vue, finit-il par dire.

Je lui envoie un dernier clin d'œil avant de me placer pour *Open Up*.

— Juste, mes loulous, dit Hannah en nous rejoignant. Je ne vous avais pas prévenus avant pour ne pas vous perturber, mais… j'ai prévu un baiser de fin pour cette dernière chorégraphie. Ça me semble important pour clore la représentation. Dites-moi juste si ça vous dérange.

Mes yeux s'écarquillent. Embrasser Ange devant plus de 10 000 personnes !

Il me regarde. Il avait l'air au courant, vu son rictus amusé.

— Moi ça me va, déclare Ange. Je pense que c'est une bonne idée pour le public.

Bien sûr que ça lui va ! *Bouffon…* Il va réussir à me faire sourire.

Hannah se tourne vers moi pour que je lui donne également mon accord.

— Ça marche pour moi aussi.

— Merci, vous êtes géniaux !

Mes joues chauffent. Est-ce que ça veut dire qu'il va également falloir qu'on s'embrasse là, maintenant, pour la répétition ? Est-ce qu'un baiser de scène se répète ? Je n'en sais rien. Je commence à paniquer.

Je me laisse tout de même aller sur la voix angélique de Gallant. Cette chorégraphie est clairement ma préférée. Elle est légère et transpire l'amour comme dans les films à l'eau de rose. Il y a un mélange de séduction, d'attirance charnelle et de passion. C'est incroyable. Les portés sont tous plus géniaux les uns que les autres. J'adore.

La fin approche, mon cœur s'emballe. Ange colle son front au mien.

Il veut mes lèvres.

Je m'approche alors de lui à mon tour et, à la dernière seconde, sa tête part sur le côté et il pose sa bouche chaude près de mon oreille.

— On n'embrasse pas la mariée devant tout le monde avant le jour J.

Frustrée, je rétorque :

— Ah bon ? Je ne connaissais pas cette règle. Pas devant tout le monde ? Donc quand on est seuls, ça passe ?

Il rit toujours, une main posée dans mon cou.

— Hmm, faut voir.

On se détache enfin l'un de l'autre. Je sais que lui aussi est frustré, mais son plaisir est d'autant plus fort de m'avoir infligé la même chose.

La journée s'achève, nous rentrons à notre hôtel. Hannah a l'air épuisé. Elle tresse ses cheveux et enfile un gilet trois fois trop grand pour elle.

— Vous avez bien travaillé, mes loulous, bravo. J'ai l'impression de vous avoir vu grandir cette année.

Elle nous prend dans ses bras et embrasse le front d'Ange.

— Les organisateurs du gala des Sept Danses nous ont privatisé une suite avec deux chambres. Mais il y a un canapé-lit dans le salon. Je peux le prendre si vous voulez.

— Non, je le prendrai, Hannah, réplique Ange. Va te reposer tranquillement, on se débrouille.

— Merci mon chéri. Je suis désolée de vous laisser comme ça, mais je pense aller me vautrer dans le lit moelleux et m'assoupir devant une série. Vous pouvez aller à la piscine et au restaurant de l'hôtel. Faites comme bon vous semble, tout est gratuit. Bonne nuit !

Elle s'en va rejoindre une autre professeure de danse dans le hall après nous avoir donné un double des clés.

Je demande :

— On fait quoi maintenant ?

— Jacuzzi ?

— Avec plaisir.

Nous montons nos affaires dans la suite et enfilons nos maillots de bain.

La chambre est incroyable. Quand on rentre, il y a un long couloir qui mène au salon et j'aperçois une cuisine, un cellier et plein d'autres pièces dont je ne vois même pas l'utilité. La chambre de Hannah se trouve à côté de la cuisine tandis que la mienne est à l'étage avec une salle de bains intégrée.

Je crois rêver.

— Putain, la vache, dit Ange en me rejoignant dans ma chambre.

— Eh ouais ! Tu as fait le mauvais choix avec le canapé-lit !

Il souffle en prenant une serviette de piscine sur ses épaules.

— Allez, on y va.

L'hôtel est immense, on arrive même à se perdre ; il nous fait dix bonnes minutes de recherche pour trouver la piscine avec jacuzzi ;

Il y a très peu de monde, car il est déjà tard. On voit des couples se manger la bouche par-ci par-là. Je ne peux pas leur en vouloir… Les LED qui brillent dans l'eau rendent l'ambiance plus que bouillante. La tranche d'âge des clients de l'hôtel est assez jeune et la plupart des personnes présentes sont des danseurs.

Ange est le premier à s'installer dans le jacuzzi : il me fait signe de le rejoindre.

— C'est dommage que nous ne restions qu'une nuit, souffle-t-il.

— J'avoue, je serais bien restée une semaine de plus.

Son regard change soudain quand j'enlève le paréo qui cache mon corps. Il baisse les yeux quand je rentre dans l'eau, puis les détourne.

— C'est toi qui fuis mon regard, là, *mon ange*.

Je fais référence à ses réflexions moqueuses, au début de l'année, quand je ne voulais pas encore croiser son regard.

— J'évite de te regarder pour que tu ne penses pas que je suis mal éduqué.

— En quoi tu serais mal éduqué ?

— Si ça ne tenait qu'à moi, je te regarderais pendant des heures, avoue-t-il.

Sa réponse est honnête, au moins. Je me place en face de lui, laissant mes jambes frôler les siennes et remonte mes cheveux en chignon.

— Tu le fais exprès ! s'exclame-t-il.

— Non. Pourquoi ? J'ai envie de me mettre là. C'est tout.

La tension entre nous est palpable. Chaque mouvement que je fais semble intensifier son désir, et pourtant, je sens qu'il se retient, qu'il lutte contre une envie presque insoutenable. Je suis si proche de lui, mes jambes sont enroulées autour de sa taille, et je peux sentir la chaleur de son corps sous l'eau. Ses mains viennent se poser fermement sur mes hanches. Il me rapproche de son bassin, mais je le sens trembler.

Je dépose des baisers légers et délicats sur ses joues, son menton, son front, en évitant soigneusement ses lèvres. Il en profite pour faire divaguer son index le long de mon épine dorsale. Je peux sentir son souffle devenir plus lourd : sa poitrine se soulève et s'abaisse rapidement sous mes caresses. Il ferme les yeux ; son nez frôle le mien.

— Tu es en train de me rendre fou, Iris, murmure-t-il d'une voix rauque, presque brisée par l'émotion. Tu sais ça ?

Je laisse échapper un léger rire : l'excitation monte en moi.

Le désir.

C'est bien ça.

— Et c'est ça que tu veux ? Que je devienne fou de toi ? demande-t-il, ses yeux brûlants enfin plongés dans les miens.

— Peut-être, dis-je doucement en glissant mes doigts dans ses cheveux mouillés. Ou peut-être que j'ai juste envie de te faire perdre la tête… juste un peu.

Il soupire profondément, et ses mains remontent le long de mon dos, suivant les courbes de ma colonne vertébrale. Ses doigts s'attardent sur chaque saillie, chaque creux, comme s'il voulait mémoriser tous les détails de mon corps.

— C'est exactement ce que tu es en train de faire, répond-il, frustré.

Je me penche encore plus près de son visage. Je peux sentir son souffle chaud sur mes lèvres, et c'est à peine si je peux résister à l'envie de l'embrasser. Mes doigts glissent lentement sur sa nuque, caressant sa peau avec douceur.

— Alors pourquoi tu te retiens ? chuchoté-je, mes lèvres frôlant les siennes – un contact plus léger que celui d'une aile de papillon.

Il ferme les yeux, et, pendant un instant, je sens qu'il est sur le point de céder. Il inspire à fond et ses prunelles deviennent sombres. Ses mains descendent vers mes fesses sans les toucher ; il me tire légèrement plus près de lui, jusqu'à ce que mon front rencontre le sien.

— Je peux ? demande-t-il.

Je souffle un « oui » qui le satisfait. Sa main droite se glisser sur ma fesse tandis que sa main gauche se pose sur ma joue.

— Embrasse-moi, chuchote-t-il.

Je me rapproche alors de lui, et, quand ma bouche est assez près de la sienne, je dévie vers sa joue.

— On n'embrasse pas le marié devant tout le monde avant le jour J.

Il me regarde avec des yeux ronds comme des soucoupes.

— Ne joue pas à ça avec moi, tu vas perdre.

— On joue à un jeu qu'on a déjà perdu d'avance tous les deux, mon ange.

Il sourit à ce surnom et m'embrasse juste au-dessus de mon maillot de bain, sur ma cage thoracique. Je sens son souffle chaud contre ma poitrine et son hésitation ne fait qu'attiser le feu qui brûle en moi. Il embrasse mon cou, le mordille et le lèche. Ses doigts agrippent ma nuque pour me retenir.

On continue comme ça pendant une dizaine de minutes, puis il plonge dans l'eau froide pour se remettre les idées en place. Il me propose ensuite d'aller au restaurant qui donne sur la piscine.

La cuisine est incroyablement bonne. Le serveur nous sert des petits plats à n'en plus finir.

— Je n'en peux plus !

— Déjà ! Mais on n'en est qu'à la cinquième assiette, se moque Ange.

— Et le dessert est encore à venir !

Je déguste quand même le thé gourmand qui m'est servi. Un plat de plus, un plat de moins… Au point où nous en sommes, ce n'est rien.

— Je vais aux toilettes, j'arrive.

Ange acquiesce.

Quand je reviens, il n'est plus à notre table. Je le cherche dans le restaurant, immense. Je tombe sur une petite salle où des jeux d'argent sont installés. En face, il y a des tables de billard. Mon cher partenaire est en train de placer les boules pour commencer à jouer.

Je m'approche de lui en prenant soin qu'il ne me remarque pas et passe mes mains autour de sa taille pendant qu'il tire.

— Depuis quand tu sais jouer au billard, Albarez ?

Ange reste concentré sur son coup.

— Depuis ce soir, dit-il en tapant pile la boule qu'il voulait.

— Menteur.

— Il y a encore pas mal de choses que tu ne sais pas sur moi, Rossi.

— Jouer au billard en fait partie ?

— Oui.
— Passionnant.
— Tu te moques de moi, là ?
— Non, en vrai c'est sexy.
Il se retourne vers moi et rajuste mon paréo.
— Tant mieux alors. On rentre ?
— Déjà ? Tu abandonnes ta partie ?
— J'ai... envie d'autre chose, dit-il en se posant contre le billard, son doigt frôlant ma cuisse.
Son regard répond à ma question muette.
— Oh, dis-je en le prenant par la main pour remonter dans notre suite.
Le désir...
Pendant que j'ouvre la porte de la chambre, Ange dévore de baisers mes épaules et mon cou. À peine le battant refermé, il me soulève pour me porter en direction de ma chambre.
— Enfin seuls... toucher ton corps sans pouvoir réellement le toucher est une douce torture. Ça fait un an que j'attends ça. Être ton partenaire de danse est incroyablement frustrant, Iris, j'espère que tu le sais. Et tu ne me rends pas la tâche facile.
Son regard est rempli de désir, d'avidité ; il cherche encore une fois ma bouche et me plaque contre la porte.
Je sussure à son oreille :
— C'était quoi, déjà ? « Si j'avais su ce que ça me ferait de te toucher, j'aurais pris la fuite ? »
Ses mains se crispent sur mes cuisses quand ma langue s'attarde sur son cou.
— Ou alors « c'était une erreur, on oublie » ? Tu n'as pas l'air de fuir en ce moment, et encore moins de prétendre que ce n'est qu'une erreur.
Mes paroles le mettent au supplice, je le vois bien.

Mon sang bouillonne. Elle sait me parler, elle sait jouer d'elle-même. Elle me maîtrise totalement. Et elle a raison sur toute la ligne. J'emprisonne sa nuque dans ma main pour rapprocher sa tête de la mienne ; je sens son cœur battre la chamade.

C'est en titillant son lobe d'oreille que je lui réponds :

— Je ne fuirai et n'oublierai plus jamais. J'en suis incapable.

Elle frissonne à ces mots. Est-ce que nous ne sommes pas en train de faire une erreur ? Je n'en ai aucune idée, j'ai juste envie de la sentir – à croire que je suis né pour la désirer.

— Prouve-le, Albarez.

Son corps m'appelle. C'est la phrase de trop, encore une fois. Je la veux – et entièrement.

— Comment veux-tu que je te le prouve, pour commencer ?

Je colle mon bassin au sien.

— Avec mes doigts ? Ma langue ? Ou plus si affinités, bien sûr.

Une fine pellicule de sueur nous enveloppe déjà.

— Tout.

Ni une ni deux, je lui ôte son paréo et plaque mes lèvres sur les siennes, tout en la poussant avec douceur vers le lit beaucoup trop grand. Notre échange est fougueux et lui arrache quelques gémissements. Je retire à mon tour mon t-shirt pour laisser ses doigts parcourir mon torse. Ses jambes s'enroulent autour de ma taille ; elle doit sentir la bosse qui se forme douloureusement sous mon pantalon.

Elle retire son haut de maillot de bain d'un geste vif.

— Bordel, dis-je en regardant ses courbes apparaître devant moi.

J'ôte ma ceinture et déboutonne mon pantalon qui tombe à mes pieds. J'empoigne ses jambes pour la ramener contre moi sur le bord du lit et recommence à dévorer sa bouche. Nos langues s'emmêlent, ses doigts s'agrippent à mes cheveux. J'en profite pour descendre jusqu'à ses seins pour les agaçer de la langue et des dents. Une de mes mains se faufile à l'entrée de sa culotte.

Reprenant haleine, je lui demande :

— Tu es sûre ? Tu veux ?

— Oui, je veux.

J'embrasse alors son front et commence à jouer avec mon doigt sous le tissu. Son souffle s'accélère et ses dents mordent sa lèvre inférieure. Un deuxième doigt s'introduit en elle ; j'accélère la cadence quand son dos se cambre, tout en l'embrassant.

Après quelques minutes, je descends à la naissance de ses cuisses, que je caresse. Je retire délicatement le dernier tissu qui la couvre. Ma bouche rencontre langoureusement pour la première fois son intimité, alternant les plaisirs, et lui vole son premier vrai gémissement. Iris m'encourage à continuer, puis me tire vers elle pour joindre à nouveau nos bouches. Elle en profite pour jouer avec l'élastique de mon caleçon et pour passer ses petits doigts sur mon bas-ventre.

Son contact est incroyable, électrisant et addictif. Elle est divine, on dirait une déesse tellement elle m'envoûte. Je veux plus.

Elle baisse alors mon sous-vêtement et se redresse pour me laisser de la place sur le lit.

— Je n'ai pas de préservatif…

Iris me regarde d'un air satisfait et se lève pour s'accroupir devant sa valise d'où elle sort un petit sachet bleuté.

— Je rêve où tu avais prévu le coup ?

— Non, je voyage juste prudemment.

Elle m'enfile délicatement le préservatif, m'arrachant un grondement sourd.

Je me mets sur elle, mes bras de part et d'autre de ses épaules.

— Tu l'as déjà fait ?

Ses yeux scintillent.

— Les préliminaires, oui, mais l'acte en lui-même, non, pas vraiment… m'avoue-t-elle. Je ne considère pas l'expérience que j'ai eue comme une première fois.

La tendresse qu'elle m'inspire doit se lire sur mon visage. Iris me considère comme sa première fois malgré ses expériences passées. Je vais être celui dont elle se souviendra toute sa vie. C'est un sentiment inexplicable.

Son corps tremble légèrement. Je la couvre avec la couette et pose délicatement sa tête sur l'oreiller.

— Tu me dis si tu as mal, tu me dis comment tu aimes, tu me dis tout.

L'ambiance sauvage qui régnait jusqu'à présent se transforme en une atmosphère romantique et ardente. Iris place ses deux mains sur mes joues et m'embrasse tendrement.

Je m'introduis alors en elle avec douceur, ce qui nous arrache à tous deux un gémissement. Je la laisse s'habituer à mon contact, gérer la cadence.

Après quelques minutes, elle agrippe mon dos et plante ses ongles dans ma peau.

J'accélère mes mouvements en prenant soin de la regarder pour m'assurer que tout va bien. Sa tête bascule en arrière, sa voix résonne de plus en plus fort dans la chambre. Elle saisit l'une de mes mains et la pose sur sa bouche afin d'étouffer ses cris. Je la sens se contracter sur moi, et ça m'arrache plusieurs gémissements. Ma tête plonge dans son cou pour coller encore plus mon torse à sa poitrine.

Ses jambes toujours serrées autour de ma taille, je la pénètre plus fort : elle crispe ses mains sur les draps et ses cuisses tressaillent. C'est dans un dernier élan que nous finissons tous les deux, en même temps.

Je m'allonge sur elle le temps de reprendre mes esprits. Elle me caresse les cheveux, c'est doux. Je la prends dans mes bras. Son contact est bouillant. Ma bouche vient se poser une ultime fois sur la sienne – pour nous remercier tous les deux, sans doute.

Iris

Encore déboussolée par ce qui vient de se passer entre Ange et moi, je niche mon visage contre son épaule.

— Viens, on va aux toilettes et on en parle après, finit-il par me dire.

Après un aller-retour à la salle de bains, nous nous remettons sur le lit. Ma tête est posée sur son torse encore fiévreux de notre rapport. Je peux entendre son cœur battre à un rythme presque affolé. Il finit par me dire :

— Tu as aimé ?

— Oui, beaucoup. Et toi ?

— Oui, énormément, sourit-il.

— J'imagine que moi, je n'étais pas ta première fois…

Il n'hésite pas une seconde avant de me répondre :

— Si, tu es la première dont je suis amoureux avec qui je le fais.

Mon cœur ratte un battement. Que vient-il de dire ? Je me redresse sur mes coudes pour mieux le voir. Il plante ses yeux dans les miens et prend une grande inspiration.

— C'est moi qui ai demandé à Hannah d'être ton partenaire pour le Gala des Sept Danses. Avant les essais, je savais déjà que j'allais être avec toi. Il n'y avait aucun hasard. Je voulais profiter de cette opportunité pour tout te dévoiler, pour te dire la vérité et te révéler que je t'avais obligée me détester pendant ces dernières années car j'ai toujours pensé que j'étais responsable de la mort de nos pères. Je ne pouvais plus voir ton visage sans y penser, et surtout penser au fait que j'étais la cause de ton malheur. Et puis j'ai commencé à t'aimer, mais d'une manière différente. J'avais peur de ce que je ressentais pour toi. Je pensais que je n'en avais pas le droit. Mais j'ai envie d'être égoïste, pour une fois, et de te dire que, bordel, j'ai envie de t'aimer.

Il se décolle de moi pour guetter ma réaction. Je peux même voir dans ses yeux qu'il regrette peut être ce qu'il vient de m'avouer.

Je n'y crois pas ! Ange savait déjà qu'il allait être mon partenaire, c'est lui qui a demandé à Hannah de l'être ! À sa manière de me toucher, de me porter, je pensais qu'il était simplement attiré par moi, mais non, c'était bel et bien de l'amour.

Il… il m'impressionnera toujours, décidément.

En guise de réponse, je plaque ma bouche contre la sienne, mêlant nos langues. Ses doigts se glissent dans mes cheveux. Cet échange est un mélange de désir et de soulagement, avec quelques notes maladroites. Ça y est, Ange Albarez vient de m'avouer ses sentiments et c'est encore plus beau que dans mes rêves. Car oui, avant, *je ne voulais plus jamais le revoir mais je l'ai toujours cherché partout où j'allais.*

Je le regarde. Son masque est totalement tombé, il est mien. Il n'a plus peur de me montrer ce qu'il ressent pour moi et moi non plus. Je veux l'aimer, comme lui le veut aussi. Il a mis des mots sur ce que je ne voulais pas m'avouer, il a attendu un an pour réparer notre relation avant de me dire tout cela. Il m'a fait passer en priorité, avant Adam, avant sa mère. Il a accepté mes insultes et toléré mes crises en gardant toujours son objectif en tête. C'esr presque irréel…

— Ange, tu es…

Je ne trouve même pas les mots. Je m'en veux à cet instant, je m'en veux de l'avoir détesté alors que c'est lui qui m'a toujours fait me sentir vivante et importante.

— Tu n'as pas besoin de parler, tu as juste à me dire si tu veux continuer sur ce chemin avec moi. Ou du moins… qu'on essaie.

La question ne se pose même plus. Je sais que je le veux auprès de moi – il l'a toujours été, mais pas de cette manière. Je veux pouvoir l'aimer et lui montrer qu'il n'a pas fait tout ça pour rien.

J'essaierai jusqu'à ce que ça marche.

— Mais évidemment !

Nous étions seuls à ne pas être persuadés à cent pour cent de ce que nous éprouvions. Les autres autour de nous le savaient déjà, ils attendaient juste qu'on se redécouvre.

Et il est ma plus belle redécouverte.

Ange

5 h 30 du matin, le lendemain

Mon téléphone ne cesse de s'allumer et de vibrer sur la table de nuit à côté du lit. Je jure doucement et le retourne sans le regarder pour me rendormir contre le corps de ma danseuse.

Ça y est, je lui ai enfin tout avoué, et je suis l'homme le plus heureux du monde. Mes efforts n'étaient donc pas inutiles. Je ne remercierai jamais assez Hannah pour sa coopération : elle a toujours remis Iris dans le droit chemin quand celle-ci voulait tout abandonner.

Hannah était la première à croire en nous. Je ne savais juste pas comment m'y prendre correctement ; sans elle, je n'aurais jamais réussi. Cette année a été l'une des plus belles comme l'une des plus tristes après celle de la mort de nos pères. Mais j'ai Iris maintenant. Elle était la pièce manquante de mon puzzle, celle qui allait me donner la solution à mon problème.

Les vibrations ne cessent pas.

— Tu devrais regarder, me souffle Iris.

Je tends le bras vers mon téléphone.

5 appels manqués, 7 nouveaux messages

— Merde.

Je n'ai pas le temps de regarder le contenu des messages, car Hannah entre dans la chambre en coup de vent, livide et affolée. Elle détourne le regard après avoir vu le dos d'Iris simplement couvert d'un drap qui épouse parfaitement ses formes.

— Ange, il faut partir, et vite.

Chapitre 35

Ange

Ange, il faut partir et vite.

— Je vous laisse vous habiller, désolée… dit Hannah en commençant à refermer la porte derrière elle.

— Attends, qu'est ce qui se passe ?

— Tes voisins ont appelé. C'est ta maman, Ange.

Mon cœur s'arrête.

Putain.

Elle gâchera décidément chaque moment de ma vie. Iris couvre sa bouche de sa main. Elle n'a pas l'air de comprendre.

— Quoi ? Comment ça ?

— Je te raconte sur le trajet, dit Hannah. Rassemblez vite vos affaires.

Sa phrase est à peine terminée qu'elle referme la porte.

Je ne bouge pas. Un mauvais pressentiment m'envahit – je n'avais pas pensé à tous ces problèmes depuis un bout de temps. Tout allait mieux. Je ne comprends plus rien.

Je sens les mains froides d'Iris sur ma taille ; sa tête se pose sur mon dos.

— Tu n'es plus seul maintenant, Ange. Je suis là. Repose-toi sur moi, je gérerai avec toi. Tes problèmes sont désormais les miens.

C'est vrai. Elle est là, maintenant, et ça suffit à me réconforter.

Après avoir préparé nos sacs à la hâte, on embarque dans l'Audi qui nous attend devant l'hôtel. Hannah insiste pour conduire et me demande de rester à l'arrière avec Iris.

C'était trop beau pour être vrai. Cette petite escapade était parfaite, forcément il fallait que ça se termine mal. Et évidemment, ma mère allait en être la raison. Son petit speech d'il y a une semaine était irréel. Et c'est bien dommage. Je l'ai crue. Je l'ai crue encore une fois.

Je la crois chaque fois, tel un bouffon imbécile et naïf.

En même temps, après avoir passé trois ans à galérer avec ses problèmes, quand je vois une once d'espoir en elle, je plonge en plein dedans.

Elle ne pense qu'à elle.

« Ne vis plus pour moi, vis pour toi. »

Mon cul. Tant qu'elle sera là, je vivrai pour elle, c'est évident.

Beaucoup me disent que je devrais couper les ponts avec elle, que je devrais fuir. Mais ils oublient que c'est ma mère et qu'elle n'a plus de mari, plus de famille, plus personne à part moi.

Et que moi, à part elle, je n'ai personne.

Enfin si, Hannah, les Rossi et Iris maintenant.

La main de la belle blonde serre la mienne comme si elle voulait me dire que tout ira bien, tout ira mieux. Je la crois, car Iris aussi me donne de l'espoir, et chaque fois qu'elle m'en donne, c'est vrai.

Mon pouce caresse le dos de sa paume, mais mon regard est braqué sur la route.

Hannah passe des millions d'appels en désactivant le Bluetooth de la voiture, son visage se creuse de plus en plus, je le vois dans le rétroviseur.

Elle chuchote, je ne peux donc pas entendre ce qui se passe et ça me rend fou.

Iris pose sa main sur ma jambe tremblante et commence :

— Tu penses qu'il s'est passé quoi ?

— Elle est capable de tout. Je m'attends au pire avec elle.

— Tu veux que je prévienne ma mère ?

— Non, surtout pas. Elle est de nuit, en plus, alors laisse-la se reposer. Tant que je ne sais pas ce qui se passe, on ne fait rien.

Le regard d'Iris est fatigué et ses lèvres sont encore rougies et gonflées à cause de mes assauts d'hier soir. Je veux la protéger un maximum de tout ça. Elle ne subira pas mes problèmes.

Le soleil se lève petit à petit sur l'autoroute. Ma chère coéquipière s'est endormie contre moi et Hannah ne m'a toujours pas dit ce qu'il se passe. Elle est encore au téléphone. Si ça continue, je vais péter un câble. J'essaie d'envoyer des messages à maman pour savoir ce qu'elle a, mais rien. Elle ne me répond pas. Pas si étonnant.

Après une heure de route à me poser dix mille questions, on arrive enfin devant chez Hannah. Nous sortons de la voiture.

J'explose :

— Bordel, Hannah, tu vas me dire ce qui se passe !

Elle s'approche de moi et pose sa main sur mon épaule. Je vois Iris porter à nouveau sa main à sa bouche. Ses larmes commencent à couler.

Oh non.

Je connais trop bien ces regards, ces yeux humides, ces mains tremblantes et ces regards « désolé de ce qui t'arrive ». Je ne veux pas les revivre. Encore. Putain.

— Dis-le, putain !

— Sophie a fait une tentative de suicide.

Mon cœur lâche. Tout est flou d'un coup. Je n'entends plus rien. Tout disparaît. Tout, le temps d'un instant. Je sens mes jambes et mes bras lâcher.

Ce sont les pleurs d'Iris qui me sortent de mon inconscience. Mais je ne fais rien. Je ne la prends pas dans mes bras. Je la regarde, indifférent. Hannah finit par me sortir de ma torpeur en prenant ma tête entre ses mains.

— Ange, elle est à l'hôpital. Les médecins ont dit qu'elle allait s'en sortir. Swiffer a tellement aboyé que les voisins sont venus.

Swiff.

Je ne lui réponds pas ; je scrute les environs en essayant de respirer du mieux que je peux mais rien n'y fait. Je veux partir, je ne veux même pas en discuter. « Elle va s'en sortir. » J'en viens même à ne pas savoir si je suis triste. Je ne ressens aucune émotion.

Si. La haine. Je passe devant Hannah et Iris. Je ne sais même pas ce que je fais.

Je pars et c'est tout. Où ça ? Je n'en sais rien.

Je démarre l'Audi et fais une rapide marche arrière.

« Sophie a fait une tentative de suicide. »

Ces mots résonnent en boucle dans ma tête et tapent comme un putain de marteau. C'est impossible, et en même temps totalement prévisible.

Un jour ou l'autre, je savais qu'elle le ferait. Ange devait s'en douter également. Mais le déni l'emporte et le déni est notre pire ennemi. Dans notre cas, il a toujours fait partie de nos vies.

Personne ne peut savoir ce que cela fait sans l'avoir vécu. Même les meilleurs psychologues ne savent rien. Leurs grands mots et leurs thérapies sont insuffisants. Surtout dans le cas d'Ange. Même moi, je ne peux plus comprendre ce qu'il ressent maintenant.

Avant je savais, j'ai toujours su. Je comprenais ses regards, ses rares pleurs. Je comprenais son vide, mais j'ai toujours fui.

Quelle conne !

Et maintenant que je ne sais plus, que je ne comprends plus, je ne le fuis plus. Je veux le protéger de tout, je veux le comprendre et l'écouter pendant des heures. Mais c'est impossible. À croire que c'est cela qui nous attire toujours.

Peut-être que c'est ça la solution, peut-être qu'aimer, c'est s'opposer comme se ressembler.

Je vois le regard vide d'Ange se poser sur moi. J'ai mal. Mes pleurs m'empêchent de lui dire quoi que ce soit. J'ai l'impression de revivre la mort de nos pères. Mon souffle se hache, mon cœur se brise à nouveau.

Hannah lui assure que Sophie va bien, mais il ne réagit plus. Je le comprends. Il nous passe devant en furie sans rien ajouter et démarre sa voiture. J'essaie de le rattraper, mais Hannah me prend le bras pour m'en empêcher.

— Ma chérie, dit-elle, laisse-le. Il a besoin d'être seul et de digérer.

Je sais. Il a besoin d'être seul, mais je ne veux plus le laisser seul. Je veux encaisser et me prendre les mêmes couteaux que lui. Qu'il ne vive plus abandonné. Je la laisse faire, pourtant, et me blottis dans ses bras. Nous pleurons ensemble.

— Je vais aller à l'hôpital, Iris. Rentre chez toi et préviens ta mère. Je te tiens au courant.

J'acquiesce et la laisse partir.

J'ai perdu tout sens de l'orientation. Je rate même ma rue.

Ma mère vient seulement de rentrer de sa nuit de garde. Ses cernes sont marqués et elle n'a pas encore défait son sac.

— Iris ? Mais ? Tu es déjà rentrée ? Qu'est-ce qui se passe ?

Je suis incapable de répondre : mes pleurs se transforment en sanglots. J'ai des vertiges, l'impression que je vais vomir. Ma poitrine me fait mal. Trop mal. Je ne tiens plus. J'essaie de m'agripper à ma mère, mais je n'y arrive pas, mes membres sont engourdis.

Pourquoi j'ai si mal ? Pourquoi je suis si faible ?

Parce que papa n'est jamais réellement sorti de mon esprit. Parce que mes cauchemars se réalisent. Parce que je ne sais pas où est Ange, parce que je ne peux rien contrôler.

— Iris… me dit doucement maman.

Elle me force à m'asseoir dans le canapé et prend mes mains dans les siennes, puis pose son front contre le mien.

— Allez, respire en même temps que moi. Doucement, allez.

Je l'écoute et mon rythme cardiaque commence à se calmer. Elle a appris à gérer mes crises depuis que je suis petite.

— Explique-moi, maintenant.

— C'est Sophie, maman… Elle a fait une tentative de suicide, Ange est parti, Hannah est à l'hôpital et…

— Calme-toi, ma puce.

Elle me serre contre elle.

— Tu as des nouvelles de Hannah ?

— Non, pas encore.

— Et d'Ange ?

— Non plus. Il est parti en voiture je ne sais où. Je m'en veux tellement, maman.

— Iris… voyons… tu n'y es pour rien. Je sais que tu te sens coupable. Mais il faut que tu restes forte pour Sophie, Hannah et Ange surtout. Garde la tête froide jusqu'à ce que tu aies des nouvelles. Respire, ma puce : si tu continues comme ça, tu vas faire un malaise.

Ses mots me rassurent. Elle m'aide à monter dans ma chambre et me dit de me reposer.

— Laisse ton téléphone en mode sonnerie, je garde le mien aussi, en bas. Comme ça, dès que tu auras des nouvelles, tu te réveilleras et tu viendras directement me voir. Je vais essayer de contacter l'hôpital de mon côté.

Mes paupières sont lourdes et gonflées. Une barre douloureuse se forme dans mon front et je ne tarde pas à m'endormir d'épuisement.

Main sur le levier de vitesse et pied sur l'accélérateur, je tremble. Je n'ai envie de rien, seulement de fuir.

Le paysage défile. Ça fait trente minutes que je roule et ma voiture me mène là où elle veut, ou plutôt là où mon inconscient la conduit. Là où je suis toujours allé quand ça n'allait pas. Un endroit endormi qui pourtant me fait me sentir comme chez moi.

Je pense à maman et au fait que je suis égoïste de ne pas aller la voir. Je ne suis pas prêt. C'est tout. Je pense au discours qu'elle m'a tenu il y a une semaine : encore une fois, elle a voulu m'abandonner. Pourquoi veut-elle absolument rejoindre papa ? Pourquoi ne veut-elle juste pas profiter de la vie comme j'essaie de faire ?

Je n'en sais rien et ça me tue.

La chanson *Labyrinth* de Taylor Swift retentit à la radio. Mon cerveau me fait automatiquement divaguer sur le corps chaud d'Iris. Comme s'il voulait me protéger. Je pense à elle et ça suffit à me calmer l'espace de quelques minutes.

Des images se forment devant moi, comme un rêve éveillé. Je repense à notre jour d'essai devant tout le monde, où elle était persuadée que je ne serais pas son partenaire. Pourtant, je savais d'avance que j'allais la prendre sous mon aile.

La première fois que mes mains ont touché ses hanches. La première fois où elle s'est confiée enfin à moi sur son père. La première fois où j'ai essuyé ses larmes.

La première fois qu'elle m'a accordé un regard autre que de dégoût.

La première fois que je l'ai vue danser incroyablement bien. La première fois où j'ai remarqué à quel point elle m'attirait.

La première fois que j'ai cassé la gueule à un mec pour elle. Et aussi le moment précieux où je l'ai vue sans son masque, aussi vulnérable qu'adorable. La première fois où j'ai su que j'étais né pour la protéger.

La première fois où elle a porté mon nom. La première fois où mes lèvres ont effleuré son cou.

La première fois où elle a conduit ma voiture et qu'elle s'est occupée de moi.

La première fois où j'ai vu ses cuisses, quand j'ai senti mon cœur se déchirer devant ses griffures.

La fois où je lui ai tout avoué sur mon passé sans qu'elle me juge.

La première fois où je l'ai vue me désirer devant des photographes. J'ai su alors qu'on serait un jour ensemble, tous les deux.

La première fois où elle a touché mon corps sur *Altitude* devant tout le monde – et bordel, c'était bon.

La deuxième fois qu'elle a porté mon nom : elle en jouait, si bien.

La putain de première fois où ses lèvres ont touché les miennes, où j'ai pu la sentir contre moi en défoulant mon envie.

J'ai touché son dos nu en y passant mes doigts maintes et maintes fois. Ma bouche faisait des allers-retours dans son cou. La première fois où elle a aimé ça.

La première fois où j'ai joué avec elle en faisant fuir son *date*, notre deuxième baiser, l'électrochoc qui m'a poussé à l'aimer encore plus.

Le premier anniversaire réellement ensemble, à lui offrir son premier tatouage.

La première fois où j'ai pu la goûter entre ses cuisses. Bordel, j'en avais envie depuis si longtemps. J'en avais besoin, elle en avait besoin et je le savais.

C'est la seule chose que je ne regrette pas dans ma putain de vie. *Elle*.

Et enfin, la première fois où je lui ai fait l'amour. Qu'elle était belle, même en tressaillant de plaisir. La première fois où j'étais totalement sous son contrôle. La première fois que j'ai su que c'était elle et pas une autre car j'avais envie de tout partager avec elle, j'avais envie de la dévorer et de l'aimer plus que tout.

Mais tout a été gâché par la première fois où elle m'a vu hors de moi : aujourd'hui.

Je la comprendrais si elle ne voulait plus continuer avec moi. Tenter cette aventure dangereuse. Et ça me fend le cœur, car Iris est la seule qui serait capable de le reconstruire.

Iris

14 heures : j'ai dormi deux heures. Mes larmes coulent encore et mon souffle est court. Mon mal de tête n'est pas passé. Un Tylenol fera l'affaire. Après une éternité, mon téléphone se met à sonner.

De : **Hannah Courtgame**

À : **Moi**

Ange est avec toi ?

De : **Moi**
À : **Hannah Courtgame**
Non. Tu n'as pas de nouvelles de lui ?

Mon cœur se serre. Il faut qu'elle me dise qu'il va bien.

De : **Hannah Courtgame**
À : **Moi**
Non. Sophie est en réanimation, je te laisse, j'ai des papiers à signer. Repose-toi ma chérie, ne t'en fais pas pour Ange.

C'est trop. Je lâche mon téléphone, prends mon sac à main et dévale les escaliers.

— Eh ! Mais tu es déjà rentrée ? me demande Adam en sortant de sa chambre, encore endormi.

J'essuie mes larmes d'un geste vif.

— Maman t'expliquera, Adam.

Sur le point de passer mon chemin, je m'arrête.

— Par hasard, tu ne saurais pas où Ange va pour être tranquille ? Seul ?

Il me regarde avec incompréhension.

— Pourquoi tu me demandes ça ?

— Contente-toi de répondre, je t'en supplie, Adam, dépêche-toi.

— Je… non, je ne sais pas, peut-être à l'endroit où on allait en vacances avec maman, près du lac.

— Merci infiniment.

Je ne prends pas le temps de lui fournir des explications. Je sais que maman s'en chargera. J'envoie un message à cette dernière pour la prévenir que je pars chercher Ange.

J'attrape les clés de la voiture, monte dedans et enclenche la marche arrière sans me poser plus de questions.

Sur le chemin c'est compliqué, le paysage défile et j'essaie d'apercevoir une Audi noire, mais rien.

Putain, Ange !

J'arrive devant notre ancienne maison. Personne. Erreur. Trop facile, sûrement.

Je prends le temps de regarder le paysage. Cette époque me manque. Tout allait bien, on jouait ensemble et on ne pensait à rien d'autre. J'attendais ces vacances avec impatience, car c'était le moment où Ange m'accordait le plus d'attention.

Je sors de la voiture, ma main frôle le portail.

Réfléchis, Iris. Je le connais quand même, je devrais deviner où il est allé.

Je me pose sur le rocher où Adam et Ange avaient l'habitude de jouer.

***Ange Albarez et Adam Rossi, capitaines de l'avion* Atria**

Un sourire se dessine sur mes lèvres. Ils adoraient jouer aux explorateurs, j'étais toujours la prisonnière ou la méchante. C'était saoulant à force, mais j'aimais bien être le centre de leur attention. C'est moi, d'ailleurs, qui avais trouvé le nom *Atria*. J'adore l'astronomie, donc c'est tout naturellement que j'ai pensé à la constellation du triangle austral. Les garçons ont tout de suite accepté, pour mon plus grand plaisir. Et maintenant, cette constellation me fait penser à nos pères.

Nos pères.

Nos pères ?

Nos pères !

— Putain !

Je jure entre mes dents en rejoignant la voiture à toute vitesse. Pourquoi je n'y ai pas pensé plus tôt ? C'était évident.

Le cimetière.

Je pénètre dans l'enclos. Bien sûr, je n'aime pas être ici. J'ai encore du mal à regarder la tombe de mon père, ça voudrait dire que je fais face à la réalité et je ne le souhaite pas. Je traverse les allées que je connais par cœur et mon cœur s'arrête quand je le vois assis près de son père. Je m'approche doucement de lui : il me regarde, une cigarette à la main. Je détache mes cheveux et lui vole sa cigarette pour en tirer une bouffée.

Il ne dit rien et la reprend.

— Depuis quand tu fumes ? finit-il par me demander.

— Je ne fume jamais. Sauf quand l'occasion s'y prête.

Nous échangeons encore quelques taffes. Nos poumons s'emplissent de la même fumée.

La tombe de papa est magnifique. Sur la photo incrustée dans la pierre, il tient un appareil photo dans sa main droite et une rose dans la gauche. Un éternel artiste.

Ange, lui aussi, regarde la dalle qui recouvre son père.

La pluie commence à tomber. Je me décide enfin à briser le silence.

— J'ai parlé de toi à papa. Je lui ai raconté, je lui ai tout raconté.

Son regard se pose enfin sur le mien ; il est pâle. Conscient de ce que je viens de dire, il me laisse continuer sans me couper.

— Je lui ai raconté qu'un ange gardien s'est placé sur ma route au moment où j'en avais le plus besoin et que maintenant, j'avais besoin de lui pour continuer. Je lui ai dit que pour la première fois, je savais être heureuse et donner de l'amour. Et que la haine que j'ai pu ressentir envers cet ange s'était effacée quand ses lèvres ont touché les miennes et que ses pleurs ont coulé sur moi. Alors bien sûr, il ne m'a pas répondu, mais il y avait de l'orage ce soir-là. Comme si de là-haut il prenait des photos de chaque instant dont je venais de lui parler, pour que la pluie me rappelle toujours que j'ai un ange avec moi.

— Tu crois que je peux t'embrasser devant lui ? me demande-t-il.

Un sourire timide se dessine sur mon visage.

— Embrasse-moi devant autant de personnes que tu le souhaites.

Ses mains froides encadrent mon visage humide et ses lèvres se posent sur les miennes. En un instant, tout s'arrête, tout devient plus beau, comme chaque moment passé avec Ange.

— Monsieur Rossi, j'aime votre fille et je vous promets de continuer à l'aimer chaque jour un peu plus.

Un sanglot s'échappe de ma bouche.

— Iris, je t'aime.

Ses lèvres se reposent sur les miennes. *Il l'a dit.*

Ne disons-nous pas que les yeux sont le reflet de l'âme ? J'espère qu'il va y plonger et qu'il va voir à quel point j'ai besoin de lui.

— Je t'aime aussi Ange, je t'aime, dis-je contre ses lèvres.

Chapitre 36

Iris

Un mois et demi plus tard

— 5, 6, 7 et 8. Et on reprend ! dit Hannah en rythme. Ange, ce n'est pas le moment de prouver à ta petite amie que tu l'aimes !

Ange me sourit et me libère de ses bras pour me laisser répéter le mouvement que Hannah essaie de m'apprendre. Il va se rasseoir à côté d'Adam et Noah, sur les chaises en face de la scène.

Adam a bien pris le fait qu'Ange et moi sommes ensemble. Il a changé de point de vue, et c'est le premier à me demander des nouvelles. Finalement, le fait qu'Ange soit mon copain l'arrange plus qu'autre chose, au vu des ex que j'ai pu avoir. Ça lui permet de me « surveiller » et de s'assurer que je vais bien.

Mes coéquipières et moi répétons une des sept danses en groupe du gala. J'avoue que danser avec elles m'avait manqué.

Surtout danser avec Ava.

D'ailleurs, en parlant d'elle, je pense qu'elle va devenir la femme la plus heureuse au monde d'ici quelques semaines, à l'approche de son anniversaire.

Noah la traite comme une princesse et il a prévu de l'emmener dans un hôtel en bord de mer, avec restaurant, massages et spa à gogo.

Quant à moi et mon très cher partenaire, on est plus unis que jamais. Les dernières semaines nous ont montré qu'à deux, tout est plus facile, même si la noirceur noyait la plupart de nos journées.

Ange

Trois semaines plus tôt

Les couloirs blancs défilent, l'odeur familière de la mort envahit le service lugubre. Main dans la main, Iris et moi traversons l'hôpital à la recherche de la chambre 111, celle de ma mère.

Enfin arrivés devant la porte bleuâtre, je m'immobilise quelques secondes.

— Tout va bien se passer, Ange. Je suis là. Ça va lui faire plaisir de te voir, dit Iris.

Nous pénétrons dans la pièce. Ma mère est en train de lire un livre, ses petites lunettes rondes sur le nez. Elle a plutôt bonne mine. Ça fait une semaine maintenant. Je ne suis pas allé la voir avant, car je n'étais tout simplement pas prêt. J'en ai marre de toujours faire les premiers pas, de toujours devoir me sacrifier.

J'ai eu beaucoup de mal à accepter sa tentative de suicide. Iris a réussi à me raisonner avec l'aide de Hélène et d'Adam, mais je reste tout de même sur mes gardes. J'ai l'impression qu'elle a encore voulu m'abandonner.

Elle nous accueille avec un sourire sincère. Iris serre ma main de plus belle tout en caressant ma paume avec son pouce.

— Oh… vous auriez dû me dire que vous veniez, je me serais coiffée !

Au final… je suis incapable de lui en vouloir plus que ça. Je pensais qu'en la voyant j'allais la haïr au plus haut point et lui dire ses quatre vérités, mais non. Je la serre juste dans mes bras.

— Maman.

— Mon loup.

On se détache l'un de l'autre et elle appelle Iris pour l'étreindre avec tendresse.

— Tu as tellement grandi, ma jolie. Tu es parfaite.

Iris rougit.

— Merci, Madame Albarez.

C'est à ce moment que je comprends qu'Iris ne connaît plus ma mère, et que trois ans ont suffi pour ça. Elle est timide et elle a dû, elle aussi, se sentir abandonnée par elle.

— Oh je t'en prie, j'ai changé tes couches quand tu étais bébé ! Appelle-moi Sophie, voyons.

— Comment te sens-tu, maman ?

— Ça va mieux. Je ne vais pas vous faire un discours et encore moins vous dire que je suis désolée. J'ai assez fait de dégâts autour de moi comme ça.

Ma mère se tourne vers Iris.

— Ma jolie, merci, merci pour ce que tu apportes à Ange. Il a besoin d'une situation stable plus que tout et tu lui donnes exactement ça. Hélène m'a dit que vous étiez ensemble, et j'en suis plus que comblée. Je savais depuis très longtemps que mon fils allait finir avec la petite Rossi… Prenez soin de vous deux.

Puis elle reporte son attention sur moi.

— Mon loup, oui, j'ai voulu partir. Pour ton père, mais aussi pour t'enlever un poids. Mais ce n'est pas la bonne solution. Quand j'ai appris que tu étais avec Iris, que tu étais heureux, ça m'a fait un choc. Je me suis vue mourir une seconde fois. Je me suis dit que si j'en finissais là, je ne te verrais jamais heureux, ni amoureux ; que je ne pourrais jamais assister à ton mariage ni connaître mes petits-enfants. Pire encore, comment expliquerais-tu à tes enfants pourquoi mamie n'est plus là ? Je veux te voir grandir et t'épanouir.

Ça me touche, mais je redoute une nouvelle fausse joie, alors je ne dis rien. j'essaie juste de sourire – un peu.

Elle prend un papier sur sa table de nuit puis me le tend.

« Acceptation d'admission au centre de désintoxication de Louisiane. »

Cette fois, mes yeux s'illuminent.

— Sérieux ? Tu vas y aller ?

Ce centre est notre dernière chance.

— Oui, Ange : je pars là-bas dans une dizaine de jours.

Là je reprends espoir pour la première fois. Enfin je vais pouvoir souffler, enfin on va voir le bout du tunnel.

Je saute dans les bras de ma mère et relâche toute la pression que j'ai accumulée pendant tant d'années. Les pleurs, la haine, la colère, la rancœur, l'incompréhension, la solitude, le traumatisme, la violence.

La joie.

Iris vient se joindre à nous et fond en larmes.

Je demande :

— Tu vas y rester combien de temps ?

— Autant de temps qu'il le faudra. Tant que je ne serai pas sûre d'être totalement *clean*, je ne sortirai pas. C'est ce que j'ai demandé aux médecins.

Cette fois, mon sourire est réellement sincère.

— Je t'aime, maman, je t'aime.

— Je t'aime, mon loup, j'ai hâte de te retrouver enfin. Tu penses pouvoir m'attendre encore un peu ?

— Je t'attendrai le temps qu'il faudra.

Au fond, je sais que maman est une femme forte. Elle n'a juste jamais su comment le montrer, ni même se le prouver à elle-même. Elle pensait qu'elle n'était rien sans papa, qu'elle ne pouvait pas m'élever seule.

Il lui a fallu du temps pour se rendre compte de la valeur des choses et de la valeur des gens autour d'elle.

Il lui a fallu du temps pour se rendre compte qu'elle n'était pas une pauvre fille et qu'elle trouverait du soutien ailleurs qu'auprès de papa. Il vaut mieux tard que jamais. Je préfère penser ça, sans la juger.

C'est la seule femme à qui je pourrais pardonner l'impardonnable.

Si je suis devenu l'homme que je suis aujourd'hui, c'est en partie grâce à elle. Elle m'a endurci et m'a préparé, en un sens, à la vie réelle. De la mauvaise manière, mais elle l'a fait.

Ce soir-là, Hélène m'a invité chez elle pour ne pas me laisser seul. C'est la première fois que je dormirai dans la chambre d'Iris et non dans celle d'Adam.

Enfin non… mais la « vraie » première fois ne comptait pas.

Ls rires à table sont sincères et l'atmosphère aussi légère qu'une plume. Ça fait du bien.

La soirée se termine par des jeux de société et un Disney proposé par Iris : *La Princesse et la Grenouille.*

— Ah… tu m'abandonnes pour ma sœur… traître, dit Adam en me voyant entrer dans la chambre de celle-ci.

Je ressors, amusé, et lui fais face, mettant ma main sur mon front comme un militaire.

— Je suis un grand maintenant, je prends mon envol, mais je n'oublie jamais les miens.

— Ouais, ouais, c'est ça !

Il imite mon geste.

— Fier de vous, camarade.

Nous éclatons de rire comme quand nous avions cinq ans et nous souhaitons une bonne nuit.

En m'allongeant sur le lit de ma danseuse, je la trouve enroulée dans la couette, déjà endormie. Je la pousse légèrement et l'attire contre mon torse.

Ça y est, c'est le moment de se reposer, de souffler et de rêver – pour de bon, désormais.

Iris

Aujourd'hui

— Est-ce qu'un jour tu arrêteras de me narguer en dansant ? me dit une voix rauque que je connais trop bien.

Un bras tatoué entoure ma taille.

— Jamais, Albarez.

Le grand aux cheveux de jais m'embarque sur ses épaules et m'amène jusqu'à sa voiture.

Pendant le trajet, je change mon haut de sport contre un dos-nu. Il pose ses yeux sur ma poitrine.

— Très beau tatouage, trésor, dit-il en passant son doigt sous mon sein gauche.

En effet, le tatouage est magnifique. Ça fait trois jours que je l'ai. Ange m'a emmenée dans un des meilleurs salons de Louisiane pour l'occasion.

C'est une phrase que papa a écrite un jour sur un de mes devoirs de français. Il avait trouvé cette citation sur internet et m'a dit qu'elle ferait son petit effet. Je m'en souviens, j'avais ri… et j'avais même eu une bonne note.

Cœur qui aime, jamais n'oublie

C'est l'écriture de mon père. J'ai réussi à garder cette copie pendant tout ce temps et le tatoueur a fait un merveilleux travail. Je trouve que cette phrase est un bel écho à celle qu'Ange a prononcée le jour du *shooting*, devant le studio : « On dit que l'amour des gens ne se mesure pas au nombre de fois qu'on les voit. Car il y a des gens qui restent dans le cœur, malgré la rareté des rencontres ». Évidemment, ce tatouage représente mon père, mais Ange est présent, d'une certaine façon, dans cette phrase.

La fin de la phrase est marquée par une traînée d'étoiles. L'emplacement est parfait lui aussi, juste en dessous de mon cœur.

La main d'Ange remonte et se pose sur mon sein. Je la repousse gentiment.

— Les mains sur le volant, garçon.

Il fait une moue amusée.

Arrivés à notre endroit préféré, la maison de vacances, nous nous posons sur le rocher en face du lac. On a emporté des sushis et une nappe pour manger devant le coucher du soleil. Nous commençons à manger dans un silence complice.

— Regarde, on dirait toi, dit Ange tout à coup.

Il me montre un morceau de thon au bout de ses baguettes.

— Tu es sérieux ? C'est toi le thon !

Il ricane.

— Non, mais j'adore le thon. C'est excellent, dit-il en dévorant la bouchée.

Je souffle et me mets à rire avec lui. Cette atmosphère paisible m'avait manqué. Tout est enfin calme, tout va mieux.

Nous finissons tranquillement nos sushis et mon copain enlève son t-shirt.

— Monsieur ? Carrément ? C'est pour le dessert ?

Il me sourit malicieusement et se jette sur ma bouche. Mes mains enveloppent ses joues pour intensifier notre baiser.

— Embrasse-moi dans le cou, trésor.

Je lui rends son sourire et me mets à califourchon sur lui pour me faufiler là où il me l'a demandé.

Après quelques secondes à le taquiner des dents et de la langue, je remarque une zone légèrement boursouflée entre son cou et son épaule. Je prends du recul et comprends qu'il s'agit d'un nouveau tatouage, et plus particulièrement d'un…

— Un iris, lâche Ange en basculant doucement sa tête en arrière.

Les traits de la fleur sont finement dessinés, avec des ombres qui ajoutent un côté réaliste. Elle s'arrondit sur son épaule, jusqu'en haut de son bras. Les feuilles sont magnifiques. Le tatouage est juste… ravissant, il épouse parfaitement la personnalité d'Ange.

Ma vision se brouille.

— Ange… je…

— J'y pensais depuis longtemps. Il manquait un tatouage à mon bras. C'est tout naturellement que j'ai choisi un iris.

Je suis en larmes. Décidément, il m'aura plus vue pleurer qu'autre chose depuis qu'on est ensemble.

— Mais… Imagine qu'il se passe quelque chose entre nous ? Il reste à vie, ton tatouage.

Il faut toujours penser au pire, après tout…

— L'iris est le symbole des couleurs, de la beauté et de l'espoir. Je ne regretterai jamais ce tatouage. Et puis, naturellement, ce tatouage te représente. Tu as été et tu es mon espoir. Même si l'impossible devait arriver, tu le resteras.

Même un « je t'aime » ne suffit plus pour lui dire ce que je ressens pour lui.

— C'est la plus belle preuve d'amour qu'on m'ait donnée.

— Content d'être encore une autre de tes premières fois, commente-t-il avec un sourire railleur.

On se détache l'un de l'autre et j'attrape un petit caillou sur le bord de la nappe. Je commence à graver quelque chose à côté de la phrase d'Adam et Ange.

Mon partenaire suit mes mouvements du regard.

Quand j'ai fini, je relève la tête, toute fière.

***Iris Rossi et Ange Albarez, capitaines d'*Altitude**

Il rit.

— C'est la chorégraphie sur cette chanson qui m'a fait totalement tomber sous ton charme, m'affirme-t-il en me frôlant du bout des doigts.

— Moi aussi : cette proximité forcée m'a fait succomber. Ton plan a marché !

Je lui vole un baiser. Il acquiesce avec fierté et regarde devant lui d'un air pensif.

— Ça va me manquer, de danser avec toi.

— Moi aussi.

— Après, ce n'est pas encore fini, il reste le gala et c'est un gros truc quand même !

— Oui, mais le gala signe la fin, l'aboutissement.

— L'aboutissement de notre rencontre, mais le commencement de notre relation, mon ange.

Il me sourit et pose ses lèvres sur mon front.

— J'ai pensé à un truc…

— Hmm ? Vas-y, dis.

— Ça te dirait qu'on continue la danse en duo tous les deux ? J'ai déjà demandé à Hannah et elle m'a dit qu'elle serait ravie de nous donner des cours quand on aura le temps.

Mon visage s'illumine.

— Mais c'est une idée incroyable ! Bien sûr, Ange, que je veux !

— Elle m'a même dit qu'elle va ajouter une section « danse en couple » à l'académie pour ceux à qui ça a plu cette année. Noah aussi veut revenir avec Ava.

— C'est vraiment génial. Tu m'épateras toujours.

— Je sais, je sais, dit-il en prenant un air charmeur.

C'est vrai, je suis triste aussi, il a raison, rien ne sera plus pareil. Mais tout sera sans doute plus facile. J'ai envie de remonter le temps et de recommencer à le connaître pour la première fois. J'ai envie de rattraper ce temps et de dire à la « Iris d'avant » de profiter des moments qu'elle s'apprête à vivre, car tout est éphémère, en un sens.

Je ne sais pas ce que le futur me réserve, mais je sais que cette année a embelli mon passé. J'ai grandi, appris et guéri. Maman est heureuse, papa repose enfin en paix après toutes ces années de secrets asservissants. Adam construit son chemin lentement mais sûrement. Hannah fait désormais partie de ma famille, en quelque sorte, et Sophie va enfin se faire soigner, consciente des erreurs qu'elle a pu commettre. Quant à Ava, elle vit la vie qu'elle mérite depuis toujours.

Ange… Ange… Plus je le regarde, plus je vois la beauté en lui. Il a été mon coup de cœur de cette année. Je ne sais pas comment il a fait pour se tenir aussi bien tout ce temps. Je ne le saurai sûrement jamais. Il y a une force inexplicable en lui, qu'on retrouve dans sa manière de parler et de convaincre les gens. Il est bienveillant et c'est l'être le plus pur que je connaisse. Il a une maturité hors norme et est très réfléchi. Beaucoup devraient prendre exemple sur lui.

Finalement, il a le caractère de sa mère : sensible, fragile, instable. Et il est le portrait de son père : charismatique, solaire, maladroit. Il est la représentation d'un amour passé mais pourtant si vivant.

À l'heure où je pense ça, il est allongé sur mes cuisses, en train de me regarder. Ses yeux sont légèrement voilés par ses longs cheveux qui recouvrent ses tempes et son front. Il sourit, comme toujours. Un sourire angélique qui laisse entrevoir ses dents blanches. Il passe souvent sa langue entre ses lèvres, ce qui me donne envie de l'embrasser toute ma vie.

Angélique, tout est angélique chez lui. Ses parents devaient déjà savoir à sa naissance qu'il était parfait.

Mes mains caressent son visage, descendent dans son cou puis remontent sur son bras tatoué. Je ne connais pas la signification de chacun de ses tatouages, mais ils incarnent sa force et ses traumatismes, c'est sûr. Ça lui rajoute un côté mauvais garçon quand on ne le connaît pas. C'est son histoire qui est dessinée là, et je sais que ça lui a permis de tirer un trait sur beaucoup de choses.

Nos doigts s'entremêlent. Ça me rappelle la première fois où j'ai dansé avec lui. Et moi qui pensais qu'il ne savait pas se servir de ses pieds… Erreur de débutante. Je me suis beaucoup trompée sur lui. Il a toujours fait partie de ma famille, et si papa m'a dit qu'il serait toujours là pour moi, c'était pour une bonne raison.

Ange m'a appris qu'il ne faut jamais juger un livre à sa couverture. Il faut prendre le temps de le feuilleter, de le relire et de chercher à comprendre les passages compliqués. Et surtout, de s'en faire sa propre idée, car, en fin de compte, il peut devenir la plus belle des histoires.

Mon ange.

Chapitre 37

Ange

Elle porte un justaucorps noir pailleté à franges et un collant en résille qui invitent aux pensées les plus impures.

Ses talons noirs grandissent ses jambes parfaitement dessinées.

Bordel, elle est parfaite.

Ça y est. On y est.

Un an. Un an de préparation pour présenter sept danses et tenter de gagner 250 000 $. C'est inimaginable, ce qui est en train de se passer.

Iris fait les cent pas dans notre loge. Hannah, au téléphone, est en train de s'énerver avec une maquilleuse en retard.

Voyant que ma danseuse se ronge les ongles, je la prends par la taille et l'attire vers moi.

— Arrête de ronger tes beaux ongles, tu ne pourras plus les planter dans mon dos pendant les chorégraphies.

Elle me lance un regard noir.

— Ce n'est pas le moment de me dire ça, Ange. En plus, je ne fais même pas exprès.

Je ricane et lui réponds d'un ton charmeur :

— Ah bon ? J’aurais pensé que tu prenais un malin plaisir à la faire.

Exaspérée, elle lève les yeux au ciel.

— Tu n’es pas stressé, toi ?

— J’ai plutôt hâte. Stressé, oui, mais j’ai hâte de partager ça avec toi.

Les traits de son visage se détendent pour laisser place à un joli sourire tandis qu’elle s’approche dangereusement de moi, mais elle est coupée dans son élan par la maquilleuse qui arrive en trombe pour s’occuper enfin de son visage.

Ava entre à son tour dans notre loge et se pose aux côtés d’Iris pour discuter des derniers pas, suivie par la quasi-totalité des filles du groupe qui envahissent la petite pièce et me poussent à partir.

Je sors de la loge, laissant derrière moi l’agitation des derniers préparatifs. C’est une sensation différente que celle des avants-matchs. C’est beaucoup plus oppressant, mais beaucoup plus joyeux aussi.

Le couloir est silencieux, presque apaisant comparé à l’effervescence qui règne à l’intérieur des loges. Sebastien passe devant moi et me demande de rejoindre mes coéquipiers dans une salle voisine.

— Assure toi de leur état, rassure-les s’il le faut. Fais comme avant nos matchs, me demande mon coach.

J’acquiesce en lui donnant une légère tape sur son épaule.

— Les gars ? Aujourd’hui je ne viens pas vous parler en tant que capitaine, mais c’est tout comme. Ce n’est pas un jour de match, mais c’est limite la bataille la plus compliquée de votre vie. Il y a de l’argent à la clé et l’avenir de deux associations.

Je fais une pause et m'accoude à une table.

— Je voulais aussi vous dire que je suis fier de vous. Vous avez su combiner le football et la danse. Vous vous êtes improvisés danseurs en un an et vous avez largement tenu votre promesse. Maintenant, c'est ce soir qu'il faut tout donner, ne rien lâcher. On aura le temps de célébrer nos efforts après.

Je balaie mes joueurs du regard. Ils sont fatigués, je le sais. Leur état s'est ressenti lors de nos derniers matchs. Sebastien, toujours à côté de moi, me fait un signe de tête d'approbation. Lui aussi se rend compte qu'il nous en a beaucoup demandé cette année, mais il nous voit plus grands, plus matures et surtout, je sais qu'il est heureux de notre alliance avec la Hannah's Dance Academy.

— Dernière chose. La victoire est à nous et pas aux autres.

Ils applaudissent et je me rapproche d'eux pour former un cercle. Nos poings se lèvent et Noah lance notre cri d'encouragement habituel. Les filles se joignent à nous et deux petites mains se faufilent de part et d'autre de ma taille.

— Digne d'un capitaine, me souffle Iris.

Son large trait d'eye-liner et son rouge à lèvres écarlate m'appellent.

— Très bien maquillée, trésor, dis-je en embrassant son front.

Elle me rend un sourire railleur et saute sur mes genoux.

Hannah rejoint Sebastien. Notre coach prend un air sévère, celui de chaque début de match.

— 3 000 personnes dans la salle, 5 000 téléspectateurs, commence-t-il.

Nos pouls s'accélèrent, je vois mes coéquipiers devenir pâles sous la pression. Iris resserre ses doigts autour des miens.

— Autrement dit, l'erreur n'est pas une option.

Hannah prend le relais et affiche un sourire plus maternel.

— Je suis fière de vous tous. Vous m'avez permis de réaliser l'un de mes plus grands rêves. Peu importe l'issue de ce concours, je ressens déjà la victoire d'avoir partagé cette expérience incroyable avec vous, une expérience que jamais je n'oublierai.

Ses yeux brillent d'émotion. Hannah prend une profonde inspiration et poursuit :

— Les garçons, je veux vous remercier en premier. Vous avez accepté ce projet sans vraiment savoir à quoi vous attendre. Vous avez fait d'énormes efforts, avez relevé chaque défi, et n'avez jamais remis en question mes exigences. Vous avez montré une résilience et une détermination exceptionnelles. Vous êtes incroyables, et je suis honorée d'avoir pu travailler avec des jeunes hommes aussi dévoués.

Elle s'adresse ensuite aux filles, un sourire tendre sur les lèvres.

— Mes filles, vous êtes les jeunes adultes les plus talentueuses que je connaisse. J'ai vu certaines d'entre vous grandir à mes côtés. Vous êtes devenues des femmes extraordinaires, pleines de grâce, de force et de passion. Votre dévouement et votre amour pour la danse sont une source d'inspiration pour moi chaque jour. Vous avez transformé vos rêves en réalité, et j'ai hâte de voir jusqu'où vous irez même si je sais que… vous irez loin, très loin.

Hannah se tourne enfin vers Iris et moi : son sourire dit sa fierté et sa reconnaissance.

— Iris et Ange, vous êtes le duo parfait. Votre chemin n'a pas été facile, mais vous avez surmonté vos différends pour devenir plus unis que jamais. Vous avez appris à danser ensemble, à vous comprendre et à vous soutenir mutuellement. Vous vous êtes rendus compte que la danse n'est pas seulement une question de mouvements, mais aussi de cœur, de confiance et de connexion humaine. Vous avez prouvé que la danse peut faire des merveilles, et pour cela, je vous remercie du fond du cœur.

La salle est silencieuse, chaque mot de Hannah résonne profondément en nous. Elle essuie une larme et ajoute d'une voix tremblante d'émotion :

— Peu importe ce qui se passe ce soir, souvenez-vous que vous avez déjà gagné. Vous avez gagné en confiance, en amitié et en amour. Je suis immensément fière de vous tous, et je sais que vous donnerez le meilleur de vous-mêmes sur scène. Allons montrer au monde ce dont nous sommes capables.

L'émotion est à son comble. Nous savons que, peu importe le résultat, nous avons déjà accompli quelque chose d'extraordinaire ensemble. Tout le groupe se lève pour l'entourer dans une étreinte collective ; des « mercis » étranglés fusent de toutes les bouches. Elle a été notre force cette année, sans elle rien ne serait arrivé. Tout est devenu possible grâce à Hannah.

Le show a déjà commencé depuis trente minutes. Les lumières, les applaudissements et l'excitation générale se font sentir jusque dans notre loge. Les autres écoles défilent sur scène. Il reste encore deux équipes avant notre passage, ce qui nous donne environ une heure pour les derniers préparatifs.

Je m'installe sur un canapé dans un coin de la salle et sors mon téléphone pour faire défiler les notifications. Un message attire particulièrement mon attention :

De : **Maman**
À : **Moi**
Bonne chance à toi et à Iris, vous êtes les meilleurs.
Je t'aime, mon loup.

Bonne chance à toi et à Iris, vous êtes les meilleurs. Je t'aime, mon loup.

Ma mère. Elle y a pensé. Un sourire se dessine sur mes lèvres alors que je m'empresse de lui répondre. C'est la première fois depuis longtemps. Je lui écris un message rapide car mon attention est attirée par un groupe de personnes qui chahutent près de la porte. Je relève la tête. Adam tient une fille par la taille, et leur proximité m'intrigue. Qui est cette fille ? Je n'arrive pas à voir son visage, mais l'intimité de leurs gestes est assez explicite.

Qu'est-ce que… ?

Je m'apprête à me lever, mais une main vient se poser sur mon épaule.

— Qui l'aurait cru ? Adam qui sort avec Clara.

Cyrielle. Je fronce les sourcils. Elle reprend :

— Je le sais depuis trois jours, ils viennent d'officialiser. Comme toi, j'ai été choquée. Ils ne vont pas du tout ensemble, mais si Clara est heureuse, après tout, je ne veux que le bien de ma meilleure amie.

Dommage que le meilleur pote d'Adam ne tombe pas sous le charme de la meilleure pote de Clara, on aurait pu former un beau quatuor.

Elle blague ou elle est sérieuse ?

— Quand Iris te plaquera, ne t'avise même pas de venir me parler. Ce sera trop tard, Ange.

Elle ne blague pas. Dans un univers parallèle, Cyrielle pourrait être comédienne ou humoriste tellement ses propos sont à mourir de rire. Je ne comprends même pas comment elle peut penser ça, mais encore moins le fait qu'elle me le dise.

Je ris.

— À croire que je te veux ou que je t'ai voulue ne serait-ce qu'une seconde. Ne t'inquiète pas pour ça. Tu seras la dernière à voir ma gueule. Sur ce, bonne chance pour le gala. Remarque, tu n'en as pas tant besoin, tu n'as qu'un rôle très secondaire.

Je la laisse s'énerver toute seule et quitte la pièce en jetant un dernier coup d'œil à Adam. Comment c'est possible ? Comment c'est possible qu'il apprécie une personne aussi… enfin… comme Cyrielle ? Clara ?

Après tout, ils sont partenaires de danse, il a peut-être appris à la connaître durant cette année comme moi avec Iris. Je ne peux pas encore juger.

Croisant Ava dans les coulisses, je lui demande :

— Tu n'aurais pas vu Iris ?

— Si ! Elle est avec Hannah dans votre loge. Ça va ? Tu n'es pas trop stressé ?

— Si, un peu, mais ça va le faire. Et toi ?

— Beaucoup moins que vous. Danser en duo devant autant de personnes… c'est terrible !

— Tu aurais réussi si tu avais été à notre place avec Noah.

— Peut-être, qui sait, dit-elle en souriant. Merci, au fait.

— Merci ?

— Pour Iris. Je suis contente de vous deux. J'étais sûre depuis le début que ça allait hyper bien matcher entre vous.

Elle me lance un clin d'œil auquel je réponds par un sourire. Je pense que beaucoup de personnes ont contribué à modifier l'opinion d'Iris sur moi. Et je ne peux pas me plaindre : je n'aurais jamais réussi seul.

En arrivant dans notre loge, je vois ma partenaire devant le miroir : elle essaie tant bien que mal d'attacher son collier. Je passe mes mains sur les siennes et accroche le fermoir.

— On monte sur scène dans dix minutes. J'ai envie de vomir, gémit-elle.

J'accroche son regard dans le miroir.

— C'est normal, c'est du bon stress. Hannah t'a choisie pour être la leader car elle sait que tu en es capable, Iris. Ça va bien se passer, et je te rejoins à la fin de la chanson.

Je lui tends ma main par-dessus son épaule et nous faisons ensemble des exercices de respiration pour nous détendre et nous concentrer.

— Les danseurs de la Hannah's Dance Academy sont appelés à rejoindre les côtés de la scène. Représentation dans cinq minutes, annonce une voix dans un interphone.

La tête d'Iris se pose une dernière fois contre mon front. Elle ferme les yeux – et c'est parti. Je lui souffle :

— Je t'aime.

Elle finit par me regarder et m'embrasse du bout des lèvres pour ne pas effacer son maquillage.

— Je t'aime encore plus.

Hannah appelle ses danseuses et demande aux garçons de se mettre en file. Nous allons suivre les filles pour les regarder danser la première chorégraphie. Bien sûr, elles ouvrent le bal avec *Dangerous Woman*.

Le rideau se referme pour les laisser se placer sur la scène pendant que le présentateur fait son annonce.

— La prochaine école à concourir est la Hannah's Dance Academy avec, à la tête de celle-ci, la danseuse professionnelle Hannah Courtgame. Comme les autres participants, ses danseurs vont nous présenter sept danses, dont trois en duo, qui représenteront le thème imposé. Alors, veuillez accueillir dans un tonnerre d'applaudissements les élèves de la Hannah's Dance Academy sur *Dangerous Woman* d'Ariana Grande !

Le rideau s'ouvre : Iris et les autres danseuses sont en place.

Iris a mis son masque. Immergée dans son rôle, elle ne laisse paraître aucune trace de stress sur son visage.

Le public leur réserve un accueil enthousiaste. Iris sourit légèrement, jette un dernier coup d'œil à ses danseuses et c'est parti.

Elles entament leurs pas autour de leur chaise en alternant sol et sauts. Leur queue-de-cheval se balance en même temps que leur corps.

— Putain t'as vu la brune devant comment elle est bonne ?

Mon regard ainsi que celui de Noah se tournent vers un groupe de garçons postés non loin de nous. Ce sont des danseurs d'une autre école.

— Oui pas mal. Je préfère les blondes, mais là c'est vrai que… confirme un de ses potes.

— Putain, son coéquipier se met bien.

— J'avoue, leur lance Noah sans détacher ses yeux d'Ava.

Ils nous toisent.

— Toi aussi, tu la trouves canon ? demande le mec d'en face.

— Évidemment que je la trouve canon, c'est ma copine.

Ils ont un mouvement de recul.

— Ah, excuse-nous. Tu danses avec elle ?

— Oui.

— Bonne chance alors et désolé, je ne savais pas qu'elle avait quelqu'un.

— Pas grave, les belles choses attirent toujours l'attention, je comprends. Bonne chance à vous aussi.

Sans rien ajouter, ils repartent dans leur loge.

Je ricane derrière Noah.

— Bien joué bonhomme, tu as défendu ta princesse, lui dis-je.

— Faut bien assurer les arrières. Fais gaffe, parce qu'il y en a qui zieutent ta chère et tendre, dit-il en désignant un autre groupe de danseurs.

— Qu'ils la regardent, ils changeront d'avis quand ils la verront danser avec moi.

On rit tous les deux.

La chorégraphie se termine : elles entament la dernière partie, la plus sexy. On va les rejoindre bientôt, pour seulement quelques secondes.

C'est vrai que ça ne me dérange pas que d'autres mecs voient Iris danser. J'aime plutôt bien d'ailleurs. Ils la désirent, mais ne peuvent rien faire, et j'adore voir leur tête se décomposer quand ils me voient avec elle.

Je ne me voile pas la face, Iris est une fille magnifique que beaucoup aimeraient avoir.

— Ange, en place. C'est à toi dans trois minutes avec Iris, m'indique Hannah en posant sa main sur mon épaule. C'est le moment de tout déchirer, mon grand.

J'acquiesce et me concentre. Nous venons à peine de terminer la première chorégraphie, et il faut enchaîner. Iris reprend son souffle : les lumières s'éteignent. Hannah lui tend une bouteille d'eau et les maquilleuses se jettent sur elle.

J'arrive tout de même à me frayer un passage pour la rejoindre.

— Éblouissante, rayonnante, épatante. Tu choisis le compliment qui te convient, je suis d'accord avec tous, lui dis-je en lui embrassant la joue.

— Charmeur, me répond-elle, laissant une trace de rouge à lèvres sur ma peau.

Je l'efface en la regardant se faire coiffer en un rien de temps.

— Bien mes loulous, ça y est, on y est. Le jury est prêt. C'est le moment de briller ! Je veux vous voir à fond. N'oubliez pas que cette première chorégraphie est votre rencontre et que vous ne vous appréciez pas vraiment !

Hannah nous tapote sur les bras en signe d'encouragement et nous laisse seuls. Je ne sais pas si je vais réussir à jouer la comédie. Au début de l'année, c'était plus facile – même si je me forçais à lui montrer que très peu de choses de moi.

Iris prend ma main. Je la sens encore plus stressée. Évidemment, elle commence la chorégraphie seule sur scène. Même si ce n'est que pour vingt secondes, c'est long.

Le metteur en scène lui fait signe qu'elle peut aller se placer au centre.

Je chuchote :

— Rappelle-toi, une étoile n'a pas peur de briller. Éblouis-moi, éblouis-les, Iris.

Elle expire en fermant les yeux et rentre sur scène. Les lumières se rallument en gris avec des lasers verts et de la fumée vient envelopper son corps.

Les cris de notre public l'encouragent. Elle commence par des mouvements très lents qui viennent contraster par la suite avec des pas saccadés.

C'est dos au public qu'elle ouvre notre duo.

C'est à mon tour de faire mon entrée. Son regard transperce le mien. L'atmosphère est étrange : je me souviens de la première fois qu'Iris et moi avons dansé *Meet You In Hell*. C'est si différent aujourd'hui.

Ce n'est plus moi qui la drague, mais elle. Elle me drague clairement avec ses yeux.

Bordel. Elle a un talent incroyable, je me demande même si j'ai ma place à côté d'elle pour danser.

Elle me ramène à la réalité en ondulant près de moi.

C'est le moment du premier porté. Mes mains se coincent dans le creux de ses hanches et je la relève en la faisant tourner. Elle s'accoude à mes épaules pour m'aider à la faire voler.

Les caméras sont braquées sur nous, je vois notre reflet dans les écrans géants.

On reprend nos distances pour occuper tout l'espace de la scène ; nos mouvements sont parfaitement synchronisés.

C'est le moment de conclure notre première danse. Alors, comme la première fois, j'attends qu'elle revienne dos à moi pour poser furtivement mes lèvres sur son cou.

Cette fois, je sais qu'Adam ne m'en voudra pas.

Nous saluons le jury. Les lumières s'éteignent et le public applaudit en criant. Ils ont aimé, c'est le principal.

Hannah attend que nous soyons cachés par le rideau pour nous sauter dans les bras.

— C'était génial, mes loulous ! Génial ! Continuez comme ça !

Elle nous lâche pour nous laisser changer de costume.

Ce qui est le plus stressant, ce sont les minutes de répit entre chaque chorégraphie. Nous devons enchaîner les sept danses, je n'ai jamais senti une telle pression.

Après avoir enfilé mon deuxième costume, je reviens près de la scène. Adam me tape légèrement sur la nuque.

— Je t'ai vu, Albarez.

— Mmh ?

— J'ai beaucoup aimé, vous gérez ça incroyablement bien.

Je lui rends sa tape derrière la tête avant de lui sourire.

La prochaine chorégraphie est *Dark Times* suivie d'*Altitude*. Tout le groupe enchaîne parfaitement les mouvements.

Iris ajuste la longue jupe en tulle noire transparente et le bustier qu'elle porte pour cette partie.. L'ambiance sur le plateau se fait sensuelle, baignée d'une lumière rouge accompagnée de flammes sur le devant de la scène.

C'est moi qui commence, seul, assis sur une chaise.

Je sais qu'Iris rentre sur scène quand j'entends les exclamations du public. Son corps vient se coller au mien, encore à bout de souffle.

Elle finit par me faire face et se place à califourchon sur moi.

Je l'aide à se pencher en arrière, lentement, puis à revenir à quelques centimètres de mon visage. Après quelques pas indolents, je la porte avec facilité pour la faire voltiger au rythme de la musique qui s'enflamme.

Notre fameux passage au sol arrive.

Je m'allonge par terre, la fais tomber sur moi afin d'enchaîner le second porté beaucoup plus technique. Nos regards se croisent, mais nous sommes beaucoup plus concentrés qu'avant. Nous commençons à fatiguer et la pression augmente à mesure que les chorégraphies s'enchaînent.

Pas le temps de penser à autre chose qu'à nos pas.

C'est presque fini. Iris est dos au public et je lui fais face. Montell Fish conclut notre danse et la lumière s'éteint une quatrième fois. Pendant que je me relève, je sens les lèvres de ma partenaire effleurer mon torse.

Nous nous détachons l'un de l'autre en nous retournant vers notre public euphorique. Je lui accorde un dernier regard accompagné d'un sourire. Elle me rend la pareille.

War Of Hearts. Overcome. Tout se passe relativement bien à part quelques légers cafouillages de la part de Cyrielle, à ma grande surprise. Elle a beau être une peste-née, elle sait se rattraper afin que personne ne remarque ses erreurs.

Le rideau se referme et le présentateur annonce notre dernière chorégraphie.

Iris n'est vêtue que de sous-vêtements blancs ainsi que d'un short moulant. De légères gouttes de sueur luisent sur son front. Ses mains tremblent.

— C'est la dernière danse, Iris, tu peux être fière de toi, ça va aller.

Iris

Ma tête tourne, ma vue se trouble. Je sens Ange se rapprocher de moi, alors je m'appuie sur lui.

— C'est la dernière danse, Iris, tu peux être fière de toi, ça va aller, dit-il.

Avec difficulté, je souffle :

— Du sucre.

Il comprend immédiatement, passe son bras autour de ma taille et pose ma tête contre lui.

— Repose-toi deux minutes.

Le metteur en scène nous fait signe de nous diriger vers le plateau.

— Hannah ! crie Ange. Apporte du sucre, vite !

Elle accourt, un paquet de pâtes de fruits à la main. Ange m'en donne deux, puis me fait boire.

— Ça va mieux, ma louloute ? me demande Hannah, anxieuse.

— Oui, ne t'en fais pas.

Je reprends mes esprits et me remets sur pieds. Ange garde son bras autour de moi.

— Tu es sûre ? Tu ne veux pas attendre encore un peu ? s'inquiète ma professeure.

— Non, ça pourrait nous pénaliser. C'était juste un coup de chaud, ça va aller.

Elle fait signe au régisseur. Ange pose une dernière fois son regard sur moi pour s'assurer que je vais mieux et nous faisons notre dernière entrée sous les acclamations du public.

C'est le moment. C'est *notre* moment.

On doit tout donner.

Open Up est clairement la chorégraphie la plus compliquée. Un mélange de légèreté et d'ardeur.

Mon cœur bat vite. Je place mes mains sur le torse nu d'Ange, les flashs jaunes derrière dessinent nos ombres. Le son monte, nous nous séparons, puis la voix angélique de Gallant résonne. Je cours dans les bras d'Ange pour notre premier porté : il doit me faire tourner au sol.

J'entends notre équipe nous encourager des coulisses

Cette danse est bourrée de portés tous plus compliqués les uns des autres. Nous les enchaînons. La proximité et l'amour… les thèmes de cette chorégraphie. Je les ressens si fort. Mes mains se mêlent à celles d'Ange, son corps se colle au mien.

J'aime danser avec lui, j'aime la façon dont il me fait me sentir importante.

Même en dansant, il arrive à me montrer ses sentiments. C'est magnifique.

Ses cheveux mi-longs sont tirés en arrière. Il porte un pantalon blanc qui fait ressortir son teint et ses tatouages. L'iris sur son épaule contraste parfaitement avec le reste.

Ses yeux ne quittent presque pas les miens. Il sourit comme il sait si bien le faire. D'un air angélique.

Ce soir-là, il ne fait pas danser que mon corps, il fait danser mon cœur et ceux de huit mille personnes aussi.

Fini les danses lascives, Ange m'emmène dans les nuages avec lui, là où tout va bien.

D'ailleurs, le prochain porté est une reprise de celui de *Dirty Dancing* – une version plus rapide pour coller avec la musique.

Les spectateurs se lèvent pour nous acclamer.

Standing ovation. J'ai l'impression de vivre mon rêve de petite fille.

Entre attitudes, arabesques, roues et pas de bourrée, mon sourire s'est ancré sur mes lèvres. Je ne veux jamais que ça se termine.

Ange m'épate de plus en plus. Certes, le voir aux répétitions m'a prouvé qu'il progressait très vite, mais sur scène, il possède une grâce exceptionnelle et vit intensément la chorégraphie.

Je peux voir Hannah par instants. Ses yeux pétillent.

Notre pouls s'accélère en même temps que le tempo, la fin de la danse arrive. Nous nous préparons à encaisser le dernier porté.

— Tu es prête, Rossi ? me souffle Ange.

— Toujours, Albarez.

Il sourit, je me place devant lui. Ma main dans la sienne et l'autre sur son épaule. Je donne une dernière impulsion pour l'aider à m'élever au-dessus de lui et tends enfin mes jambes pour terminer le porté.

Après quelques secondes, il me relâche pour que je passe au-dessus de son dos et me pose devant lui.

Une dernière pensée me vient à l'idée : « Baiser de fin. »

La musique se calme, mon regard ne se décroche pas du sien, qui erre entre mes yeux et mes lèvres.

Il me prend par les hanches pour me ramener vers lui.

— Embrasse-moi comme la première fois, Iris.

Ni une ni deux, mes lèvres se retrouvent sur les siennes. Le baiser est fougueux, mais léger. Ses doigts se crispent sur ma taille et je le sens sourire contre moi.

On l'a fait, on a réussi.

Une larme de joie coule sur ma joue.

Les projecteurs se rallument, le public est en pleine extase. Les jurés sont debout. Nous sommes rejoints par nos coéquipiers ainsi que par Hannah et Sebastien. Notre salut est énergique et nos rires résonnent entre les applaudissements.

— C'était la représentation de la Hannah's Dance Academy de Mademoiselle Courtgame, dit le présentateur. Un tonnerre d'applaudissements pour leur magnifique prestation !

Après deux minutes à saluer, nous nous redirigeons vers nos loges, portant Hannah en triomphe.

Nous aurons les résultats en fin d'après-midi.

L'attente va être longue et stressante…

Hannah nous fait un énième discours en nous rappelant à quel point elle est fière de nous et en nous remerciant. L'équipe et moi ayant décidé de lui offrir un petit quelque chose pour la remercier à notre tour, on lui apporte un bouquet de fleurs géant avec une carte remplie de mots d'amour.

Elle a les larmes aux yeux.

Hannah est comme ma deuxième maman. Elle m'a vue grandir. Elle connaît mes faiblesses et mes traumatismes. Et maintenant, je sors avec un garçon qu'elle considère comme son fils. Cette femme est formidable. Elle a la tête sur les épaules et ne baisse jamais les bras.

C'est pour elle avant tout que je veux gagner ce concours. C'est une guerrière, un exemple.

Je vois Ange discuter avec Adam, un peu en retrait. Depuis l'incident à la soirée de Nathan, je me méfie encore. Je sais qu'Adam a totalement accepté notre relation, mais parfois j'ai peur qu'il prenne mal certaines choses.

Bref, je les laisse parler, je viendrai voir Ange plus tard pour le féliciter.

— Meuf, tu étais incroyable ! me crie Ava.

Nous nous étreignons avec force.

— Merci ma biche, c'était fou. Tu as été incroyable aussi. J'ai beaucoup aimé comment Noah et toi dansiez.

— On prend exemple sur les meilleurs, affirme-t-elle en me lançant un clin d'œil. Non, plus sérieusement, si on ne gagne pas, je ne comprends pas.

— Ne nous porte pas malheur ! On verra bien. Les danseurs des autres écoles ont beaucoup de talent aussi.

Elle acquiesce et se laisse aller dans le canapé.

— En tout cas, je suis heureuse, Iris.

Mon visage s'illumine.

— Tu es heureuse ?

— Oui. Je suis heureuse et je pense le rester longtemps cette fois. J'ai passé une merveilleuse année à tes côtés. Je pense qu'elle nous a été bénéfique. Il fallait qu'on passe par ces moments désagréables pour être enfin sereines. Regarde-toi maintenant, tu rayonnes et excelles dans la danse en compagnie d'un ange tombé du ciel que tu détestais… et moi, je m'éclate enfin avec mon nouveau prince qui incarne le calme et le repos.

Je pose une main sur son genou.

— On l'a bien mérité, je pense, ma biche.

— Oui, sûrement.

Mon téléphone vibre.

De : **Mam's <3**
À : **Moi**
Ma douce puce… comment te dire ? J'ai eu les larmes aux yeux quand je t'ai vue danser avec Ange. Je vous aime si fort.
Je vais voter pour vous bien sûr !
J'ai eu mamie au téléphone et elle m'a dit que la famille a aussi pleuré en vous regardant, mais que papy a été surpris de votre baiser à la fin !
Personnellement, je m'y attendais. ;)
Je croise les doigts pour les résultats et pense fort à vous.

Ah… mon papy… si tu savais. Finalement ma famille n'a pas pu se déplacer pour voir le concours, mais ils m'avaient promis qu'ils seraient devant leur écran pour nous encourager.

— On peut parler deux minutes ?

Adam lève un sourcil et acquiesce. Nous nous mettons sur le côté.

— Qu'est-ce qu'il y a ?

— C'est vrai que toi et Clara, vous… ?

Il ne me laisse pas finir ma phrase.

— Oui… dit-il en passant une main derrière sa nuque.

Mes yeux doivent être ronds comme des soucoupes.

— On a flirté ensemble pendant toute l'année, et j'ai cédé à ses avances il y a une semaine. Ce n'est pas cool, je ne t'ai rien dit, mais j'avais peur de la réaction des gens.

Mes sourcils se froncent.

— Comment ça ?

— Clara est une vraie peste quand elle est avec Cyrielle, mais seule avec moi, ou avec d'autres, elle est différente. Ça m'attriste que vous ayez cette image d'elle. Je lui ai dit que Cyrielle n'était pas une bonne amie pour elle.

— Adam, je te crois. Pas la peine de te justifier. Je te crois quand tu dis que Clara est différente quand elle est avec toi, et si tu es heureux, c'est le principal. Tu ne dois pas agir en fonction de ce que les autres pensent. Si tu l'aimes, alors *go off* mec. Je sors avec ta sœur, ce n'est pas moi qui vais te juger !

Il me sourit et me remercie.

— Je devrais le dire à Iris, non ?

— Comme tu veux. Je ne lui en parlerai pas. Si tu te sens prêt, alors oui, sinon prends ton temps.

— Tu es le meilleur, frérot.

— Je sais… je sais !

Avant qu'Adam ne retourne vers sa dulcinée, je relance :

— Au fait, tu as ce que je t'ai demandé ?

— Oui, chef ! Je l'ai posé dans ta loge.

— Merci, chef.

Deux heures sont passées, on attend les résultats pour dans dix minutes. Le stress est à son comble.

Victoria a fait un malaise et la plupart ne sont pas bien.

Le présentateur appelle une à une chaque école de danse pour rejoindre la scène. Il les présente une dernière fois pendant que des vidéos de nos passages défilent sur l'écran.

Le moment des résultats est arrivé.

L'ambiance dans la salle est très lourde : j'en vois déjà qui sont en pleurs et d'autres surexcités.

Iris est devant moi, mes bras entourent ses épaules.

Iris

Mes jambes flageolent, mes mains tremblent et mon corps est moite.

Sortez-moi de là.

Donnez-nous vite les résultats, qu'on en finisse !

Ava me tient la main ; ma tête est posée sur l'avant-bras d'Ange.

Les derniers votes sont comptabilisés, le public s'étant exprimé à l'aide de petites télécommandes.

Je vois les jurys noter leurs ultimes appréciations d'un air impartial. Tout est trop calme et je déteste ça.

Ma bouche est tellement sèche qu'avaler ma salive me fait mal. J'ai cette sensation désagréable dans mon ventre qui pourrait me plier en deux. Je serais même capable de vomir.

Dites-moi que je n'ai pas fait ça pour rien, dites-moi que cette incroyable année va se terminer en beauté.

Dites-moi que tous ces cours supplémentaires ont servi à quelque chose.

La danse m'a beaucoup appris et m'a beaucoup aidée, mais attendre les résultats d'une compétition, c'est non. D'autant plus que le présentateur en joue depuis cinq minutes. Je vais lui faire manger son micro, s'il continue.

— Le gala des Sept Danses saison 2023 s'achève enfin. Nous allons connaître d'ici quelques instants les grands vainqueurs, répète l'animateur. La compétition cette année a été éprouvante et les concurrents difficiles à départager. Les jurés en sont les premiers témoins. Mais il n'y a qu'un seul gagnant. C'est donc sur ce roulement de tambour que nous allons le découvrir.

Des percussions résonnent. Nos mains se crispent. Nos cœurs battent beaucoup trop vite.

Un décompte s'affiche sur le grand écran. Lorsque les dix secondes seront passées, le nom et la photo de l'école gagnante s'afficheront.

Le public se met à crier les chiffres.

— 10

— 9

— 8

— 7

— 6

— 5

— 4
— 3
— 2
— 1

~ STARLIGHT DANCE STUDIO ~

Le nom qui s'affiche à l'écran n'est pas le nôtre.

Avec un hoquet de stupeur, je lâche la main d'Ava. Ange dégage ses bras. Le public acclame l'école gagnante et le présentateur s'empresse de les féliciter.

Mon premier réflexe est de regarder Hannah ; elle applaudit avec un grand sourire les nommés puis se dirige vers quelques-uns de nos danseurs pour les réconforter. Ava se réfugie dans les bras de Noah, Victoria se met à pleurer, Cyrielle regarde le vide. Ange pose ses mains sur mes épaules pour me forcer à me retourner vers lui.

STARLIGHT DANCE STUDIO : première place – élu à 28 %
HANNAH'S DANCE ACADEMY : deuxième place – élu à 24 %
ODYSSEY DANCE CENTER : troisième place – élu à 18 %
ASCENO BALLET SCHOOL : quatrième place – élu à 12 %
GRAVITY DANCE INSTITUTE : cinquième place – élu à 10 %
UNITY DANCE INSTITUTE : sixième place – élu à 5 %
GRACE'S SCHOOL : septième place – élu à 3 %

— Regarde le classement, souffle-t-il à mon oreille. On est deuxièmes ! Pas mal pour une équipe rafistolée et des joueurs de foot, non ?

Il essaie de me réconforter comme il le peut et c'est vrai, il n'a pas tort. Les garçons n'étaient pas de vrais danseurs comparés à ceux des autres écoles et pourtant, nous sommes tout de même deuxièmes. On a donné tout ce qu'on a pu et notre parcours a été exemplaire. L'important, c'est qu'on l'ait fait ; nous sommes allés au concours du Gala Des Sept Danses – ce n'est pas rien.

Sur le seuil de ma loge, Hannah me retient par le bras.

— Votre duo nous a rapporté énormément de points : c'est en grande partie grâce à vous si nous sommes deuxièmes, Iris !

Elle m'enlace en me félicitant.

— Mais comment tu sais ça, Hannah ?

Ses yeux se plissent et un petit sourire se forme au coin de sa bouche. Elle se tourne vers une femme restée un peu en retrait.

— Je te présente Michèle Leloi, l'une des plus grandes danseuses des Etats-Unis : elle fait partie du jury.

Mon visage se ferme et je me contrôle pour ne pas laisser transparaître ma surprise. Un membre du jury ? Mais pourquoi est-elle là ? Nous n'avons pas gagné !

— Bonsoir, Iris. Enchantée de te rencontrer après ta prestation spectaculaire. Je sais que ton école n'a pas gagné et j'ai pu lire la tristesse sur ton visage au moment de l'annonce. Tu as l'air d'être une grande travailleuse et, à vrai dire, j'ai été époustouflée par ta capacité à nous transmettre des émotions lors de tes chorégraphies. Alors voilà, je n'irai pas par quatre chemins. Je dirige une école de danse très réputée à la Nouvelle-Orléans, qui se nomme la *New Orleans Center for Creative Arts*. Et je suis en recherche de talents.

Je bois littéralement ses paroles. J'espère juste que mon visage n'est pas devenu écarlate. Hannah scrute chacune de mes réactions.

— C'est tout naturellement que je me tourne vers toi pour te faire cette proposition. Tu es douée, jeune et pleine d'énergie, c'est tout ce que je recherche. Voudrais-tu intégrer mon école à la prochaine rentrée ? Ces études te permettront de te spécialiser dans la danse, bien sûr, mais également dans le métier que tu veux exercer. Je te laisse mes coordonnées. Prends le temps de réfléchir et appelle-moi !

Elle me tend une petite carte et me touche l'épaule – un geste attentionné.

— M-merci, Madame Leloi. Ça me touche… Je vous appellerai ; c'est promis !

— De rien, Iris. Tu le mérites ! Hâte de te compter parmi nos danseuses, alors.

Elle repart, accompagnée de Hannah qui me fait un dernier clin d'œil et lève son pouce dans ma direction.

J'en reste encore bouche bée, mon cœur bat à mille à l'heure, il a reçu trop d'émotions différentes aujourd'hui. Je suis sur le point d'intégrer la NOCCA alors que je pensais que cette école n'était réservée qu'aux gagnants !

— Repérée pour une école de danse ? Je ne suis même pas étonné.

Une main tatouée vient caresser ma joue et se poser dans ma nuque. Je me retourne et embrasse tendrement les lèvres de mon petit ami.

— Je n'y crois pas, Ange ! C'est irréel ! Je vais intégrer la NOCCA !

Il rit contre moi tout en me félicitant.

— C'était évident avec le show que tu nous as donné.

Il se détache de moi et me demande de fermer les yeux. D'abord intriguée, je ne l'écoute pas, puis je finis par m'exécuter. J'entends un froissement.

— Tu peux ouvrir les yeux, maintenant.

Surprise ! Ange est caché derrière un énorme bouquet de fleurs rouges.

— Oh ! Elles sont magnifiques, Ange !

Il me tend les fleurs.

— Et tu sais pourquoi ? Parce qu'elles ne fanent jamais. *Une fleur qui ne fane jamais, élégante et envoûtante, comme toi, Iris.*

Mon cœur rate un battement. C'est un bouquet de roses rouges avec une petite fleur d'amarante au milieu.

— De l'amarante ?

— Exactement. Tu as retenu ! Bon, elle n'est pas très belle, comme on l'a déjà dit, mais c'était pour le clin d'œil ! se justifie-t-il.

Je repose le bouquet et lui saute dessus en accrochant mes jambes autour de son bassin.

— Non, c'est parfait ! Tu es le meilleur !

Je lui donne un long baiser en enroulant ma langue autour de la sienne. Ses mains se resserrent sur mes fesses pour avoir une meilleure prise. Il me dépose sur l'îlot central de la loge et commence à me déshabiller après avoir pris le soin de verrouiller la porte.

Mes ongles se mêlent à ses cheveux ; il mordille mon cou, le titille avec sa langue.

— Tu penses que j'ai le droit de t'emmener au septième ciel ici ? me demande-t-il ironiquement. En altitude ?

Un rire m'échappe puis il plaque ses lèvres sur les miennes.

Avant de le sentir descendre entre mes jambes, je vois un petit bout de papier tomber du bouquet. Je n'y fais pas attention, trop occupée à contenir mes gémissements.

Je le ramasserai après.

Il y avait bien un petit bout de papier caché dans les fleurs – une lettre. Écrite par Ange… évidemment.

Tu as su m'aimer quand moi, je ne savais plus. Nous nous sommes croisés au creux des tempêtes de nos vies lorsque tout semblait sombrer. Nos débuts ont été marqués par les conflits et les désaccords, jusqu'à ce que l'attraction devienne irrésistible et nous lie d'une manière que nous ne pouvions ignorer.

Maintenant, tout ce qu'il nous reste à faire… c'est de commencer ensemble un nouveau chapitre dans notre vie, où douleur et tristesse seront remplacées par le meilleur et le bonheur. Je sais que l'avenir nous réserve de belles choses, j'en suis même certain.

Je t'aime plus que je ne saurais le dire.

Épilogue

Iris, trois ans plus tard

— Clara, passe-moi ton *highlighter*, s'te plaît.

— Il est à côté de toi, meuf. Attends, je veux t'en mettre !

La brune se place devant moi. Elle passe le pinceau sur mes pommettes. Son annulaire est orné d'une jolie bague en quartz rose offerte par Adam, qui est désormais son fiancé. Ça fait trois ans que nous avons participé au concours des Sept Danses de Louisiane. Depuis, beaucoup de choses ont changé.

— Vous pensez que je mets ce haut-là ? Ou celui-ci ? demande Ava en nous montrant deux t-shirts colorés.

J'affirme :

— Clairement, le rose.

— Je suis d'accord, avec le short blanc, continue Clara.

Quand Adam m'a appris qu'il sortait avec Clara, je n'ai pas compris. Il a attendu leurs quatre mois de relation pour me l'avouer et lui faire rencontrer la famille. Puis, à mesure que le temps passait, Clara est devenue une toute autre personne. Elle n'était plus la Clara que je connaissais par Cyrielle. Elle était la fille qui essayait de ne pas se faire remarquer, mais qui avait la tête sur les épaules et qui savait ce qu'elle voulait. J'ai été agréablement surprise. Je me souviendrai toujours d'un soir, quand elle dormait à la maison, où elle est venue dans ma chambre pour s'excuser de son comportement passé envers moi. Elle m'a avoué qu'elle voulait apprendre à me connaître et se faire sa propre idée. On a parlé toute la nuit. Et maintenant, Ava, elle et moi sommes inséparables. Clara et Cyrielle ne sont plus en contact : cette dernière est partie étudier en Angleterre, loin de nous.

Malheureusement, tout n'a pas été aussi rose.

Ava, elle, est partie vivre à New York avec Noah pour leurs études, ce qui fait que je ne la vois qu'une fois par mois. Bien sûr, sans compter nos innombrables appels. Elle me manque.

— Et vous ? Vous mettez quoi ce soir ? renchérit Ava.

Je réponds :

— Un short noir avec une marinière.

— Iris, je peux te piquer ta veste en cuir brun ? me demande Clara.

— Mais oui… tu peux !

Adam, lui, a obtenu un bon poste dans une entreprise. Son salaire lui permet de mettre pas mal d'argent de côté, le temps qu'il trouve un appartement avec Clara. Il a laissé finalement le foot de côté. Ils ont pour projet de vivre en Floride pendant quelques mois. Eux aussi vont me quitter bientôt !

Je me plains :

— Vous allez me manquer…

— Iris… je viens seulement de revenir ! répond Ava. Ne pense pas déjà à mon départ, ce sont les vacances, je suis là pour une semaine, on va profiter.

— Mais oui, appuie Clara. Et Adam et moi, on ne part pas tout de suite !

— Oui, mais nous voir grandir comme ça, ça fait peur. On a vingt-deux ans, on se fait vieilles.

— C'est sûr, mais regarde-nous : ça fait trois ans qu'on n'habite plus à côté et c'est toujours pareil ! Quand on travaillera, on pourra se revoir plus tard, me dit Ava sur un ton apaisant.

— Mmh oui, sûrement.

Pour ma part, j'ai intégré l'école de danse de Michèle Leloi. J'ai choisi mon parcours d'études pour devenir coach sportive et nutritionniste. Ça me plaît, mais je ne sais pas si c'est réellement ce que je veux faire. Je me laisse du temps.

— Je peux entrer ? demande mon frère, le nez dans l'entrebâillement de ma porte.

— Yep, lui répond Ava.

— Juste pour vous dire de vous dépêcher ! On ne va pas tarder à partir. On va juste voir un match de football américain, les filles, pas un gala.

Nous le toisons.

— On se passera de tes commentaires, Rossi, déclare Ava.

— En plus, les joueurs sont canon, on ne sait jamais ! reprend Clara.

— Ouais c'est ça, ricane-t-il. Bref, dépêchez-vous, on part dans trente minutes.

— Canon ! Tu vas où comme ça ? s'exclame Noah en entrant dans ma chambre.

Il se dirige vers Ava et l'embrasse tendrement.

— Dans ton cœur, répond-elle d'un air ironique.

Ils sont beaux, mes loulous. Je les aime d'amour et je suis tellement heureuse que chacun d'entre eux ait trouvé LA bonne personne. Un sourire se dessine sur mes lèvres, puis mes yeux divaguent sur l'écran de mon téléphone.

Aucun nouveau message.

— Allez ! Laissez-nous encore dix petites minutes et on arrive ! reprend Ava.

Les garçons obéissent et nous laissent seules.

— Tu penses qu'il va venir ? lance Clara.

Mes yeux sont attirés par l'écran. Je rafraîchis la page de la discussion en espérant le voir en ligne. Mais rien.

— Iris ? Eh oh ?

— Hmm… Ah ! Oui, pardon ! Tu disais ?

— Tu penses qu'il va venir ? me redemandent mes amies.

— Je ne sais pas, je n'ai pas de nouvelles. Je lui laisse du temps. Il en a besoin.

Les deux brunes me prennent dans leurs bras.

— Tu as raison. Tout ira bien de toute façon ! Il n'y a pas de raison !

J'acquiesce timidement. Dix minutes plus tard, nous voilà partis pour le Mercedes-Benz Superdome, le stade de Louisiane.

— Juste, c'est quelle équipe qu'on est censés supporter ? demande innocemment Clara.

Les deux garçons se regardent, ahuris, et répondent avec mépris :

— Tu n'es pas sérieuse, j'espère !

— Excusez-nous de n'avoir connu juste les Eagles du lycée de Covington !

Nous nous mettons à rire, mais pas les garçons.

— On est pour les New Orleans Saints, bien sûr ! C'est l'équipe de notre pays ! Bande d'incultes !

— Et c'est qui l'équipe en face ?

— Les Miami Dolphins.

— OK les filles, on est pour qui, nous, du coup ? nous questionne de nouveau Clara.

Je relève la tête de mon téléphone en montrant l'écran à Ava. Elle acquiesce tout de suite en faisant mine d'avoir très chaud.

— Oh oui, finit-elle par dire.

Je déclare :

— Désolées de vous décevoir, mais notre cœur va supporter les Miami Dolphins ce soir.

Noah me regarde, surpris.

— On peut savoir pourquoi ?

Je finis par tourner le téléphone vers Clara qui sourit de plus belle.

— Alors là oui, on soutient à fond les Miami Dolphins.

— Les joueurs sont carrément plus canons du côté de Miami, dites-moi. Particulièrement… Thomas Wolf, je crois ?

Je leur montre l'Instagram du joueur.

— Pfff, vous êtes si prévisibles… C'était sûr, souffle Adam. Thomas Wolf, toutes les groupies sont à ses pieds. Bande de suiveuses. C'est le capitaine de l'équipe, bien évidemment. Objectivement, c'est un très bon joueur, mais il est dangereux. Il blesse sans arrêt les joueurs en face de lui.

— Il n'a pas intérêt, ce soir, reprend Noah.

Nous nous mettons à rire face aux réactions des garçons. Arrivés au Mercedes-Benz Superdome, nous récupérons nos bracelets et suivons une dame qui nous place.

— Franchement, merci Adam pour ces magnifiques places, tu as dû payer ça une blinde, mais frérot, c'est incroyable, s'extasie Noah.

— Même pas ! C'est mon patron qui me les a passées !

— Vas-y, on n'a pas tous cette chance-là, soupire Noah d'un air faussement triste.

— C'est pour ça ! J'en fais profiter !

Au bout de trente minutes de jeu, la mi-temps sonne. Les Miami Dolphins ont l'avantage. Les garçons sont plus que déçus, même leurs copines n'arrivent pas à les raisonner. Je n'ai jamais vu ça !

— Je vais aux toilettes, j'arrive.

— Iris ? Tu peux m'acheter une bouteille d'eau s'il te plaît ? Je te rembourse après, me demande Noah.

— Deux, s'il te plaît ! ajoute Clara.

— Ça marche.

Je me faufile entre les sièges et la foule pour sortir du stade. La plupart des personnes se rendent au *food truck* durant la mi-temps. Je pense que je vais préférer le distributeur de bouteilles au fast-food. Mon envie de churros passera.

Après cinq minutes d'attente, j'arrive à avoir une cabine. Les toilettes dans les stades, c'est vraiment n'importe quoi. Je pense qu'on n'a jamais éduqué les gens. Il y a du papier étalé par terre et le sol est mouillé par je ne sais quel liquide – *et je n'ai pas envie de le savoir*. Je ressors de la pièce nauséabonde et me dirige vers le distributeur.

Une jeune femme, devant moi, porte un maillot de l'équipe des Miami Dolphins avec le nom « WOLF » au dos. Je repense en souriant aux paroles d'Adam : « Toutes les groupies sont à ses pieds. ». Ce n'est pas la première fois que je vois ce maillot.

Un homme en costume noir se tient à côté d'elle et me dévisage. La jeune fille commence à jurer dans un magnifique français. Ça m'étonne : je pensais qu'elle venait de Miami, mais non, elle doit être d'ici. J'en doute même, vu son parfait accent. Une Française, peut-être.

Elle se tourne vers l'homme en costume et lui demande en anglais s'il n'aurait pas un dollar. Il répond que non, désolé, puis croise à nouveau les bras sur sa poitrine.

— J'ai, si tu veux.

La belle fille se tourne vers moi et penche la tête.

— Oh ! Tu parles français ?

— Oui, je suis d'ici ! Je t'ai entendue demander un dollar !

Elle réfléchit en regardant l'homme à côté d'elle puis finit par dire :

— C'est gentil ! Je prends la bouteille d'eau et je te rembourse de ce pas.

Je lui tends la pièce et lui demande de prendre en même temps deux autres bouteilles.

— Tu viens voir quelle équipe ? me demande-t-elle.

— Les New Orleans Saints ! Au contraire de toi, je suppose, souris-je.

— Effectivement ! Bien vu.

— Mais c'est vrai que le mec que tu portes dans le dos est pas mal ! J'ai entendu parler de lui.

Elle pince ses lèvres puis me sourit, gênée.

— Je pense que je suis sa première fan ! Viens, suis-moi.

Elle me conduit vers des portes sur lesquelles il est inscrit *Interdit au public*. L'homme en costume nous suit à la trace. Il a une carrure de garde du corps : je ne comprends rien. Avant de passer une énième porte, il déclare enfin en anglais :

— Elle n'a pas le droit d'entrer. Tu peux aller chercher l'argent, j'attends ici avec elle.

Elle me sourit d'un air compatissant et acquiesce.

— Attends-moi là ! J'arrive.

Les deux minutes qui s'écoulent me paraissent durer une éternité. L'homme ne parle pas et reste fermé.

— Voilà pour toi ! dit la fille en me tendant le dollar quand elle revient enfin.

— Merci !

Elle me raccompagne à l'endroit où nous nous sommes rencontrées.

— Au fait, tu t'appelles comment ?

— Iris ! Et toi ?

— Moi c'est Romy !

— Tu as un super accent !

— Je viens de France ! Ça doit être pour ça, confirme-t-elle.

— Oh, je vois ! Ça fait plaisir de voir une Française.

Nous continuons de discuter pendant deux, trois minutes, puis les haut-parleurs annoncent que le match va recommencer.

— Iris, je te souhaite une bonne fin de match ! Ravie de t'avoir rencontré et encore merci !

— Mais de rien, bon match à toi aussi, Romy.

Elle me lance un dernier sourire et repart accompagnée de l'homme imposant.

En rentrant dans les tribunes, je tombe enfin nez à nez avec…

Ange

Plus tôt dans la journée.

Trois ans. Trois ans c'est long. Trois ans, c'est court, en même temps.

Aujourd'hui est un jour spécial : maman sort définitivement de sa cure. Après trois ans de soins intensifs, elle est enfin guérie. J'avoue que les débuts ont été compliqués, comme toujours. Mais cette fois, elle s'est accrochée et a réussi à tenir bon.

Beaucoup de choses ont changé. Du haut de mes vingt-deux ans, je peux dire que la vie est loin d'être un long fleuve tranquille. Après le gala des Sept Danses, j'ai décidé d'arrêter le football pour me consacrer pleinement à mes études. Bien sûr, le sport fait toujours partie de ma vie puisque je suis en école de sport, en spécialisation psychiatrie et convalescence. Adam file toujours le parfait amour avec Clara. Je n'y aurais pas cru. Mais elle lui correspond, finalement. Il l'a même demandée en mariage : le frérot est piqué. Pour ce qui est de Noah, lui aussi est tombé sur le gros lot. Son couple avec Ava est parfait et fait rêver beaucoup de monde. Un mélange de légèreté, d'harmonie et de séduction. Le motard aux allures de rockeur l'a même suivie à New York pour ses études. Si ça, ce n'est pas une preuve d'amour…

Maman toque à la vitre de ma voiture. Je me précipite dehors pour l'enlacer.

— Oh, mon loup, tu m'as tellement manqué !

— Toi aussi, maman, toi aussi. Comment tu te sens ?

— Bien, mieux, beaucoup mieux. Je t'avoue que ça me fait bizarre, mais je suis si heureuse.

Je lui offre un sourire sincère.

— Je t'emmène au resto pour fêter ça.

Elle acquiesce volontiers et monte dans la voiture. Quand nous nous installons à table, je reçois une notification.

De : **Iris *émoji rose***
À : **Moi**
Alors ? Comment elle se sent ? Comment tu te sens ? Ça va ?

De : **Moi**
À : **Iris *émoji rose***
Tout va bien, on est au resto. Elle est heureuse. Je te tiens au courant.

De : **Iris *émoji rose***
À : **Moi**
Oh, je suis trop contente. Maman m'a demandé de te dire qu'elle vous invite ce week-end à la maison !

De : **Moi**
À : **Iris *émoji rose***
C'est gentil ! Merci ! Je lui transmets tout de suite. À ce soir <3.

En sortant du restaurant, je demande à ma mère si elle veut aller s'acheter de nouveaux vêtements ou faire un tour autre part. Sortir d'une cure aussi longue ne doit pas être simple. Elle a quand même été coupée de beaucoup de choses, je ne sais même pas si elle sait encore comment se comporter avec les autres. Elle paraît encore si fatiguée… mais son teint est tellement plus beau.

— C'est gentil, mon loup, mais je pense que j'ai envie de rentrer à la maison, de me reposer et d'enfin retrouver mon lit.

Je la comprends, j'aurais voulu faire pareil à sa place. Je la raccompagne chez nous.

Je voyais maman trois fois par semaine au centre, mais elle me manquait. Quand mes dix-neuf ans sont passés, le loyer est devenu ma responsabilité pour moitié. Hannah avait toujours son mot à dire et gardait un œil sur les papiers. Elle a aussi pris en charge notre maison avec des aides du centre. *Je lui dois encore beaucoup*. Et pendant tout ce temps, j'ai vécu aussi chez Hannah et chez les Rossi.

— Tu sors ce soir ? demande maman.

— Non, je reste avec toi.

— Ah non ! Ne commence pas Ange ! Je t'ai dit d'arrêter de te priver pour moi. Si tu as quelque chose de prévu ce soir, tu y vas. J'ai cru comprendre qu'il y avait un match ?

Je penche la tête et souris.

— Oui c'est vrai. Adam m'a invité à un match de football de notre équipe préférée.

— Alors vas-y, mon loup.

— D'accord… d'accord. Je t'ai mis dans le frigo un truc pour ce soir, comme on n'a pas eu le temps de faire à manger. Ce sont des lasagnes faites par Iris. Tu verras, ce sont les meilleures, surtout la béchamel !

— Je n'en doute pas : je lui enverrai un message pour la remercier.

Je me prépare en quatrième vitesse et pars. J'arriverai pour la mi-temps du match. Tant pis, ce n'est pas grave, je prendrai une navette. C'est déjà mieux que rien.

En entrant dans les tribunes, une petite blonde me fonce dessus.

— Toujours à regarder par terre, c'est fou, ça, lancé-je pour plaisanter.

— Oh ! Ange ! répond ma petite amie en me sautant dans les bras. Tu as pu venir ! J'étais morte d'inquiétude, tu ne m'as pas prévenue !

— Je sais… je sais… c'était pour la surprise !

Elle m'embrasse tendrement. Nous rejoignons nos amis pour la fin du match.

Malheureusement, les New Orleans Saints ont perdu… Je m'y attendais. En même temps avec une équipe aussi robuste de l'autre côté et avec un capitaine comme Wolf, c'était couru d'avance. Ce n'est pas grave, ils ont fait une bonne saison.

Adam ramène d'abord Ava et Noah, puis nous dépose, Iris et moi, chez Hélène. Adam et Clara vont manger au restaurant ce soir, puis ils dormiront chez elle. Ce genre de situation a le don de me faire sourire. Nous avons tous chacun notre petite vie qui avance mais rien n'empêche qu'on adore se retrouver tous ensemble.

Après un bon repas préparé par Hélène, Iris et moi montons dans sa chambre, exténués par cette journée interminable.

— On va se laver ? propose-t-elle.

— Oui, j'ai trop chaud, j'en peux plus.

Dans la salle de bains, Iris sort deux serviettes du placard.

— Tu m'as manqué, dit-elle en posant ses lèvres dans mon cou.

— Ça va ? Tu n'es pas trop chamboulé ?

— Non, réponds-je en enroulant mes bras autour de son corps nu. Ça va beaucoup mieux, tout rentre dans l'ordre. Maman est heureuse. On ira lui rendre visite demain, ça lui fera plaisir.

Iris et moi sommes plus unis que jamais, au bout de ces trois années. Je me répète peut-être, mais… elle est à la fois ma force et ma faiblesse. Sans elle, je n'aurais jamais tenu aussi longtemps. Chaque jour, elle devient une femme magnifique. La voir s'épanouir dans ce qu'elle aime me procure un sentiment indescriptible. Nous n'avons pas vraiment connu de difficultés. Je pense que ça vient de notre communication ouverte et de nos priorités. Bien que nous ayons beaucoup de points communs dans notre façon de penser, nos actions divergent parfois, et c'est ce qui entretient la flamme entre nous. Nous avons de nombreux projets, et le premier est de retourner en France pendant nos vacances pour arpenter les ruelles immortalisées en photo par nos pères.

Personnellement, je m'apprête à réaliser mon deuxième projet, celui dont elle n'a pas encore idée mais qui restera sans doute gravé dans sa mémoire pour toujours. Avec tendresse, je la porte jusqu'à sa chambre, la dépose délicatement sur le lit et continue de l'embrasser. Lentement, je m'éloigne d'elle. Elle se glisse dans une nuisette violette pendant que je choisis un short de sport. Puis je m'approche du lit, la regarde attentivement et pose un genou à terre.

Son sourire disparaît, laissant place à une expression de surprise.

— Il faut que je te dise quelque chose qui me trotte dans la tête depuis pas mal de temps, Iris…

Elle acquiesce, toujours sur ses gardes.

— Voilà, je ne veux plus seulement que mon nom soit inscrit sur ton dos, je veux que tu le portes pour toujours. Notre histoire a sûrement débuté avec mon maillot, maintenant je veux la conclure avec cette bague à ton doigt. Iris, je veux que tu deviennes ma fiancée, ma femme. Je veux t'épouser.

Je sors la petite boîte de ma poche et l'ouvre pour lui montrer l'anneau. Elle ne comprend pas tout de suite, mais finit par poser ses mains sur sa bouche. De grosses larmes coulent sur ses joues et elle s'agenouille à mes côtés, enroulant ses bras autour de mes épaules. Elle ne répond pas tout de suite, submergée par l'émotion. Mais entre deux sanglots, je sais qu'elle me murmure combien elle m'aime et qu'elle ne peut que dire oui.

— Ange… Mon ange… Je… ? Mais oui ! Bien sûr !

Elle cherche ses mots : je la coupe en lui passant le solitaire à son annulaire, puis embrasse sa main. Elle pleure de plus belle et plaque ses lèvres aux miennes.

— Elle est magnifique… elle est magnifique.

Je lui embrasse la tempe pendant qu'elle contemple le bijou.

Iris

Ange m'étonnera toujours. Il réunit tout ce dont j'ai besoin dans la vie : l'amour, la joie, la bonté, la bienveillance, la beauté, mais aussi la tristesse, l'apaisement et le calme.

Ange

Iris m'a fait comprendre qu'il y a toujours une part de positif, même dans les moments les plus sombres. Quand le soleil tombe, les étoiles seront toujours là pour vous guider. Elle est mon soleil, mais aussi mon étoile. Que ce soit dans la bonne humeur ou dans la tristesse, elle est là. Elle a toujours été là. C'est pour ça que je l'aime et que je l'aimerai toute ma vie.

Iris

Oui, je l'aimerai toute ma vie.

Ange

Car… les histoires d'amour sont et seront toujours les mêmes.

Iris

Quelles que soient les époques et les ***altitudes***.

Ange

Elles commencent bien et finissent mal… ou…

Iris

L’inverse bien sûr… et évidemment.

Oui, car… Les anges gardiens existent réellement… Ils ne se voient juste pas tout de suite.

Chapitre Bonus

« *Première Danse* »

Ange

Le sommeil alourdit mes paupières. L'air est frais, et un mélange subtil s'élève, entre les notes florales de la lavande et l'odeur terreuse des quelques gouttes de pluie qui tombent sur le petit balcon où je suis installé.

J'allume une cigarette, et le grésillement discret du tabac embrasé se mêle au murmure de la nuit. La première bouffée emplit ma bouche d'une chaleur âcre, contraste fugace avec la fraîcheur de l'air. La fumée glisse dans mes poumons avant de s'échapper en volutes paresseuses qui se fondent dans l'obscurité.

Je jette un coup d'œil derrière moi ; la lumière éclaire encore la chambre. À travers les rideaux blancs translucides j'ai une vue direct où Iris repose. Elle est en train de coiffer ses longs cheveux blonds avant de s'apprêter à dormir. Ses mèches retombent en cascade sur ses épaules presque nues, et la lumière de la petite lampe de chevet glisse sur sa peau, mettant en valeur la courbe de son cou, la finesse de ses bras. Elle est belle, terriblement belle.

Je prends une dernière bouffée de ma cigarette avant de l'écraser dans le cendrier. Depuis nos fiançailles, tout a changé, et pourtant, quand je la contemple toujours autant, je ressens toujours cette même attraction brute, ce même désir qui m'a frappé lorsque l'on dansait.

On s'était fait une promesse : après nos fiançailles, on retournerait en France, dans notre ville natale, pour marcher sur les traces de nos pères. Ce n'est pas juste un voyage, c'est une étape, un retour vers ce qui nous a construits. C'est pour cela qu'on a loué un petit appartement, le temps de nos vacances ici. Demain, on foulera de nouveau ces rues, on respirera cet air familier, on replongera dans ce passé qui nous hante autant qu'il nous appartient.

On en a besoin pour faire définitivement notre deuil.

Mais pour l'instant, tout ce que je veux, c'est la rejoindre. Sentir sa chaleur contre moi. Parce qu'Iris, c'est mon point d'ancrage, celle qui me ramène toujours à la maison, peu importe où l'on va.

Je m'approche en prenant le soin de fermer la baie vitrée. Elle range sa brosse dans sa valise, mais elle ne se retourne pas tout de suite.

Je pose mes mains sur ses épaules en faisant glisser mes doigts le long de sa peau nue. Elle frissonne, imperceptiblement, et ça m'arrache un sourire. Elle s'amuse à faire semblant de m'ignorer, mais son corps, lui, ne ment pas.

— Tu comptes juste me regarder ? murmure-t-elle, sa voix basse, provocante.

Je me penche, mes lèvres effleurent la naissance de son cou et ma main droite remonte sur sa poitrine.

— Peut-être, soufflé-je contre son oreille. J'adore ça.

Un brasier s'allume dans ses yeux, je peux le constater dans le miroir juste en face de notre lit. Elle s'écarte de mon emprise avant de se tourner face à moi.

— Tu viens de fumer, affirme-t-elle. Tu sais, même après trois ans avec toi, cette odeur me répugne toujours autant. Je pensais que tu arrêtais en même temps qu'Adam ?

Malgré son avertissement, je lui fais incliner doucement la tête pour que je puisse avoir un meilleur accès à son cou.

— Excuse-moi, réponds-je sans grande conviction. C'est vrai que j'ai dit ça. C'était juste en l'honneur de mon père, en l'honneur de cette ville.

Ma langue continue sa descente le long de sa mâchoire, suivant chaque courbe, chaque relief avec tendresse. Elle frissonne sous ma caresse, et je devine son sourire.

— Tel père, tel fils, ricane-t-elle.

Elle s'empare de mes poignets et guide mes mains sur sa taille fine, pour presser son corps contre le mien. Sa peau est chaude, satinée, et je perds un instant le fil de mes pensées.

— Alors, il n'y aura rien pour toi ce soir, murmure-t-elle. Tu vas juste regarder, comme tu dis adorer ça.

Elle me fixe, et je sens un frisson parcourir mon dos. Avant même que je puisse réagir, elle se tourne sur le côté, un sourire en coin, et commence à dénouer lentement les boutons de son chemisier. Ses mouvements sont fluides, presque langoureux. Elle laisse glisser le tissu sur ses épaules avec une lenteur exquise, révélant ses formes, comme une œuvre d'art qu'elle me dévoile petit à petit.

Je m'oblige à rester immobile, comme elle l'a exigé. Elle se penche ensuite pour retirer son bas de pyjamas. Ce n'est pas de l'arrogance, mais plutôt une confiance totale en elle-même. Elle n'a pas besoin de me séduire, elle le fait déjà par sa simple présence.

Sur elle, il ne reste plus que sa culotte rose pâle en dentelle qu'elle garde en se faufilant entre les draps.

La seconde d'après, elle plonge sa main dans son sous-vêtement et penche sa tête en arrière.

Je la vois se toucher, devant moi et je sais exactement ce qu'elle fait et veut provoquer.

Elle me défie du regard, son sourire en coin. Puis elle se cambre encore plus, avant de fermer ses yeux sous le plaisir qu'elle se donne.

Elle continue, encore et encore, sa main s'accélère, elle mord ses lèvres et gémit ouvertement en prononçant parfois mon nom. Son autre main se promène sur son ventre, son cou, ses cheveux et s'arrête sur son sein.

Je ne peux plus. Juste avant qu'elle atteigne l'extase, je m'avance et surplombe complètement son corps avant de l'embrasser. C'est plus qu'un baiser, c'est une prise, un besoin brutal de la faire mienne.

Elle retire sa main et me laisse prendre le relais. Ses lèvres sont chaudes, gorgées de désir, et je sens son corps se tendre sous mes doigts. Elle réagit immédiatement, se frotte contre moi, ses mains cherchent déjà à défaire ce qui la sépare de moi.

Son souffle s'accélère, un cri lui échappe alors je plonge en elle sans attendre, sans plus de retenue.

— Ferme la lumière, murmure-t-elle contre ma bouche, à bout de souffle.

Mais je n'ai aucune intention de la plonger dans l'ombre. Non. Ce soir, je veux la voir, l'admirer, savourer chaque seconde.

— Non. Je veux te regarder, *encore*, *toujours*.

J'avais 14 ans. C'était un vendredi après-midi, celui où je m'étais retrouvé à traîner, sans raison, devant le studio de danse où Iris était.

Je l'avais toujours trouvé différente. Elle brillait d'une manière subtile, dans chaque mouvement, dans chaque regard, et moi, je l'observais souvent sans jamais lui dire. C'était une des choses que je n'avais jamais pu lui avouer : à quel point je la regardais, presque secrètement, comme si la voir danser était un privilège que je ne voulais pas partager.

Ce jour-là, j'avais décidé de ne pas rentrer directement chez moi après l'école. Non, j'avais voulu attendre Iris après son cours. Je n'avais pas le droit d'entrer, bien sûr. Les cours étaient fermés aux spectateurs, et moi, je n'avais pas l'excuse d'être là. Mais, peu importe, je m'étais trouvé un coin discret, juste assez loin pour ne pas être vu, mais suffisamment proche pour scruter chaque pas qu'elle faisait.

Je l'avais vue entrer, enfiler ses chaussures de danse, avec cette grâce naturelle qui la caractérisait. J'avais bien vu sa silhouette se dessiner derrière la vitre du studio, ses bras levés, ses pieds glissant sur le parquet. Elle était là, dans son élément, totalement absorbée par la musique, comme si elle se fondait dedans. Elle dansait avec une fluidité parfaite, comme si la danse était une extension d'elle-même.

Je me rappelle précisément ce moment où la musique avait changé, plus rapide, plus dynamique. Iris avait intensifié ses mouvements, un sourire éclatant sur son visage, et c'était comme si tout le reste du monde disparaissait autour d'elle. Elle était la seule chose que je pouvais voir, la seule chose que je voulais voir. Chaque pirouette mais aussi la façon dont ses cheveux blonds tombaient autour de son visage… Car oui, Iris dansait toujours les cheveux détachés. Je me suis d'ailleurs toujours demandé comment ça ne la gênait pas, mais peu importe. Ça ne m'empêchait pas de m'émerveiller devant elle.

J'aurais aimé être avec elle, dans cette salle. Même si je n'aimais pas forcément la danse, enfin pas suffisamment pour en faire. Mais pour elle, j'aurais tout fait.

Si être son partenaire de danse m'aurait permis d'être plus proche d'elle, de la toucher, de la sentir et de l'avoir, alors oui, à cette époque-là, je me suis dit que j'aurais fait cet effort.

Et je l'ai fait… un peu plus tard.

Le cours s'est terminé, et tout le monde est sorti, sauf elle. Je l'ai attendue à l'extérieur, toujours dans mon coin. Je savais qu'elle allait venir, je savais qu'elle allait me rejoindre comme à chaque fois. Et puis, elle est apparue avec son sac de sport plus gros qu'elle, les cheveux en désordre. Mais elle m'a regardé, avec ce sourire joueur, et j'ai tout de suite su qu'elle savait. Elle savait que je l'avais observée tout ce temps, elle l'avait deviné sans que j'aie besoin de lui dire.

— Je sais que tu me regarde depuis le début, Ange.

Sa voix était calme, presque douce, mais il y avait une pointe de taquinerie dedans. Je n'ai même pas pu mentir. Elle avait raison.

Peut-être que c'était là, ce moment où tout a basculé, où je me suis rendu compte que je n'avais plus juste envie de l'admirer de loin, mais que je voulais être plus près d'elle. Je voulais connaître sa danse, connaître tout d'elle, pas juste de loin, pas juste en spectateur. Non, je voulais être là, dans sa vie, vraiment.

— Tu me regardes toujours différemment. C'est appréciable.

Elle a ajouté ça d'un ton si naturel que ça m'a paru évident.

Oui, j'ai toujours aimé la regarder comme si j'étais fait pour ça. D'un côté elle m'impressionnait, par son petit caractère mais surtout par sa grande sensibilité. Elle donnait envie qu'on la protège de ce monde, qu'on la couve afin qu'elle ne soit jamais attaquée ou malheureuse.

— Tu veux venir ce soir chez nous ? Adam sera là aussi, on pourrait regarder un film tous les trois. Ça te dit ?

Je n'ai même pas réfléchi. Tout ce que je voulais, c'était être avec elle, encore un peu plus.

— Oui, je viens.

C'est ce soir-là que je suis tombé amoureux d'Iris. Parce que je sais que, depuis ce moment-là, je voulais la regarder toute ma vie. Pas juste la regarder passer, mais la regarder vraiment. Être à ses côtés, à chaque instant, jusqu'à ce qu'elle ne soit plus simplement un rêve, mais une réalité.

C'était comme un conte de fée, mais un de ceux qui ne se racontent pas avec des princesses et des châteaux. Non, ce conte-là parlait de la vérité simple, de l'amour qui prend de la hauteur, qui nous élève, nous sort de notre quotidien pour nous montrer que parfois, il suffit de regarder autrement pour voir ce qu'on avait toujours sous les yeux.

Iris, c'était cette personne qui n'avait pas besoin d'un prince charmant pour être exceptionnelle. Elle était déjà tout ce dont elle avait besoin, sans même le savoir. Et moi, c'est ce qui m'attirait. Qu'elle n'ait pas besoin de moi – *enfin pas tout de suite, pas à ce moment-là, pas encore.* Parce que je m'étais toujours contenté de regarder à distance, comme un spectateur de ma propre vie, je me suis rendu compte que l'amour ne se vivait pas de loin. Il fallait y croire, vraiment, et ça commence par ne pas négliger ceux qu'on aime, par ne pas les laisser partir sans prendre le risque de tout risquer pour eux. C'était ça, l'élévation, *l'altitude*, l'amour qui nous fait voir plus haut que nous-mêmes, qui nous pousse à franchir nos propres limites. Et dans ce moment précis, en la regardant, j'ai compris que l'amour, celui qui vaut la peine, n'est pas quelque chose que l'on attend patiemment de loin, mais quelque chose qu'on vit pleinement, avec l'autre, à la hauteur des rêves qu'on a toujours gardés pour soi

Alors peut-être que notre histoire était un conte de fée, après tout. Parce qu'on oublie souvent que dans la vraie vie, ce sont les décisions qu'on prend, pas les princesses ou les châteaux, qui écrivent la fin. Et que les plus beaux contes ne commencent pas forcément par « *il était une fois.* ».

Remerciements

Coucou, c'est Ema :)

Écrire un roman était inattendu, être publiée encore plus, et maintenant, je me retrouve à faire mes remerciements… ouah… ça fait beaucoup !

Alors, je pense que les premières personnes à remercier sont mes parents. Ils m'ont toujours soutenue jusqu'à la fin. Ils m'ont tous les deux beaucoup apporté, en semant plein de petites graines pour enrichir encore plus le contenu d'*Altitude*. Merci à toi papa de t'être improvisé manager personnel (tu exerces à merveille le métier) et merci à toi maman de t'être improvisée éditrice et de m'avoir transmis ce goût pour l'écriture.

Je voudrais remercier Nisha et toute l'équipe. J'ai tout de suite accroché avec eux et c'était ici que je voulais voir *Altitude* grandir. Merci surtout à Charlotte, mon éditrice, de m'avoir ouvert ces portes et de m'avoir écoutée et rassurée à n'importe quel moment.

Cette aventure m'a également permis de faire la connaissance de merveilleuses personnes, notamment l'une qui est devenue ma bêta-lectrice, mais aussi plus qu'une simple amie, mon acolyte… Merci à toi mon Aria. Je suis si fière d'avoir fait ce bout de chemin avec toi. Tu m'as beaucoup appris, tu m'as énormément apporté. Je suis reconnaissante du temps que tu m'as consacré et ravie de continuer cette merveilleuse aventure à tes côtés.

Merci à Ethan, mon copain et mon plus gros supporter (avec mon petit frère). Il a suffi que tu dises « mais tout va bien, ça va aller » et tous mes doutes, mes angoisses, mes peurs ont disparu. Tu savais employer les bons mots quand moi je ne savais plus. Tes encouragements, tes paroles m'ont été plus que bénéfiques.

Merci à mes amis qui m'ont encouragée jusqu'à la fin. Surtout ma meilleure amie, Chiara, alias Kiki, qui était là dès le début à me forcer à poster sur Wattpad et à me pousser dans tous mes projets plus fous les uns que les autres. Merci de m'avoir toujours donné ton avis le plus sincèrement possible. Je te dois beaucoup, beaucoup, beaucoup.

Une autre personne à qui je dois de la reconnaissance est ma chère Léa qui a été comme une maman, un modèle dans ce nouveau monde pour moi. Merci pour ton aide, ton temps, ta bienveillance et surtout tes précieux conseils. Sans oublier Aleyna et Victoria et nos longues discussions sur comment on appréhendait cette édition. Vous m'avez beaucoup apporté les filles, vraiment. Merci d'avoir suivi tout le processus de si près.

Merci à ma petite Océ qui aime Iris et Ange depuis le début. Elle a subi toutes les fois où j'ai pleuré pour ce roman, mais elle savait me faire rire (ou pleurer avec moi). Elle a été la porte-parole de beaucoup.

Merci à mes petites mains comme Alexia et Falycia qui ont fait tellement pour avoir *Altitude* entre leurs mains. *Altitude* a vite gagné en popularité en partie grâce à vous.

Et pour finir, merci à vous, mes lecteur·ices. Merci à ceux qui me suivent depuis la première version d'*Altitude*. On en a fait du chemin ensemble (j'espère que cette version finale vous plaît).

Merci aux nouveaux qui se sont laissé tenter par mon roman.

Merci à tous ceux qui rendent l'univers d'*Altitude* encore plus vivant sur les réseaux sociaux avec vos posts Instagram et TikTok tous plus réussis les uns que les autres.

Avec (beaucoup d') amour

Ema ♥

PAPIER À BASE DE
FIBRES CERTIFIÉES

hachette s'engage pour l'environnement en réduisant l'empreinte carbone de ses livres.
Celle de cet exemplaire est de :
350 g éq. CO_2
Rendez-vous sur
www.hachette-durable.fr

« Pour l'éditeur, le principe est d'utiliser des papiers composés de fibres naturelles, renouvelables, recyclables et fabriquées à partir de bois issus de forêts qui adoptent un système d'aménagement durable. En outre, l'éditeur attend de ses fournisseurs de papier qu'ils s'inscrivent dans une démarche de certification environnementale reconnue. »

Édité par Hachette livre dans la collection Ito
Hachette Livre S. A. – 58, rue Jean Bleuzen,
CS 70007, 92178 Vanves Cedex
editionsBMR@hachette-livre.fr

Composition : PCA
Achevé d'imprimer en Espagne par Blackprint
Dépôt légal 1re publication : septembre 2025
78-4824-1 – ISBN : 978-2-01-730634-4
Dépôt légal : septembre 2025